# *Un bonheur à bâtir*

**Catalogage avant publication de Bibliothèque et Archives nationales du Québec et Bibliothèque et Archives Canada**

Titre : Un bonheur à bâtir / Rosette Laberge
Nom : Laberge, Rosette, auteure
Laberge, Rosette | Temps compté
Description : Sommaire incomplet : tome 3. Le temps compté
Identifiants : Canadiana 20200091514 | ISBN 9782897833985 (vol. 3)
Classification : LCC PS8623.A24 B66 2021 | CDD C843/.6–dc23



Illustration de la couverture : Camila Picheco

Les Éditeurs réunis bénéficient du soutien financier de la SODEC et du Programme de crédit d'impôt du gouvernement du Québec.

Financé par le gouvernement du Canada | Canada

*Édition*
LES ÉDITEURS RÉUNIS
lesediteursreunis.com

*Distribution nationale*
PROLOGUE
prologue.ca

Imprimé au Canada

Dépôt légal : 2021
Bibliothèque et Archives nationales du Québec
Bibliothèque et Archives Canada

ROSETTE LABERGE

# Un bonheur à bâtir

★★★ Le temps compté

LES ÉDITEURS RÉUNIS

## De la même auteure chez Les Éditeurs réunis

*Un bonheur à bâtir*
1. *La folie des grandeurs,* 2021
2. *Le défi de la démesure,* 2021
3. *Le temps compté,* 2021

*Rue Principale*
1. *Été 1966,* 2019
2. *Hiver 1967,* 2019
3. *Printemps 1968,* 2020

*Souvenirs d'autrefois*
1. *1916,* 2015
2. *1918,* 2016
3. *1920,* 2016

*La nouvelle vie de Mado Côté, retraitée,* 2015

*Un voisinage comme les autres*
1. *Un printemps ardent,* 2014
2. *Un été décadent,* 2014
3. *Un automne sucré-salé,* 2014
4. *Un hiver fiévreux,* 2014

*Souvenirs de la banlieue*
1. *Sylvie,* 2012
2. *Michel,* 2012
3. *Sonia,* 2012
4. *Junior,* 2013
5. *Tante Irma,* 2013
6. *Les jumeaux,* 2013

*La noble sur l'île déserte,* 2011, 2017

*Maria Chapdelaine : Après la résignation,* 2011, 2020

*Le roman de Madeleine de Verchères*
1. *La passion de Magdelon,* 2009
2. *Sur le chemin de la justice,* 2010
3. *Les héritiers de Verchères,* 2012

*À Timothée,*
*mon explorateur préféré*

# 1

*Montréal, 1975*

Béatrice jubile chaque fois que le facteur lui laisse une lettre en provenance d'Haïti. Qu'elle soit écrite de la main de Suzan ou de celle d'Hélène, chacune d'elles la transporte instantanément là-bas, à leurs côtés. Elle y est retournée en mars dernier et c'est le cœur lourd qu'elle est revenue seule à Montréal une fois de plus. Elle a encore du mal à réaliser qu'Hélène a tourné le dos à son ancienne vie en claquant des doigts. En fait, ça ne lui rentre pas dans la tête. Elle savait qu'Hélène voulait divorcer. Par contre, jamais elle ne se serait doutée que c'était aussi urgent. La veille de leur départ, les deux femmes avaient fait leurs valises avant d'aller dormir et rien n'annonçait un tel coup d'éclat. Béatrice ignore si elle pourra un jour comprendre ce retournement de situation. Elle reconnaît qu'Hélène n'a jamais été aussi heureuse de toute sa vie. Elle rayonne au point que son bonheur fait mal aux yeux. Le plus surprenant dans cette histoire demeure que sa famille ne semble pas lui manquer tant que ça. Aux dernières nouvelles, elle écrit de temps en temps à ses enfants et, selon ses dires, ils mettent un temps fou à lui répondre. Même Diane, qui semblait être proche de sa mère, ne se plaint pas de son absence. Du moins, pas en sa présence. Bien que tentée de la questionner sur le sujet, Béatrice se retient toujours de le faire. Elle ne se voit pas en train de lui faire des remontrances et encore moins de la traiter de sans-cœur. Hélène est la seule vraie mère que Diane aura puisqu'aux dernières nouvelles elle lui a donné la vie, ce qui n'est quand même pas négligeable. Certes, elle ne ressemblait en rien aux autres mères, mais qui a dit qu'il fallait absolument rentrer dans le rang pour être classée dans la bonne colonne ?

— Béatrice ! s'écrie joyeusement Paul en entrant dans la pièce. Ça te dirait qu'on aille manger au restaurant ?

— À la condition que tu m'emmènes dans le quartier chinois, répond-elle, tout sourire et sans aucune hésitation.

— Si ça te fait plaisir, je suis partant. Je saute dans la douche et on y va.

Béatrice sourit. Paul n'est plus le même homme depuis le fameux jour où Hélène a décidé de rester à Haïti. Il était imbuvable au moment de son départ, tellement qu'elle commençait à penser sérieusement à se séparer de lui. Plus elle approchait de chez elle, plus elle craignait les retrouvailles. Elle redoutait plus que tout de reprendre son ancienne vie… Elle savait hors de tout doute qu'elle ne la supporterait plus. Quelle ne fut pas sa surprise de le voir sortir de la maison en courant pour venir lui ouvrir la portière alors que Charles n'avait pas encore eu le temps d'éteindre le moteur du véhicule ! Paul papillonnait autour d'elle comme un enfant, elle en avait le tournis. Avait-il reçu un coup sur la tête ? Et s'il était en train de devenir sénile ? Elle aurait voulu s'abandonner dans ses bras, mais elle n'y arrivait pas. On ne balaie pas quarante ans de vie commune plus qu'ordinaires du revers de la main. Une partie d'elle était ravie de retrouver l'homme qu'elle avait marié alors que l'autre lui soufflait à l'oreille que ce n'était qu'un leurre. Il disparaîtrait aussi vite qu'il était apparu. Comment pourrait-il en être autrement ? Le moins qu'elle puisse dire, c'est que sur ce coup elle s'est trompée royalement. Non seulement Paul n'a pas repris ses faux plis, mais il ne cesse de se bonifier. Tout comme l'amour qu'elle lui porte, d'ailleurs. Autant elle avait peur de ne pas pouvoir rallumer la flamme, autant l'intensité actuelle de celle-ci lui donne des frissons tellement ce qu'elle ressent pour lui est fort. Sans aucun doute plus fort qu'au jour de lui dire oui et, pourtant, elle le voyait dans sa soupe, au grand dam de ses parents qui souhaitait un meilleur mariage pour elle.

Elle rit toute seule. C'est fou ce que la vie peut être imprévisible parfois. C'est comme avec Josée. Béatrice l'attendait de pied ferme et voilà que sa fille s'est contentée de l'appeler le lendemain de son retour pour prendre de ses nouvelles. Devant son changement d'attitude radical, elle en a conclu qu'il valait mieux prendre rendez-vous lorsqu'elle aurait envie de la voir. Elle n'allait quand même pas se mettre à la harceler au moment où sa fille prenait enfin ses distances. À croire qu'un autre miracle s'était opéré pendant son absence et ce dernier demeure aussi mystérieux et aussi durable que le premier. Au lieu d'inonder sa fille de questions, Béatrice a décidé de profiter de sa nouvelle liberté. Si sa mère était encore de ce monde, elle lui rappellerait qu'on n'est pas obligé de tout savoir ni de tout comprendre et que, de toute façon, ressasser le passé n'apporte rien de bon. Si Béatrice en convient avec sa tête, son cœur de mère aimerait bien connaître les tenants et les aboutissants qui ont conduit Josée à de meilleures intentions à son égard. Et on ne parle pas ici d'un simple petit changement d'attitude. On parle plutôt d'un changement poussé à l'extrême.

Perdue dans ses pensées, elle sursaute quand Paul lui met la main sur l'épaule pour attirer son attention.

— Tu m'as l'air bien préoccupée, lui dit-il d'une voix douce. On peut commander si tu préfères ne pas sortir.

— Jamais de la vie ! Je suis bien trop contente d'aller au restaurant. Je pensais à Josée. Autant j'étais en surdose d'elle, autant elle me manque maintenant qu'elle n'est plus dans mes jupes. Réalises-tu seulement que je n'ai jamais gardé ma petite-fille, qui aura bientôt un an ? La plupart du temps, Josée demande à Diane ou à une de ses filles. Elle la confie même à Florence, mais pas à moi. Je suis… je suis jalouse d'elle. La petite Rosalie serait bien plus en sécurité avec sa grand-mère qu'avec une jeune de douze ans.

Paul lui caresse doucement la joue. Alors qu'elle était prête à tout pour recouvrer sa liberté, voilà qu'elle se plaint que Josée ait enfin appris à voler de ses propres ailes. C'est à n'y rien comprendre. C'est tout le contraire de son côté. Il apprécie d'autant plus sa fille depuis qu'elle ne s'acharne plus à pourrir la vie de personne, surtout celle de sa mère. Il est même heureux de la voir, surtout quand elle est avec la petite Rosalie. Il ne s'en cache pas, il est très attaché à la petite poupée blonde aux cheveux bouclés qui se jette dans ses bras chaque fois qu'elle le voit. Cette enfant a fait fondre son cœur à la seconde où il a posé les yeux sur elle. Il sera éternellement redevable à Martine de lui avoir appris qu'il ne tient qu'à lui de faire partie de la vie des siens au lieu de se ronger les sangs à force de rester à l'écart.

— Tu n'as qu'à l'appeler et à lui offrir de la garder la prochaine fois que Germain et elle voudront sortir.

Béatrice soupire. Si seulement Paul savait le nombre de fois qu'elle a composé son numéro et raccroché avant la première sonnerie. Elle est morte de peur à l'idée que sa fille interprète mal son geste et reprenne du service.

— Je ne supporterais pas que tout redevienne comme avant, avoue-t-elle humblement.

— Je comprends et, en même temps, connaissant Josée, je serais étonné qu'elle revienne en arrière. Et si jamais elle dérape, je me chargerai personnellement de la ramener à l'ordre. Est-ce qu'on y va ? Je meurs d'envie de croquer dans un rouleau impérial.

— Un seul ? Tu m'étonnes !

Béatrice jette un coup d'œil à sa robe et l'envie de se faire belle pour Paul traverse soudainement son esprit.

— Accorde-moi cinq minutes : je vais me changer et mettre un peu de rouge à lèvres, lance-t-elle avant de sortir de la cuisine.

Paul lui sourit. Il avait oublié à quel point la vie pouvait être douce aux côtés de la femme qu'on aime lorsqu'on la traite bien. Il ne s'est pas transformé en prince charmant, il part de beaucoup trop loin, mais il ne compte pas ses efforts pour être un meilleur mari de même qu'un meilleur père et un meilleur grand-père. Fini les maux de dos, la fatigue extrême à la fin de ses journées, la mauvaise humeur, l'envie irrésistible d'aller s'acheter une caisse de bière tous les soirs. Même lorsqu'il va à la taverne avec Charles et Gabriel, il ne lève pas le coude comme avant. Sa nouvelle vie le rend heureux. Pour tout dire, il est gagnant sur toute la ligne, incluant au lit. Il a retrouvé la Béatrice de ses vingt ans, et mieux encore. Alors que depuis plusieurs années l'écart entre deux de leurs ébats se comptait en mois, voilà maintenant qu'il se compte en jours. Il n'en revient tout simplement pas. Il lui arrive encore d'être pris de remords pour tout ce qu'il lui a fait endurer. Peut-être parviendra-t-il un jour à se pardonner. Il l'espère, en tout cas. Quant à ses petits-enfants, il s'estime chanceux qu'un seul lui ait dit ses quatre vérités. Il n'y est pas allé de main morte avec eux. Il a été le premier surpris de leur réaction face à leur nouveau grand-père. Ils ont tous accueilli volontiers son changement d'attitude et aucun d'entre eux ne fait du chichi s'il se retrouve assis à côté de lui lors des repas de famille. Il est devenu le chauffeur attitré de Martine lorsqu'elle participe à un concours de chant et celui de Julie quand ses portraits sont exposés dans une nouvelle galerie ou pour aller en livrer un. En fait, seul Marc a gardé ses distances avec lui et Paul en est en partie responsable. Il aimerait lui dire qu'il se fiche de son orientation sexuelle, sauf qu'il ignore comment aborder le sujet. Il se voit mal lui donner son point de vue de but en blanc et encore moins discuter de la question en long et en large avec lui. Il ne sait pas grand-chose sur les gais et il n'a pas envie non plus d'en connaître trop. Le phénomène n'est pas nouveau, c'est juste qu'on en parle plus ouvertement qu'avant.

— Je suis prête ! lance une Béatrice, toute pimpante. On y va ?

Paul est tellement concentré qu'elle doit lui secouer le bras pour le sortir de ses pensées.

— Veux-tu bien me dire à quoi tu pensais pour être aussi loin ? lui demande-t-elle.

— À Marc ! Il serait temps que je me décide à lui parler. Le seul problème, c'est que je ne sais vraiment pas quoi lui dire. J'ai beau retourner la question dans tous les sens, je ne trouve pas les mots.

— C'est pourtant simple. La prochaine fois que tu le verras, tu vas te placer devant lui, tu le regardes dans les yeux et tu lui dis que tu l'aimes tel qu'il est. Puis, tu le serres dans tes bras.

— J'avoue que ça a l'air drôlement facile quand tu m'en parles.

— Pas autant que tu penses… J'ai une idée. Je pourrais l'inviter à manger avec Anthony la semaine prochaine. Comme ça, je pourrai t'aider.

— Qu'est-ce que je ferais sans toi ?

Sa question touche Béatrice en plein cœur. Elle s'approche de lui et dépose un chaste baiser sur ses lèvres.

— Dépêchons-nous de partir avant que je te saute dessus, lance-t-elle d'une voix espiègle en le tirant par le bras.

— Je suis prêt à me passer de souper pour…

— Tu ferais mieux de prendre ton mal en patience !

***

Béatrice se lève sans faire de bruit. Paul a tellement assuré au lit au retour du restaurant que son cœur a du mal à retrouver sa cadence normale. Elle sourit en regardant son mari. Non seulement il dort du sommeil du juste, mais il ronfle. Elle va chercher l'enveloppe reçue plus tôt dans la journée et va s'asseoir à la table de la salle à manger. Elle l'ouvre précipitamment, elle a trop hâte de lire ou sa fille ou son amie. Quelle n'est pas sa surprise de trouver non pas une lettre, mais deux. Elle reconnaît tout de suite le papier à lettres de chacune. Qui lira-t-elle en premier ? Incapable de décider, elle prend une lettre dans chaque main et les met derrière son dos. Elle les change de main encore et encore et choisit de lire celle qu'elle tient dans sa main droite. Le hasard a voulu que ce soit celle de Suzan.

*Chère maman,*

*J'aime croire que tu as choisi de me lire en premier. Si jamais ce n'est pas le cas, eh bien, Hélène te ramènera vite à l'ordre. On a voulu faire changement cette fois. On a tiré à la courte paille et j'ai gagné le privilège de commencer notre lettre.*

*Tu me manques un peu plus chaque jour depuis ton retour à Montréal et je n'ai pas d'autre choix que d'attendre ta prochaine visite. Il y a tellement à faire ici que je ne vois pas comment je pourrais m'absenter même quelques jours. Ceci étant écrit, je t'interdis de t'en faire pour moi… j'ai l'habitude de vivre loin de toi. Tu sais quoi ? J'ai envie de te faire une confidence. Lorsqu'Hélène a décidé de rester ici, j'espérais que tu en ferais autant. Josée et papa t'en faisaient voir de toutes les couleurs depuis tellement longtemps que je me demande encore comment tu as fait pour les supporter. Même si j'adorerais t'avoir près de moi, je remercierais volontiers ceux qui ont réussi à leur mettre un peu de plomb dans la tête pendant ton absence. Il était plus que temps que les choses changent et pour de bon. Je m'inquiétais pour toi, maman. À toi, Hélène !*

Béatrice change de lettre en moins de temps qu'il n'en faut pour crier ciseau.

*Ma très chère Béatrice,*

*J'ai toujours cru que seuls les gens ennuyants s'octroyaient le luxe de s'ennuyer et je me suis toujours gardée d'être des leurs. C'est pourquoi je refuse de t'écrire que je m'ennuie de toi. Et puis tant pis puisque c'est la stricte vérité. Je ne regrette pas grand-chose de mon ancienne vie si ce n'est les journées qu'on passait ensemble à Sainte-Justine. Nos discussions, nos fous rires, nos petites sorties rendaient ma vie belle. J'ignore si tu as repris du service auprès des enfants. Si c'est le cas, embrasse-les très fort pour moi et demande-leur de m'écrire. Ou de me faire des dessins. Je promets de leur répondre aussitôt que je recevrai leur courrier. À toi, Suzan !*

Béatrice s'essuie les yeux du revers de la main avant de reprendre la lettre de sa fille.

*Tu te souviens du petit Alberto qui s'était cassé une jambe en tombant d'un arbre ? Eh bien, il court comme une gazelle depuis qu'on lui a enlevé son plâtre et il grimpe encore partout. Il te réclame souvent. Du haut de ses cinq ans, il a du mal à comprendre pourquoi tu as disparu tout d'un coup. Chaque fois qu'il voit un avion dans le ciel, il vient me trouver et me demande si tu es dedans. Il est trop mignon. En même temps, ça m'arrache le cœur de lire autant de souffrance dans les yeux d'un si petit bonhomme. Tu sais à quel point j'aime mon travail et combien j'ai besoin de me sentir utile. Malgré ça, je ne te cacherai pas qu'il m'arrive de me décourager. J'aurai beau déployer tous les efforts possibles, jamais je ne viendrai à bout de la souffrance qui m'entoure. Quand j'étais jeune, j'avais tendance à croire qu'être pauvre à la chaleur était plus facile que l'être à Montréal en plein mois de janvier. Quelques heures sur le terrain m'ont suffi pour me rendre compte que la pauvreté peut avoir plusieurs visages et elle fait autant de ravages sous un soleil pétant que dans une tempête de neige. À toi, Hélène !*

Béatrice a beaucoup d'admiration pour Suzan et pour tous ceux qui, comme elle, mettent leur vie au service des autres. Pour sa part, elle aime aider les gens, mais elle ne se verrait pas le faire en permanence, et quitter son pays ne figure pas sur la liste de ses souhaits. Elle est prête à faire de gros sacrifices pour pouvoir passer un mois par année à Haïti et elle met volontiers la main à la pâte une fois sur place. Seulement, sa première motivation demeure de passer un peu de temps avec Suzan.

*Peut-être es-tu déjà au courant, mon amie… Dans sa deuxième et dernière lettre en seize mois, Thomas m'a écrit qu'il viendrait me voir en septembre. Je ne te mens pas, j'ai dû relire le passage au moins vingt fois pour être certaine que je n'avais pas la berlue. J'espère qu'il ne changera pas d'idée. J'espère aussi qu'il laissera son veston, sa cravate et ses belles chaussures en cuir d'agneau à Montréal. Il est hors de question qu'on l'héberge. Je le connais, il va passer son temps à râler sur tout ce qui manque. Comme je refuse de supporter ses plaintes, je lui ai envoyé la liste des plus beaux hôtels à proximité. Il n'aura qu'à louer une auto et tout le monde sera heureux. À toi, Suzan !*

Béatrice rit toute seule. Hélène a raison, Thomas n'a pas le profil de l'emploi. En même temps, sa mère ne perd rien à lui donner une chance. Qui sait? Peut-être qu'au fond de lui se cache l'âme d'un sauveur. Certes, il a été élevé dans la ouate, mais ça ne fait pas de lui une mauvaise personne pour autant. En tout cas, Béatrice l'aime bien. Et puis, c'est tout à son honneur de faire le voyage jusqu'à Haïti, d'autant que c'est le seul membre de sa famille qui compte aller la visiter pour le moment.

*Roulement de tambour! Je te conseille de t'asseoir pour lire les lignes qui suivent. Imagine-toi que j'ai rencontré l'homme de ma vie la semaine passée. Mon histoire ne ressemble pas à celle de la chanson de Diane Dufresne, mais je flotte sur un petit nuage rose depuis que j'ai fait la connaissance du beau D^r^ Tétreault, Antoine de son prénom. Je…*

Béatrice a les yeux pleins d'eau, tellement qu'elle ne voit plus clair. Elle commençait à désespérer que Suzan trouve l'amour un jour. Trop émue pour poursuivre sa lecture, elle plie précieusement les deux lettres et les range dans l'enveloppe. Elle continuera demain, à tête reposée.

# 2

L'annonce de sa grossesse ne l'a pas seulement forcée à délaisser ses souffre-douleur, en l'occurrence Béatrice et Diane, elle l'a aussi obligée à réfléchir à sa vie. Avait-elle envie de s'accrocher à sa mère jusqu'à la fin de ses jours sans se préoccuper le moindrement du mal qu'elle lui causait ? Allait-elle continuer à faire une folle d'elle en harcelant sa belle-sœur Diane pour qu'elle la laisse retourner faire son ménage même si elle n'a plus besoin de personne pour entretenir sa maison ? Se poser ces questions équivalait à y répondre. Il était plus que temps pour elle d'arrêter de compter sur tout le monde pour être heureuse. Même sur Germain. Il a d'ailleurs été clair : il ne la laissera pas pourrir la vie de leur enfant à naître sous aucune considération. Ou elle se prend en mains ou elle le trouvera sur son chemin. Le connaissant, ce ne sont pas des paroles en l'air.

Alors qu'elle a tendance à croire que la vie ne fait pas de cadeaux, Josée reconnaît que pour une fois elle a tiré le bon numéro. Elle a enfin une meilleure amie en la personne de Diane. Sa belle-sœur a très vite changé de statut le jour où elle a commencé à s'intéresser à elle de plus près et c'est avec un plaisir sans cesse renouvelé que, depuis, les deux femmes se voient plusieurs fois par semaine. Josée a beaucoup appris à son contact et vice versa. Pendant que l'une a été initiée à la cuisine, l'autre a gagné en confiance à force d'être sollicitée pour régénérer l'inspiration ou pour trouver des idées géniales afin d'apporter une valeur ajoutée à un tableau. À croire que sa nouvelle amie a eu un effet d'entraînement... Même Gabriel a changé d'attitude avec elle. Comment dire ? Il est moins dur, plus gentil et plus attentionné, aussi. Il ne gagnera pas le prix du frère de l'année, mais c'est tellement mieux qu'avant que Josée est aux anges. Quant à Suzie, sa femme, elle a insisté pour être du voyage lorsque Diane l'a invitée à aller passer quelques jours entre filles au chalet l'automne dernier. C'est fou comme la vie peut être bonne quand le vent change enfin de bord. Jamais Josée n'aurait osé espérer vivre autant de premières fois au cours d'une aussi courte période. Jamais non plus elle n'aurait cru qu'il était possible d'être heureuse à ce point. À vrai dire, la seule qui l'ignore toujours est Suzan. Josée lui a écrit à la suggestion de Diane, mais sa lettre n'a trouvé aucun écho. Étant donné le fossé qui s'est creusé entre elles au fil des années, elle s'y attendait. Tant pis !

Elle a encore du mal à savoir sur quel pied danser avec Béatrice. Elle lui en a tellement fait baver qu'elle réfléchit à deux fois avant d'agir. Conséquence : parfois, ça la paralyse. C'est ainsi que sa mère est la personne qu'elle voit le moins souvent et ce n'est pas par manque d'envie. Elle a décidé de la ménager et elle s'y tient. D'un autre côté, Josée se doute que Béatrice doit se sentir laissée pour compte. Ajoutons à cela qu'elle voit rarement sa nouvelle petite-fille alors qu'elle est folle des enfants. Il faudrait peut-être que Josée ait une longue conversation avec elle avant que les choses s'enveniment pour cause de négligence. En même temps, pour lui dire quoi ? Qu'elle regrette tout ce qu'elle lui a fait endurer et qu'elle ne recommencera plus ? Ce serait trop facile de pouvoir effacer autant d'années en aussi peu de temps. Après mûre réflexion, Josée a plutôt choisi de prendre ses distances. De cette manière, elle ne court aucun risque de retomber dans ses vieilles chaussures.

Son père est de loin celui qui l'a surprise le plus. Il a tellement changé qu'elle a du mal à le reconnaître. Il lui a donné un beau gros chèque à la naissance de sa fille et lui a promis d'être là pour elle. Josée était tellement émue qu'elle était sans voix. En fait, elle ne pouvait pas rêver mieux comme grand-père pour sa fille. Depuis la naissance de Rosalie, il lui rend des petites visites éclair plusieurs fois par semaine. Il débarque à l'improviste à toute heure du jour et la berce. Si elle dort, il approche la chaise berçante de son lit de bébé et la regarde en souriant. Ce n'est pas pour rien que la petite se jette dans ses bras dès qu'il se place devant elle. Seul hic, Paul lui a demandé de ne rien dire à personne, surtout pas à Béatrice. Pourquoi faut-il toujours ménager la chèvre et le chou ? Ce serait tellement plus simple d'arrêter les secrets.

De petits cris lui tirent un sourire. Elle reconnaît que sa fille est en partie responsable de son nouveau bonheur. Cette enfant embellit sa vie au point qu'il n'est pas rare que son regard se brouille lorsqu'elle pose les yeux sur elle ou qu'elle lui chante des berceuses pour l'endormir. Rosalie est la huitième merveille du monde. Comme elle se plaît à le dire à qui veut l'entendre, dix mois se sont écoulés depuis le jour de sa naissance et elle ne lui a trouvé aucun défaut. Pas plus que Germain, d'ailleurs. Leur petite cocotte les remplit de bonheur. Ça se voit, ça se sent et ça s'entend.

— Ne te dérange pas, s'écrie joyeusement Diane avant de refermer la porte sur elle, ce n'est que moi.

— Veux-tu bien arrêter de dire ça ! l'intime Josée. Pour moi, tu seras toujours de la visite rare. Dépêche-toi de venir me trouver, j'attendais que tu arrives pour préparer du thé.

— Tu me fais penser que j'ai oublié de prendre quelques biscuits en carton avec moi !

Josée fronce les sourcils sans même s'en rendre compte. Elle n'apprécie plus autant les Social Tea depuis le jour où elle a entendu Diane les appeler ainsi.

— J'ai bien mieux que ça, répond-elle d'un ton taquin. J'ai fait de petits choux à la crème ce matin.

— En quel honneur?

— Comme ça… uniquement pour te faire plaisir.

Alors qu'elle vient à peine de s'asseoir, Diane se lève d'un bond et court se pendre au cou de son amie.

— Merci, Josée! Ton attention me touche beaucoup… même si je sais qu'au fond c'est pour me faire engraisser que tu n'arrêtes pas de me cuisiner des desserts bourrés de crème fouettée. Il va falloir te faire à l'idée que toutes les femmes n'ont pas la chance d'avoir une taille de guêpe comme la mienne.

Pour ajouter de la force à son propos, Diane fait un tour sur elle-même pour que Josée puisse admirer sa silhouette. Josée lui tire la langue et pousse un grand soupir.

— Ne te sens surtout pas obligée d'en manger pour me faire plaisir, ne serait-ce qu'un seul. J'en connais un qui va saliver quand il va les voir et, si jamais il en reste ce soir, eh bien, je n'aurai qu'à aller les porter à ma belle-mère.

— Il faudra d'abord me passer sur le corps pour en sortir un seul d'ici, si ce n'est pas moi qui le porte.

Les deux femmes pouffent de rire. La bonne humeur est très vite devenue leur marque de commerce. Elles ne se prennent pas au sérieux une miette et saisissent toutes les occasions pour s'éclater un peu.

— Compte-toi chanceuse que Rosalie m'ait laissée dormir toute la nuit, l'informe Josée d'un ton solennel. Grâce à elle, je suis de très bonne humeur. Je suis d'accord pour que tu repartes avec tous les petits choux, sauf les quatre que je garde pour Germain.

— Tu es trop bonne pour moi, blague Diane en mettant la main sur son cœur, mais j'ai une meilleure idée. Je viendrai plutôt manger le reste ici demain. Il y a bien trop de mouettes chez moi.

— Tu n'as plus qu'à prier pour que je n'aie pas de visite ce soir.

— Parce que tu en attends ?

— Non ! C'est juste au cas où Charles passerait voir sa filleule avant sa partie de baseball…

— Tu n'auras qu'à lui interdire d'ouvrir la porte de ton frigidaire.

Le fait que Diane et Josée soient devenues amies a eu et a toujours de nombreuses et heureuses retombées sur le reste de la famille. D'une part, Diane cuisine beaucoup mieux qu'avant et, d'autre part, Josée livre régulièrement ses surplus de pâtisseries chez les Maltais. Il faut entendre FX et Florence s'extasier devant les galettes à l'avoine ou à la mélasse, les carrés au caramel ou aux dattes, les tartes au sucre ou aux pommes qui ne cessent d'apparaître comme par magie un jour sur deux au beau milieu de la table. Autant ils s'inquiétaient pour leur avenir lorsqu'ils ont appris que leur mère frayait avec leur tante, autant ils remercient Dieu de les avoir réunies. Autre avantage non négligeable, Josée ne les achale plus pour avoir la clé de leur maison.

— C'est trop me demander ! argumente Josée avec énergie. Tu sais que je ne peux rien lui refuser.

— Eh bien, tu n'auras qu'à le recevoir dehors. Ça ne peut pas mieux tomber, on annonce beau et chaud ce soir.

— Tu ne trouves pas que tu en fais un peu trop pour des choux à la crème ?

Au lieu de répondre par des mots, Diane secoue la tête de gauche à droite avec conviction jusqu'à ce que Josée lui promette de veiller sur sa pâtisserie préférée de l'heure.

— Hum ! Hum ! Je n'ai jamais rien mangé d'aussi bon. Ils sont parfaits ! Au risque de me répéter, tu devrais ouvrir une pâtisserie.

— Oublie le projet. Il est hors de question que je fasse garder ma fille.

— Elle n'en mourrait pas, tu sais. Et puis, rien ne t'empêche d'ouvrir seulement quelques jours par semaine. Je t'ai même trouvé le local idéal.

Josée fronce les sourcils. Elles en ont parlé quelques fois, mais sans plus. C'est pourquoi la dernière phrase de Diane la surprend. Elle adorerait ouvrir une pâtisserie, sauf qu'elle ne se voit pas toujours en train de courir après son souffle… parce que c'est forcément ce qui se produirait. Elle s'exciterait et, un beau jour, elle ne ferait que travailler.

— Promets-moi au moins d'y penser, la supplie Diane.

— Il est sûrement hors de prix…

— En fait, il s'agirait plutôt de partager celui de Katy, la dame qui tient le café à deux pâtés de maisons de l'épicerie. La cuisine est tout équipée, ça ne te coûterait pratiquement rien pour te lancer en affaires. Aussi, je pense que ce serait plus rassurant pour toi de ne pas être seule. Ne m'en veux pas… je lui ai parlé de toi hier et elle aimerait beaucoup te rencontrer. Tiens, c'est sa carte. Alors ?

— Pour une surprise, c'en est toute une et ça va beaucoup trop vite pour moi, réagit Josée au bout de quelques secondes. J'ai besoin d'un peu de temps pour réfléchir à tout ça.

Diane lui prend la main et la tapote doucement. Elle est bien placée pour savoir comment on se sent à la seule idée de sauter dans le vide. On passe par toute la gamme des émotions, dont la peur, le doute, l'inquiétude, la joie, l'excitation, l'insécurité, la culpabilité. On a l'impression d'être en permanence à bord d'un wagon qui parcourt inlassablement les montagnes russes de La Ronde.

— Je disais la même chose avant de donner ma démission au musée. Germain est-il au courant ?

— Oui et non. Il sait que je rêve d'ouvrir une pâtisserie, mais on ne s'est jamais étendus sur le sujet. J'ai toujours pensé que je n'avais pas les moyens de mes ambitions. Par contre…

Josée arrête de parler et regarde en l'air en se mordillant la lèvre inférieure. Une petite voix lui souffle à l'oreille qu'elle devrait au moins aller voir de quoi il retourne avant de refuser.

— J'ai bien envie d'aller la rencontrer. Après tout, je ne risque pas grand-chose. Après, je verrai si j'embarque, si je reporte ou si j'abandonne carrément le projet. Ça ne prenait que toi pour m'entraîner dans une telle aventure. Promets-moi que tu vas m'aider si jamais je décide de me lancer.

— Bien sûr ! Dépêche-toi d'appeler Katy pour prendre rendez-vous avec elle. Si jamais elle souhaite te voir tout de suite, je m'occuperai de ma filleule pendant que tu iras la rencontrer.

Josée décroche le téléphone et compose son numéro. Ce commerce est ouvert depuis longtemps, mais elle n'y a encore jamais mis les pieds même si elle passe souvent devant. Elle est bien trop gênée pour entrer toute seule dans ce genre d'endroit. Une femme à la voix très douce lui répond à la deuxième sonnerie. Josée se présente et lui explique brièvement la raison de son appel.

— Pouvez-vous venir me voir, disons dans une heure?

— J'y serai!

Au lieu de remettre le combiné sur son socle, Josée le garde sur son oreille alors que leur conversation est bel et bien terminée.

— Pourquoi tu ne raccroches pas? lui demande gentiment Diane.

— Elle m'attend dans une heure, finit par répondre Josée avant de se libérer la main. J'ai intérêt à préparer mes questions si je ne veux pas avoir l'air d'une idiote. Je vais chercher ce qu'il faut pour écrire.

Sitôt dit, sitôt fait. Dès son retour à la cuisine, Josée s'assoit à la table et commence à écrire comme si quelqu'un lui soufflait les mots à l'oreille. Diane l'observe en souriant et elle se félicite d'avoir osé parler de sa belle-sœur à Katy. Quelque chose lui dit que les deux femmes sont faites pour s'entendre et, dans le cas où elles décideraient de s'associer, elles en tireraient forcément avantage toutes les deux. Les pâtisseries de l'une feraient vendre le café de l'autre et vice versa.

— As-tu besoin d'aide? lui demande Diane lorsque Josée dépose son crayon et se secoue la main, histoire de la détendre un peu.

— J'aimerais que tu relises mes questions et que tu me dises si j'ai oublié quelque chose.

***

Il était hors de question que Julie reste à la maison ce soir. Son amoureux Jérémy s'est envolé pour Paris ce matin et il a refusé qu'elle l'accompagne à l'aéroport. Il a mis des gants blancs pour lui faire comprendre son aversion pour les adieux, particulièrement lorsqu'il prend l'avion. Histoire de la convaincre, il a ajouté que son voyage commencera à l'instant où il entrera dans l'aérogare et que, par conséquent, la présence de qui que ce soit qui ne part pas avec lui est exclue. Même celle de sa petite amie. Dire qu'elle voulait lui faire une surprise. Encore heureux qu'elle lui en ait parlé avant de mettre son plan à exécution. Ça lui apprendra, aussi, à trop vouloir en faire. Elle sonne à la porte de Martine et se jette dans ses bras dès qu'elle lui ouvre.

Sa sœur lui caresse le dos d'une main et les cheveux de l'autre. David et elle avaient prévu aller passer la soirée chez des amis, mais elle s'est désistée après l'appel à l'aide de Julie. Seuls un spectacle ou un concours de chant l'empêcheraient de voler au secours de sa petite sœur, et encore. Tout dépendrait de l'urgence. Ne plus vivre sous le même toit que Julie a été plus difficile qu'elle ne l'aurait cru. Il y a des semaines où elles ont dû se contenter de se croiser au cégep entre deux cours tellement leur emploi du temps respectif est chargé.

— Viens, lui dit Martine dès que Julie se calme un peu, on va s'installer au salon. À moins que tu veuilles manger quelque chose ?

— Je n'ai pas faim.

— Changeons de stratégie : il reste un morceau de lasagne… Je vais te le réchauffer.

L'idée de rouspéter a quitté l'esprit de Julie à la seconde où Martine a prononcé le mot « lasagne ». Celle de sa sœur est de loin la meilleure qu'elle ait mangée. Et puis, elle n'est pas à l'agonie. Elle est juste un tantinet blessée dans son amour-propre. Elle s'assoit à table et lâche un grand soupir. Julie aime presque tout de sa sœur, sauf son sens du mélodrame. Si seulement elle s'était contentée de leur soirée romantique de la veille ! Mais non ! Il a fallu qu'elle en demande encore plus. À cause de son éternelle insatisfaction, Jérémy et elle se sont quittés sur une note plutôt discordante.

— J'ai tout gâché, laisse-t-elle tomber lorsque Martine dépose une assiette et les couverts devant elle. À l'heure qu'il est, je suis peut-être célibataire. En tout cas, c'est ce que je ferais à la place de Jérémy.

— Oh ! Oh ! Pas si vite, ma belle ! Raconte-moi tout depuis le début.

Julie lui résume sa dernière frasque en quelques phrases.

— Avoue que ce n'était pas fort de ma part, plaide-t-elle.

— Peut-être, mais si j'étais toi, je ferais confiance à Jérémy. Il t'aime assez pour faire la part des choses. Tu ne vas quand même pas te ronger les sangs jusqu'à ce qu'il revienne. Au cas où tu l'aurais oublié, il sera de retour seulement pour le début de la session universitaire.

— Si au moins je pouvais l'appeler ou lui écrire, on passerait tous les deux un meilleur été.

— J'ai bien peur que tu doives faire avec, ajoute Martine avant de retourner à ses fourneaux.

Elle ne voudrait pas être à la place de Julie. Sa courte expérience en matière de relation amoureuse lui a très vite appris qu'il suffit d'une petite zone ombrageuse pour miner tout le reste.

— Madame est servie, lance-t-elle en déposant la lasagne dans l'assiette de Julie. Bon appétit !

— Au lieu d'être sur le point de m'empiffrer, je devrais plutôt être roulée en petite boule dans un coin de ma chambre pour expier ma faute.

— Wow ! lance Martine d'un ton moqueur. Tu devrais t'inscrire en théâtre, tu as beaucoup de talent. Tu peux te flageller autant que tu voudras, tu ne pourras rien changer à ce qui est. Ou tu passes à autre chose, ou tu vas me trouver sur ton chemin.

Martine lève les yeux au ciel. Il est hors de question qu'elle laisse Julie se morfondre pour si peu et encore moins qu'elle la laisse lui pourrir la vie chaque fois que le vague à l'âme viendra frapper à sa porte. Il est grand temps que sa sœur vieillisse un peu. L'amour n'est jamais acquis et il nous emmène rarement là où on veut aller.

— Mange avant que ça refroidisse, lance-t-elle d'un ton autoritaire. Après, j'aimerais avoir ton avis sur la chanson que j'ai choisie pour mon prochain concours.

# 3

Suzie a pris soin de déposer le colis au centre de la table de la cuisine pour être certaine que Gabriel ne le manque pas au moment de venir dîner. Il se met à danser sur place aussitôt qu'il lit le nom de l'expéditeur dans le coin supérieur gauche. Voilà son roman ! Plus précisément les exemplaires promis par son éditeur. Il s'empresse d'ouvrir la boîte, en saisit un et, le regard voilé par les larmes, il l'examine sous toutes ses coutures. Il le tient enfin entre ses mains. Cet instant ira grossir les rangs des plus beaux moments de sa vie, dont son mariage et la naissance de chacun de ses enfants.

Probablement qu'il y aurait pensé à deux fois avant de plonger la tête la première dans cette grande aventure s'il avait su dans quoi il s'embarquait. Alors qu'il a travaillé d'arrache-pied pour écrire son roman, il a dû redoubler d'efforts pour la suite des choses. D'abord, trouver un éditeur et, ensuite, être partie prenante du processus. S'il n'a jamais eu la prétention d'être un grand écrivain, il croyait avoir livré un produit de qualité. Du moins jusqu'à ce que l'éditeur mette la hache dans son texte. « Il faudrait développer davantage », « Ce passage est redondant », « Plus de rigueur dans le choix des mots », « Attention aux répétitions abusives du genre *Pour ce qui est de…* », « Trop peu de détails sur le quotidien des itinérants ». Et ça continuait ainsi dans tout le roman. Alors qu'il est clairement stipulé dans son contrat que l'auteur a le dernier mot sur le texte, la réalité est quelque peu différente. Gabriel s'est prévalu de son droit chaque fois qu'il jugeait le commentaire inadéquat. Il a remporté la partie dans la majorité des cas, malgré quelques rappels à l'ordre du genre «je poursuis le même objectif que vous, soit offrir un produit de la meilleure qualité possible à vos futurs lecteurs». Inutile d'ajouter qu'il a rongé son frein plus d'une fois. Dans les faits, il a très vite compris qu'il valait mieux choisir ses batailles. Au diable les ajouts ou les retraits de virgules et les inversions tant que son idée de base est respectée. Au diable également les mots prétendument plus appropriés que ceux qu'il avait choisis. Au nombre de livres qu'il a lus, il y a longtemps qu'il a compris qu'il existe mille façons différentes de dire la même chose, de transmettre une émotion, de raconter une histoire.

Il porte son roman à la hauteur de son nez et il remplit ses poumons de l'odeur exquise de l'encre à peine séchée. Jamais il ne se lassera de sentir un livre neuf. Il regarde de nouveau la page couverture et sourit. Elle n'est pas tout à fait comme il l'imaginait, mais sur ce coup il n'avait aucun pouvoir. Reste maintenant à espérer que les tons de brun sauront attirer suffisamment l'attention des lecteurs pour qu'ils souhaitent lire le résumé en quatrième de couverture. Combien seront charmés par son histoire au point de l'acheter? Il ne saurait le dire. C'est un peu comme s'il avait lancé une bouteille à la mer. Il a fait tout ce qu'il a pu pour que son message soit clair et attachant. Pour le reste, il ne peut que se croiser les doigts pour que les astres s'alignent. Peut-être que son roman attirera l'attention d'un chroniqueur d'une grande chaîne ou d'un grand journal. Peut-être aussi qu'un artiste connu et reconnu l'adorera au point d'en parler dans sa prochaine entrevue. C'est permis de rêver! Son éditeur ne lui a rien promis, loin de là. Tout peut arriver et, d'un autre côté, il est aussi possible que ce soit un coup d'épée dans l'eau. De nature optimiste, Gabriel a décidé de se laisser porter par les événements. Il sera fou de joie si les ventes sont au rendez-vous. Dans le cas contraire, eh bien, il poursuivra l'écriture de son deuxième roman. Il a décidé de se tailler une place de choix dans le monde littéraire montréalais et il est prêt à s'investir pour atteindre son objectif. Seul hic, il ne connaît personne qui puisse l'aider. Du moins pour le moment.

Il dépose son roman sur la table et part à la recherche d'un stylo. Le premier exemplaire qu'il prendra soin de dédicacer est pour Charles. Il réfléchit pendant plusieurs secondes avant de faire glisser son crayon sur la première page vierge.

*À Charles.*

*Merci de m'avoir inculqué le goût de la lecture et de m'avoir accompagné et encouragé dans cette folle aventure. Merci aussi d'avoir cru en moi.*

*Gabriel*

Il ferme son roman et regarde l'heure sur l'horloge de la cuisine. Il a tout juste le temps de manger un sandwich au jambon… pourvu qu'il en reste. Quelle n'est pas sa surprise de trouver une assiette bien garnie dans le réfrigérateur ! Un grand sourire s'affiche aussitôt sur ses lèvres. Il faudra qu'il pense à remercier Suzie pour sa charmante attention. Il mange à toute vitesse et sort de la maison avec l'exemplaire de Charles dans sa main. Il ira le lui porter après le travail.

Il se retrouve stationné dans la cour de la maison hors de prix où son père et lui sont à finir l'installation des armoires en chêne massif qu'ils ont eux-mêmes créées de A à Z au fil des semaines. La pièce est tellement grande qu'il a fallu prévoir l'équivalent de trois cuisines normales… enfin pour un bungalow ordinaire comme le sien. Paul et lui ont mené plusieurs projets à terme depuis le jour où Charles leur a suggéré de se limiter à ce qu'ils font de mieux plutôt que de gaspiller leur talent et surtout leur énergie à construire le Village olympique. Plus le temps passe, plus les deux hommes se félicitent d'avoir suivi son conseil. Ils font de l'argent comme de l'eau sans pour autant se tuer à l'ouvrage. Leur talent en tant que menuisiers-charpentiers prend du galon après chaque projet complété. Leur réputation s'étend maintenant de l'autre côté des ponts.

Il sourit en voyant la camionnette de son père à côté de la sienne. Il ne saura jamais ce qui l'a amené à s'humaniser à ce point. C'est rendu que ses petits-enfants se battent presque pour s'asseoir près de lui à table. Décidément, c'est le monde à l'envers. Est-ce Martine qui a sauvé la mise en l'impliquant dans ses concours de chant ? À moins que ce ne soit la peur de perdre Béatrice au profit d'Haïti… Et si tout le mérite lui revenait ? Après tout, Paul est un homme intelligent et il a fini par voir que s'il continuait sur sa lancée il frapperait un mur. Probablement même qu'il se retrouverait seul. Enfin, l'essentiel est qu'il ait changé d'attitude. Gabriel est le premier à en profiter. Non seulement les deux hommes travaillent dans le plaisir, mais ils prennent aussi moins de temps à réaliser leurs projets.

— Salut, papa ! Tu sais quoi ? J'ai enfin reçu mon roman.

Les yeux de Paul s'embuent instantanément, ce qui touche Gabriel.

— Approche que je te félicite, mon garçon.

Paul ne se contente pas de lui tendre la main, il l'attire à lui et le serre dans ses bras. Son geste émeut Gabriel. Le père qui l'a élevé se laissait rarement aller à de telles démonstrations. Pour tout dire, il ne tombait pas dans la sensiblerie pour un oui ou pour un non. Il avait endossé le costume d'un homme dur, difficile d'approche, voire inaccessible, et ce rôle lui collait à la peau.

— M'en as-tu apporté un exemplaire ?

— Parce que tu en veux un ?

— Certain ! Je te promets même de le lire.

— Wow ! J'irai te le porter après le souper… à moins que tu préfères passer à la maison.

— À bien y penser, apportes-en un pour ta mère en même temps. Je te paierai les deux.

Décidément, Gabriel va de surprise en surprise. Il ignorait que son père lisait autre chose que le *Journal de Montréal*. Quant à sa promesse de parcourir le livre d'une couverture à l'autre, eh bien, c'est la chose la plus surprenante qui soit sortie de sa bouche. Ne devient pas lecteur de romans qui veut et encore moins quand celui-ci porte sur un sujet aussi marginal que l'itinérance. D'ailleurs, aucun maire digne de ce nom n'aborde cette question à moins d'y être forcé. Ils préfèrent tous autant qu'ils sont faire valoir qu'il n'y a ni pauvreté ni itinérance dans leur ville. À ce chapitre, le maire de Montréal ne fait pas exception. Il aura beau faire tout ce qu'il veut pour montrer sa ville sous son meilleur jour, la réalité ne disparaîtra pas pour autant.

— Je vous les offrirai avec plaisir, dit Gabriel d'une voix émue.

— Pas question que tu commences à les donner à tout le monde. Rappelle-toi ce que je t'ai dit le jour où on s'est associés : « On n'est pas en amour, on est en affaires. » Ça vaut pour toi aussi. Tu as travaillé trop fort pour l'offrir en cadeau. Ceux qui ne voudront pas l'acheter n'auront qu'à aller l'emprunter à la bibliothèque. Je ne sais pas combien il te revient sur chaque vente, mais mon petit doigt me dit que c'est toi qui reçois la plus petite part. Promets-moi de récolter tout ce à quoi tu as droit.

Gabriel lui sourit. Il rêvait depuis longtemps d'avoir ce genre de discussion avec son père. Dans sa grande sagesse, Suzie lui dirait qu'il faut toujours garder espoir. Et lui d'ajouter qu'il y a longtemps qu'il ne croit plus aux miracles. Pourtant, le voilà devant un homme nouveau. Reste seulement à espérer qu'il est là pour de bon.

— Je suis très fier de toi, mon garçon, ajoute Paul. Bon, assez parlé pour aujourd'hui. On a des armoires à installer et encore beaucoup de pain sur la planche. Au travail !

Les deux hommes prononcent peu de mots entre une heure et cinq heures. Le travail de finition en est un de précision et ce n'est qu'au prix d'une réelle concentration qu'ils accomplissent les prouesses qui ont fait leur renommée. Satisfaits, ils nettoient la place, verrouillent la porte, se saluent et montent chacun dans leur véhicule. Ils poursuivront leur travail demain.

Aussitôt que Paul est sorti de la cour, Gabriel lui emboîte le pas. Direction chez Charles. Son frère ne sera probablement pas encore rentré, mais il en profitera pour parler un peu avec Diane. Ils se voient beaucoup plus souvent depuis qu'ils ont acheté leur chalet, ce qui fait qu'il l'apprécie d'autant plus. Il l'admire pour son courage et son talent. Elle a réussi à se tailler une place de choix comme artiste peintre au cours de la dernière année alors que personne ne la connaissait, à quelques exceptions près, dont Léa et Raphaël, son agent. Diane n'hésite pas à l'instruire sur son nouveau statut d'artiste parce que c'est bien ce qu'il est devenu en écrivant et en publiant son premier roman. Elle s'est fait un point d'honneur de lui faire voir la vérité en face. Rien ne sera gratuit sur ce nouveau chemin et son succès ne reposera pas uniquement sur son travail. La chance aura elle aussi son mot à dire dans l'histoire.

Il hésite entre frapper et sonner. Il trouve le carillon plutôt violent, mais, si sa belle-sœur est enfermée dans son atelier et que FX et Florence ne sont pas là, il risque de poireauter un moment. Il sonde la porte et réalise qu'elle n'est pas verrouillée. Il tourne la poignée et s'arrête au moment où la porte est sur le point de s'ouvrir. Jamais il n'oserait entrer comme un voleur chez son frère. Il se décide à appuyer sur le bouton de la sonnette et attend que quelqu'un daigne venir lui ouvrir.

— Gabriel ! s'écrie Diane en le voyant. Suis-moi à la cuisine, je suis en train de finir de préparer le souper.

Elle se tasse pour le laisser passer et c'est à ce moment qu'elle aperçoit le livre qu'il tient dans sa main.

— Ne me dis pas que tu as reçu ton roman !

— Ce midi ! Je suis venu porter le premier exemplaire à Charles. Me permets-tu de l'attendre ?

— Que je te voie repartir avec ! Est-ce que je peux le regarder ?

Il le lui tend sans hésiter.

— Il est magnifique. Bravo à toi ! Souhaites-tu toujours que Josée et moi organisions ton lancement ?

— J'en ai très envie, sauf que je ne sais pas qui inviter. Je suis loin d'être aussi connu que toi.

— Ne t'en fais pas avec ça, on prend les choses en mains. Tout ce qu'on a besoin de savoir, c'est la date de sortie de ton roman en librairie.

— La veille de la Saint-Jean-Baptiste.

— Ça nous laisse assez de temps pour tout préparer. Réalises-tu seulement ce que tu viens d'accomplir ?

— Pas vraiment ! Pour tout te dire, je me sens un peu comme un imposteur. Je suis menuisier-charpentier, pas écrivain.

La dernière phrase de Gabriel se fraie très vite un chemin dans l'esprit de Diane. Elle pensait exactement la même chose au moment de quitter son emploi au musée. Pire, chaque fois qu'elle croyait mériter ce qui lui arrivait, le doute reprenait du service. Encore aujourd'hui, elle doit faire très attention pour ne pas se laisser distraire. Elle a compris une chose : il ne tient qu'à elle de prendre sa place.

— Laisse-moi t'expliquer à quoi Josée et moi avons pensé. Léa a accepté que tu tiennes ton lancement dans une de ses galeries. Josée s'occupera des bouchées. Mon père t'offrira le vin. Quant à moi, je me chargerai de lancer les invitations et de faire l'animation. Ah oui, ce serait bien que tu lises un extrait.

— Je pourrais demander à Charles de le faire, il est moins gêné que moi.

— Bonne idée ! Comme ça, tu auras tout le temps de dédicacer ton roman. Je demanderai aux gens de confirmer leur présence, ce qui te donnera une idée du nombre d'exemplaires que tu risques de vendre. Peux-tu t'informer de la procédure à suivre si tu veux en commander ?

— C'est déjà prévu dans mon contrat. Je ne sais pas comment te remercier.

L'arrivée de FX et de Florence met abruptement fin à leur discussion.

— Salut, oncle Gabriel, s'écrient-ils en chœur.

— Salut, les deux tornades. Avez-vous hâte de finir l'école ?

— Encore plus que tu penses, répond FX du tac au tac.

— Moi, de renchérir Florence, j'ai très hâte d'aller passer tout le mois de juillet au chalet.

Diane et Gabriel froncent les sourcils en même temps. Première nouvelle qu'ils en ont.

— Arrête de prendre tes rêves pour des réalités ! la met en garde FX d'un ton bourru.

— Et moi, je t'interdis de les briser, l'intime la fillette en pointant son index sur lui.

Gabriel pouffe de rire. Ces deux-là n'ont pas leurs pareils. Ils sont à la fois les meilleurs amis du monde et les pires ennemis. Il est très vite imité par Diane. Offusqués par leur réaction, les deux jeunes tournent les talons. L'instant d'après, ils montent l'escalier au pas de course et claquent la porte de leur chambre respective en écho.

— Oh ! Tu n'es pas sortie de l'auberge, ma pauvre Diane.

— Je te rassure, leurs petites crisettes ne me font plus ni chaud ni froid. L'idée de partir seule avec eux au chalet me rend tout de même un peu nerveuse.

— On le serait à moins.

— En même temps, va savoir pourquoi, ils sont beaucoup plus faciles à gérer là-bas. Surtout quand leurs cousins sont là. J'en glisserai un mot à Suzie. Peut-être à Josée aussi. Es-tu au courant que…

Diane s'arrête au beau milieu de sa phrase. Ce n'est pas à elle d'apprendre la grande nouvelle de Josée à Gabriel. Et puis, ce serait prématuré puisque toutes les ficelles ne sont pas encore attachées. Elle est tellement contente pour sa belle-sœur qu'elle doit se faire violence pour ne pas crier sur tous les toits que toute la ville de Montréal pourra bientôt goûter à ses divines pâtisseries.

— Qu'est-ce que je devrais savoir, au juste ? demande Charles en faisant son entrée dans la pièce.

— Rien d'important, répond aussitôt Diane. Demande plutôt à Gabriel pourquoi il est ici.

— Tiens, annonce fièrement Gabriel, c'est pour toi. Je te l'ai même dédicacé. Ça me fait tout drôle de dire ça.

Charles est sans mot. Son petit frère a non seulement écrit un roman, mais il a réussi à le faire publier. Il s'approche, lui tend la main et la serre de toutes ses forces.

— Bravo, champion ! J'en parlerai à tout le monde à la mairie. J'ai trop hâte de le lire.

— Mais tu l'as déjà lu, argumente Gabriel.

— Pas sous cette forme !

***

Même après avoir versé toutes les larmes de son corps, Julie est incapable d'arrêter de pleurer. Elle a reçu une lettre de Jérémy, qu'il a probablement écrite après qu'elle a essayé de le convaincre de la laisser l'accompagner à l'aéroport. Elle n'y comprend rien. Selon elle, son erreur de jugement ne méritait pas un tel châtiment.

*Chère Julie,*

*Ce que je m'apprête à t'écrire me fend le cœur, mais je ne pourrai plus me regarder dans le miroir si je fais semblant qu'il ne s'est rien passé. Je te quitte. Pour ton bien autant que pour le mien. Je refuse que tu passes ton été à m'attendre ou, pire, à t'ennuyer de moi. Je refuse aussi que ton visage me poursuive alors que je pars découvrir le monde. Profite de ta liberté au maximum.*

*Jérémy*

Elle l'a lue pas moins de dix fois au cours de la dernière heure et ça lui fait toujours le même effet. Elle ne reconnaît pas le gentil garçon dont elle est tombée amoureuse dès qu'elle a posé les yeux sur lui dans le garage de David lors d'une répétition du groupe. Elle n'en revient pas, Jérémy vient de la laisser tomber comme une vieille chaussette. Sans égard au temps qu'ils ont passé ensemble ni à l'effet qu'aurait sa lettre sur celle qu'il appelait affectueusement sa «muse». Elle ne peut s'empêcher de remettre en question tout ce qu'ils ont vécu. Était-il sincère lorsqu'il lui disait qu'il l'aimait ou c'était seulement un jeu pour lui? Et elle, était-elle assez naïve pour prendre ses rêves pour des réalités? Peut-être bien… Elle était aveuglée par l'amour qu'elle lui portait.

Elle froisse la fameuse lettre jusqu'à ce qu'elle devienne une vulgaire petite boule de papier et la lance dans la poubelle. Elle se jette ensuite sur son lit et tire le couvre-lit par-dessus sa tête. Plus vite elle s'endormira, mieux ce sera.

***

— Je suis vraiment content pour Gabriel, annonce Charles entre deux gorgées de whisky. Ça prend beaucoup de courage pour se lancer à corps perdu dans l'écriture d'un roman et encore plus quand tu travailles à plein temps et que tu as une famille.

— N'oublie pas qu'il joue au hockey et au baseball, ajoute Diane.

— Et il donne aussi des cours de patinage.

— Veux-tu bien me dire quand il trouve le temps d'écrire?

— Entre quatre et six heures tous les matins. Il m'a dit que ça lui avait pris pratiquement trois ans. À sa place, il y a longtemps que j'aurais laissé tomber.

— Pas si c'était ta passion. Prends mon exemple : si demain matin je devais retourner travailler à l'extérieur, quitte à me lever aux aurores, je te jure que je continuerais à peindre. Je reviens dans une minute.

Charles fronce les sourcils. Le propos de Diane le pousse à réfléchir. Il a beau repasser en mémoire tout ce qu'il aime faire, rien ne ressemble de près ou de loin à ce que sa femme vient de décrire, à une passion. Est-ce possible qu'il n'en ait aucune ? Il est vrai qu'il a toujours été du genre posé, raisonnable, comme dirait sa mère. Aucun doute, il a l'attitude qui vient avec l'emploi qu'il exerce. On verrait très mal un artiste dans la peau d'un comptable et vice versa. Il se prend la tête à deux mains.

— Veux-tu que j'aille te chercher deux aspirines ? lui demande Diane en réapparaissant avec une assiette de minuscules choux à la crème dans une main et un thé fumant dans l'autre.

— Deux choux feront l'affaire, répond-il en tendant les bras. Où les cachais-tu ?

— Dans le congélateur. Pourquoi te tenais-tu la tête ?

— Parce que je viens de découvrir que je n'ai pas de passion comme Gabriel et toi. J'aime mon travail, jouer au baseball et au hockey, mais je pourrais me passer de tout ça, s'il le fallait. J'ai beau réfléchir, rien ne me passionne vraiment. En tout cas, rien qui se compare à ce que tu ressens pour la peinture ou mon frère pour l'écriture. J'ai une mauvaise nouvelle pour toi, ma chérie, tu as épousé un homme drabe. Un vrai comptable !

— Pas tant que ça ! réplique-t-elle en lui tapant un clin d'œil. Est-ce qu'un autre petit chou pourrait mettre un baume sur tes plaies ?

— Deux autres ? Je ne sais pas ce que ma sœur a mis dedans, mais… est-ce qu'il en reste au congélateur ?

— Compte-toi chanceux que j'aie partagé ma pitance avec toi. Je te rappelle qu'ils font partie de mes outils de travail. Si tu me parlais de ton maire, maintenant, et de tout ce que tu entends à la mairie…

Charles la fusille du regard. Elle le fait exprès ou quoi ? S'il y a quelqu'un qui devrait être au courant de son aversion pour les Olympiques, c'est bien elle. Surtout par les temps qui courent. On est à un an des Jeux et tout est encore en chantier. Elle lit les journaux, pour autant qu'il sache.

Assise devant lui, Diane le regarde avec un petit sourire en coin. Elle adore quand il s'emporte pour une peccadille. Depuis le temps qu'il travaille à la mairie, ça devrait lui couler sur le dos comme sur celui d'un canard, sauf que c'est loin d'être le cas. Contrairement à la plupart des Montréalais, son valeureux mari a la maudite manie de prendre les choses beaucoup trop au sérieux dès que ça touche les Olympiques. Ou plutôt les mégaprojets de la ville, tous genres confondus.

— Crois-tu que les travailleurs vont retourner au chantier bientôt ? lui demande-t-elle pour l'inciter à parler.

Charles expire le plus fort qu'il peut. Malheureusement pour lui, ça n'a aucun effet sur elle. Elle ne vient pas de lui demander de sauter dans le fleuve du haut du pont Champlain, uniquement de lui répéter ce qu'il entend dans les corridors de la mairie. Ou de lui donner son avis.

— Alors ?

Il lève les yeux au ciel. Si elle ne le connaissait pas aussi bien, elle le prierait d'oublier sa question. Vu que ce n'est pas le cas, elle attend patiemment qu'il daigne lui répondre. Il y a quand même des limites à faire la tête à tous ceux qui osent l'interpeller sur le sujet de l'heure.

— Comment veux-tu que je sache ce que les gens disent? Je suis enfermé dans mon bureau à longueur de journée. Par contre, puisque tu as l'air d'y tenir, je veux bien te donner mon avis personnel. Les travailleurs de la construction ont débrayé en mai et je mettrais ma main au feu qu'ils vont passer l'été et une partie de l'automne dehors. Crois-moi, le regroupement des citoyens et des citoyennes de Montréal n'a pas fini de se faire aller le clapet. Drapeau est le plus grand rêveur que la terre ait porté et Bourassa le voit dans sa soupe. Va donc savoir pourquoi monsieur le maire a réussi à l'éblouir à ce point. Crois-moi, notre premier ministre n'est pas le seul à boire ses paroles. Résultat: les travaux n'avancent pas. Tu conviendras avec moi que rêver est pas mal plus facile à faire que de réaliser ses rêves. Je ne peux pas croire que je sois le seul à avoir compris que monsieur le maire n'a aucun talent pour s'occuper d'un projet d'aussi grande envergure. Où sont passés tous ceux qui ont vécu l'avant-Expo 67? Les choses sont loin de s'être améliorées. Le banditisme, la fraude, la violence, l'irresponsabilité des politiciens font la une de tous les journaux et personne ne fait rien. On construit le jour et on détruit la nuit. J'en connais qui vont pouvoir arrêter de travailler avant même la fin des Jeux tellement ils auront rempli leurs poches. Si tu veux savoir, ça me met hors de moi de les voir gaspiller nos taxes et nos impôts pour enrichir les plus riches. Là-dessus, je ferais mieux d'aller dormir.

# 4

— Ne me dis pas que tu as réussi à semer Florence ! lance Béatrice en riant.

— Pas cette fois, la rassure FX. Elle avait rendez-vous chez le dentiste. Je suis trop content d'être seul avec toi. Est-ce que je pourrais rester à souper ?

— Bien sûr. Appelle chez toi pour les avertir.

FX incline la tête de côté et lui fait son plus beau sourire.

— Pas la peine, j'ai laissé un mot à maman sur la table avant de partir.

— Et si j'avais dit non…

— Je ne courais pas grand risque. Je ne me rappelle pas avoir reçu un seul non de ta part pour quoi que ce soit. Est-ce que je t'ai déjà dit que tu étais la meilleure grand-mère au monde ?

Béatrice lui ébouriffe les cheveux. Elle adore ce garçon et elle trouve qu'il grandit trop vite. Il entrera au secondaire en septembre. Elle ne s'illusionne pas, un jour viendra où il se désintéressera d'elle. Pas parce qu'il l'aimera moins, plutôt parce qu'il sera trop occupé à passer de l'enfance à l'adolescence et ensuite à devenir un homme.

— Des dizaines de fois, finit-elle par lui répondre, mais j'aime toujours te l'entendre dire. Est-ce que par hasard tu aurais un petit creux ? Parce que j'ai fait un gâteau Reine-Élisabeth ce matin. J'ai même doublé la recette de glaçage et j'ai préparé une moitié sans noix de coco, au cas où tu passerais me voir.

— Tu me connais mieux que personne… Tu sais bien que j'ai toujours un petit creux et encore plus lorsque je reviens de l'école. Un jour, il faudra que je refasse passer mon test à maman. Peut-être qu'elle le réussira cette fois. Je suis prêt à commencer par le dessert. Un gros morceau, s'il te plaît !

Béatrice éclate de rire. Il lui fait le coup aussitôt qu'un gâteau à son goût est en jeu et elle le trouve toujours aussi drôle.

— As-tu vu Rosalie cette semaine ? lui demande-t-il d'un ton détaché. Elle marche.

— Pour de vrai ? Elle n'a pas encore un an. J'ai hâte de la voir.

— Elle est trop mignonne, renchérit FX. Elle a l'air d'un petit soldat de plomb quand elle se lâche entre deux meubles. Pourquoi tante Josée ne vient plus te voir ?

— C'est un peu compliqué à expliquer.

— J'ai tout mon temps… Grand-papa ne sera pas là avant une bonne demi-heure.

L'idée de lui expliquer en long et en large pourquoi Josée se tient à distance ne l'enchante guère. Elle regarde son petit-fils dans les yeux, lui sourit et finit par se lancer. Elle lui a toujours dit la vérité.

— Puisque tu as l'air d'y tenir… Ta tante Josée m'a toujours prise pour sa meilleure amie. Son unique amie, devrais-je plutôt dire. Résultat : même petite, elle était quasiment tout le temps collée à moi. Aujourd'hui, je reconnais l'avoir encouragée sans m'en rendre compte. Sous prétexte qu'elle était différente de ses frères et de sa sœur et qu'elle ne savait pas se défendre, je la protégeais de tout et de tous. Plus elle vieillissait, plus elle m'accaparait et plus j'étouffais. On peut dire que j'avais créé le monstre. Pendant des années, j'allais même me réfugier à l'église pour avoir la paix. Monsieur le curé lui avait interdit d'y entrer en dehors des messes. Je ne te dis pas le nombre de romans que j'ai lus assise sur le premier banc d'en avant. Ce n'est pas mêlant, j'ai encore mal aux fesses juste à y penser.

— Si j'avais su, je t'aurais défendue.

— C'est gentil, mais personne ne pouvait rien pour moi. Ton père a essayé de raisonner Josée plusieurs fois. Ta tante Suzan l'a rabrouée plus souvent qu'à son tour. Ton oncle Gabriel lui claquait la porte au nez. Ton grand-père faisait comme si elle n'existait pas. Rien n'y faisait parce que ça ne venait pas d'elle. Seul Germain pouvait l'endurer. Je me demande encore comment il a fait.

— Pauvre toi ! lance-t-il en lui caressant le bras. Et elle s'en prenait à maman aussi.

— J'avoue qu'elle ne l'a pas ménagée non plus. À partir du jour où ton père nous l'a présentée, ta tante a tout fait pour s'en débarrasser. Ta mère est une coriace.

FX lève les yeux au ciel. Le récit de sa grand-mère le rend de mauvaise humeur. Il ne comprend pas que personne ne soit arrivé à faire entendre raison à sa tante. Ce n'est pas comme si elle pesait trois cents livres, elle le dépasse à peine d'un pouce. Ils auraient pu unir leurs forces, lui dire ses quatre vérités, la sortir de leur vie.

— Peux-tu m'expliquer pourquoi maman et elle sont devenues amies ?

— Comment pourrais-je t'expliquer ce que je ne comprends pas moi-même ? J'imagine que ta mère lui a pardonné tout ce qu'elle lui a fait endurer. À moins qu'elle ait eu pitié d'elle et se soit prise à son propre jeu…

Béatrice pose son index sur sa lèvre inférieure et la tapote doucement comme si ce geste allait l'aider à réfléchir. Aussi bien reconnaître qu'elle vient de s'engager sur une pente glissante et elle s'en veut.

— Oublie ce que je viens de dire, confesse-t-elle en balayant l'air de la main. Ta mère est bien trop intelligente pour se laisser avoir par qui que ce soit. Si elle a fait une aussi grosse place à Josée dans sa vie, c'est parce qu'elle le veut. On n'a qu'à les regarder ensemble pour s'apercevoir que ni l'une ni l'autre ne jouent la comédie.

— Je trouve qu'on a beaucoup de chance de vivre dans une famille où les miracles existent encore !

Béatrice le regarde avec des points d'interrogation dans les yeux. Il l'étonnera toujours avec sa manière peu commune d'analyser les choses.

— Penses-y un peu, grand-maman. Ma mère s'est convertie à l'ordre sans rechigner le jour où papa a distribué les tâches ménagères et elle n'a jamais rechuté. Moi, j'appelle ça un miracle. Pourquoi ? Eh bien, parce qu'elle ne m'écoutait jamais quand je lui demandais d'arrêter d'envahir ma chambre. À moins que Dieu se soit glissé dans la peau de papa le temps de lui faire comprendre le bon sens. À toi de choisir l'explication que tu préfères.

Il hausse les épaules avant de poursuivre sur sa lancée :

— C'est un peu la même chose pour tante Josée, plaide-t-il en fronçant les sourcils. Le bon Dieu lui a donné tellement mal au cœur qu'elle a oublié jusqu'à ton existence. Il lui a peut-être mis un peu de plomb dans la tête au passage. Tu seras d'accord avec moi qu'il s'agit encore d'un miracle puisque personne n'avait réussi à l'arrêter de s'en prendre à toi et à maman. Tu l'as mentionné toi-même tout à l'heure. Alors, qu'est-ce que tu en dis ?

— J'en dis qu'il faut être très intelligent pour avoir pensé à ça. Par contre, ce n'est pas à moi de prétendre que tu as tort ou raison. Tu devrais plutôt t'adresser à ton oncle Réal. Je suis loin d'en savoir autant que lui sur les miracles.

— Pourquoi je le ferais ? Il n'est même plus prêtre.

— J'aime croire qu'il n'a pas encore oublié tout ce qu'il a appris au séminaire.

— Si Dieu existe vraiment, ajoute FX d'un ton sérieux, il a commis la plus grosse erreur de sa vie en lui laissant enlever sa soutane. Est-ce que je pourrais avoir un autre morceau de gâteau ? Je t'en prie, grand-maman, il est trop bon et je suis encore affamé.

Incapable de se retenir plus longtemps, Béatrice se met à rire comme une malade. Il n'y a que les enfants pour passer sans aucun avertissement d'un sujet aussi sérieux que les miracles à un morceau de gâteau. Elle rit tellement que de grosses larmes coulent sur ses joues.

Surpris par sa réaction, FX plisse le nez. Il ne se rappelle pas avoir dit quelque chose d'amusant. Il hausse les épaules dans les secondes qui suivent. Inutile de chercher à comprendre, les adultes ont parfois de drôles de réactions. Il prend son assiette et va se servir un énorme morceau de gâteau.

***

Léo n'est pas sorti de son bureau depuis son retour du palais de justice. Son ami Renaud vient d'être trouvé coupable du meurtre au premier degré de sa femme. Il a beau retourner la question dans tous les sens, il n'arrive pas à l'imaginer dans le rôle d'un meurtrier. Renaud a toujours été un homme doux, un homme sans malice, sans histoire. Un bon vivant. Qu'a-t-il pu se passer pour qu'il change autant? À la condition bien sûr qu'il l'ait vraiment fait. Léo a suivi tout le procès et, franchement, Thomas a plaidé comme un chef. Il a tout tenté pour le sortir de là, tout. On aurait dit que le sort s'acharnait sur son client. Aussitôt qu'il parvenait à le montrer sous un meilleur jour aux jurés, un nouveau témoin appelé à la barre par la Couronne soufflait tout. Le pauvre a été condamné à vingt-cinq ans d'emprisonnement. Il faisait pitié à voir.

Thomas entre brusquement. Il referme la porte et s'assoit sur un des fauteuils pour visiteurs. Il y a longtemps que Léo ne l'a pas vu aussi découragé.

— Crois-tu vraiment qu'il l'a fait? lui demande-t-il tout de go.

— L'homme que j'ai connu n'aurait jamais posé un tel geste. Par contre, je ne peux pas parler pour celui qui a débarqué dans mon bureau quarante ans plus tard. Et toi?

— Je ne sais plus quoi penser. Je suis porté à le croire quand il clame son innocence et, en même temps, tout l'accuse. Tu vas peut-être me traiter de fou, mais j'ai envie de pousser mes recherches un peu plus loin. J'ai l'impression que quelque chose m'a échappé, au point que ça m'empêche de dormir.

— Fais ce que tu as à faire, Thomas. En passant, j'ai été impressionné par ta plaidoirie. Peu importe l'issue du procès, Renaud ne pouvait pas choisir un meilleur avocat que toi.

— Permets-moi d'en douter. Si j'avais été aussi bon que tu le dis, j'aurais réussi à lui éviter la prison même s'il est coupable. Me permets-tu de demander à Monique de m'aider pour la suite des choses ?

— J'allais te l'offrir. Elle sera ravie de travailler avec toi. Tu devrais prendre le reste de la journée.

La mine basse, Thomas se lève et sort sans se retourner. Il s'arrête devant le bureau de Monique. Il va droit au but. Il a besoin d'elle et lui expose ses attentes.

— Quand souhaites-tu qu'on se voie ? lui demande-t-elle sans hésiter.

— Réserve-moi ton avant-midi demain. D'ici là, j'aurai eu le temps de revoir tout le dossier. Je serai dans mon bureau si jamais mon père souhaite me voir.

— N'oublie pas de rentrer, lui suggère gentiment Monique.

Il lui sourit avant de poursuivre son chemin.

Monique est contente que Thomas ait sollicité son aide dans le dossier de Renaud. Elle a suivi la cause de près, d'abord par intérêt personnel et, ensuite, parce qu'à une autre époque il était le meilleur ami de Léo. Cette affaire a d'ailleurs beaucoup affecté son mari. L'évocation de ce mot de quatre lettres la bouleverse encore. Elle est mariée à cet homme merveilleux depuis presque sept mois. Son bonheur est si grand qu'il y a des secondes où elle a envie d'écrire à Hélène pour la remercier de ne pas être rentrée. Elle entend encore Léo lui dire d'une voix émue qu'elle peut acheter sa robe de mariée. Il revenait tout juste de l'aéroport. À partir de cet instant, les choses se sont bousculées à une vitesse vertigineuse. Alors qu'il venait à peine d'enclencher les procédures du divorce, Léo a offert à Réal et à Colombe de s'installer dans la résidence familiale. Hélène était tellement contente que son fils défroque qu'elle a accepté sans aucune hésitation de lui prêter la maison le temps qu'il faudra pour retomber sur ses pieds. Il n'aura qu'à payer le chauffage et à se nourrir. Un terme maximum de cinq ans a été entendu entre les deux parties, ou plutôt les trois parties. Par respect pour toutes les années de vie commune avec Hélène, Léo a fait le voyage jusqu'à Haïti pour lui faire signer les papiers du divorce et pour lui annoncer en personne qu'il se mariait le 19 novembre de la même année. Hélène était tellement contente pour lui qu'elle lui a sauté au cou. Léo ne se souvenait pas de l'avoir vue dans cet état, pas même à la naissance de leurs enfants.

Monique sourit. Elle se revoit en train d'aider Léo à installer son bureau dans la chambre d'amis et à défaire ses nombreux cartons. Comme ils devaient parer au plus pressé, étant débordés de travail, le choix de rester chez Monique s'est imposé de lui-même. Ils y habitent encore, mais seulement pour quelques mois. En guise de cadeau de mariage, Léo lui a offert de faire construire la maison de ses rêves. Monique s'est aussitôt mise en quête du modèle parfait. Le jour de Noël, elle a offert une photo couleur grand format de ce dernier à Léo et les plans de l'intérieur. Ils se sont très vite mis d'accord sur certains détails et sont partis à la recherche du terrain idéal et du meilleur entrepreneur en ville. Pour les armoires, ils ont réservé les services de Gabriel et de Paul. À moins d'un changement hors de leur contrôle, ils emménageront dans leur maison à la fin septembre, ce qui leur laisse à peine le temps de tout prévoir.

Rencontrer les trois autres enfants de Léo rendait Monique tellement nerveuse qu'il a dû la prendre de court. Après leur avoir laissé le temps de digérer la nouvelle concernant leur mère, il a organisé un dîner de famille le jour de Pâques chez Réal sans en parler à sa dulcinée. Colombe s'est occupée du repas. Il était plus que temps de lui présenter les siens. À l'instant où Réal leur a ouvert la porte, Monique a su qu'elle venait d'hériter d'une famille. Grands et petits, tous l'ont traitée comme s'il la connaissait depuis toujours. Les larmes lui montent encore aux yeux lorsqu'elle se rappelle ce fameux dîner. Elle les aime tous autant qu'ils sont.

# 5

Palette de couleurs dans une main et pinceau dans l'autre, Diane analyse la toile à laquelle elle vient de faire quelques retouches d'un œil critique. Elle recule d'un pas puis d'un autre, se déplace à gauche et ensuite à droite avant de revenir à sa position initiale. Satisfaite, elle troque le pinceau qu'elle tient pour un plus fin, le trempe dans la peinture noire et s'applique à apposer sa signature dans le bas. Un autre Beaumont à ajouter à sa nouvelle série ! Le huitième de neuf, pour être plus précise. Il lui tarde de le montrer à Raphaël. Sa renommée en tant qu'artiste ne cesse de grandir depuis qu'elle travaille avec lui. Ses tableaux se vendent à prix d'or autant à New York qu'à Montréal. Les galeristes ont reçu plusieurs offres pour ceux que Léa tient en otage, des offres beaucoup plus généreuses que ce que son amie lui a versé. Ça la met hors d'elle rien qu'à y penser. À son grand désespoir, elle ignore toujours pourquoi Léa refuse de lui rendre ses tableaux et pourquoi elle a monté toute cette mise en scène autour d'eux. Bien que de plus en plus tentée de la confronter pour connaître le fin fond de l'histoire, elle se retient de le faire, à la demande de Raphaël. Aussitôt qu'elle lui fait part de son désir irrésistible de passer à l'action, il la supplie de lâcher prise.

— Je comprends votre frustration, mais vous n'y gagnerez rien.

— À part l'équivalent de ce qu'elle m'a déjà versé.

— Vous devriez plutôt la remercier. Elle vous a offert sur un plateau d'argent la chance de vous consacrer à votre art. Sans vouloir vous blesser, je suis loin d'être certain qu'elle en aurait tiré autant que ce qu'elle vous a donné si elle les avait vendus à ce moment.

Cette discussion remonte à la semaine dernière et Diane l'a toujours en travers de la gorge. Dur, dur pour son ego et encore plus dur d'admettre que Raphaël a probablement raison. Elle voit Léa de moins en moins souvent depuis que Julie a découvert le pot aux roses. Ajoutons à cela qu'au même moment la flamme s'est rallumée entre Léa et son mari. Conséquence : elle n'a plus beaucoup de temps pour celle qu'elle aime encore appeler sa meilleure amie. Pour une fois, le bonheur des uns fait le bonheur des autres. Quelque chose d'irréparable s'est brisé en Diane lorsqu'elle a su pour ses tableaux et, à moins d'un miracle, ça ne risque pas de changer. Pour elle, l'amitié entre deux personnes repose d'abord sur la confiance. C'est pourquoi elle laisse à Raphaël le soin de traiter avec sa soi-disant amie pour tout ce qui concerne les affaires. Elle se connaît, elle finirait par craquer. Parlant d'amie, Sonia la regarde à peine quand elles s'adonnent à sortir en même temps de leur maison. Elle n'a pas digéré que Martine entraîne David dans le péché et lui en fait payer le prix. Heureusement, Réjean et Charles sont toujours amis. Pourquoi certains parents sont-ils incapables d'accepter que leurs enfants vieillissent ? Diane plaint les jeunes d'avoir à supporter une telle situation. Aux dernières nouvelles, lundi dernier, Sonia leur a fait l'immense honneur de leur rendre visite, une première en un an. Si elle pensait que Martine déroulerait le tapis rouge pour la recevoir, elle s'est mis un doigt dans l'œil jusqu'au coude. La jeune femme est sortie de son logement à la seconde où sa belle-mère y est entrée. Tout ce chichi au nom de la religion… c'est à n'y rien comprendre.

Diane dépose les armes et va mettre de l'eau à bouillir. Elle a envie d'un thé et d'une petite gâterie cuisinée par Josée. Sa rencontre avec Katy a emballé sa belle-sœur au point qu'elle a accepté de s'associer avec elle avant même d'en discuter avec Germain. Au lieu de s'en offusquer, il l'a félicitée pour son audace et son courage et lui a demandé comment il pouvait l'aider. Ce soir-là, ils ont dressé la liste des choses à faire et se sont partagé les tâches. Vingt-quatre heures plus tard, Josée est retournée voir Katy pour lui remettre son horaire et lui donner un aperçu des pâtisseries qu'elle offrira dès la mi-juillet. Diane l'a ensuite convaincue de consacrer sa première journée à la dégustation de ses desserts par tous ceux qui se présenteront au café. Elle lui a également proposé de l'aider pendant qu'elle sera occupée à prendre les commandes. Et, en attendant, elle fait office de goûteuse officielle, elle adore ce rôle. Diane admire son cran. Cuisiner pour sa famille et pour ses amis est sûrement moins intimidant que cuisiner pour de purs étrangers à qui on demande de payer le gros prix.

La bouilloire siffle près d'elle, mais Diane est trop concentrée pour lui accorder la moindre attention. Elle hésite encore entre le carré aux dattes ou celui aux fraises. Elle se met à rire toute seule. Après tout, l'ordre importe peu puisqu'elle devra les manger tous les deux et leur attribuer une note selon les critères établis par Josée. Sa belle-sœur est aussi organisée que si elle était à la tête de l'entreprise Vachon. Il fallait l'entendre lui expliquer que ses carrés aux dattes doivent toujours goûter la même chose, avoir la même taille et peser le même poids. Idem pour ses galettes, ses gâteaux, ses biscuits. Ses choux à la crème doivent être identiques. Bien qu'elle ait amélioré de beaucoup ses talents en cuisine, Diane ne lui arrive pas à la cheville et ce n'est pas demain la veille que cela se produira. Elle le sait et elle n'ambitionne pas non plus de devenir meilleure qu'elle.

Elle finit par verser l'eau dans sa tasse et, pendant que son thé infuse, elle mord à pleines dents dans le carré aux dattes. Elle le trouve bien meilleur que le précédent. Reste à découvrir pourquoi. Elle ferme les yeux et mâche doucement sa bouchée. Elle en prend une deuxième et une troisième avant de noter ses impressions. Plus elle joue le rôle de goûteuse, plus elle se dit que si jamais elle se fatigue de peindre, elle pourra toujours exercer ce métier dans les cuisines des grands hôtels. C'est permis de rêver !

Alors que ses pensées se mettent à errer dans tous les sens, le visage de Monique lui apparaît. Elle a aimé cette femme à la seconde où celle-ci est entrée dans son champ de vision. Pour sa gentillesse, sa douceur, sa générosité, sa répartie, son intelligence, son sens de l'humour… et pour l'amour qu'elle porte à Léo. Tous s'entendent pour dire qu'il a rajeuni d'au moins dix ans depuis qu'ils sont ensemble. Diane se mordille la lèvre entre deux gorgées de thé. Elle ne s'est pas encore risquée à en parler avec ses frères et sa sœur, mais, pour elle, Monique représente la mère idéale. Une seule pensée concernant celle qui les a mis au monde suffit à Diane pour lui faire pousser un grand soupir. Il serait temps de lui écrire. Elle a encore sur le cœur la manière dont Hélène les a abandonnés… Parce que c'est bel et bien ce qu'elle a fait. Elle ne s'est même pas donné la peine de leur dire en face que non seulement elle demandait le divorce, mais qu'elle allait s'installer à Haïti. Comment une mère peut-elle décider d'aller s'occuper de purs étrangers alors qu'elle ne lève pas le petit doigt pour ses propres enfants et encore moins pour ses petits-enfants ? Ça prenait un sacré culot pour agir ainsi. Ça prenait Hélène ! Léo a voulu expliquer son geste le jour où il les a tous réunis pour leur apprendre la nouvelle, mais Réal lui a à peine laissé le temps de finir sa première phrase.

— Ménagez votre salive, papa, a-t-il lancé d'une voix forte, elle ne mérite pas qu'on lui accorde autant d'importance.

— C'est quand même votre mère, a argumenté Léo.

— Vous avez raison, elle nous a donné la vie. Pour le reste, j'ai enterré ma vraie mère le jour où Carole a quitté ce monde.

Thomas, Diane et même Denise ont confirmé ses dires sans hésiter, ce qui n'a pas vraiment surpris Léo. Il aura au moins essayé !

— Maintenant que la voie est libre, a ajouté Réal, promettez-nous de penser à vous, papa.

Le regard de Léo s'est voilé, puis de grosses larmes se sont mises à couler sur ses joues. Ils se sont tous approchés de lui et l'ont serré dans leurs bras. Ils venaient de lui donner leur bénédiction et ça le touchait au plus profond de son cœur.

Diane a commencé pas moins de dix lettres pour Hélène depuis son départ, mais elle lui en a posté une seule. Une lettre polie et complètement vide de sens, ce qui ne lui ressemble pas. Elle a beau chercher, elle n'arrive pas à trouver les mots pour exprimer à sa mère ce qu'elle ressent face à son geste. Elle se connaît, tant et aussi longtemps qu'elle ne l'aura pas fait, elle ne pourra pas entretenir une relation digne de ce nom avec elle. Quant à jouer le jeu de la fille compréhensive, très peu pour elle. Diane déteste les non-dits et les zones floues.

Le départ brutal d'Hélène a eu un effet domino sur la famille Maltais, à commencer par Léo. Son mariage avec Monique a suivi de très près le règlement de son divorce. Réal a retiré sa soutane et Denise a décidé de suivre son cours d'infirmière. Thomas s'est convaincu qu'il lui incombait de rendre visite à leur mère à Haïti et Diane se bat contre la colère suscitée par le geste d'Hélène. Heureusement que Monique est là !

Elle se lève sans crier gare et se rue sur le téléphone. Elle compose le numéro de Josée et tape du pied en attendant qu'elle décroche.

— J'ignore où j'avais la tête, lance-t-elle dès qu'elle entend la voix de sa belle-sœur. Il faut que tu parles à Monique pour ta pâtisserie.

— La femme de ton père ? Pourquoi ?

— Parce qu'elle va pouvoir t'aider ! Elle a enseigné la pâtisserie à l'Institut de tourisme et d'hôtellerie du Québec pendant plusieurs années.

— Mais encore…

Diane fait les cent pas pendant qu'elle cherche comment répondre à Josée sans la froisser.

— Eh bien, elle pourrait sûrement te suggérer quelques pâtisseries fines.

— C'est bien beau, tout ça, sauf que mon intention n'est pas de cuisiner pour les riches, mais pour les gens du quartier. Je veux leur offrir les desserts de leur enfance, pas ceux qu'on mange à Paris en admirant la tour Eiffel. Je veux qu'ils pensent à leur grand-mère qui était la reine du pouding au riz en dégustant le mien. Ou à leur tante qui faisait les meilleurs brownies. Je veux les rendre heureux. Je veux sortir du lot, pas ajouter une nouvelle pâtisserie française à la liste.

— Ça va, Josée, tu m'as convaincue. Si jamais tu changes d'avis, tu n'auras qu'à me le dire. Il faut que je te laisse, j'attends mon ancien professeur de peinture d'une minute à l'autre. Je passerai te voir demain.

— N'oublie pas de m'apporter tes notes pour mes carrés aux dattes et aux fraises. À demain !

Diane doit modérer ses transports avec Josée. À trop vouloir bien faire, on finit parfois par obtenir l'effet contraire. Sa belle-sœur a le sens des affaires et elle sait ce qu'elle veut. L'idée de lui présenter Monique partait d'une bonne intention, sauf qu'elle était au courant de la direction que Josée souhaite donner à sa pâtisserie. De petits coups frappés sur la porte de côté la sortent brusquement de ses pensées. Elle se dépêche d'aller ouvrir. Les deux femmes se saluent chaleureusement.

— C'est chaque fois un réel plaisir de venir te voir, confesse Doris en souriant.

— Moi, je me sens honorée. Prendriez-vous un thé ?

— Volontiers, mais avant j'aimerais voir ton petit dernier parce que je suppose que tu l'as fini.

— Vous ne pouviez pas mieux tomber, je l'ai signé il y a quelques minutes. Suivez-moi.

La première fois que Doris l'a honorée de sa visite, Diane s'est sentie aussi mal à l'aise que lorsqu'elle est entrée dans sa salle de classe. Cette femme en imposait et en impose toujours à la fois par sa prestance et son talent hors du commun en tant qu'artiste. D'ailleurs, Diane a été très surprise d'apprendre qu'elle a rangé ses pinceaux il y aura bientôt dix ans. Il paraît qu'elle s'est levée un matin avec l'envie de faire autre chose de ses dix doigts. Il semblerait aussi qu'elle attend toujours l'idée de génie qui remplacera la peinture. Elle ne s'est pas tourné les pouces pour autant… loin de là. Elle donne des cours de peinture aux jeunes défavorisés du quartier et accompagne quelques artistes en devenir dans leur quête de s'élever aux côtés des meilleurs. Elle anime aussi des conférences sur les grands peintres d'hier et d'aujourd'hui dans les écoles secondaires et dans les musées. Tout ça en plus des cours qu'elle donne à l'université, bien sûr.

Doris s'immobilise aussitôt qu'elle pose les yeux sur le tableau. Quant à Diane, elle se faufile jusqu'à son fauteuil et l'observe. Ou plutôt elle la fixe dans l'unique but de deviner son appréciation de ce qu'elle a couché sur la toile. L'avis de son ancienne professeure compte beaucoup pour elle, au moins autant que celui de Raphaël. Ça lui rappelle qu'il a eu une drôle de réaction quand elle lui a demandé s'il connaissait Doris. Voilà maintenant que Doris recule d'un pas et se déplace de deux sur sa droite. Elle incline aussi la tête à gauche et pose la main sous son menton. Après quelques minutes dans la même posture, elle se redresse et se tourne vers Diane. Il était temps, elle était en train de devenir folle à force d'attendre.

— J'aime autant t'avertir que ma demande risque de te sembler un peu loufoque. Pourrais-tu lui faire faire un quart de tour sur la droite ?

Diane soupire aussi silencieusement que possible, son supplice n'est pas encore fini, à ce qu'il semble. Étant donné que ce n'est pas la première demande du genre de Doris, elle s'exécute. Bien que tentée d'aller la rejoindre, Diane retourne à sa place et la fixe de nouveau. Il lui tarde de savoir ce qu'elle pense. Quelques minutes s'écoulent encore avant qu'elle entende enfin le son de sa voix.

— Pour moi, dit-elle avec douceur, c'est de loin ton plus beau tableau. Il est lumineux, inspiré, original et il vient nous chercher. Je l'adore.

Diane boit ses paroles et sourit à s'en décrocher la mâchoire. Soumettre son œuvre au regard des autres la rend nerveuse et ça ne va pas en s'améliorant.

— J'ai une faveur à te demander. La prochaine fois, attends de me l'avoir montré avant de le signer.

Au lieu de lui demander de préciser sa pensée, Diane se contente de venir la rejoindre. Les mots de Doris viennent de libérer ses épaules de la moitié de son stress. Reste maintenant à connaître l'avis de Raphaël et, pour ça, elle devra attendre son retour de Paris au début de la semaine prochaine. Il est allé prospecter la ville pour quelques-uns de ses protégés, dont elle.

— Merci du fond du cœur !

— Arrête de me remercier ! Je ne t'ai pas fait de cadeau, je ne t'ai dit que la vérité.

— C'est aussi pour cette raison que je tiens à vous manifester ma gratitude. Avec vous, j'ai toujours l'heure juste.

— N'oublie pas ce que je t'ai dit. Mon avis représente celui d'une seule personne. Tu peux en tenir compte, mais te baser uniquement sur lui pour remettre en question ton avenir en tant qu'artiste serait une grave erreur.

La sagesse, le discernement, l'aplomb de Doris sont autant d'éléments qui plaisent à Diane. Créer seule, enfermée entre quatre murs, demande d'avoir une détermination à toute épreuve, mais aussi d'être bien entourée si on ne veut pas finir par tourner en bourrique et tout abandonner.

— J'ai confiance en votre jugement comme en celui de Raphaël. Vous êtes en quelque sorte mes deux phares. Prête pour un thé et quelques petites douceurs ?

— Seulement si Josée en est l'auteure. Avant que j'oublie, je suis presque certaine d'avoir aperçu Milkshake aux fraises hier en me rendant chez ma sœur à pied. Il se chauffait au soleil dans l'arrondi de la *bay-window* d'une grosse maison de pierres grises. Que dirais-tu d'aller jeter un coup d'œil après notre thé ?

***

Comme tous les matins, Réal ouvre les yeux le premier et regarde dormir Colombe pendant quelques minutes avant de se lever. S'il avait su que vivre en couple pouvait être aussi doux, il ne serait peut-être jamais devenu prêtre. Depuis qu'il partage la vie de cette femme merveilleuse, il se réveille et s'endort avec le sourire. Elle illumine son existence, même par temps maussade. Quitter la prêtrise n'a pas été facile pour lui, loin de là.

Il n'est pas près d'oublier les paroles de l'évêque le jour où il est allé lui faire part de sa décision de renoncer à ses vœux.

— Je vous rappelle que vous ne pouvez pas vous séparer de Dieu aussi facilement. Et ne comptez pas sur moi pour vous libérer. Vous êtes un bon prêtre et je n'ai pas les moyens de vous remplacer. Continuez à faire ce que vous faites sans faire de vagues et personne n'en saura rien. Ça va finir par vous passer et ce jour-là vous me remercierez de vous avoir tenu tête.

Déstabilisé par les propos de son évêque, Réal est resté sans mot. Contre toute attente, ce dernier s'est levé dans la minute qui a suivi et lui a demandé d'un ton autoritaire de fermer la porte en sortant. Aussitôt seul, Réal s'est pris la tête à deux mains pour tenter de recouvrer ses esprits. Monseigneur l'a éconduit sans ménagement. Ça lui avait pris tout son courage pour venir le rencontrer et encore plus pour le mettre au courant de son intention de défroquer, n'ayons pas peur des mots, et voilà qu'il venait de donner un coup d'épée dans l'eau. Non ! Non ! Il était hors de question qu'il accepte de jouer le jeu. Il ne voulait plus être prêtre et il allait tout faire pour arriver à ses fins. Au lieu de sortir bredouille du bureau, Réal a appelé l'archevêque et lui a déballé son sac sans oublier de lui parler de la recommandation de son évêque. Un mois plus tard, Colombe et lui déménageaient leurs maigres avoirs dans la maison familiale des Maltais.

Il souhaitait que les choses se passent autrement. Il est entré dans les ordres sans se faire tordre le bras par ses parents sous prétexte qu'il était le plus vieux de la famille et qu'ils rêvaient qu'il y ait un prêtre en son sein. Erreur! Sa mère s'est opposée de toutes ses forces. Plus elle lui mettait des bâtons dans les roues, plus il s'entêtait. Il voulait être prêtre et il le serait à son corps défendant s'il le fallait. De quel droit s'insurgeait-elle tout à coup dans sa vie alors qu'elle ne s'y intéressait aucunement jusqu'à ce qu'il lui fasse part de ses intentions de porter le col romain? Il a adoré ses vingt années de sacerdoce. Il a toujours aimé et il aime encore aider les gens. Ceci étant dit, il ignorait qu'il était en prison à ce point. D'ailleurs, il se demande encore comment il a fait pour s'habituer à ses chaînes aussi facilement.

À peine venait-il de retirer sa soutane qu'il s'est fait offrir une charge de cours en philosophie à l'Université de Montréal. Il ne pouvait pas espérer mieux. Il aide d'autres gens de manière différente. Il a un horaire fixe et, il doit bien l'avouer, il ne se tue pas à l'ouvrage. Ça lui crevait le cœur d'abandonner ses paroissiens. C'est pourquoi il a choisi de visiter les plus démunis avant de s'en aller. Il a eu droit à tout comme réaction lorsqu'il leur a appris qu'il quittait les ordres. La colère, la compréhension, la reconnaissance, le dédain, la haine… De quoi l'ébranler. Comment pouvait-il en être autrement? Personne ne passe du statut de sauveur à celui de paria sans susciter les foudres. Encore moins un homme de Dieu! Il a dû se rappeler toutes les belles paroles qu'il répétait en boucle à ceux-là mêmes qui le frappaient.

Pour sa part, Colombe est retournée sur les bancs de l'école en septembre pour terminer son secondaire. Elle était enchantée à l'idée de poursuivre ses études. Elle ne les avait pas arrêtées de gaieté de cœur, elle l'avait fait parce que ses parents l'y avaient obligée. Reste maintenant à décider dans quoi elle s'inscrira lorsque viendra le temps d'entrer au cégep.

On ne lui avait jamais dit qu'on pouvait être aussi heureux. Elle aime tout de sa nouvelle vie. Elle nage en plein bonheur avec Réal. Elle est complètement libre de ses faits et gestes et c'est nouveau pour elle. Elle adore apprendre. Elle a une belle-famille en or. Elle peut même faire des projets d'avenir. Seule ombre au tableau : les siens lui tournent le dos depuis qu'elle leur a avoué s'être mise en couple avec un curé défroqué. Ils n'ont eu aucun scrupule à la donner en pâture au prêtre de la paroisse et leur foi en Dieu et en cet homme leur interdit de garder contact avec celle qui les a déshonorés. Heureusement pour Colombe, son bonheur est si grand qu'il lui a vite fait oublier la peine causée par les siens. Sans vouloir paraître mesquine, elle conservait des liens avec eux plus par devoir que par plaisir puisqu'aucun membre de sa famille ne prenait de ses nouvelles en dehors de la période des fêtes.

Réal caresse les cheveux de sa bien-aimée. Son amour pour elle grandit un peu plus chaque jour. À ses côtés, sa vie s'écoule comme un long fleuve secoué ici et là d'élans de passion. Colombe possède plusieurs dons, entre autres ceux de mettre le feu à son corps, d'apaiser ses angoisses et de lui faire voir le bon côté des choses. Sans elle, le passage d'une vie régie par des règles bien établies à une de complète liberté ne se serait pas fait sans douleur.

Hier, ils ont invité Léo et Monique à souper. Même dans ses rêves les plus fous, jamais Réal n'aurait osé imaginer être assis à la même table que son paternel dans de telles conditions de bonheur. Ils voulaient le rencontrer pour l'avertir que Colombe et lui comptent déménager avant la fin de l'année. Ils ne savent pas encore s'ils vont louer ou acheter, mais il est temps pour eux de voler de leurs propres ailes. Léo leur a offert de leur vendre la résidence familiale avec tout ce qu'elle contient. Devant leur peu d'enthousiasme, il leur a demandé combien ils comptaient payer leur maison dans le cas où ils décideraient d'acheter.

Réal lui a expliqué que, même s'il a décroché un bon emploi, il ne peut pas s'offrir une demeure comme la sienne. Les taxes municipales à elles seules grugeraient une trop grande partie de ses revenus. Avant que Léo argumente, parce que c'est ce qu'il s'apprêtait à faire, il a ajouté d'une voix douce mais ferme que Colombe et lui tenaient à choisir leur prochaine résidence.

— Je comprends, a dit Léo sans hésiter. Revenez-moi dès que vous en saurez plus. Je vais attendre que vous soyez déménagés avant de la mettre à vendre. Vous pouvez partir avec tout ce que vous voulez.

Réal et Colombe l'ont remercié de tout cœur pour sa grande générosité, ce à quoi Léo a répondu qu'il serait toujours là pour eux. A suivi une nouvelle qui a surpris leurs invités.

— Réal et moi allons avoir un bébé au début de la prochaine année, a annoncé une Colombe, tout sourire.

Léo et Monique ont bondi de leur chaise pour les féliciter. Réal est tombé des nues lorsque sa femme lui a appris qu'elle était enceinte. Il s'était interdit de croire que c'était possible alors que Colombe est encore en âge d'enfanter.

— Ne vous sentez surtout pas obligés, a ajouté Monique d'une voix émue, mais si jamais vous avez besoin d'une gardienne, pensez à moi.

— C'est noté, lui a confirmé Colombe. Est-ce que ça vous dirait de m'aider à préparer sa chambre et son trousseau en attendant ?

— Quand est-ce qu'on commence ?

— Dès qu'on saura où on va rester, a répliqué Colombe.

— Est-ce indiscret de vous demander dans quel coin de la ville vous regardez ? C'est juste au cas où on entendrait parler de quelque chose.

— On aimerait bien habiter dans un quartier tranquille et à proximité d'un parc, a répondu Réal. Pour tout vous dire, on cherche une maison dans le genre de la vôtre. Avec un petit jardin. Dommage que vous l'ayez déjà vendue.

Un grand sourire s'est affiché sur les lèvres de Monique.

— Vous ne pouvez pas mieux tomber. J'ai reçu un appel de l'acheteur cet après-midi, il a changé d'idée. Aimeriez-vous la visiter ?

— Rien ne nous ferait plus plaisir, a lancé Colombe d'une voix enjouée.

# 6

Julie s'est mise sur son trente-six. Son grand-père l'a convoquée en entrevue à son cabinet pour un emploi d'été. Elle travaille toujours à la galerie, sauf que sa patronne ne peut pas lui garantir plus de trois jours par semaine, dont le samedi. À vrai dire, ça lui laisse beaucoup trop de temps libre. Avoir su, elle se serait inscrite à un cours d'été. Léa lui avait pourtant confirmé qu'elle la ferait travailler à plein temps. Julie a très vite compris la raison de ce subit changement quand Jacob s'est présenté à la galerie pour lui annoncer la nouvelle. Sa patronne venait de l'engager. Les parents de son ex-petit ami avaient acheté deux tableaux, les mettant ainsi en très bonne posture pour quémander un emploi d'été pour leur fils. Bien que tentée d'aller lui jeter sa démission au visage, Julie a plutôt décidé de jouer la carte de l'employée modèle. Elle aime travailler à la galerie. Elle assure toujours la gérance du groupe de musique de David, mais leur agenda estival était rempli bien avant la fonte des neiges. Elle a profité de la visite de Léo à la maison dimanche dernier pour lui demander si, par hasard, il n'aurait pas besoin d'une jeune femme débrouillarde à raison de deux ou trois jours par semaine. Lundi matin, à huit heures, Monique l'appelait pour lui fixer un rendez-vous. Julie a essayé le peu de vêtements décents qu'elle possède pour se présenter à un bureau d'avocats et elle a fini par enfiler la seule jupe ni trop courte ni trop longue dont elle avait oublié l'existence. Elle a emprunté un chemisier à manches courtes à sa mère, a glissé ses pieds dans sa seule paire de talons hauts et en a vite conclu que c'était le mieux qu'elle pouvait faire.

La voilà devant l'ascenseur. Elle appuie sur le bouton et attend que les portes s'ouvrent. Elle monte jusqu'au quatrième étage. Ce n'est qu'à ce moment qu'elle réalise qu'elle n'a jamais mis les pieds ici, et elle n'est pas la seule de la famille dans ce cas. Son grand-père a toujours tenu les siens à l'écart de son bureau. Sa mère lui a confié tout à l'heure qu'elle a trop de doigts sur une main pour compter le nombre de fois qu'elle est entrée dans l'antre de son paternel. En fait, les rares fois où elle a franchi la porte de son cabinet, c'était pour voir son frère.

L'idée de travailler dans un bureau ne l'enchante pas outre mesure, même que ça lui fait un peu peur. En même temps, ça lui permettra d'ouvrir ses horizons, d'autant qu'elle s'intéresse depuis longtemps à tout ce qui est en lien avec la loi. Rien ne lui fait plus plaisir que de mettre la main sur un roman qui porte sur un procès. Elle adore essayer de découvrir l'indice qui a échappé à tout le monde. Idem pour les romans policiers. Sa moyenne au bâton n'est pas si exceptionnelle à ses yeux, mais elle lui vaut toujours une boutade concernant ses possibles liens de parenté avec Hercule Poirot ou Sherlock Holmes. De nature curieuse, Julie perd la notion du temps quand elle plonge dans un roman du genre. Reste à souhaiter maintenant que son grand-père n'ait pas l'intention de la reléguer au classement des dossiers. Cela dit sans aucune prétention, mais ce serait bien mal utiliser son talent. L'ascenseur arrête sa course au quatrième. Les portes s'ouvrent devant l'entrée majestueuse du bureau de Léo. Un seul coup d'œil lui suffit pour constater que le métier d'avocat rapporte pas mal plus que celui d'artiste. À moins bien sûr de faire partie du peloton de tête. Elle lisse sa jupe, inspire à fond et entre. Elle s'avance jusqu'à la réception, salue poliment la jeune femme derrière le comptoir et révèle d'un trait la raison de sa présence. La réceptionniste l'invite à s'asseoir en attendant que maître Beaumont vienne la chercher. Elle lui offre un café, mais Julie décline la proposition. Pas question qu'elle risque d'en échapper sur elle ! Elle prend place à côté d'un homme aux cheveux blancs dont le costume à lui seul coûte probablement plus que son salaire mensuel à la galerie. Elle lui sourit. À peine a-t-elle posé les fesses sur sa chaise qu'il lui dit en lui remettant sa carte professionnelle :

— Si jamais Me Beaumont ne vous embauche pas, appelez-moi. Ma réceptionniste est partie hier sans me donner de préavis. Je suis prêt à vous payer un dollar de plus de l'heure que ce qu'il vous offrira.

— J'en prends bonne note. Dans quel domaine travaillez-vous ?

— Je suis architecte. J'ai cinquante-deux employés. Rien que des gars. Vous serez traitée aux petits oignons. Mon bureau est dans le Vieux-Montréal.

Julie lui sourit. Elle ne demanderait pas mieux que de passer l'été entourée d'hommes. Peut-être que ça l'aiderait à oublier Jérémy. À bien y penser, elle ne risque pas grand-chose à faire plus ample connaissance. On ne sait jamais ce que l'avenir nous réserve !

— Je m'appelle Julie Maltais, annonce-t-elle en lui tendant la main.

— Enchanté, Julie ! Moi, c'est Joseph Lalonde. Il y a longtemps que vous avez quitté l'école ?

— J'en ai encore au moins pour quatre ans. Je viens juste de finir ma première année de cégep.

Ils poursuivent allègrement leur discussion jusqu'à ce que Léo se plante devant eux. Il commence par saluer son vieil ami qui a la fâcheuse habitude de débarquer sans s'annoncer. Il lui a répété sur tous les tons qu'il doit prendre rendez-vous s'il ne veut pas attendre. Quinze ans plus tard, il n'en fait toujours qu'à sa tête et Léo se voit chaque fois dans l'obligation de remanier son agenda pour lui faire une place. Il se verrait mal agir autrement, Joseph est le plus gros client du bureau et il ne veut traiter qu'avec lui.

— Sacré Joseph, s'écrie Léo d'un ton taquin, encore en train de chanter la pomme aux jolies filles.

— Tu n'y es pas du tout ! clame l'homme en se levant pour lui serrer la main. Nous étions en pleine discussion sur l'art. J'avoue avoir essayé de la débaucher avant même que tu l'engages, mais il faut croire que ton charme est plus puissant que le mien. Comment vas-tu, mon ami ? J'espère que tu ne regrettes pas trop de t'être passé de nouveau la corde au cou.

— Oh non ! J'imagine que tu n'as pas fait tout ce chemin pour prendre de mes nouvelles.

— Disons que j'ai au moins trois bonnes raisons d'être ici. As-tu un peu de temps pour moi ?

— Accorde-moi quelques minutes pour rencontrer Mlle Maltais et je suis à toi.

Surprise que son grand-père la traite comme une pure étrangère, Julie renonce à l'envie d'offrir sa place à M. Lalonde.

— Ç'a été un plaisir de discuter avec vous, dit-elle poliment au vieux monsieur avant de suivre Léo jusqu'à son bureau.

Il ouvre la porte et se tasse pour la laisser entrer. Il ferme derrière lui et va se placer en face d'elle.

— Comment vas-tu, ma belle Julie ? lui demande-t-il en la regardant dans les yeux.

— Mademoiselle Maltais va très bien, ironise-t-elle. Comment suis-je censée t'appeler, grand-papa ?

— Il ne faut pas m'en vouloir. Joseph est un sacré numéro et je ne voulais pas qu'il sache que tu es ma petite-fille. Ça peut paraître enfantin, mais je me suis toujours fait un point d'honneur de ne pas mélanger famille et travail.

— Pourquoi m'as-tu fait venir ici, alors ? Je ne suis pas venue te rendre une visite de courtoisie, je suis là parce que je me cherche un emploi pour les lundis, mardis et mercredis. Désolée si je n'ai pas été assez claire. Je ferais mieux de m'en aller.

Léo l'invite à prendre place sur une des chaises réservées aux visiteurs avant d'aller s'asseoir à son bureau. Il ouvre ensuite la chemise au nom de sa petite-fille et lit les quelques lignes écrites de la main de Monique.

— Je t'ai demandé de venir me voir parce que j'ai du travail pour toi. Voici mon offre : les lundis, mardis et mercredis, de neuf heures à quatre heures. Tu travailleras sous les ordres de Xavier. C'est le plus jeune avocat du bureau et aussi un des plus brillants. Tu devrais bien t'entendre avec lui.

— Et pour le salaire ?

Léo sourit. Sa petite-fille est allée à la bonne école, ce qui le rend d'autant plus fier.

— Connaissant Joseph, il t'a promis une piastre de plus que ce que je comptais te donner, c'est-à-dire le salaire minimum. Eh bien, je t'en offre une de plus que lui. J'espère que ça te suffit pour accepter de travailler pour moi.

Julie fait le calcul : 2,60 $ + 2,00 $ = 4,60 $. Un grand sourire se dessine sur ses lèvres. Elle pourrait difficilement trouver mieux, vu son manque flagrant d'expérience en tout.

— Il ne te reste plus qu'à me promettre de ne pas me faire classer des papiers à longueur de journée, ajoute-t-elle. Je veux apprendre.

— Connaissant Xavier, il a d'autres plans pour toi. Alors ?

— Quand est-ce que je commence et comment je dois t'appeler ?

— Demain à neuf heures. « Maître Beaumont » en public et tu devras me vouvoyer. « Grand-papa » quand on est seuls et tu pourras me tutoyer. Je vais demander à Monique de te présenter Xavier. Tu vas m'excuser, Joseph m'attend et la patience n'est pas sa première qualité.

— Merci pour tout, grand-papa.

Léo se lève et lui tend la main pour sceller leur entente. Après sa rencontre avec Xavier, c'est le cœur léger que Julie monte dans l'ascenseur. Travailler avec lui est un privilège. Il est beau, gentil, intelligent et pas prétentieux une miette. Il lui a expliqué en quoi consisterait son travail de manière claire et concise. Il savait qu'elle ne connaissait rien au droit, mais il n'a rien fait pour la mettre mal à l'aise. Au contraire ! Il lui tarde d'être demain. Quant au salaire qu'on lui versera, elle n'en revient pas. Grâce à la rencontre fortuite d'un ami de son grand-père, elle recevra pratiquement le double de la somme initiale. Elle a eu beaucoup de chance sur ce coup. À elle maintenant de bien utiliser son argent. Elle sait déjà ce qu'elle va en faire. Elle mettra le premier dollar de sa prime de côté pour chaque heure travaillée, elle amassera ainsi un bon petit pécule d'ici la fin de l'été. Elle utilisera le deuxième pour renouveler sa garde-robe, ce ne sera pas un luxe. Un calcul rapide lui permet de croire qu'elle pourra s'habiller pour le travail, s'acheter un manteau d'hiver plus chaud, des bottes, des mitaines et un chapeau. Enfin, elle vivra avec son salaire initial. Elle avait prévu en épargner la moitié, ce qu'elle fera également. Tout ce qu'elle pourra déposer à la caisse lui servira à payer son futur voyage en Europe. Plus elle aura d'argent dans son compte épargne, plus elle aura de liberté une fois sur place. Elle aurait adoré que Martine l'accompagne.

Elle a beau regarder autour d'elle, elle ne voit personne d'autre avec qui elle aimerait partir. Plutôt voyager seule qu'être mal accompagnée !

Julie sort de l'édifice et sourit à la vie. Non mais, n'est-elle pas belle quand elle déroule le tapis rouge devant vous comme elle vient de le faire ? Ce petit intermède lui a fait beaucoup de bien. Elle n'a pas encore digéré la rupture de Jérémy par lettre et elle ignore si elle y arrivera un jour. Il y a des choses qui ne se font qu'en personne et mettre fin à une relation en fait partie. Sur ce coup-là, son ex-petit ami a merdé sur toute la ligne. Elle regarde l'heure sur sa montre et décide d'aller flâner dans le Vieux-Montréal plutôt que de rentrer. Il est temps pour elle de se gâter un peu. Pourquoi n'irait-elle pas prendre une bouchée sur une terrasse de la place Jacques-Cartier ? Ce n'est qu'à ce moment qu'elle se souvient qu'elle porte des talons hauts. Inutile d'ajouter que ce n'est pas l'idéal pour marcher sur le macadam qui couvre les rues du Vieux. Elle hausse les épaules et se dit que c'est l'occasion de s'exercer. Elle se regarde au passage dans la vitrine d'un magasin d'antiquités et sourit. Elle a fière allure quand elle s'habille comme une fille.

***

Marc vient de croiser Yves dans la rue. Au lieu de s'arrêter pour prendre de ses nouvelles, celui qu'il appelait son meilleur ami jusqu'au jour où il lui a annoncé qu'il était gai a fait mine de ne pas le voir. À vrai dire, c'est devenu sa marque de commerce. En plus de mettre Marc mal à l'aise chaque fois qu'il agit ainsi, son attitude a le don de ramener sa culpabilité à la surface. Les choses auraient peut-être été différentes s'il lui avait dit la vérité avant. « Probablement que non », s'empresse d'ajouter Anthony chaque fois. Vu que son amoureux n'est pas du genre à casser du sel sur le dos des gens, ses paroles ont d'autant plus de poids.

— Ne me dis pas que tu l'as encore croisé ! s'écrie Anthony en voyant l'air de Marc à son retour à la maison. C'est à n'y rien comprendre. On n'habite pas le même quartier et tu n'arrêtes pas de le rencontrer. À croire qu'il te surveille !

— On ne va quand même pas déménager pour lui !

— Ce serait lui donner trop de pouvoir. Je propose plutôt qu'on l'invite à manger et qu'on règle la question une fois pour toutes.

— Jamais il n'acceptera de venir s'asseoir à notre table ! s'écrie Marc. Il aurait bien trop peur qu'on croie qu'il a enfin passé par-dessus le fait que je suis gai. À mon avis, il vaut mieux laisser aller. Le temps finira par arranger les choses.

— Je ne suis pas d'accord avec toi et, en ce qui me concerne, son petit *show* a assez duré. Ou on l'invite ici ou je lui propose d'aller boire une bière et je lui dis ma façon de penser entre quatre yeux. On ne lui demande pas d'être d'accord, juste de se comporter en adulte.

Marc soupire. Anthony a raison sur un point. Il accorde beaucoup trop d'importance aux faits et gestes d'Yves et, il doit le reconnaître, ça commence à avoir des effets négatifs sur leur relation. Marc réfléchit à la question et en vient très vite à la conclusion qu'il est temps de mettre fin à tout ce cirque.

— Je suis d'accord. Invitons-le à manger, qu'on en finisse. Si jamais il refuse, j'irai le chercher chez ses parents.

— Parce qu'il habite encore…

— Aux dernières nouvelles, oui. Ses parents me connaissent depuis que je suis tout petit, ils vont me laisser entrer.

— OK ! Le plus tôt sera le mieux. Que dirais-tu de demain soir ?

— Parfait pour moi. Je suis désolé de t'en faire baver avec mon ex-meilleur ami. Tu comprends, on a toujours été collés comme deux sangsues depuis qu'on sait marcher. Je veux que tu saches que je tiens beaucoup à toi.

— Idem pour moi, confirme Anthony en lui caressant la joue. Je suis bien avec toi et je n'ai aucune envie qu'un petit merdeux comme lui vienne foutre le bordel dans notre vie. Parce que c'est ce qu'il essaie de faire. Ça te dirait de piquer une petite sieste avant d'aller travailler ?

— Je te rejoins dans une minute.

***

Béatrice sourit quand elle voit dans le portique les pantoufles de vison que Jeannine a cousues pour Paul. Autant il était fâché à l'idée de la voir détruire le fameux manteau dont il refusait de reconnaître l'état lamentable, c'est-à-dire usé à la corde par endroits, autant il les a portées tous les jours du début à la fin de l'hiver. Elle a osé les lui emprunter une fois et elle en a pris pour son rhume. Il l'a sommée de les lui remettre sur-le-champ, et il était sérieux. Il l'a fait rire quand il a prétexté que c'était le seul souvenir qui lui restait du beau manteau qu'il lui avait acheté. À sa grande surprise, Paul lui a proposé de lui en offrir un autre pour Noël. Sept mois plus tard, elle s'en veut toujours d'avoir refusé. Elle s'entend encore lui dire qu'elle préfère un manteau de drap. Il a insisté pour la forme et lui a payé celui qu'elle convoitait depuis deux ans. Il est beau et il lui va très bien, sauf que le drap n'arrive pas à la cheville de la fourrure. Elle gelait dès que la température descendait au-dessous de zéro, c'est-à-dire la majorité du temps. Même en ajoutant son chandail de laine le plus chaud, elle grelottait. Qu'est-ce qui lui a pris de refuser son cadeau ?

Elle se prépare un deuxième café instantané. Ses deux belles-filles ont essayé autant comme autant de la convertir au café filtre, sans succès. Elle tient à sa poudre comme à la prunelle de ses yeux. Pour elle, il n'y a rien de meilleur… après une bonne tasse de thé, bien entendu. Josée lui a téléphoné hier pour lui annoncer sa grande nouvelle. Si quelqu'un lui avait dit qu'un jour sa benjamine se lancerait en affaires, elle lui aurait ri au visage. Elle ignorait même qu'elle caressait l'idée d'ouvrir une pâtisserie. Elle s'en veut de ne pas s'être intéressée à ses rêves. Elle connaît mieux FX que sa propre fille et ce n'est pas faute de ne pas l'avoir vue suffisamment. Elle reconnaît que sa fille n'a pas sa pareille pour les desserts. Aussi bien l'avouer, l'élève a dépassé le maître depuis belle lurette, sans compter que Josée possède deux qualités essentielles pour réussir : elle aime les gens et elle ne s'en laisse pas imposer. Même si la question lui brûlait les lèvres, Béatrice s'est bien gardée de lui demander qui s'occuperait de la petite Rosalie. Un jour, il faudra qu'elle aille s'asseoir avec sa fille et qu'elles aient une bonne discussion.

Le lancement du roman de Gabriel a lieu ce soir dans la galerie qui fait face au fleuve. Diane lui a dit que c'était la plus belle de celles que possède Léa. Aux dernières nouvelles, plus de trente personnes ont confirmé leur présence. Étant donné qu'elle veut se présenter sous son meilleur jour, Béatrice a vérifié le contenu de sa garde-robe et, malheureusement, rien ne convient pour l'événement, surtout que Paul lui a dit qu'ils devraient profiter de leur présence dans le Vieux-Montréal pour aller manger au restaurant. Elle attend Jeannine, qui devrait arriver d'une minute à l'autre. Au programme : trouver une tenue élégante de même que les accessoires. Ça risque de coûter cher, mais le jeu en vaut la chandelle. Pas question de faire honte à son fils. Elle est tellement fière de lui. Elle a lu son roman en deux jours et c'est parce qu'elle s'est retenue pour faire durer le plaisir. Grâce à Gabriel, elle connaît enfin un écrivain. Qui plus est, c'est un réel honneur d'être sa mère. Maintenant que Josée vole de ses propres ailes, elle peut dire mission accomplie. Ses quatre enfants ont réussi leur vie. En tout cas, au sens où elle l'entend.

Un coup de klaxon bien porté la ramène sur terre. Elle attrape son sac à main, sort de la maison, verrouille la porte et court jusqu'à l'auto.

— Monte vite qu'on aille dépenser toute ta fortune ! lance joyeusement Jeannine.

— Tu ne me croiras pas ! C'est Paul qui régale, pour une fois. Tiens-toi bien, il m'a même dit de garder le reste si jamais je ne flambe pas tout.

— Je te l'avais dit que tu devais lui demander de contribuer.

— Tu me connais, je suis bien trop fière pour quémander. Il l'a fait de son propre chef ce matin avant de partir travailler.

— Est-ce qu'il va bien ?

— Il n'a jamais été aussi en forme depuis qu'on est mariés. J'ai moi-même du mal à le reconnaître. C'est rendu que nos petits-enfants l'appellent. La semaine passée, Martine l'a même invité à souper chez elle.

— J'imagine que tu y es allée avec lui.

— Non ! Elle voulait lui faire entendre la chanson qu'elle va présenter au prochain concours. Elle lui a demandé de réserver sa soirée pour l'événement. Je te rappelle que son grand-père est devenu son chauffeur attitré. Jamais je n'aurais cru que mon cher mari finirait par faire du monde un jour et encore moins qu'il s'intéresserait autant à ses petits-enfants. Et eux à lui.

Béatrice se met à rire. Il y avait belle lurette qu'elle avait oublié l'idée. Elle lui parle ensuite de la nouvelle de Josée.

— Décidément, lance Jeannine sans quitter la route des yeux, je devrais revoir ma position en matière de miracle. Je commence à croire qu'ils existent vraiment. Je n'en reviens pas. Josée ouvre une pâtisserie ! Elle peut compter sur moi pour acheter tout ce qu'elle aura à vendre. J'adore les desserts, mais je n'en réussis aucun. Quand est-ce que l'ouverture est prévue ?

— Quelque part en juillet. Je te le dirai quand je connaîtrai la date. Elle va sûrement m'inviter… du moins, je l'espère. Tu n'auras qu'à m'accompagner.

— Que penses-tu de son projet ?

Béatrice hausse les épaules. Que pourrait-elle répondre, sinon qu'elle croit que Josée possède tout ce qu'il faut pour réussir ?

— Si elle met autant d'ardeur dans son projet qu'elle en a mis à me pourrir la vie, les Montréalais s'arracheront ses pâtisseries. Sérieusement, j'ai confiance en son talent, en sa détermination et en son sens des affaires. Et Henri ?

Jeannine fait la moue. Elle a arrêté de lui fournir de l'argent, mais il est resté exactement le même et elle désespère de le voir changer.

— Il m'a encore honorée de sa visite au début du mois et il m'a priée de l'aider. Il m'a ensuite rappelé que son divorce l'avait laissé sans le sou. Il fait pitié.

— Tu ne vas quand même pas me dire que tu as cédé à son chantage…

— Aucune chance ! C'est juste que je ne comprends pas comment il a fait pour en arriver là. Il a toujours son emploi et, connaissant ma belle-fille, elle est partie uniquement avec son dû. Je ne te mens pas, j'en ai pour des heures à m'en remettre après chacune de ses visites. Si j'avais su que ce serait aussi compliqué d'avoir des enfants, je me serais fait faire la grande opération avant de me marier.

— Oh ! s'exclame Béatrice en mettant la main sur le bras de son amie. Et si tu lui parlais ?

— Ça ne changerait rien. Henri a toujours été entêté. Ni son père ni moi ne sommes parvenus à le faire changer d'idée. Il nous tenait tête même s'il savait qu'on le punirait. Je ne te dis pas le nombre d'heures qu'il a passées en punition dans sa chambre. Un jour, mon mari a perdu patience et il lui a donné une bonne fessée. Tu sais quoi ? Il n'a pas versé une seule larme. Ce jour-là, j'ai fait promettre à mon mari de ne plus jamais lever la main sur cet enfant. Ça ne donnait rien. Pas plus que le chicaner ou le priver de dessert. Comme tu peux voir, il ne s'est pas amélioré en vieillissant. Au contraire ! Je me demande toujours si le bon Dieu ne s'est pas trompé de bébé.

Jeannine met son clignotant, elles sont arrivées aux Galeries d'Anjou.

— Par quelle porte veux-tu entrer ?

— Aucune différence puisque j'ai l'intention de faire toutes les boutiques et de dépenser jusqu'au dernier sou. Je suis désolée pour tout ce qu'Henri te fait endurer.

— Pas autant que moi ! Il y a des jours où je me dis que je devrais déménager loin, très loin de Montréal. Si seulement j'étais certaine que ça réglerait mon problème, je le ferais sans hésiter.

# 7

Diane regarde l'heure sur sa montre et soupire. Elle a tout juste le temps de se rendre à son rendez-vous. Raphaël l'attend à son atelier dans exactement vingt-cinq minutes. Reste à souhaiter que la circulation soit fluide. Elle l'appellerait bien pour le prévenir qu'elle risque d'être en retard, mais il ne décroche jamais quand il donne un cours. Elle le sait, pourtant. Elle perd la notion du temps dès qu'elle tient un pinceau dans sa main. Elle s'en veut de ne pas avoir mis la minuterie de sa cuisinière. Elle court chercher son sac à main, prend ses clés au passage, sort de la maison et verrouille la porte.

— Tu devrais regarder où tu vas ! s'écrie Sonia d'une voix bourrue alors que Diane passe à un cheveu de la bousculer. Tu ne vois pas que j'ai les mains pleines ?

Une fois l'effet de surprise passé, Diane sourit poliment à sa voisine.

— Désolée, je ne t'avais pas vue. Qu'est-ce que je peux faire pour toi ?

— J'ai besoin de te parler.

— Reviens me voir ce soir. J'ai un rendez-vous et je ne suis pas en avance.

Sonia n'a pas besoin de parler pour que Diane comprenne que ça ne fait pas son affaire. Tant pis pour elle ! Il est hors de question qu'elle se fende en quatre pour sa charmante voisine et encore moins qu'elle manque sa rencontre. Il n'y a pas mort d'homme, pour autant qu'elle sache !

— Accorde-moi cinq minutes seulement de ton précieux temps.

Cette fois, Diane voit rouge. Elle n'a pas d'ordre à recevoir de personne, surtout pas de Sonia. Elle inspire à fond dans l'espoir de contenir son irritation et lui dit d'un ton qu'elle veut neutre :

— Désolée, je ne les ai pas. À ce soir !

Elle la laisse en plan et court jusqu'à son auto. Elle ouvre sa portière, monte et démarre sur les chapeaux de roue sans prendre le temps de boucler sa ceinture de sécurité. Elle déteste arriver en retard à un rendez-vous et encore plus lorsque c'est avec Raphaël. Il a été clair sur la question quand il lui a offert de travailler avec et pour elle : aucun retard. Même si ce serait une première, ça ne change rien au fait que ça la mettrait drôlement mal à l'aise. Elle modifie son trajet dans l'espoir de gagner une minute ou deux. Son choix s'avère juste puisqu'elle se stationne devant l'atelier de Raphaël à l'heure prévue. Elle sort en vitesse de son auto et court jusqu'à la porte, frappe trois petits coups secs et entre.

— Bonjour, Raphaël !

— Laisse-moi le temps de mettre mes pinceaux à tremper et j'arrive.

Elle préfère de loin qu'il la fasse attendre que l'inverse.

— Je vous prie de m'excuser, je perds la notion du temps quand je peins. Je me suis précipité dans mon atelier à l'instant où j'ai su que mon élève ne se présenterait pas, c'est-à-dire un peu avant onze heures, et me voilà trois heures plus tard.

— Aimeriez-vous prendre une bouchée ?

— J'ai bien envie d'accepter votre offre, je suis mort de faim. Vous savez ce que c'est quand on a l'impression que notre pinceau peint tout seul.

— Oh oui ! Prenez votre temps. Je vais en profiter pour me remettre de mes émotions.

— Ne me dites pas que vous êtes allée voir Léa !

— Oh non, je n'ai qu'une parole. J'ai eu droit à la visite de Sonia, ma voisine adorée.

Raphaël lui sourit avant de sortir de la pièce. Il en sait déjà trop sur le sujet. Autant il aime les gens qui se comportent bien, autant il déteste ceux qui sont immatures. Il en connaît assez sur cette Sonia pour en conclure qu'elle et lui ne feraient pas bon ménage. Elle a la chance d'avoir des enfants et elle se permet de leur faire la tête dès que l'un d'eux ne pense pas comme elle. Pauvres jeunes ! Ils sont obligés de se défendre contre cette mégère au lieu de profiter au maximum de leur nouveau bonheur.

Plus elle pense à Sonia, plus Diane se convainc qu'elle a dépassé les bornes, cette fois. Elle ne perd rien pour attendre. À bien y penser, Diane ira la voir avant de rentrer chez elle. Il est temps de vider la question une fois pour toutes. Si jamais sa voisine refuse de la recevoir, elle demandera à Réjean de l'aider. Elle comprend qu'il préfère ne pas s'en mêler, sauf que ça a assez duré. Il est grand temps que David et Martine vivent en paix. Sonia a le droit d'être en désaccord avec eux, mais pas de les prendre à partie jusqu'à la fin de leurs jours. Depuis quand aimer est-il un crime ?

— Maintenant, dit Raphaël d'une voix joyeuse en prenant place dans le fauteuil en face du sien, préparez-vous à avoir mal aux oreilles parce que j'ai plusieurs bonnes nouvelles à vous annoncer. Vous vous souviendrez que je représentais trois artistes, dont vous, à Paris. Si les deux autres ont fait bonne figure, votre style a conquis tous les Français que j'ai rencontrés. S'ils ne tenaient qu'à eux, ils vous adopteraient sur-le-champ.

Les yeux de Diane pétillent un peu plus à mesure que Raphaël parle. Elle s'était obligée à ne pas attendre mer et monde de cette première tentative officielle pour la présenter aux amateurs d'art français.

— Tenez-vous bien, ils souhaitent être les premiers à exposer votre nouvelle série. Un galeriste de la banlieue parisienne veut la présenter le printemps prochain. S'ensuivront plusieurs autres galeries qui prendront la relève. Neuf d'entre elles ont déjà signé. Et maintenant, la cerise sur le *sundae*: ils tiennent mordicus à ce que vous les honoriez de votre présence pour le lancement. Ils vous offrent un séjour d'une semaine, toutes dépenses payées, avec la personne de votre choix à proximité de la galerie hôte, plus précisément dans le château privé du galeriste.

— Je suis sans mot, lance-t-elle dans un cri du cœur, et vous êtes un magicien.

— N'oubliez jamais ce que je vous ai dit le jour où je vous ai offert de travailler avec vous. Un bon produit ne suffit pas, il faut également que les astres s'alignent. Je vous confirme que, cette fois encore, j'ai eu les deux et le mérite vous revient entièrement pour le produit.

Diane accueille le compliment en rougissant jusqu'à la racine des cheveux. Elle ne porte plus à terre. Les mots de Doris puis ceux de Raphaël… Ça fait beaucoup en une seule et même journée.

Raphaël l'observe avec un petit sourire en coin. Travailler avec Diane lui donne des ailes. De tous les artistes qu'il a formés ou accompagnés, comme c'est son cas, elle est la seule dont le talent lui donne envie de se dépasser, voire de soulever les montagnes parce qu'elle en vaut réellement la peine. Contrairement à certains de ses anciens poulains, elle n'a pas une once de prétention. Elle est vraie, d'un naturel désarmant. Son style est rafraîchissant et indémodable. Elle représente tout ce qu'un mentor peut souhaiter chez son protégé.

— Quand aurai-je le plaisir d'admirer votre dernier tableau ? Parce que je suppose que vous l'avez terminé…

— Aussitôt que je serai allée le chercher dans mon auto.

— Je suis impatient de le voir.

Diane a le cœur tellement léger au moment de rentrer chez elle qu'elle remet en question l'idée d'aller voir Sonia avant de préparer son souper. La dernière chose dont elle a envie en ce moment, c'est que sa chère voisine la jette en bas de son petit nuage rose. Après réflexion, elle se dit qu'il vaut mieux subir sa hargne maintenant. Elle prend sa toile avec précaution sur la banquette arrière et va la déposer dans son atelier. Elle salue FX et Florence au passage et les avertit qu'elle doit aller chez Sonia quelques minutes.

La voici devant sa porte. Elle appuie sur la sonnette et se retrouve très vite en face de celle dont elle ne cherche pas la compagnie depuis un an déjà. À bien y penser, il serait plus juste de dire que c'est l'inverse, mais bon.

— À mon tour de te retourner d'où tu viens, l'informe Sonia d'une voix cinglante, je suis en train de préparer le souper.

— Aucun problème pour moi, siffle Diane entre ses dents. Je te connais assez pour savoir que tu es capable de faire deux choses en même temps. Je te suis à la cuisine. Ou tu avances ou je te pousse !

Sonia pousse un grand soupir sans se donner la peine de se tasser pour la laisser entrer. Elle a perdu ses bonnes manières avec celle qu'elle considérait comme son amie le jour où leurs enfants ont décidé d'aller rester ensemble. Elle sait très bien que Diane n'a rien à voir dans la décision des jeunes. Elle sait aussi qu'elle aurait pu compter sur son amitié pour traverser ce désert dont elle ne voit plus la fin à force de s'enfermer à double tour. Elle n'en peut plus d'entretenir la colère qui la gruge de l'intérieur. Si elle continue sur cette voie, elle va se retrouver seule. Les choses se détériorent avec Réjean, ce qui n'est pas peu dire vu sa patience légendaire avec elle. À sa place, il y a longtemps qu'elle aurait quitté le navire. Même ses parents espacent leurs visites et, pourtant, elle a tout appris d'eux… y compris son étroitesse d'esprit. La dernière fois qu'elle les a eus au téléphone, sa mère lui a fait comprendre sans mâcher ses mots qu'il était grand temps de passer à autre chose. Sonia ne demanderait pas mieux, sauf qu'elle ignore totalement comment s'y prendre. Elle a l'impression d'avoir les deux pieds figés dans le béton.

Aussitôt dans la cuisine, Sonia attrape son couteau et se met à couper une carotte en rondelles. Installée de l'autre côté de l'îlot, Diane secoue légèrement la tête. Elle n'aime pas ce qu'elle voit. Elle savait que sa voisine n'était pas au meilleur de sa forme, mais là celle-ci semble être au bord du gouffre. Elle va la rejoindre, lui enlève le couteau des mains, le dépose sur le bloc de travail, l'attrape par les épaules, l'oblige à lui faire face et lui dit d'une voix douce et ferme :

— Je ne partirai pas d'ici tant et aussi longtemps que tu n'auras pas vidé ton sac. Je n'en peux plus de te voir dans cet état.

Sonia fixe Diane sans la voir, le temps que les paroles entendues se fraient un chemin jusqu'à son cerveau. Son visage est inondé de larmes. Elle est au bout du rouleau. Elle se demande si elle doit déposer les armes, puisque de toute manière elle ne peut rien changer à ce qui est. Que ça lui plaise ou non, son aîné vit en union libre avec la fille de la voisine. Si elle continue ainsi, elle va «péter au frette», comme lui a dit Réjean avant de descendre dormir sur le divan hier soir. Elle n'aime rien de la femme qu'elle est devenue. Elle est bête comme ses deux pieds avec ses enfants alors qu'elle était la douceur incarnée avant le départ de David. Elle traite mal Réjean. Elle assume ses tâches de mère comme avant, à la différence que le cœur n'y est pas. Pire, chacun de ses gestes est empreint de la colère qui gronde en elle tel un volcan en ébullition. Son attitude a bouleversé la vie familiale. Avant, il ne restait que la peau et les os sur le gros poulet qu'elle servait pour le souper. Aujourd'hui, elle en a assez pour faire un hachis et parfois même des *hot chicken*. C'est à croire qu'elle leur coupe l'appétit quoique, à bien y penser, elle leur sert ni plus ni moins que de la vache enragée depuis un an. Ajoutons à cela qu'ils la fuient tous. Elle entre dans une pièce et ils en sortent… du plus petit au plus grand. Dire qu'elle tenait mordicus à fonder une famille et, maintenant qu'elle l'a, elle fait tout pour s'en éloigner. Elle pousse un grand soupir avant de s'essuyer les yeux d'un geste brusque. Elle regarde Diane et soulève les épaules en signe d'impuissance. Elle doit trouver le courage de tourner la page.

— J'ai tout gâché, finit-elle par dire du bout des lèvres comme si chaque mot prononcé lui râpait la gorge au passage. Avec mes enfants, mon mari, mes parents, David, Martine, mes amis et même avec toi. Les seules personnes que j'ai épargnées sont mes clientes et je ne te dis pas à quel point ça me demande un effort de rester correcte avec elles. Je suis à bout de force. J'ai l'impression d'être en continuelle représentation!

Diane l'attire doucement à elle et la serre dans ses bras. De longues minutes s'écoulent avant que Sonia laisse enfin libre cours à la peine qui lui écrase la poitrine. Puis, elle retrouve un semblant de calme. Elle relève la tête, prend un peu de distance et fait un sourire gêné à Diane.

— Merci d'être là et pardon pour…

Sonia s'arrête au beau milieu de sa phrase. Elle vient de réaliser combien elle l'a malmenée. Si seulement elle pouvait revenir en arrière !

— Comment fais-tu pour m'adresser encore la parole après tout ce que je t'ai fait endurer ?

— D'abord, je me trouve chanceuse par rapport à d'autres, réplique-t-elle d'un ton teinté d'ironie. J'ai toujours eu le choix de te voir ou non, ce qui n'est pas le cas des membres de ta famille. Et puis, les amis sont là pour ça. Par contre, je n'en peux plus de te laisser errer dans un monde qui ne ressemble pas à celui dans lequel évoluait la femme que je connais et que je meurs d'envie de retrouver.

Ses mots touchent Sonia au plus profond de son cœur et ils ramènent un nouveau flot de larmes sur ses joues. Diane la garde serrée contre elle jusqu'à ce qu'elle se calme de nouveau.

— Va te passer un peu d'eau froide sur le visage, lui suggère-t-elle. Pendant ce temps, je vais avancer ton souper.

— Tu détestes bien trop cuisiner pour que j'accepte.

— Attention à ce que tu dis, la corrige aussitôt Diane. Josée me donne des cours depuis un an et, sans vouloir me vanter, je me défends très bien.

— Tu me fais penser… Je viens de me rappeler que tu es venue me porter ton premier brownie, sauf que… ne m'en veux pas, je l'ai foutu à la poubelle avant que tu aies fermé la porte.

Diane hausse les épaules et lui sourit. Elle est surprise que Sonia se souvienne de sa petite attention.

— Je t'en garderai un la prochaine fois que j'en ferai. Allez, ouste ! J'ai hâte de savoir ce que tu me voulais ce matin.

***

Yves n'en revient pas encore qu'Anthony soit passé le voir, au lieu de l'appeler, uniquement pour l'inviter à souper. Le plus drôle, c'est qu'il n'est pas le seul à avoir été marqué par son passage. Deux jours plus tard, sa mère ne tarit toujours pas d'éloges à l'égard de son visiteur. Elle lui a même dit que, si elle était plus jeune, c'est avec un homme comme lui qu'elle voudrait se marier. Yves s'est contenté de lui dire qu'il faut être deux à vouloir la même chose pour avoir des chances que ça arrive. Allez savoir pourquoi, elle l'a pris personnel. Elle lui a débité tout un chapitre sur sa beauté au même âge qu'Anthony. Selon elle, il lui suffisait de claquer des doigts pour que les plus jolis hommes se jettent à ses pieds. Il a eu beau s'excuser, rien n'y a fait. Il l'a blessée. Il s'en veut puisque ce n'était pas son intention. Il l'aime bien trop pour s'en prendre à elle de quelque manière que ce soit. En désespoir de cause, il a fini par lui dire qu'il inviterait Anthony à manger un de ces jours pour se faire pardonner. Ce n'est qu'à ce moment qu'elle a retrouvé un semblant de sourire. Si seulement elle savait qu'il est l'amoureux de Marc, le soi-disant meilleur ami que son fils traite comme un moins que rien depuis le jour où il a appris qu'il était gai! En fait, Yves ignore comment elle réagirait puisque les rares fois où ses parents prononcent le mot « homosexuel », c'est pour plaindre les pauvres gens dont l'enfant a si mal tourné. C'est pour cette raison qu'il n'a pas osé leur parler de la nouvelle vie de Marc, d'autant que sa mère l'a toujours aimé comme son propre fils. C'est débile tout ce qu'il a dû inventer pour expliquer pourquoi il a cessé du jour au lendemain de venir les voir. Étant fils unique, il n'a pas eu à quémander la discrétion d'un frère ou d'une sœur sur le sujet. Restait seulement une rencontre fortuite entre ses parents et ceux de Marc pour tout foutre en l'air. De ce côté, il se plaisait à croire qu'il ne risquait pas grand-chose. Quels parents dignes de ce nom se vanteraient d'avoir un enfant gai? Il faudra pourtant qu'il lui dise la vérité... de préférence avant le fameux souper.

Il ne digérera jamais que Marc lui ait caché aussi longtemps la raison de son soudain changement d'attitude avec les filles. En même temps, il doit reconnaître que sa réaction aurait été exactement la même six mois plus tôt ou six mois plus tard. Sa décision de mettre fin à son règne de *lover* a transformé leurs deux vies du tout au tout. Seule différence de son côté, Yves n'a pas eu son mot à dire dans l'affaire. Côté conquêtes, il est passé du jour au lendemain de l'abondance au désert le plus total. Il savait qu'il devait à Marc son succès auprès de la gent féminine. Il l'a toujours su. Ceci étant dit, rien ne l'avait préparé à un tel changement. Non seulement il venait de perdre son meilleur ami, parce que c'est ainsi qu'il l'a toujours considéré, mais c'en était bien fini des conquêtes faciles. S'il n'a pas assez de doigts et d'orteils pour compter le nombre de cousins et de cousines qu'il a, eh bien, il en a trop sur une seule main pour compter le nombre de blondes qu'il a eues depuis que Marc a changé de camp. Il est vrai qu'il n'a rien fait pour aider sa cause. Parler en mal de celui qui amenait de l'eau au moulin n'était pas l'idée du siècle. Il le reconnaît, mais, comme on dit, il a fait ce qu'il a pu. Rien de plus et rien de moins ! Pour sa défense, il dira que rien ni personne ne l'a déçu autant de toute sa vie. Une partie de lui comprend que ce genre de choses ne nous laisse aucun choix, si ce n'est que d'accepter ce qui nous arrive. Une autre ne comprend pas qu'un changement aussi radical puisse se produire chez un humain. Encore moins chez un gars comme Marc. Yves n'a pas rêvé. Son meilleur ami collectionnait les filles comme d'autres collectionnent les cartons d'allumettes. Le pire, c'est que toutes sans exception lui mangeaient dans la main. Encore aujourd'hui, d'ailleurs !

Enfin, disons que la visite d'Anthony est tombée à point nommé. Il en a plus qu'assez de faire semblant de ne pas voir Marc lorsqu'il le croise, de l'éviter, voire de se sauver de lui. Gai ou pas, il lui manque. Ce souper sera l'occasion de partir sur de nouvelles bases maintenant qu'il a compris qu'il ne retrouvera jamais le Marc d'avant et de faire plus ample connaissance avec Anthony. Le peu qu'il sait de sa personne lui plaît. Pas au point de virer son capot de bord. Il le voudrait qu'il en serait incapable. Il aime les filles et il a bien l'intention de persévérer sur ce chemin jusqu'à son dernier souffle. Il regarde l'heure sur sa montre, salue sa mère en passant devant la cuisine et sort de la maison. Il a tout juste le temps d'attraper l'autobus qui l'amènera chez Marc et Anthony. Il sourit… Il lui tarde de frapper à leur porte.

# 8

Alors que plusieurs prétendent que s'acheter un chalet équivaut à s'acheter de l'ouvrage, ni les Maltais ni les Beaumont ne partagent cet avis et ça s'explique. Dans leur cas, les travaux ne reposent pas sur un seul et même homme, mais sur trois. Alors que Gabriel sait tout faire de ses mains, Charles et Léo se sont révélés être d'excellents deuxièmes. En plus de les rendre plus autonomes, le travail physique leur permet aussi de vider leur esprit. De tous les tenants et les aboutissants des Jeux olympiques pour le premier et de toutes les causes en cours pour le second. Autre détail non négligeable, diviser le coût des travaux par trois leur a permis de pratiquement tout remettre en état la première année. Depuis, ils profitent au maximum de leur havre de paix, comme ils se plaisent à appeler leur chalet. C'est loin d'être un château. Un salon et une cuisine au rez-de-chaussée, trois chambres et une salle de bain à l'étage ainsi qu'un dortoir au grenier. Meublé sobrement en partie des biens des anciens occupants et de quelques autres récupérés dans le sous-sol des trois nouveaux propriétaires. Ainsi, personne n'a peur de marquer le cuir trop fragile du divan parce que son maillot de bain est humide ou d'écorcher la table de chêne massif du salon. Ici, la devise se décline en quatre mots: vivre et laisser vivre. Comme se plaît à le répéter Florence sur tous les tons: «Au chalet, on a le droit d'être des enfants.» Aux dires des parents, leur progéniture se comporte beaucoup mieux sur le bord de l'eau qu'en ville.

Assis à plat cul sur la galerie d'en avant, les deux derniers de la famille discutent à bâtons rompus.

— Ah ! s'écrie FX d'un ton impatient. Quand est-ce que tu vas l'oublier ?

— Jamais ! répond Florence du tac au tac. C'est mon chat, pas un toutou en peluche. M$^{me}$ Doris a dit à maman qu'elle l'avait vu et j'ai bien l'intention de le chercher jusqu'à ce que je le retrouve.

— Arrête de prendre tes rêves pour des réalités ! Elle a dit qu'elle croyait l'avoir vu, c'est loin d'être la même chose.

— J'aimerais bien savoir ce que Milkshake aux fraises t'a fait pour que tu le détestes autant.

— T'es malade ou quoi ? Je l'aimais, ton chat.

FX lève les yeux au ciel et pousse un grand soupir. Il en a plus qu'assez des apparitions de la bête chaque fois que Florence commence à se faire à l'idée qu'elle ne la reverra plus.

— Si tu veux tout savoir, ajoute-t-il, j'ai de la peine pour toi parce que, même si tu le retrouves, tu ne pourras pas le garder chez nous.

— Je n'aurai qu'à demander à son nouveau propriétaire la permission d'aller le voir de temps en temps. Ce sera toujours mieux que rien.

— Je continue à penser qu'il vaudrait mieux que tu en fasses ton deuil, ajoute FX en pesant ses mots. On pourrait demander à maman si on peut avoir un aquarium.

— Oublie ça ! Ça ne fait rien, un poisson, et on ne peut même pas le prendre.

Florence incline la tête de côté alors qu'un sourire malicieux illumine soudainement son visage.

— Est-ce que papa est allergique aux chiens ? lui demande-t-elle d'une toute petite voix.

Surpris par sa question, FX fronce les sourcils. Il a toujours voulu en avoir un. Il se souvient de l'avoir écrit plusieurs années de suite dans sa lettre au père Noël. Reste à se rappeler l'excuse fournie par ses parents pour ne pas réaliser son souhait.

— Moi, dit-il sans plus de réflexion, j'aime les gros chiens. Et toi ?

— Ça tombe bien, moi aussi. Pourquoi vous n'en avez pas ?

FX se gratte la tête. Ses parents lui ont forcément donné une raison pour ne pas en acheter un. Plusieurs secondes s'écoulent avant qu'il lui réponde.

— Je m'en souviens, maintenant. Parce que je pouvais aller chercher celui de nos voisins quand je voulais, même que des fois il dormait chez nous, au pied de mon lit.

— Ce qui veut dire que papa n'est pas allergique ! Oh ! Il suffit qu'on s'entende sur la race et, après, on ira lui vendre l'idée. Si on allait pêcher en pédalo ? Ça nous donnerait le temps de penser à notre affaire sans être dérangés.

— Très bonne idée ! Va chercher les vestes et les cannes à pêche pendant que je m'occupe des vers.

— N'oublie pas d'avertir maman.

— Promis ! Moi, j'adore les colleys et les bouviers bernois, lance-t-il à la volée avant d'entrer dans le chalet.

Il file au réfrigérateur, prend la boîte d'appâts et appelle sa mère le plus fort qu'il peut. Vu qu'il n'obtient pas de réponse, il marche jusqu'au tableau noir que son grand-père Léo a installé dans l'entrée. Il attrape une craie et écrit un bref message pour qu'elle ne les cherche pas. Il sort du chalet et rejoint Florence au pédalo.

— Faites ce que je dis, mais pas ce que je fais ! s'écrie-t-il en s'assoyant.

— Pourquoi dis-tu ça ?

— Parce que les parents exigent qu'on leur mentionne toujours où on est et devine quoi ? Maman n'était pas dans le chalet et elle n'avait rien écrit sur le tableau.

— Tu t'énerves pour rien, déclare Florence en haussant les épaules, elle nous fait toujours le coup. En passant, j'adore les saint-bernards.

— Penses-y même pas, ça fait juste baver. Monte, je sens que ça va mordre aujourd'hui.

— À la condition qu'on parle de ma fête.

Au lieu de s'emporter, FX lui fait son plus beau sourire. Elle lui casse les oreilles avec ça depuis Pâques, comme chaque année, d'ailleurs. Il ne connaît personne d'autre qui accorde autant d'importance au jour de sa naissance. Il donne un premier coup de pédale et lance le débat dans la seconde qui suit. Ou il règle la question avant de jeter sa ligne à l'eau ou elle va l'asticoter jusqu'à ce qu'il lui dise ce qu'elle veut entendre : « C'est OK pour le ski nautique. »

Il ne demande pas mieux que de lui faire plaisir, sauf que pour cela il faudrait d'abord qu'il ait les moyens de ses ambitions. *Primo,* la seule autre embarcation que possèdent son père, son oncle et son grand-père est une chaloupe de taille très modeste. *Secundo,* il y a une seule famille autour du lac qui s'adonne à ce sport. *Tertio,* FX ne connaît pas ces gens puisqu'ils habitent de l'autre côté. Franchement, il se voit mal aller frapper à leur porte et leur demander combien ils lui chargeraient pour initier sa sœur au ski nautique le jour de sa fête. Tout ça dans le dos de leurs parents, bien entendu. La demande insistante de Florence dépasse largement ses moyens. À moins qu'il en glisse un mot à son grand-père Léo. On ne sait jamais… peut-être qu'il a un ami qui pratique ce sport et qui…

— Hé ! s'écrie Florence en lui secouant le bras. Arrête de rêver et pédale un peu. Allez !

— J'ai peut-être une idée pour le cadeau que tu m'as demandé pour ta fête.

Le visage de la fillette s'illumine aussitôt.

— Accorde-moi trois jours ! s'empresse-t-il d'ajouter avant qu'elle n'ait le temps d'ouvrir la bouche. Je te gage une Caramilk que je vais prendre le premier poisson !

***

Josée ignorait qu'on pouvait être heureux à ce point. Elle travaille d'arrache-pied afin que tout soit prêt pour l'ouverture de sa pâtisserie et, pourtant, elle n'a jamais été en aussi bonne forme. Histoire de s'habituer à sa nouvelle vie, elle a commencé la semaine dernière à amener la petite Rosalie chez sa gardienne comme si elle allait passer la journée à son commerce. Josée en a pris pour son rhume quand sa fille a sauté dans les bras de Chantale dès le deuxième jour et qu'elle s'est mise à pleurer lorsque sa mère est allée la chercher avant le souper. Germain a vite fait de lui présenter les choses sous un autre angle. Ils ont beaucoup de chance que leur fille soit contente de se faire garder. Son mari a toujours eu le don de dédramatiser les situations les plus déplaisantes. Il a fini de la convaincre en lui expliquant que c'est bon pour Rosalie de jouer avec des enfants de son âge plutôt que d'être toujours avec des adultes. Reste maintenant à voir quand et comment elle arrivera à se libérer complètement des traces de culpabilité qui se cachent au fond de son cœur. Une bonne mère ne confie pas ses enfants à une étrangère, elle s'en occupe elle-même. Elle secoue la tête et soupire. Son petit trésor ira chez la gardienne seulement deux jours par semaine et son père prendra la relève le samedi. Aucun risque, elle survivra. Ce n'est pas parce que Béatrice a tout sacrifié pour ses enfants que Josée est tenue d'en faire autant. L'époque des femmes soumises qui restent à la maison est révolue et c'est très bien ainsi.

Moment mémorable s'il en est un, Josée a enfin trouvé le nom de sa pâtisserie : *Le bec sucré*. De tout ce qu'elle avait à faire, ces trois mots lui ont demandé plus de temps que tout le reste. Elle en rêvait même la nuit. Pour tout dire, elle a noirci une tablette entière de papier ligné rien que pour noter ses idées. Elle veut que tous les passants découvrent en quelques mots ce qui les attend de l'autre côté de la porte. Elle en a discuté en long et en large avec Diane la veille de son départ pour le chalet, jusqu'à ce qu'il ne leur reste que cinq options en mains. Il était plus de minuit lorsqu'elles sont enfin tombées d'accord. Josée adore ce nom, d'autant qu'il se marie à merveille avec celui du café de son associée. Parlant de Katy, elle lui a sauté au cou quand Josée lui en a fait part. Prochaine étape : demander à Julie de lui dessiner un logo. Diane n'était pas chaude à l'idée, mais, devant l'insistance de sa belle-sœur, elle a fini par abdiquer. Après tout, qui a dit qu'une portraitiste est incapable de créer la signature d'un commerce ? Josée a rendez-vous avec sa nièce ce soir. Histoire de lui en apprendre le plus possible sur sa pâtisserie en devenir, sa tante l'a invitée à souper. Il va sans dire qu'elle lui servira un plein plateau de douceurs pour dessert. Elle le remplira plus que moins, de sorte que Julie puisse apporter les restants chez elle. Charles sera content d'avoir du dessert en réserve pendant l'absence de Diane et de ses deux plus jeunes. Son frère doit trouver la maison bien grande. Il l'avait remplie d'enfants et voilà que, à quelques semaines d'intervalle, ses deux plus vieux ont décidé de voler de leurs propres ailes. Comme il le lui a confié lors de sa dernière visite, il craint que Julie leur emboîte le pas avant d'entrer à l'université. À moins qu'elle décide de prolonger son voyage en Europe.

Josée rit toute seule. Deux semaines la séparent de l'ouverture officielle de sa pâtisserie. Qui aurait cru qu'un jour elle se lancerait en affaires ? Certainement pas ses proches. Avec raison. N'eût été sa grossesse inattendue, qui sait ce qu'elle serait devenue à force de se faire repousser par les siens ? Probablement qu'elle aurait déprimé après avoir déployé tous les efforts possibles pour les soumettre à ses désirs comme elle l'avait toujours fait. Elle préfère oublier cette époque où elle croyait hors de tout doute que le monde tournait autour de son petit nombril. Si elle avait su ce qu'elle sait aujourd'hui, il y a longtemps qu'elle aurait une belle vie. La seule personne dont elle n'est pas encore arrivée à se rapprocher demeure sa sœur Suzan. Pour sa défense, elle plaidera la distance qui les sépare. Haïti n'est pas la porte d'à côté. Josée se promet toujours de lui écrire, sauf qu'elle n'a pas encore trouvé le courage de mener son projet à terme. Elle a bien sûr d'autres chats à fouetter par les temps qui courent, mais ce n'est pas une petite heure qui la mettrait dans l'embarras. Aussi bien l'admettre, elle n'a aucune envie de renouer avec Suzan. Pourquoi le ferait-elle puisque sa sœur l'a rayée de son existence alors qu'elle n'était encore qu'une gamine ? Charles lui a appris sa grande nouvelle. Tout ce qu'elle a trouvé à dire, c'est qu'elle était contente pour sa sœur alors qu'en vérité elle s'en fout éperdument qu'elle s'envoie en l'air avec un docteur ou avec le sorcier du village voisin. Un peu de plaisir parviendra peut-être à faire craquer son cœur de pierre. Il y a des gens avec qui on n'a aucune affinité et Suzan en fait partie.

Elle va chercher son cahier à anneaux dans lequel elle garde précieusement toutes ses recettes. Elle a eu une idée de génie pendant qu'elle dressait la liste des desserts qu'elle offrira à ses clients. Un jour, tout comme Gabriel, elle publiera un livre. Ce ne sera ni un roman, ni une biographie, ni une encyclopédie comme celle de Jehane Benoît. Ce sera plutôt un livre de recettes haut en couleur qui réunira toutes celles qu'elle proposera à ses futurs clients au fil du temps. À vue d'œil, elle espère le lancer pour le cinquième anniversaire de sa pâtisserie. Étant donné qu'elle a du temps devant elle, rien ne presse d'en parler à qui que ce soit. Disons que ce sera son petit secret jusqu'à ce qu'elle décide, l'heure venue, de le partager avec ses fidèles collaborateurs, dont Diane, Germain et Katy.

La minuterie de sa cuisinière la fait sursauter. Elle a été prise d'une envie irrésistible de manger des brioches chaudes en ouvrant les yeux ce matin. Sitôt revenue chez elle, elle s'est mise au travail. Elle ne les a pas encore inscrites sur la liste des desserts qui seront en vente à sa pâtisserie. Les brioches demandent beaucoup trop de temps. En gros, il s'écoule plusieurs heures entre le mélange des ingrédients et la cuisson au four. Elle n'a pas exclu l'idée d'en proposer à l'occasion, mais certainement pas sur une base régulière. Disons que cette recette ira rejoindre celles du sucre à la crème au lait condensé, de la tarte aux fraises et au Jell-O et de la tarte aux pommes et à la cannelle. Après mûre réflexion, elle se servira des saisons pour varier son offre et apporter un brin de nouveauté. Plus elle avance dans la réalisation de son rêve, plus Josée se rend compte qu'il ne tiendra qu'à elle et à son imagination de faire grandir son entreprise. Elle enfile ses mitaines et ouvre la porte du four. Une odeur de levure et de caramel envahit aussitôt la cuisine. Elle sort un premier moule rond en souriant et le dépose sur sa cuisinière. Ses brioches ont plus que doublé de volume, elle jubile. Puis un deuxième, un troisième et un quatrième. Il lui tarde d'enfourner les deux autres. Elle règle sa minuterie et se rue sur le téléphone. Elle va en offrir à sa mère et à sa belle-mère.

— Salut, maman, s'exclame-t-elle dès que Béatrice répond, c'est moi. Que dirais-tu d'avoir des brioches maison pour dessert? Au cas où ça t'intéresserait, je viens juste de les sortir du four.

— J'arrive! lance-t-elle d'une voix joyeuse avant de lui raccrocher au nez.

L'empressement de sa mère lui fait chaud au cœur, tellement que deux petites larmes s'enhardissent au coin de ses yeux. Elle se ressaisit et compose le numéro de sa belle-mère. Même réaction. Josée rit toute seule. Nul besoin de faire une étude approfondie pour savoir le bien qu'une brioche encore chaude peut avoir sur les gens. Elle remplit sa bouilloire d'eau et la met à chauffer. Rien de mieux qu'un thé pour accompagner le tout.

***

À tout prendre, Martine se demande si elle ne préférait pas sa belle-mère quand elle brillait par son absence. Une chose est certaine, elle se sentait beaucoup plus libre de ses faits et gestes à cette époque. Aujourd'hui, elle n'a pas assez de doigts sur une main pour compter le nombre de fois où Sonia s'est pointée à leur porte sans s'annoncer au cours de la dernière semaine. À croire qu'ils sont les seuls à qui elle a manqué. Blague à part, Martine est sur le point de lui rappeler qu'ils ont le téléphone et qu'ils vont lui répondre avec plaisir. Elle convient que la plupart des gens se présentent chez un membre de leur famille ou chez leurs amis sans s'annoncer, mais il y a des limites à être hospitalier. Même David trouve qu'il la voit trop souvent alors qu'elle lui a drôlement manqué depuis qu'il a quitté la maison familiale, et ce, malgré les nombreuses menaces qu'elle a proférées à son égard. C'est tout juste si elle ne l'a pas renié et elle voudrait qu'il déroule le tapis rouge pour elle maintenant. Martine a dit et redit à Sonia que, contrairement à elle, David ne sait jamais à quelle heure il finit de travailler. C'est facile à comprendre. Pourtant, sa charmante belle-mère a le don de débarquer pendant qu'elle s'affaire à préparer le souper. Et puis, elle en a marre de devoir manger devant elle. De plus en plus tentée de ne pas lui ouvrir, Martine doit se faire violence pour se rappeler les règles de politesse que ses parents lui ont apprises depuis qu'elle est toute petite. En désespoir de cause, David a appelé son père pour lui demander de l'aider à espacer les visites de sa mère. En gros, Réjean lui a fait comprendre qu'il ne lèverait pas le petit doigt pour la simple et unique raison que sa femme vient juste de retrouver le bon sens.

— J'aime autant t'avertir que je suis à la veille de la retourner d'où elle vient, a lancé David avant de raccrocher au nez de son père.

S'il tolère de plus en plus difficilement la pression provoquée par le retour de sa mère dans sa vie, David n'est pas le seul à en subir les contrecoups. Sous un angle différent, il va sans dire. Réjean voit enfin la lumière au bout du tunnel et il est hors de question qu'il laisse qui que ce soit souffler dessus pour l'éteindre. C'est ainsi qu'il en a débité tout un chapitre à David sur ses doléances, toutes sauf légitimes à ses yeux. Son fils l'a écouté sans l'interrompre une seule fois. Son monologue a duré quinze minutes en tout et pour tout. Pourtant, ça lui a paru une éternité. Il en a assez entendu pour ne pas se lancer en guerre contre sa mère, et encore moins contre son père. Dès lors, il a convenu avec Martine de tout faire pour éviter les visites-surprises de Sonia. En fait, ils vont vivre l'été le plus occupé de leur vie hors de leur sympathique loyer, qu'ils appelaient jusqu'à tout récemment leur havre de paix. Ils vont laisser un mot en permanence sur leur porte pour refouler Sonia jusque chez elle. C'est cher payé au premier coup d'œil, mais beaucoup plus sain pour leur santé mentale. Si jamais elle décide de changer ses heures de visite, ils aviseront. Ils supporteront avec le sourire une ou deux rencontres par semaine, mais pas une de plus.

Martine range son linge à vaisselle. Elle repense au dernier concours de chant auquel elle a participé. Elle a dû se contenter de la deuxième place alors qu'elle croit encore avoir été meilleure que la fille qui a remporté les honneurs. Son grand-père lui a dit que ça s'était joué sur le choix de sa chanson. Elle se souvient mot pour mot de ses paroles: «Tu as très bien interprété *Lady Marmalade*, sauf que, pour ma part, tu es nettement meilleure dans les chansons à texte. Tu le dis toi-même.»

Les paroles de Paul tournent en boucle dans sa tête dès que ses pensées la ramènent à ce fameux concours. Il a à la fois tort et raison. Tort parce que le style populaire paie son loyer, c'est ce qu'elle chante la plupart du temps avec le groupe. Raison parce que sa préférence va aux chansons à texte et que ce sont elles qui font pencher la balance en sa faveur chaque fois qu'elle participe à un concours. Si un jour elle fait carrière en solo, c'est d'ailleurs dans cette catégorie qu'elle aimerait figurer. Elle aurait dû opter pour *Une sorcière comme les autres*… Or, elle a changé d'idée deux jours avant. Elle a parfois l'impression de souffrir d'un dédoublement de la personnalité. Elle mourait d'envie d'interpréter *Lady Marmalade* et, si c'était à refaire, elle maintiendrait son choix. Pourquoi? Parce qu'elle a une sainte horreur d'être classée dans une petite case. À sa connaissance, aucune loi n'interdit à une interprète de faire un pas de côté de temps en temps. À moins qu'elle essaie d'écrire ses propres chansons ou alors qu'elle s'associe à un auteur-compositeur. C'est permis de rêver! Aux dernières nouvelles, trouver son complément ne se fait pas en claquant des doigts.

Martine court jusqu'à la porte d'entrée qu'elle a entendu s'ouvrir. Elle blêmit en apercevant sa belle-mère dans toute sa splendeur et pousse un grand soupir.

— Ne te dérange pas pour moi, s'écrie cette dernière d'une voix haut perchée, je vais attendre David au salon. Il faut absolument que je le voie… et que je lui parle.

Au lieu de la saluer, Martine court chercher son sac à main et ses lunettes de soleil dans sa chambre. Elle vient ensuite se placer devant sa visiteuse et lui dit tout de go :

— Vous n'aurez qu'à barrer la porte en sortant. Au cas où ça vous intéresserait, David travaille au moins jusqu'à onze heures ce soir. Quant à moi, vous m'excuserez, mais mes copines m'attendent. Heureusement que vous êtes arrivée parce que je n'ai pas vu l'heure passer.

Martine la contourne, mais, au moment de sortir, elle revient sur ses pas et se place devant celle qui lui pourrit un peu trop la vie à son goût.

— Quand est-ce que vous allez comprendre qu'on n'en peut plus de vous voir ici ?

Sonia accuse le coup sans broncher, mais ce n'est qu'un leurre. Aussitôt seule, elle se laisse glisser le long du mur et éclate en sanglots. Elle est parvenue de peine et de misère à revenir auprès des siens et c'est encore loin d'être parfait. En vérité, elle n'est qu'une pâle copie de la mère et de la femme qu'elle était avant que David quitte de son plein gré le nid familial. Rien ni personne n'avait préparé Sonia à une telle éventualité. Elle reconnaît y être allée un peu fort, peut-être même beaucoup trop. En réalité, la seule faute commise par son fils se résume ainsi : il a heurté les maudits principes que ses propres parents lui avaient transmis. Il serait faux de prétendre qu'elle ne les a jamais remis en question. En réalité, elle en a balayé plusieurs du revers de la main au moment de l'adolescence et, avec les années, elle s'est fait un malin plaisir de les adapter à la vie moderne. D'aussi loin qu'elle se souvienne, elle n'a jamais manqué une occasion d'instruire ses enfants sur le libre arbitre. Elle voulait faire d'eux des êtres libres, capables de se définir par eux-mêmes. De beaux mots vides de sens quand on n'accepte pas les choix de ceux à qui on a tout appris. Est-ce à cause de la pression exercée sur elle par ses parents lorsqu'ils la prenaient en défaut et la critiquaient ouvertement sur son laxisme en matière d'éducation de ses enfants? Elle aurait dû les remettre à leur place dès leur première incursion dans sa vie d'adulte. Elle n'est pas comme eux et elle n'ambitionne pas de le devenir non plus. Elle s'est construit une vie bien à elle avec tout ce qu'ils lui ont appris. Elle a fait son gros possible pour être une bonne mère. Seul petit problème: elle a basculé sans s'en rendre compte dans le délire des principes d'hier, dès le premier pas de côté d'un des siens.

Elle s'essuie les yeux d'un geste rageur. Où étaient ses parents pendant tout ce temps? Ailleurs. Ils se tenaient à distance comme si elle avait attrapé la peste alors qu'ils étaient d'une certaine manière la cause directe de ses maux. Elle se remet debout. Ou elle change son approche avec David ou elle va le perdre. Elle devrait être contente de voir l'homme responsable qu'il est devenu. Elle marche jusqu'au tableau, efface le message écrit à son intention sans se donner la peine de le lire, prend le crayon et réfléchit. Les secondes passent et bientôt les minutes sans que les mots se bousculent à la sortie. Elle lève les yeux, inspire à fond et expire. Une fois. Deux fois. Ce n'est qu'à la cinquième fois que tout s'éclaircit dans sa tête.

*Je suis prête à passer à autre chose. Appelle-moi!*

*Maman*

# 9

Julie se sent comme un poisson dans l'eau au bureau de Léo. Si elle osait, elle dirait que rien ne la fait autant vibrer que le droit. Elle n'a pas sorti son cahier à dessin depuis une semaine. À vrai dire, l'idée ne lui a pas traversé l'esprit. Pourtant, elle s'était juré de réaliser le portrait de Xavier le jour où elle a fait sa rencontre. Au lieu de ça, elle a employé tout son temps libre à parfaire sa connaissance des lois. Elle sait bien que ce ne sont pas quelques heures glanées ici et là qui vont faire d'elle une spécialiste, mais, comme dirait son père, ça prend un commencement à tout. Dire qu'elle appréhendait le fait de passer ses journées enfermée dans un bureau ; elle ne voit pas le temps filer. Même que, si elle s'écoutait, elle allongerait ses journées.

— Je t'attends à la réception, lui dit Léo en passant devant son bureau.

Elle a été la première surprise quand il l'a invitée au restaurant ce matin. Elle ignore s'il veut dîner avec sa petite-fille ou avec la stagiaire. Elle hausse les épaules, ferme son dossier et va le rejoindre. Son grand-père n'a aucune patience, ce qui lui fait dire que l'avocat en lui ne doit pas être tellement différent. Léo se lève dès qu'il la voit. Les voilà devant l'ascenseur. Vu qu'ils ne sont pas les seuls à l'attendre, Julie se fait discrète. Ils descendent les premiers de la cabine et marchent vers la sortie.

— Est-ce que je vais dîner avec M^e^ Beaumont ou avec…

— Avec les deux ! répond Léo sans lui laisser le temps de finir sa phrase. J'ai réservé au restaurant préféré de ta mère.

— J'espère que le service est rapide parce que je n'ai pas le temps de traîner deux heures à table.

— On sera de retour dans une heure sans faute, se résout à dire Léo avec un petit sourire. C'est à deux coins de rue d'ici.

C'est seulement la quatrième journée de travail de Julie et il a peine à la reconnaître. Xavier ne cesse de lui vanter ses mérites, de même que tous ceux qui ont eu affaire à elle. Léo doit l'avouer, il l'a embauchée au départ plus par solidarité familiale que par nécessité. Contrairement à d'autres types d'entreprises, les bureaux d'avocats tournent au ralenti pendant l'été. C'est d'ailleurs à ce moment que la plupart des employés en profitent pour prendre leurs vacances.

— J'espère que tu ne m'en voudras pas, dit Léo, une fois assis à table, mais j'ai demandé à Monique de nous commander chacun un club sandwich quand elle a appelé pour réserver. Et des frites, bien sûr !

Julie fronce les sourcils. Personne ne lui avait encore jamais fait le coup de décider à sa place ce qu'elle mangerait.

— Je croyais pourtant que tu aimais les clubs, ajoute Léo en essayant de décoder sa réaction. À moins que ce ne soit Martine…

— Tu ne t'es pas trompé. Disons que je m'attendais à lire le menu, mais bon… Contrairement à toi, je vais très rarement au restaurant et j'en profite pour goûter de nouveaux plats.

— Moi qui pensais te faire plaisir…

Le serveur dépose une assiette bien garnie devant eux dans les secondes qui suivent, leur souhaite bon appétit et leur dit de lui faire signe si jamais il leur manque quelque chose. Malgré tout, Julie salive en regardant son club. Bien qu'elle ne l'ait pas choisi, elle compte bien lui faire honneur. Elle attrape une frite et roule des yeux. Léo sourit.

— Je comprends maintenant pourquoi c'est le restaurant préféré de maman, elle adore les frites… et les clubs. Bon appétit, grand-papa !

Léo prend une bouchée avec délectation après lui avoir rendu la pareille. Il a tenté de convaincre Monique d'en faire à la maison et tout ce qu'il parvient à susciter chez elle, c'est un grand frisson bien senti, suivi de la liste des ingrédients nécessaires pour faire un bon club. Du blanc de poulet frais cuit et juteux, du bacon, des tranches de tomate, de la laitue, de la mayonnaise, du pain de mie grillé à la perfection et des frites croustillantes à outrance. Ça peut paraître banal à première vue, sauf qu'il n'en est rien. Il paraît que c'est le cauchemar des cuisiniers, une sorte de ballet où aucun faux pas n'est permis.

Un seul coup d'œil à Julie lui confirme qu'elle se régale, ce qui lui enlève une bonne couche de culpabilité. Qu'il choisisse le restaurant passe toujours, il connaît les meilleurs. Par contre, décider ce qu'elle va manger n'était pas l'idée du siècle.

— Alors, lance Léo d'un ton joyeux, est-ce que je suis pardonné ?

— Bien sûr que oui ! C'est gentil de m'avoir invitée.

— Je suis content que ça te plaise parce que j'ai bien l'intention de profiter de ta présence et de répéter l'expérience.

Léo s'essuie la bouche avec sa serviette de table avant d'ajouter :

— Au patron de te dire quelques mots, maintenant.

Julie se redresse aussitôt sur sa chaise et le regarde droit dans les yeux en lui souriant bêtement. Pourquoi a-t-il changé de ton ? Pourvu qu'il ne la renvoie pas.

— C'est seulement ta première semaine avec nous et… je n'ai reçu que des compliments sur ton travail. Xavier ne tarit pas d'éloges à ton égard et Joseph m'a encore appelé ce matin pour savoir s'il pouvait te faire une offre plus alléchante pour que tu ailles travailler pour lui. Bravo, Julie !

— Je n'ai pas beaucoup de mérite, tu sais, avoue-t-elle après avoir inspiré à fond, je me suis découvert un réel intérêt pour le droit. Pour te dire à quel point, j'emprunte des livres dans la bibliothèque du bureau et je lis jusqu'à ce que le sommeil m'emporte. Je ne te remercierai jamais assez de m'avoir permis de découvrir cet univers… ton univers.

Les paroles de Julie rebondissent sur le cœur de Léo comme autant de petites billes de verre sur la peau d'un tambour. De ses onze petits-enfants, elle est la dernière qu'il croyait voir s'intéresser au droit un jour. Il la savait dotée d'un esprit vif, animée par les discussions sur des sujets chauds et transportée par l'art. Seulement, jamais il n'aurait pu imaginer voir ses yeux pétiller autant pour le contenu lourd et hermétique de chacun des titres qui ornent les tablettes de leur modeste bibliothèque. Jamais !

— À mon tour de te confier que j'étais loin de penser que mon monde te plairait autant. Tu m'en vois ravi.

— À bien y penser, grand-papa, ça ne m'étonne pas tant que ça. Je suis une assoiffée de justice et je suis prête à me battre pour ceux qui n'en ont pas les moyens. Je suis curieuse, j'aime apprendre et me dépasser.

Julie pousse un grand soupir avant d'ajouter :

— Sais-tu quoi ? J'ai de plus en plus envie de m'inscrire en droit à l'université plutôt qu'en art.

— Ah oui ?

— Maman n'arrête pas de me dire que je ne devrais pas mettre tous mes œufs dans le même panier et là-dessus je la rejoins complètement. Je voulais m'inscrire en comptabilité, mais le droit est cent fois plus intéressant. Et puis, la dernière chose dont j'ai envie, c'est d'être une artiste pauvre.

Léo n'aime pas ce qu'il vient d'entendre. Il a toujours eu le plus grand respect pour sa profession et il ne laissera personne l'exercer par dépit.

— Le droit ne mérite pas que tu le choisisses uniquement pour assurer tes arrières.

— Aucune chance que ça arrive ! le rassure-t-elle aussitôt. Si jamais je le choisis, ce sera pour m'élever au rang des meilleurs avocats de la ville… comme toi.

Le sourire revient immédiatement sur les lèvres de Léo. Sa petite-fille lui rappelle Thomas au même âge. Il était fougueux et prêt à tout pour arriver à ses fins. Avec lui, seuls le blanc et le noir existaient. Heureusement, ses études en droit lui ont vite appris que le gris n'a pas été inventé pour rien, d'autant qu'il serait particulièrement présent dans sa future profession de même que les nombreuses nuances qui viennent avec.

— Je serai un homme heureux si jamais tu décides de devenir avocate pour les bonnes raisons.

— Tu seras le premier à le savoir. Il me reste combien de temps pour finir mon club ?

— Suffisamment ! répond Léo en riant. Sortir dîner avec le patron te donne quelques avantages.

— Dont je refuse d'abuser.

***

Chaque fois que Diane revient de passer quelques jours au chalet, sa vitesse de croisière habituelle en prend un coup. Elle a l'impression de ne pas avancer et, dans les faits, c'est assez près de la vérité. Elle s'est levée ce matin avec l'intention de passer à travers sa liste de choses à faire, mais midi n'avait pas encore sonné qu'elle s'est rendu compte qu'elle avait eu les yeux plus grands que la panse en la dressant. Elle aura de la veine si elle en accomplit la moitié avant que Charles revienne du travail. Elle a commencé par rendre quelques appels, ce qui lui a pris un temps fou. Béatrice voulait avoir des nouvelles. Elle lui a aussi fait comprendre de manière subtile qu'elle aurait aimé les accompagner au chalet. Au lieu de se perdre en excuses, Diane a fait mine de ne pas saisir le message. Elle avait envie de paix, pas de passer ses journées à faire la conversation avec sa belle-mère. Elle voulait être libre de ses mouvements, pouvoir parler à qui elle souhaitait, à son voisin de gauche, par exemple, sans être jugée. Sonia lui a fait part de sa décision concernant David et l'a suppliée de trouver le temps d'aller boire un thé avec elle. Sincèrement, Diane n'a aucune envie d'écouter ses doléances. En tout cas, pas aujourd'hui. Dire qu'elle croyait que sa voisine était passée à autre chose ! Elle a ensuite rappelé Raphaël. Elle s'est excusée de ne pas l'avoir averti qu'elle partait pour quelques jours.

— Vous êtes assez grande pour gérer votre agenda, lui a-t-il dit en riant. Je vous rappelle que ni vous ni moi ne travaillons à l'urgence d'un hôpital et que, par conséquent, aucune vie ne dépend de nous. Tout ce qui m'importe, c'est que vous respectiez vos délais de livraison. Pour le reste, vous êtes maître de votre temps.

Il lui a ensuite parlé de l'offre d'une galerie de San Francisco pour sa nouvelle collection. Il ne se passe pas une seule journée sans qu'elle remercie Dieu d'avoir mis Raphaël sur son chemin. Elle ne fait pas encore des millions avec ses tableaux, mais sa renommée grandit à une vitesse fulgurante et elle gagne autant d'argent que du temps où elle travaillait au musée… un réel exploit en soi.

Elle regarde l'heure sur l'horloge de la cuisine. Mine de rien, il est presque temps de préparer le dîner. Il lui reste une seule personne à rappeler. Aussi bien le faire maintenant. Elle prend son courage à deux mains et compose le numéro de Léa en priant pour tomber sur la boîte vocale. Contre toute attente, elle décroche à la première sonnerie.

— Tu ferais mieux de t'asseoir parce que je suis sur le point de t'annoncer une nouvelle qui risque de te secouer. Il y a un peu plus d'un mois, une des personnes qui avait acheté deux de tes tableaux m'a appelée pour me dire que des problèmes financiers l'obligeaient à les vendre. Tu connais mon grand cœur et mon souci de satisfaire mes clients, je n'ai pas hésité une seconde à les lui racheter. Je les ai exposés en vitrine et j'ai reçu tellement de bons commentaires que j'ai eu une envie irrésistible de récupérer les autres pendant que je pouvais encore me les offrir. J'espère que tu ne m'en voudras pas si je t'annonce que je suis depuis hier soir l'heureuse propriétaire de ta première collection au grand complet. Je suis tellement contente que je ne porte plus à terre.

Diane se retient à deux mains pour ne pas se mettre à hurler. Ça prend un sacré culot pour lui jeter au visage d'aussi gros mensonges. Autant elle avait hâte de savoir comment Léa allait se sortir de cette sordide histoire, autant elle aurait préféré qu'elle s'en abstienne si c'était pour lui jeter de la poudre aux yeux. Et elle ose se qualifier de généreuse, en plus !

— Je te trouve bien silencieuse…, plaide Léa.

Jouer le jeu commence à peser lourd sur les épaules de Diane. En même temps, tout ça tire à sa fin puisque Léa vient d'abattre ses cartes d'un coup. À compter de maintenant, rien ne l'obligera plus à jouer le rôle de la meilleure amie. Et si elle se payait la traite et lui disait le fond de sa pensée ? Le visage de Raphaël s'impose à elle avant qu'elle n'ait le temps de trouver les mots justes. Elle expire bruyamment après avoir collé sa main sur le combiné et dit d'un ton neutre :

— Désolée, je devais absolument m'asseoir pour encaisser la nouvelle.

Le rire nerveux de Léa lui résonne dans les oreilles. Diane serait capable de lui arracher les yeux si sa soi-disant amie était dans la même pièce qu'elle. Au lieu de ça, elle inspire à fond aussi silencieusement que possible avant d'ajouter :

— J'imagine qu'il ne me reste plus qu'à te remercier.

— Surtout pas ! Pour être honnête, les affaires étant ce qu'elles sont, je ne l'ai pas fait pour tes beaux yeux, mais par intérêt. Le tien en premier lieu. Je me suis dit que tu serais contente que les toiles de ta première série soient réunies. Le mien en second lieu. Je ne te cacherai pas que j'espère en tirer beaucoup d'argent un jour. Quand est-ce qu'on se voit pour fêter ça ?

— Je crains que ça doive attendre en septembre. Entre le chalet et les délais de production des toiles de ma nouvelle collection, il me reste très peu de temps. Par contre, je te promets de t'appeler si jamais je trouve un moment. Encore merci pour ce beau coup, Léa, et à bientôt.

Diane raccroche le combiné avec tellement d'ardeur qu'il finit par terre. Elle le remet sur son socle avec la même rage, mais cette fois elle s'assure qu'il tient en place. Elle savait que Léa avait peu de scrupules en affaires, comme en amour, d'ailleurs. C'est juste qu'une partie d'elle-même avait écrit une fin heureuse à cette histoire sans queue ni tête. Jamais Diane ne lui pardonnera ce qu'elle a fait. Si sa grand-mère paternelle était encore de ce monde, elle lui dirait qu'on n'a pas besoin d'ennemie quand on a une amie comme Léa. C'est le moins qu'on puisse dire. Diane va se planter devant son réfrigérateur. Elle a un dîner à préparer et elle a bien l'intention de s'acquitter de sa tâche en mettant de côté ce qu'elle vient d'apprendre. Il vaut mieux. Elle remplit ses poumons d'air au prix d'un effort et tente de sourire. Elle ouvre ensuite la porte et balaie chaque tablette des yeux. Non seulement les restes sont rares, il n'y en a aucun digne de ce nom puisqu'elle n'en a pas généré, vu son absence des derniers jours. Le congélateur est plein, mais elle ne dispose pas d'assez de temps pour décongeler une lasagne et encore moins de la viande. Elle aurait dû y voir avant. À moins qu'elle fasse une grosse crêpe comme le lui a montré Josée. Elle allume le four et un rond de la cuisinière, sort la douzaine d'œufs et tout ce qu'il faut. En deux temps trois mouvements, sa pâte est prête à être versée dans la poêle qu'elle a généreusement beurrée au préalable.

Bien qu'elle meure d'envie d'appeler Raphaël pour lui apprendre que Léa s'est pendue avec sa corde, elle se dit qu'il vaut mieux laisser retomber un peu la poussière. Elle est tellement à cran qu'elle aurait peur de s'emporter. Peut-être même qu'elle devrait attendre de l'avoir en face d'elle, d'autant plus qu'ils ont convenu de se voir demain en fin de journée. Elle n'en revient toujours pas. À moins qu'elle en parle à Doris, qui connaît déjà les dernières frasques de Léa…

— Salut, maman ! s'écrie FX en entrant dans la cuisine.

— As-tu vendu Florence ?

— Je n'arrête pas d'essayer, mais personne n'en veut, lui répond-il avant de se mettre à rire. Elle est allée faire la tournée des rues près de chez Mme Doris.

— Pas encore ! s'écrie Diane. Je me demande bien ce qu'elle fera de son chat si jamais elle le retrouve.

— À ta place, je me préparerais à tout. Qu'est-ce qu'on mange ? Je suis affamé !

Diane lui ébouriffe les cheveux au passage. Sa dernière phrase n'a rien de nouveau, il a toujours faim.

— Une grosse crêpe. Je viens juste de la mettre au four. Sors une boîte de Paris Pâté et des biscuits soda. Ça t'aidera à patienter.

— Bonne idée ! Veux-tu que je te prépare quelques bouchées ? lui demande-t-il alors qu'il sait à quel point elle déteste le Paris Pâté.

— Plutôt mourir de faim ! laisse-t-elle tomber d'un ton théâtral. On aurait dû rester au chalet deux jours de plus.

— Je te rappelle que c'est toi qui as insisté pour revenir.

— Contrairement à toi, je ne fais pas toujours ce que je veux. Et je te rappelle que je travaille.

La réponse de sa mère ne fait pas son affaire et il ne fait rien pour s'en cacher. Depuis quand les enfants peuvent-ils décider pour eux ? Il en parlait justement avec Florence ce matin. Leur vie est organisée à la minute près par les adultes, en l'occurrence leurs parents. Depuis que leurs rejetons sont au monde qu'ils les encadrent et leur enseignent les soi-disant bonnes manières alors qu'en réalité tous leurs gestes visent un seul et même objectif : leur apprendre à obéir. Et après, ils osent dire que les enfants font ce qu'ils veulent. Foutaise !

— Je changerais volontiers de place avec toi ! lance-t-il d'une voix forte en venant se planter devant sa mère, les mains sur les hanches. Si j'étais aussi libre que tu le dis, je passerais l'été au chalet et j'attendrais de tomber de sommeil avant d'aller me coucher. Je m'achèterais un gros bateau pour que Florence puisse faire du ski nautique et qu'elle arrête de m'achaler avec ça. Je mangerais uniquement ce que j'aime. J'aurais une armoire remplie de sucreries. J'irais au zoo toutes les semaines et je n'attendrais après personne pour aller escalader le mont Orford ou pour aller voir perdre les Expos. Je…

L'entrée de Florence met brusquement fin à son interminable énumération, ce qui fait sourire Diane. Elle a déjà servi ce genre de discours à son père au même âge. Elle s'en souvient comme si c'était hier. Il l'avait laissée finir et l'avait obligée à écouter son point de vue d'adulte.

— Bonne nouvelle ! lance la fillette avant que la porte moustiquaire claque sur le cadrage. J'ai enfin retrouvé Milkshake aux fraises. Il a trouvé refuge dans une grosse maison de briques à trois rues de chez M^me^ Doris. Vous auriez dû le voir prendre du soleil sur le bord de la fenêtre du salon. Un vrai pacha !

Alors que Diane accuse le choc comme elle peut, FX s'empresse de lui demander si les gens ont accepté qu'elle aille lui rendre visite de temps en temps.

— Aucune idée ! Il n'y avait personne à la maison. J'ai laissé un mot et mon numéro de téléphone dans leur boîte aux lettres. Si je n'ai aucune nouvelle demain soir, j'irai les voir.

— Est-ce qu'il t'a reconnue ?

— Comment veux-tu que je le sache ? Il y avait une vitrine d'un pouce d'épais entre nous.

— Ce n'est pas une raison pour…

— Je refuse d'en entendre plus ! Tout ce que je te demande, c'est d'être content pour moi. Je viens de te dire que j'ai retrouvé mon chat.

Diane lève les yeux au ciel. Son petit doigt lui dit que ça va mal finir. FX est aussi réaliste que Florence est rêveuse, et c'est peu dire. S'en mêler serait une erreur. C'est pourquoi elle retourne à ses fourneaux. La grosse crêpe sera prête à sortir dans moins de cinq minutes. Il vaut mieux qu'elle s'occupe l'esprit et les mains en attendant. Elle va chercher le sirop d'érable, la mélasse, le miel, la cassonade et le beurre. Elle dépose le tout sur la table. Elle se dit qu'un peu de fromage râpé ne serait pas de refus. Elle va chercher le bloc de fromage canadien dans le réfrigérateur, sort la râpe et se met au travail en s'efforçant de ne pas prendre part à la discussion qui se déroule à deux pas d'elle.

— Je veux juste être certain que tu te rappelles que Milkshake aux fraises ne pourra jamais rester avec nous.

— Arrête de me prendre pour une imbécile ! Je sais tout ça et, au cas où tu l'aurais oublié, je tiens à papa au moins autant que toi.

Cette fois, c'en est trop pour que Diane reste les bras croisés. Elle s'approche de sa fille et la prend dans ses bras.

— Si tu veux, lui souffle-t-elle à l'oreille, j'irai voir ses nouveaux propriétaires avec toi demain soir.

Florence la serre de toutes ses forces. À tout prendre, elle aurait préféré que Milkshake aux fraises soit mort. Elle ne l'aurait pas oublié, elle en serait incapable, mais elle aurait au moins cessé de s'inquiéter pour lui.

— Merci, maman, dit-elle d'une voix étranglée par l'émotion. Pourquoi les garçons ne comprennent jamais rien ?

— On en parlera quand on sera seules.

Irrité par la réponse de sa mère, FX sort de la cuisine en prenant soin de faire claquer la porte qui donne sur la cour. Il en aurait long à dire sur la question, mais pour ça il faudrait d'abord qu'on veuille entendre sa position. Puisque ce n'est pas le cas, il se dirige vers la balançoire, s'assoit sur la planche de bois usé et se donne des élans jusqu'à ce que ses pieds ne touchent plus à terre.

# 10

Béatrice commence sérieusement à s'ennuyer et ça ne fait que deux jours qu'elle est en congé. Enfin, disons plutôt qu'elle a avisé la responsable des bénévoles de l'hôpital Sainte-Justine de ne pas compter sur sa présence en juillet et en août. Elle a dû se piler sur la corde du cœur pour s'octroyer un petit répit, d'autant plus qu'elle a pris les bouchées doubles depuis le départ d'Hélène. Elle a passé son temps à l'hôpital alors qu'avant elle n'y allait que deux jours par semaine. Paul lui a dit plus d'une fois que rien ne l'obligeait à la remplacer. Elle l'entendait, sauf qu'une petite voix lui interdisait d'abandonner les enfants. Même un aveugle verrait à quel point ils ont besoin de bras pour les réconforter. Les siens ou ceux d'autres bénévoles. Étant donné que les derniers ne se bousculent pas à la porte, du moins aux dires de la responsable, elle a décidé de se donner corps et âme pour les petits.

Elle se prépare un deuxième thé et retourne s'asseoir à la table. Perdue dans ses pensées, elle met deux cuillères à thé combles de sucre, brasse le tout et le porte à ses lèvres. Au lieu d'avaler sa gorgée, elle court à l'évier et s'en débarrasse en frissonnant. Elle ne sucre jamais son thé, seulement son café. Elle met de l'eau à bouillir et s'adosse au comptoir. Il est hors de question qu'elle passe les deux prochains mois à s'ennuyer. Un, ça ne lui ressemble pas et, deux, la vie est trop courte pour en gaspiller ne serait-ce qu'une minute. Elle va chercher une feuille de papier et un stylo. Elle trace une ligne verticale au milieu et inscrit *Ce que j'aimerais faire* dans la colonne de gauche et *Ce que je pourrais faire* dans celle de droite. Il n'est pas dit que Béatrice Maltais va commencer à s'ennuyer. Pas à son âge ! Elle noircit la page sans se laisser distraire par le sifflet de sa bouilloire.

*Ce que j'aimerais faire :*

- *Voir mes petits-enfants.*
- *Avoir un projet qui me passionne.*
- *Aller voir Suzan.*
- *Partir en vacances avec Jeannine.*
- *Magasiner un manteau de fourrure.*
- *Aller passer une semaine au chalet.*
- *Me la couler douce.*
- *Me gâter…*

*Ce que je pourrais faire :*

- *Commencer mon grand ménage.*
- *Faire des conserves pour l'hiver.*
- *Peinturer le salon et la cuisine.*
- *Cirer les planchers.*
- *Nettoyer le four et le congélateur.*
- *Repriser.*
- *Démêler mes recettes.*
- *Nettoyer les plates-bandes…*

Et ça continue jusqu'au bas de la page. Satisfaite, elle pose son crayon sur la table et va enlever la bouilloire de sur le rond avant qu'il n'y ait plus d'eau. Elle sort une poche de thé, la dépose dans une tasse propre et la recouvre d'eau bouillante jusqu'au bord. Elle sourit. L'exercice qu'elle vient de faire lui a fait du bien. Reste maintenant à barrer tout ce qui lui fait horreur à droite et à classer les éléments de gauche par ordre de préférence. Elle verra bien où tout ça la mènera.

***

Léo et Monique ont décidé de s'envoler pour l'Italie la première semaine d'octobre. Ça leur laissera tout juste le temps d'emménager dans leur nouvelle maison avant de partir. Il ne leur reste plus qu'à se croiser les doigts pour qu'il n'y ait aucun retard.

— Tu ne me trouveras pas drôle, lance Monique d'une petite voix, mais il m'arrive encore de penser qu'on aurait dû reporter notre voyage à l'année prochaine.

— Tu t'inquiètes pour rien, la rassure Léo en lui caressant la joue. On a tout prévu… même un retard de deux semaines.

— Je sais tout ça, mais je n'ai pas envie de tirer de la patte pendant notre séjour. Contrairement à toi, je ne suis jamais allée en Italie et je veux être au meilleur de ma forme pour ne rien manquer.

Léo va chercher la liste des choses à faire avant leur départ.

— Si ça peut te rassurer, on est en avance. J'ai récupéré tout ce à quoi je tenais dans la maison familiale. Réal et Colombe ont mis de côté ce qu'ils ne souhaitent pas garder et ils ont déjà trouvé preneur. Comme tu le sais, Gabriel et Paul prévoient livrer nos armoires au retour des vacances de la construction, c'est-à-dire presque un mois en avance. On est passés voir l'entrepreneur avant de rentrer et il nous a juré qu'on pourrait emménager au plus tard à la date prévue.

Monique s'efforce de lui sourire. Rien de ce qu'elle vient d'entendre ne la rassure vraiment et ce n'est pas faute d'essayer de le croire. Pour une rare fois dans sa vie, elle se sent dépassée par les événements, tant sur le plan professionnel que personnel. Alors qu'elle a toujours su profiter de l'été à son maximum, elle est trop prise par ses inquiétudes pour se laisser aller. Elle pose un regard de biche affolée sur Léo pour l'attendrir et le rallier à sa cause.

— Je suis bête, lui dit-elle en lui caressant le dessus de la main. On dirait que j'ai un trop-plein de bonheur et que je n'arrive pas à le gérer.

Son mari l'attire à lui et la serre dans ses bras. Contre toute attente, Monique se met à pleurer comme un bébé. Il lui caresse le dos et sourit malgré lui. Il aime cette femme plus que tout et se demande ce qu'il ferait sans elle. Depuis qu'elle partage sa vie, il se sent… comment dire ? Il se sent vivant.

— Que dirais-tu d'aller passer quelques jours au chalet ? lui demande-t-il au bout d'un moment.

— Quand est-ce qu'on part ?

— Le temps d'appeler Thomas pour lui passer le flambeau et de faire nos bagages.

Léo ne se serait jamais permis ce genre d'escapade du temps où il était marié avec Hélène. Leur vie était réglée au quart de tour et ni l'un ni l'autre n'aurait levé le petit doigt pour y changer quoi que ce soit. Ils en avaient fait leur deuil chacun de leur côté.

— Est-ce qu'on pourrait emmener la belle Florence ? lui demande Monique.

— J'en connais un qui ne sera pas content, plaide aussitôt Léo.

— Tu n'auras qu'à dire que c'est son cadeau de fête.

— Pourquoi on n'inviterait pas les deux ?

— Parce qu'elle m'a appelée cet après-midi et qu'elle était triste. Imagine-toi donc qu'elle a retrouvé son chat. Les gens chez qui il vit le lui auraient rendu volontiers, mais elle a dû refuser à cause des allergies de Charles.

Léo se réjouit de voir à quel point ses petits-enfants sont attachés à Monique. Il a remarqué son penchant pour la belle Florence et il trouve ça plutôt attendrissant. La petite a connu des heures sombres dans sa tendre enfance et, malgré cela, elle a conservé sa joie de vivre et sa fougue.

— Elle pleurait à chaudes larmes…

— Connaissant FX, ça passera mieux si l'invitation vient de toi.

— Je vais commencer par en parler avec Diane. Merci, Léo.

***

Fidèle à son habitude, Gabriel arrive le premier à La Shed. Il commande une bière, en prend une grosse gorgée et repense à son lancement. Tout était parfait. L'endroit, le vin, les bouchées, l'animation et la lecture d'un extrait par Charles. Pour une fois dans sa vie, il s'est senti important. Il n'y avait pas foule à la galerie, juste assez de monde pour qu'il ait le temps d'échanger quelques mots avec chacun. Au début, il ne savait pas trop quoi écrire comme dédicace. C'est ainsi que ses premiers clients ont dû se contenter de :

*À Jeannine,*

*Bonne lecture !*

*Gabriel Maltais*

Il a vendu vingt-sept exemplaires le soir de son lancement. Ce ne sera pas suffisant pour payer son hypothèque, mais ça l'encourage à poursuivre l'écriture de son prochain roman. Il explorera un univers à des années-lumière de l'itinérance. Il signera une page glorieuse de l'histoire du rock'n'roll où deux meilleurs amis du monde attireront tour à tour les projecteurs sur eux. Il a eu cette idée la dernière fois que Suzie et lui sont allés danser. Il a fait de nombreuses recherches sur le sujet avant de se lancer, comme il l'avait fait pour son premier roman. Il a déjà noirci trente-deux pages et, sans vouloir se vanter, il est très fier du résultat.

Contrairement à ce qu'il croyait, il a trouvé plaisir à rencontrer les gens qui se sont déplacés expressément pour lui et à leur parler de son roman. Le plus impressionnant dans toute cette aventure demeure que son père l'a lu d'un couvert à l'autre en moins d'une semaine alors qu'il s'est toujours targué de ne lire que les gros titres des deux journaux auxquels il est abonné. Qui plus est, il est resté près de lui une bonne partie de la soirée et il ne s'est pas gêné pour vanter ses mérites. Ça lui a fait chaud au cœur. Tout comme son frère et ses sœurs, Gabriel n'a pas eu droit à beaucoup de tapes dans le dos de sa part. Paul a toujours été du genre discret sur les marques d'affection et d'encouragement envers les siens. À l'inverse, il n'a jamais raté une occasion de les prendre en défaut. Certains diront que c'est l'époque qui voulait ça alors que d'autres, dont Gabriel, préfèrent penser qu'il s'agit ici uniquement de mauvaise foi du genre *on ne peut pas donner ce qu'on n'a pas reçu*. Il sait depuis longtemps que personne ne peut rien changer au passé, pas même avec les meilleures intentions du monde. La beauté de la chose, c'est que Paul donne l'impression de vouloir se reprendre un peu. Il ne sera jamais le père dont il rêvait lorsqu'il était gamin. Par contre, son attitude avec les siens a changé de manière radicale un beau jour de février et ça tient toujours. En plus de mieux traiter sa femme, il s'est réconcilié avec ses petits-enfants. Les fêtes de famille ont changé du tout au tout à partir de ce jour. Du plus petit au plus grand, ils sont tous contents de voir leur grand-père. À Pâques, deux d'entre eux se sont battus pour être assis à côté de lui. Au lieu de les séparer, leurs parents ont pouffé de rire.

— Salut, le frère ! lance Charles en déposant deux bières sur la table. Excuse mon retard, je me suis fait accrocher par le directeur des travaux publics en sortant de mon bureau. Il en avait gros sur le cœur. Comment va mon écrivain préféré ?

Gabriel lève les yeux au ciel et pousse un grand soupir. Connaissant son frère, il n'a pas fini de se faire agacer.

— Comme un neuf ! J'ajouterai que, depuis le lancement de mon roman, j'ai parfois du mal à garder les pieds sur terre, mais je ne désespère pas. Je vais finir par m'habituer à la gloire. Farce à part, je suis le même homme qu'avant, à une différence près : j'ai réalisé un de mes rêves et ça me rend d'autant plus heureux.

Ses paroles frappent Charles de plein fouet. Il y a très longtemps qu'il ne s'est pas interrogé sur ce qui le rendrait plus heureux qu'il ne l'est maintenant.

— Je t'envie, confesse-t-il, parce que moi, j'ai oublié de quoi je rêvais le jour où je me suis marié.

— Voyons donc ! Tu étais celui qui avait le plus de rêves en réserve quand on était jeunes. Tu ne vas pas me faire accroire qu'ils ont tous disparu d'un coup !

— Tout ce que je peux te dire, c'est que je serais incapable de t'en nommer un seul. On dirait que j'ai arrêté de souhaiter plus que ce que j'ai.

— À moins que tu aies plutôt décidé de te contenter de ta vie sans te poser de questions. Remarque que, à première vue, ça aurait du sens. On ne devient pas comptable parce qu'on aime le changement. Il n'y a rien comme un budget ou un bilan pour ressembler à un autre.

Charles recule sur sa chaise. Gabriel ne le lui a pas envoyé dire. Certes, il a raison sur plusieurs points. Il déteste les surprises autant qu'il aime la routine. Rien ne le rend plus heureux que lorsqu'il est en contrôle. Il ne laisse jamais rien au hasard et il ne se rappelle pas s'être lancé à corps perdu dans un projet sans l'avoir d'abord analysé sous toutes ses coutures.

— J'avoue que ça ne me rentre pas dans la tête que tu n'aies aucun souvenir des rêves que tu avais à l'âge de FX alors que moi, je me souviens de chacun, ajoute Gabriel.

— Quoi?

Gabriel se gratte l'arrière de l'oreille avant de se lever de table. Il va voir le barman, lui demande de quoi écrire et revient s'asseoir.

— Fais-moi plaisir et note ce que je vais te dire. Tu rêvais de faire le tour de la Gaspésie en moto, de piloter un hélicoptère, de jouer au golf, de te faire tatouer le nom de ton groupe de musique préféré, d'aller voir jouer les meilleures équipes de baseball, de prendre le prochain vol à l'aéroport et d'arrêter de travailler à cinquante ans.

Plus il en entend, plus Charles blêmit. Il aimerait lui dire qu'il a tout faux alors que chacun des rêves énumérés par Gabriel a sonné une cloche dans sa tête. Reste maintenant à trouver pourquoi il les a tous abandonnés. Il est sans mot.

— J'allais en oublier un… Tu rêvais aussi de voir une aurore boréale.

Cette fois, c'en est trop. Charles se lève et se précipite vers la sortie. Il a un urgent besoin de prendre l'air. Surpris de sa réaction, Gabriel se contente de le suivre des yeux. Il est peut-être allé un peu trop loin. En même temps, il s'en voudrait de ne pas avoir profité de l'occasion pour lui dire ce qu'il pense de sa vie rodée au quart de tour. Et ça le rend triste de voir que son seul frère a abandonné ses rêves alors qu'il a toujours été le premier à l'encourager à réaliser les siens. La vie est drôlement faite, parfois.

***

— Salut, grand-maman ! s'écrie FX. Ne te dérange pas, ce n'est que moi.

Il fait glisser son sac à dos sur le plancher du couloir avant de la rejoindre dans la cuisine.

— J'espère que ça ne te dérange pas, j'ai décidé de venir passer quelques jours chez toi.

D'abord surprise, Béatrice se ressaisit très vite et se lève de sa chaise. Elle l'attrape par un bras et le serre le plus fort qu'elle peut. La vie est parfois remplie de surprises.

— Florence est partie au chalet avec grand-papa Léo et grand-maman Monique. Ils ont dit que c'était son cadeau de fête. Sur le coup, ça m'a fait quelque chose de ne pas être invité, mais, en fin de compte, je suis content d'être resté. Ma sœur n'était pas à prendre avec des pincettes depuis hier soir.

FX s'empresse de lui donner les dernières nouvelles concernant Milkshake aux fraises.

— Moi aussi j'aurais de la peine si j'étais à sa place. Tout ça ne serait pas arrivé si elle m'avait écouté. Elle n'arrête pas de tourner le fer dans la plaie. Résultat : deux ans plus tard, elle pleure encore son maudit chat.

— Remarque que ton grand-père n'a pas aidé sa cause, avance Béatrice.

— Peut-être que oui et peut-être que non. Pour ma part, la seule erreur que grand-papa Paul a commise, c'est de ne pas lui avoir fait traverser de pont.

Béatrice se retient de rire. FX possède un esprit d'analyse rare pour un garçon de son âge. Il peut paraître dur pour une fillette au cœur aussi tendre qu'une guimauve comme Florence alors qu'au fond sa manière de traiter les sujets épineux mérite qu'on s'y attarde.

— Tu as bien fait de venir me trouver, lui confirme-t-elle. Vu que moi aussi je suis en vacances, je propose qu'on choisisse de faire uniquement des activités et des sorties qui nous intéressent. Je voudrais aller au Parc Safari d'Hemmingford.

— Bonne idée ! Et moi, j'aimerais aller à La Ronde.

— Marché conclu ! Est-ce que ça te dérangerait si j'offrais à mon amie Jeannine de venir avec nous ? D'après ce que j'ai compris, elle adore les manèges alors que moi, je monte uniquement sur le carrousel.

Les derniers mots prononcés par sa grand-mère convainquent très vite FX qu'il a intérêt à bien s'entourer s'il ne veut pas s'envoyer en l'air tout seul.

— Je serais bête de refuser de sortir avec deux grands-mères, surtout s'il y en a une pour faire les montagnes russes avec moi et une autre pour veiller sur mon sac à dos.

Cette fois, Béatrice éclate de rire. Sacré FX ! Toujours le bon mot pour détendre l'atmosphère et tirer profit d'une situation !

# 11

Réal n'a pas hésité une seconde lorsque le directeur du département lui a offert de donner des cours d'été. Contrairement à plusieurs prêtres, il n'a jamais pris de vacances. Pas plus qu'il n'a eu de chalet dans le nord où il allait passer l'été. Il s'est contenté de travailler d'arrache-pied de sa sortie du séminaire au retrait de son col romain, comme on le lui avait appris. Pour lui, entrer dans les ordres se définissait par le don de soi. Est-ce utile d'ajouter le mot «total» pour qualifier son engagement? Réal se vouait corps et âme à son métier, tout comme Colombe, d'ailleurs. Il y a fort à parier qu'ils auraient remporté le prix de l'équipe paroissiale la plus vaillante et la plus investie de tout Montréal s'il y avait eu un concours. Malgré leurs réalisations dignes de mention, ils n'ont jamais réussi à s'élever au nombre des favoris de l'évêque. Il est utile de préciser qu'ils n'ont jamais rien fait non plus pour attirer son attention. Tout ce qu'ils possédaient, ils le redonnaient à leurs paroissiens au lieu de lui en faire profiter.

Ses cours sont très populaires à l'université. En plus d'être un excellent pédagogue, il possède une ouverture d'esprit très à propos par les temps qui courent. Il sait comment susciter le débat. Au lieu d'imposer à ses étudiants une ligne de conduite pure et dure, il leur apprend à penser par eux-mêmes. Son approche est très loin de la pratique courante de la plupart des professeurs, tellement qu'elle heurte parfois de plein fouet les esprits déjà endoctrinés, mais les autres leur font très vite comprendre qu'ils n'ont qu'à changer de groupe si la méthode ne leur convient pas. C'est ainsi que, dès sa deuxième session, Réal a créé malgré lui tout un remous au département. Ses cours se sont remplis dans la demi-heure qui a suivi l'ouverture de la période des inscriptions. Devant un tel engouement, le directeur l'a rencontré et lui a demandé s'il accepterait de donner son cours dans un amphithéâtre. Réal lui a expliqué qu'il préférait ajouter un groupe ou même deux afin de garder intact le rapport qu'il souhaite avoir avec ses étudiants. Puisque ce n'est pas tout d'enseigner – il faut aussi corriger les travaux –, son supérieur a consenti à lui ajouter un seul groupe. Cette année encore, Réal a dû refuser un grand nombre de personnes à chacun de ses cours. Cette situation l'attriste et le réjouit à la fois. Rien ne le destinait à enseigner un jour et voilà qu'il a fait sa marque à l'instant où il s'est présenté devant ses premiers étudiants. Heureusement que les regrets ne font pas partie de son ADN, parce qu'il en aurait quelques-uns. Il n'a qu'à regarder les jeunes qui sont devant lui pour se dire que, contrairement à eux, il a vécu dans un carcan, au séminaire comme à la paroisse. Le mot « liberté » ne faisait pas partie de son vocabulaire. Peut-être qu'il aurait fait les choses de la même façon. Peut-être aussi qu'il en aurait profité. Il aurait aimé passer des heures à discuter avec des copains autour d'une table dans un bar enfumé du Vieux-Montréal. Passer une nuit blanche à refaire le monde sur le mont Royal uniquement parce qu'il en avait envie. Partir sur le pouce avec son sac à dos et traverser le Canada d'est en ouest. Peut-être même l'Europe. Dire que tout ça a déjà été à sa portée et qu'il l'a balayé d'un seul revers de la main ! Il voulait servir Dieu et il l'a fait. Ce qu'il n'avait pas compris à l'époque, c'est que le port du col romain l'enfermerait dans un carcan dont il porterait les marques encore longtemps.

— C'est moi ! lance Réal pour annoncer son arrivée chez lui. Est-ce que j'ai reçu du courrier ?

— Trois lettres, dont une d'Haïti.

Le visage de Réal se rembrunit d'un coup. En deux ans, sa snobinarde de mère l'a honoré d'une seule lettre et c'était en réponse à la sienne. Il se demande bien pourquoi elle lui a écrit. Il met la fameuse lettre de côté et tente de retrouver son calme.

— Pourquoi tu ne l'ouvres pas ? lui demande gentiment Colombe.

— Parce que je peux attendre encore un peu avant de la lire. Réalises-tu que je n'ai reçu aucune nouvelle d'elle depuis un an et demi ?

— C'est un petit jeu qui se joue à deux.

Colombe n'a pas besoin d'en rajouter pour que Réal comprenne le message. Il n'est pas mieux qu'Hélène puisqu'il ne lui a pas écrit non plus. Il s'est toujours fié à son père pour la tenir au courant de sa vie sans même se préoccuper de savoir si Léo s'acquittait de la tâche qu'il lui a attribuée par défaut. Il va pourtant falloir qu'il finisse par passer par-dessus le sentiment d'abandon ressenti par le départ précipité de sa mère. Il n'a plus dix ans et il sera père à son tour dans quelques mois.

— Tu as raison, finit-il par concéder. Je suis de mauvaise foi. Je lirai sa lettre ce soir et je lui répondrai cette semaine sans faute. Promis ! J'ignore pourquoi, mais ma mère a toujours eu le don de me mettre en rogne. Bon, assez parlé de la bête, ajoute-t-il d'un ton espiègle, j'ai tout juste le temps de dîner avant de retourner à l'université.

— Je m'en occupe.

— Pas question ! Laisse-toi servir pour une fois. Je vais réchauffer le reste de hachis au poulet. Veux-tu un peu de salade aux cailles ?

— À la condition que tu me laisses le temps d'aller chercher des échalotes dans le jardin.

Autant Colombe aime servir, autant elle déteste qu'on lui rende la pareille. Elle sait que l'offre de Réal part d'une bonne intention, sauf que, depuis qu'elle a quitté le presbytère à son bras, elle est prête à mordre tous ceux qui risquent de porter atteinte à sa liberté, lui compris. Elle trouve sa réaction exagérée, mais c'est plus fort qu'elle. Elle apprécie sa nouvelle vie et elle est prête à se battre pour la conserver. Il lui arrive de penser qu'elle ne vivra pas assez vieille pour rattraper le temps perdu. Chaque petit geste posé en toute liberté lui procure un tel plaisir que c'en est presque gênant.

— Si tu y tiens, concède Réal du bout des lèvres.

Chaque fois qu'il prend les devants dans la cuisine, Colombe n'a pas besoin d'ouvrir la bouche pour lui faire comprendre que ça la contrarie. Idem pour toutes les autres tâches ménagères, d'ailleurs. Alors qu'il veut seulement l'aider, sa femme adorée se sent menacée par chacune de ses tentatives. Il lui a fait valoir plus d'une fois qu'elle n'est plus sa bonne et que, par conséquent, elle n'a plus à le servir. Il est bien placé pour savoir combien ça peut être difficile de changer un comportement quand c'est le seul qu'on connaît. Tout comme lui, Colombe a passé sa vie à penser aux autres.

— Un jour, ajoute-t-il alors qu'elle s'apprête à sortir de la maison, il faudra que tu acceptes mon aide.

Elle se retourne et s'efforce de lui sourire. Elle remercie Dieu chaque soir d'avoir mis Réal sur son chemin le jour où elle s'est enfuie du presbytère de son village natal. Sans lui, qui sait ce qu'elle serait devenue ?

— Si je me fie à mes sœurs, ajoute-t-il, le bébé ne te donnera pas le choix.

Elle acquiesce sans conviction. Elle était là lorsque ses deux belles-sœurs leur ont prédit leur avenir. Même ses beaux-frères et Thomas ont renchéri. Ce qu'ils ignorent tous, mis à part Réal qui semble l'avoir oublié, c'est que Colombe sait déjà tout ça. Elle est la plus vieille de sa famille et sa mère s'empressait de lui passer le flambeau dès la naissance d'un nouveau bébé, se réservant uniquement la tâche de lui donner le sein.

— Dans le temps comme dans le temps, le rassure-t-elle avant de se retourner.

Réal verse le hachis dans une casserole et le met à chauffer sur le grand rond. Il sort ensuite la laitue et la passe sous l'eau pour en enlever la terre. Il regrette de ne pas avoir fait un vrai jardin comme celui que Colombe aménageait au presbytère. S'il l'avait écoutée, elle aurait retourné la terre de toute la cour arrière. Avant qu'elle donne son premier coup de pelle, il a pris soin de vérifier auprès de son père. La réponse a été claire. Il les autorisait à enlever le gazon sur une surface de la grandeur de la table de cuisine, pas plus. Les gens qui habitent dans le quartier préfèrent aller acheter leurs légumes au marché plutôt que de les cultiver. C'est pourquoi ils se sont limités à semer de la laitue, des oignons verts et des haricots jaunes. Ils comptent bien se reprendre l'année prochaine. Réal a avisé Colombe de ne pas toucher à une partie de leur future cour arrière. Il veut installer une balançoire pour leur enfant de même qu'une table et des chaises. Pour le reste, elle aura carte blanche. Être propriétaire revêt certains avantages, dont celui de disposer de son espace à sa guise.

Le retour de Colombe est salué par la sonnerie du téléphone. Elle répond au passage.

— Puis-je savoir qui le demande ?

— Je m'appelle Sonia. Je suis la voisine de sa sœur Diane.

— Je vais vérifier s'il est disponible.

Réal rit chaque fois qu'elle lui fait le coup. Elle répond encore comme s'il était curé et ça le rend mal à l'aise. Elle met la main sur le combiné, lui révèle le nom de l'interlocutrice et lui demande si elle doit prendre le message. Il tend le bras, il va prendre l'appel. Colombe se trouve bête de lui poser la question puisqu'elle connaît déjà la réponse. Elle lui tire la langue et lui passe le combiné. Son échange avec Sonia dure cinq minutes en tout et pour tout.

— Je n'en reviens pas, s'écrie-t-il aussitôt qu'il a raccroché. Elle veut que je l'aide à faire le ménage dans les principes que ses parents lui ont inculqués. Je ne connais pas toute l'histoire, mais j'ai cru comprendre qu'elle a été en froid avec son plus vieux pendant un long moment parce qu'il s'est accoté avec Martine, l'aînée des filles de ma sœur Diane.

— Es-tu bien sûr qu'elle est au courant que tu vis toi-même dans le péché ?

— Aucune idée ! On a convenu de se voir lundi soir prochain.

— Ici ?

— Je dois la rappeler demain pour fixer l'heure et l'endroit, mais je n'ai pas envie de la recevoir chez nous. Tu ne trouves pas qu'on s'est fait assez envahir du temps où on vivait au presbytère ?

Colombe acquiesce d'un hochement de la tête. Ce n'est certainement pas elle qui va demander à ce que leur petit nid d'amour se transforme en confessionnal ou quelque chose du genre.

— Je pensais plutôt la recevoir à l'université. C'est quand même bizarre qu'elle s'adresse à moi, tu ne trouves pas ?

— Tout dépend de ce que Diane lui a dit.

— Apparemment, elle l'a juste appelée pour avoir mon numéro de téléphone. Je devrais peut-être lui en parler. Ah oui, elle m'a demandé combien je lui chargerais. Qu'en penses-tu ?

— Rappelle-toi ce que ton père t'a dit. Tu ne dois plus travailler pour rien. À ta place, je vérifierais combien coûte une rencontre d'une heure avec un psychologue. Je peux m'en occuper cet après-midi, si tu veux.

— Je te remercie, mais le département de psychologie est dans le même bâtiment que celui de la théologie. Il suffira que j'y fasse un saut après mon cours.

L'habitude de s'en remettre à Colombe pour un tas de choses est tellement ancrée en Réal qu'il doit être très vigilant pour ne pas tomber dans le piège.

— Le dîner est servi, annonce-t-il en déposant deux assiettes de hachis fumant sur la table. Assieds-toi, j'apporte la salade.

***

Le départ inattendu de ses deux plus jeunes a permis à Diane de vaquer librement à ses occupations, ce qui, elle le reconnaît sans se faire prier, lui a facilité la vie. Un seul regret : que ses petites vacances prennent fin ce soir. Elle a vu Raphaël comme prévu. Il lui tardait de lui annoncer la nouvelle sortie de Léa. Il s'est mis à rire comme un malade avant même qu'elle arrive au bout de son histoire, ce qui l'a encouragée à en faire autant.

— Je vous l'avais dit qu'elle finirait par se pendre avec sa corde !

Et il s'est remis à rire de plus belle. À la question de Diane sur l'avenir de sa pseudo-amitié avec Léa et de ses tableaux, il a répondu :

— Je continue à croire que vous devez rester en bons termes avec elle. Comme je vous l'ai dit, elle connaît beaucoup de gens dans le milieu et vous feriez mieux de garder ça à l'esprit. Par contre, plus rien ne vous oblige à jouer le jeu de la meilleure amie. À votre place, je dresserais une série d'excuses pour repousser ses invitations et je les utiliserais à tour de rôle. Connaissant Léa, elle va finir par lire entre les lignes. Pour vos tableaux, dépêchez-vous d'en faire votre deuil parce que vous n'avez aucun pouvoir sur eux. Elle vous a dit clairement qu'elle attendrait son prix pour les vendre, il n'y a rien de plus légal. N'oubliez jamais qu'elle a honoré le contrat que vous aviez signé, et plus encore.

La réaction de Raphaël ne l'a pas surprise. D'une certaine manière, elle s'y attendait. Elle n'a pas effacé pour autant la rage que cette nouvelle a fait naître en elle. Il lui faudra pour cela bien plus que deux éclats de rire. Pour une fois, Charles est celui qui a mis le plus de baume sur sa blessure. Elle regrette de ne pas avoir enregistré tout ce qu'il lui a dit pour lui faire oublier momentanément le sale coup de Léa. En effet, c'est ainsi qu'il a qualifié son attitude. En gros, il lui a dit deux fois plutôt qu'une qu'elle vaut bien mieux que Léa et qu'il est grand temps de tourner la page. Il a pris soin de lui rappeler que leur relation s'étiolait depuis un moment déjà et qu'elle n'en tirera que de la déception si jamais elle s'acharne à l'entretenir de quelque manière que ce soit. Il a évoqué que, à compter du jour où elles ont signé un contrat ensemble, leur relation amicale s'est transformée instantanément en une relation professionnelle. Elle avait besoin de Léa et cette dernière a joué son rôle à la perfection. Il a reconnu qu'elle s'est fait piéger. Seulement, ce n'est pas une raison suffisante pour lui en tenir rigueur jusqu'à la fin des temps. Au contraire ! Maintenant que son bourreau a dévoilé son jeu, il ne tient qu'à elle d'en tirer le maximum. Ainsi sont les affaires ! Il a terminé son laïus en lui promettant qu'un jour Léa frappera son Waterloo et que ce jour-là ce sera à son tour de rire.

Au lieu de rentrer directement après avoir récupéré le veston de Charles chez le nettoyeur, Diane décide de profiter de ses dernières heures de totale liberté pour débarquer chez Josée.

— Je suis vraiment contente que tu sois venue. J'ai un tas de choses à discuter avec toi concernant l'ouverture de ma pâtisserie.

— Et moi, de la dernière invention de Léa.

— Commence, tu risques d'être plus drôle que moi.

Diane lui raconte son histoire en long et en large. Si Josée ne l'interrompt pas une seule fois, l'expression de son visage en dit long sur ce qu'elle pense de cette Léa qu'elle n'a jamais eu la chance de rencontrer. Madame ne s'est pas même pas donné la peine de se pointer au lancement de Gabriel. Ça aurait pourtant été d'usage, mais elle a prouvé une fois de plus que la richesse et le savoir-vivre ne font pas forcément bon ménage.

— Ça ne me rentre pas dans la tête que tu veuilles continuer à lui parler et encore moins que tu te sentes capable de le faire.

— À force de me faire répéter sur tous les tons par Raphaël qu'en affaires il faut parfois réfléchir avant d'agir, j'ai fini par comprendre que j'ai intérêt à ne pas couper les ponts avec elle. Penses-y une minute. Sans elle, je travaillerais probablement encore au musée. Remarque que ça ne lui donnait pas le droit de me piéger comme elle l'a fait, mais en même temps personne ne m'a mis un couteau sur la gorge pour que je signe une entente avec elle. Je l'ai fait parce que j'y trouvais mon compte. Largement mon compte, je dois le reconnaître.

— Je serais prête à gager que, de vous deux, elle sort grande gagnante.

— Tu as sans doute raison, mais n'empêche que j'ai intérêt à garder contact avec elle. Le monde des arts est petit et les nouvelles en font vite le tour. Imagine une minute qu'un jour les choses se gâtent entre Katy et toi, tu ne pourrais pas claquer la porte sur un coup de tête. Vous êtes liées par un contrat et vous avez intérêt à vous entendre si vous voulez que vos commerces respectifs continuent à se développer. Ajoute à cela que vous vendez toutes les deux du bonheur et que vos clients doivent le sentir dès qu'ils franchissent le seuil de votre boutique. Personne n'a envie de se faire servir par un air de bœuf.

Les sourcils de Josée sont froncés à leur maximum. Elle n'avait pas vu les choses de cette manière. Tout comme Diane, elle a signé de bonne foi le contrat proposé par Katy. Elle a bien demandé quelques petites corrections ici et là, mais, dans l'ensemble, il lui convenait.

— Pas trop rassurante, ton affaire.

Histoire de la sécuriser un peu, Diane lui tapote doucement la main et lui sourit. Loin d'elle l'idée de l'inquiéter, au contraire.

— Pas décourageante non plus ! Oublie tout ça… tu n'as aucune chance qu'une chose semblable t'arrive puisque Katy ne ressemble en rien à Léa. Parle-moi de ton ouverture, maintenant.

Josée retrouve instantanément sa bonne humeur. Elle lève les yeux au ciel, le temps de choisir par quoi elle va commencer.

— J'ai eu l'idée de faire tirer un panier gourmand parmi tous ceux qui auront fait un achat dans la journée. Qu'en penses-tu ?

— Qu'il est dommage que je ne puisse pas participer! Blague à part, ça va plaire aux clients. Par contre, ça va te demander encore du temps et, au cas où tu l'aurais oublié, tes heures sont comptées jusqu'à ton ouverture.

— Je sais tout ça, confirme Josée en soupirant. Tu me connais, je veux que ce jour soit mémorable pour tous ceux qui auront franchi la porte de ma pâtisserie et pour moi aussi. En même temps, tu as raison : j'en aurai plein les bras rien qu'à remplir le comptoir, à préparer des sacs pesés et étiquetés pour prendre un peu d'avance ainsi que les plateaux de dégustation. J'ai une idée : je n'ai qu'à le remplir d'un assortiment de biscuits de fantaisie. Comme ça, je pourrai le préparer la veille. Une chance que tu es là !

— Je ne demande pas mieux que de t'aider. Je vais m'occuper des coupons pour le tirage et de la boîte. Je l'assortirai aux couleurs de ta boutique. À moins que tu préfères t'en…

— Non ! Non ! la coupe Josée. Tu pourras même ajouter mon logo, si tu veux. Julie est venue me le porter hier soir. Je l'adore. Voudrais-tu mettre de l'eau à bouillir pendant que je vais le chercher ?

— À une condition, répond Diane du tac au tac. Que tu m'autorises à prendre un morceau de pouding chômeur. Je salive depuis que je suis arrivée.

— Deux, si tu veux ! Je reviens tout de suite.

Au lieu de commencer par remplir la bouilloire d'eau, Diane sort une assiette et se sert un gros morceau de dessert qu'elle prend soin de napper du sirop contenu dans le petit saucier. Elle en prend ensuite une énorme bouchée et ce n'est qu'après l'avoir dégustée qu'elle passe aux choses sérieuses. Nul doute, Josée va faire fortune avec sa pâtisserie.

— Talam ! s'écrie Josée après avoir étalé la grande feuille de papier sur laquelle Julie a dessiné et colorié le logo.

— Wow ! Je savais que ma fille avait du talent comme portraitiste, mais j'avoue être impressionnée par ce qu'elle t'a proposé. C'est… comment dire ? C'est tout à fait toi. Qu'est-ce que Germain en pense ?

— Exactement la même chose. Gabriel va venir le chercher ce soir et il va le reproduire en grand format, en bois, pour la devanture de ma pâtisserie. Katy m'a remis la liste des exigences de la ville. Je ne te mens pas, il y a au moins trois pages d'interdictions pour une seule page de permissions. Crois-tu que je ferais mieux d'en parler avec Charles avant de procéder ?

— Oui et non. À vrai dire, les taxes municipales n'ont rien à voir là-dedans. Par contre, je pourrais l'appeler pour qu'il t'apporte la version la plus récente, même si je serais la première étonnée de savoir qu'elle a changé. Il paraît que la Ville n'a pas de plan d'urbanisme… c'est n'importe quoi. Tout est si lent dans cette mairie que je commence à penser que les installations olympiques ne seront jamais prêtes à temps pour les Jeux.

— Il va pourtant falloir qu'on respecte le calendrier. Remarque que tant et aussi longtemps que les ouvriers de la construction seront en grève, il n'y a pas grand-chose à faire sinon attendre. Je préfère ne pas être dans les souliers du maire Drapeau.

— Le gouvernement a déjà imposé une nouvelle loi pour faire rentrer les gens au travail pour bien moins que ça. Si tu veux mon avis, notre premier ministre dort au gaz à force d'être en pâmoison devant notre maire. Il reste exactement un an pour tout finir. À moins d'un miracle, cela m'apparaît impossible, vu la charge de travail. Revenons à ton logo, c'est beaucoup plus intéressant. Je l'adore !

— Et moi donc !

Josée est tout sourire. Ça la rend heureuse de voir que ses affaires avancent rondement. Il faut dire qu'elle y voit. Elle garde une trace des choses faites et des choses à faire. Ce n'est qu'ainsi qu'elle peut se libérer la tête et profiter pleinement de ses journées. Elle adore sa nouvelle vie !

— Changement de sujet, annonce Diane, je t'ai dit que j'étais invitée à aller séjourner dans le château d'un des dix galeristes français qui vont exposer ma nouvelle collection le printemps prochain. Eh bien, Charles va m'accompagner.

— Bande de chanceux ! s'écrie Josée. Dommage que ce ne soit pas cet automne.

— Impossible ! Je n'ai pas encore fini la série. Je remercie Dieu tous les soirs d'avoir mis Raphaël sur ma route. Avec lui, les portes s'ouvrent une après l'autre pour moi.

— Tu as tort de lui donner tout le crédit, conteste Josée, c'est quand même toi qui peins.

— Oui, sauf que les ateliers sont remplis d'artistes qui sont plus talentueux que moi, mais qui n'ont pas la chance d'avoir un homme comme lui pour promouvoir leur travail. Je me considère très privilégiée de vivre de mon art après si peu de temps et tu sais aussi bien que moi que ça ne m'enlève absolument rien de reconnaître son apport à ma réussite. Au contraire, ça l'encourage à redoubler d'efforts.

# 12

— Avoir su que ça se passerait aussi bien, avance Anthony moins d'une minute après le départ d'Yves, on l'aurait invité avant. Je ne sais pas pour toi, mais moi, je suis très content de ma soirée.

— Ça ne veut pas dire qu'il se serait comporté de la même façon. Je peux me tromper, mais j'ai l'impression qu'il n'en pouvait plus de m'éviter. Connaissant mes anciennes conquêtes, elles n'ont pas dû se gêner pour lui reprocher son comportement. Il n'a jamais supporté d'être mis de côté.

— Tu ne vas quand même pas me dire que sa nouvelle ouverture d'esprit te laisse indifférent ?

— Oui et non. Disons que je n'attendais pas après lui pour être heureux et, entre toi et moi, je ne sais pas si je réussirai à passer par-dessus tout le rejet qu'il m'a fait subir. Ce n'est pas comme si j'avais choisi d'être gai.

— Mais alors, pourquoi as-tu accepté d'aller manger chez ses parents ?

Marc commence par hausser les épaules. Une chose est certaine, il ne l'a pas fait pour Yves. Il veut bien le voir à l'occasion, mais le lien, la complicité et l'amitié qui les unissaient reviendront-ils un jour ? Seul l'avenir le dira. À voir la bonne entente entre Yves et son amoureux, il parierait que ces deux-là ont des chances de devenir amis, et c'est tant mieux.

— Parce que je les aime bien et que j'ai toujours trouvé injuste qu'il me prive de les voir sous prétexte que mon changement d'orientation sexuelle ne fait pas son affaire. Il m'avait même interdit de les contacter.

— Hum ! Crois-tu qu'ils vont te dérouler le tapis rouge ?

— Comment le savoir ? Mon grand-père Léo dirait que tout ce qui traîne se salit et je te rappelle que je n'ai rien à voir là-dedans. Depuis le temps que leur fils leur ment, c'est à lui qu'ils devraient en vouloir. Malheureusement, ni toi ni moi ne serons là quand il leur annoncera la nouvelle.

— Et si tu prenais les devants ?

Le regard de Marc s'illumine d'un coup. La suggestion d'Anthony mérite réflexion. Il pourrait s'arranger pour tomber par hasard sur la mère d'Yves. À bien y penser, ça devrait être un jeu d'enfant. Contrairement à Diane qui se rend à l'épicerie quand le réfrigérateur est vide, celle d'Yves y va toujours le même jour et à la même heure. Les chances qu'elle ait changé son habitude sont pratiquement inexistantes.

— Il va m'arracher la tête si je fais ça, mais tu sais quoi ? J'ai bien envie de lui rendre la monnaie de sa pièce. Je t'explique comment je vois les choses.

Anthony est suspendu à ses lèvres. Il était sincère quand il a dit qu'il appréciait Yves. Ceci étant dit, jamais plus il ne le laissera nuire à son amoureux. Entre les deux, le choix est facile à faire.

— Reste à trouver une bonne excuse pour que je débarque à la même épicerie qu'elle alors que j'habite à l'autre bout de l'île, dit Marc.

— Est-ce qu'elle va à celle de son quartier?

— Au Steinberg sur Saint-Laurent.

— C'est encore plus facile, confirme Anthony. Il y a un café juste en face. On en sirotera un sur la terrasse en l'attendant et vlan! On lui piquera une petite jasette et, mine de rien, on lui dira qu'on vit ensemble… en couple. J'espère seulement qu'elle ne s'évanouira pas.

— À moins qu'elle ait changé complètement, je pense qu'elle va bien réagir. J'irais même jusqu'à dire qu'elle va être contente pour nous.

— Aux dires d'Yves, elle n'a pas l'air de porter les gais dans son cœur, pas plus que son père, d'ailleurs.

— Les gens changent parfois très vite d'opinion quand ils sont confrontés à la réalité, réagit Marc. Il ne reste plus qu'à trouver une raison pour expliquer pourquoi on est venus prendre un café aussi loin de chez nous à une heure aussi matinale alors qu'on a fini de travailler à minuit.

— Facile! Parce qu'on avait rendez-vous avec un restaurateur du coin.

Les gars se tapent dans les mains avant d'éclater de rire. Il faut parfois donner un petit coup de pouce à la vie si on veut qu'elle tourne en notre faveur et c'est ce qu'ils s'apprêtent à faire.

***

Bien que revenue du chalet hier soir, Florence flotte encore sur son petit nuage rose. Par le plus grand des hasards, Léo croyait connaître le chanceux qui passe ses journées sur son bateau pendant que ses enfants s'adonnent au ski nautique. Florence s'est alors empressée de lui faire sa grande demande. Elle lui a avoué tout de go être prête à se passer de cadeau de

Noël pendant deux ans pour être la prochaine fillette à flotter sur l'eau. Pendant que Léo réfléchissait à la meilleure manière d'aborder le propriétaire de l'embarcation, qui n'est qu'une simple connaissance, Monique a promis à Florence de se rendre de l'autre côté du lac avec elle si jamais son grand-père mettait trop de temps à se décider.

— Tu disposes d'exactement cinq minutes pour nous faire part de ta décision, lui a-t-elle lancé d'une voix espiègle.

— Allons-y avant que je change d'idée ! s'est-il écrié en riant.

Florence était tellement énervée qu'elle ne tenait pas en place. Ils n'avaient pas encore parcouru un mille que Léo lui a dit de boucler sa ceinture de sécurité. Ils ont roulé une dizaine de minutes et ont vite repéré la maison de l'heureux propriétaire du fameux bateau à moteur. Ils se sont stationnés à côté d'une Cadillac rutilante. Le moteur tournait encore que Florence descendait. Son geste lui a valu un reproche de la part de Monique. Pour une fois, la fillette s'est bien gardée de rouspéter. Elle l'avait mérité. Elle a couru jusqu'au quai, il était désert. Elle a mis sa main en visière pour se parer du soleil et a cherché la fameuse embarcation. Aucune trace d'elle sur le lac.

— Bonjour ! a lancé de la galerie un monsieur avec une grosse voix.

Léo l'a tout de suite reconnu. Ils ont joué au hockey ensemble dans une ligue de garage au début de son mariage.

— Bonjour, Jean-Pierre ! C'est Léo Beaumont.

— Ça fait un sacré bout de temps qu'on s'est vus ! Es-tu perdu ?

Léo commence par faire les présentations. Il lui explique ensuite qu'il possède un chalet en copropriété de l'autre côté du lac.

— Ma petite-fille s'est mise dans la tête de faire du ski nautique. D'après elle, tu es le seul à posséder un bateau à moteur et…

— … tu aimerais essayer, dit gentiment l'homme en s'adressant directement à Florence.

— C'est ma fête le 10 juillet et c'est ce que j'ai demandé comme cadeau. Je peux payer l'essence et votre temps, j'ai de l'argent.

— Que dirais-tu de faire tes débuts en ski nautique demain matin à neuf heures ? Je passerai te prendre au chalet de ton grand-père. Ma petite-fille t'apprendra les bases. Sais-tu nager ?

— Mais oui !

— Ton maillot, ta flotte, ton grand-père et ton courage.

Chose promise, chose due. À neuf heures pétantes le lendemain matin, Jean-Pierre Chartrand et la jeune Mélanie accostaient au quai devant le chalet des Maltais et des Beaumont. Léo et Florence sont montés et ils ont filé vers le milieu du lac. Monique les observait de sa chaise longue. Elle n'oubliera pas de sitôt le sourire de sa petite-fille quand elle est partie – elle était au septième ciel – ni celui de Léo. On aurait dit un petit garçon.

Deux jours après son retour en ville, Florence n'a pas encore trouvé les mots justes pour décrire la sensation qu'elle a ressentie en flottant sur l'eau. Elle a essayé à maintes reprises de l'exprimer à ses parents, sans succès. Malgré les nombreux bouillons qu'elle a pris, le jeu en valait largement la chandelle. Elle a tout aimé des deux heures passées sur l'eau. Absolument tout ! Comme si ce n'était pas assez généreux de sa part, M. Jean-Pierre lui a dit qu'elle pourrait venir en faire avec Mélanie quand elle voudrait.

— Pourquoi tu n'es pas capable d'être content pour moi, FX Maltais ? s'enquiert Florence d'un ton bourru.

— Je t'avais dit que je m'en occuperais, mais madame était bien trop pressée pour attendre. Je te rappelle que ta fête est seulement dans quatre jours.

— Comme maman dirait, il faut savoir saisir les occasions et c'est exactement ce que j'ai fait. Je te jure que ce n'était pas prémédité. Grand-papa a reconnu M. Jean-Pierre, il a voulu aller le saluer à son chalet et, va savoir pourquoi, je me suis retrouvée au milieu du lac sur des skis le lendemain matin.

FX connaît assez sa sœur pour savoir qu'elle a arrangé la vérité à son avantage, ce qui l'enrage encore plus. Grand-papa Léo ne se serait pas précipité de l'autre côté du lac juste pour faire du social, il est plutôt du genre ours quand il est au chalet.

— Ben oui ! Et tu penses que je vais te croire ! Tu sais quoi ? Je devrais te remercier de t'en être occupée toi-même.

— Est-ce que ça veut dire que tu vas m'acheter un cadeau ?

— Non ! Je te l'ai offert et tu l'as refusé… C'était à toi d'y penser avant.

— J'aime autant t'avertir que c'est toi qui vas perdre le plus. J'avais l'intention de demander à M. Jean-Pierre s'il accepterait de te laisser essayer, mais là…

— Ménage ta salive, la coupe brusquement FX. Je n'ai pas besoin de toi pour obtenir des faveurs. Conseil d'ami : organise-toi pour ne pas te trouver dans la même pièce que moi aujourd'hui parce que je ne suis pas d'humeur à t'endurer.

FX sort de la maison en prenant soin de claquer la porte. L'impact est tellement violent que Diane passe à un cheveu d'échapper sa palette de couleurs. Elle aimerait bien savoir quelle mouche a encore piqué ses deux plus jeunes. Au lieu de courir aux nouvelles, elle inspire à fond et se remet au travail. Ça ne l'avancera pas d'avoir la version d'un seul et c'est forcément ce qui l'attend si elle ose se montrer le bout du nez. Vu l'impact de la porte sur le cadrage, son petit doigt lui dit que son fils est parti et que Florence boude dans un coin. Un classique. Chaque fois qu'elle se fait sortir de sa bulle de manière aussi brutale, elle a du mal à y retourner. Elle soupire… les vacances d'été viennent juste de commencer. Elle a pris les bouchées doubles pour moins travailler pendant juillet et août, sauf qu'elle n'a pas les moyens de refuser l'inspiration lorsqu'elle se présente. C'est son travail, pas son loisir.

Diane va s'asseoir dans son fauteuil et réfléchit. Si elle était seule à la maison, elle filerait à la cuisine, se prendrait un chocolat aux cerises dans sa cachette secrète, le dégusterait, boirait un grand verre d'eau et retournerait dans son atelier. Elle resterait peut-être béate devant sa toile un moment, mais elle finirait par se remettre au travail parce qu'il n'y aurait pas eu de réelle rupture de son inspiration. Elle soupire. S'il y a une chose qu'elle déteste de sa nouvelle vie, c'est de devoir supporter les sautes d'humeur de ses deux plus jeunes dès qu'ils sont dans la maison. Aussi bien aller crever l'abcès maintenant puisque, de toute façon, elle est incapable de redonner vie à son pinceau. Elle sort de son atelier et appelle Florence d'une voix suffisamment forte pour être entendue dans toute la maison, le sous-sol compris. Devant le silence le plus total, elle rugit de nouveau sans plus de résultat. Elle soupire. Il faudra en plus qu'elle la cherche. Ces derniers temps, sa belle Florence n'est pas facile à suivre. Diane comprend que les retrouvailles avec Milkshake aux fraises influencent son humeur. Elle aimerait mettre un terme à cette histoire qui n'en finit plus de finir, sauf que, sans baguette magique pour faire disparaître l'allergie de Charles, elle n'a aucun pouvoir. Elle a pensé demander à son père et à Monique de le prendre chez eux. Elle le ferait si seulement elle avait une chance qu'ils acceptent. Son père a toujours refusé haut et fort d'avoir un animal dans la maison, même un poisson rouge. À moins que… Pourquoi n'y a-t-elle pas pensé avant?

Peut-être que Réal et Colombe seraient partants. Son frère adore les chats et sa belle-sœur a été élevée sur une ferme. Elle leur rendra une petite visite ce soir. Il est plus facile de traiter ce genre de choses face à face.

Il ne lui reste plus qu'à aller voir au sous-sol, même si ça l'étonnerait d'y trouver Florence. Elle n'y descend pratiquement jamais. Elle l'appelle de nouveau et tend l'oreille. C'est alors qu'un reniflement bien senti attire son attention. Sa fille est assise sur le béton près de la chaudière.

— Depuis quand viens-tu te cacher ici ? lui demande-t-elle d'une voix douce.

— Il fait trop chaud en haut et je ne voulais pas te déranger.

Diane s'assoit près d'elle et l'entoure de son bras. Florence dépose aussitôt la tête sur son épaule. Elle a le cœur gros.

— Raconte-moi tout.

La fillette hausse les épaules et renifle un bon coup. Si seulement elle le savait. Elle a l'impression d'être montée à bord des montagnes russes de La Ronde et de ne plus pouvoir en descendre. Elle a de la peine pour Milkshake aux fraises. Elle est survoltée de bonheur par sa petite virée en ski nautique. La méchanceté de FX la rend triste. Elle s'inquiète à l'idée de changer d'école en septembre. Elle voudrait avoir un chien. Tout se mélange dans sa tête et elle ignore comment s'en sortir. De gros sanglots secouent sa poitrine et Diane y croit. Cette fois, sa fille ne joue pas la comédie.

— Si ça peut te rassurer un peu, ajoute Diane d'une voix douce, je suis toujours au pire de ma forme à l'approche de ma fête.

Florence lève les yeux au ciel. Ce n'est pas aussi simple que ça. Ses problèmes ne disparaîtront pas par magie le jour de son anniversaire. Milkshake continuera d'habiter chez des étrangers, FX sera toujours aussi méchant avec elle et elle devra probablement se contenter de rêver au chien qu'elle aimerait avoir. En réalité, son seul espoir demeure de remonter sur des skis nautiques. C'est au moins ça de pris. Et voilà qu'elle soupire comme si elle portait le poids du monde sur ses petites épaules. Cette fois, Diane l'oblige à la regarder. Elle lui sourit dans l'espoir de lui délier la langue.

— Plus vite tu parleras, mieux tu te sentiras. Dis-moi ce que FX t'a fait.

— Rien de plus que d'habitude.

Diane soupire à son tour. À ce rythme-là, elles seront encore assises sur le béton quand Charles rentrera. Si elle vit plutôt bien avec le caractère bouillant de sa fille la plupart du temps, elle n'a pas très envie de jouer aux devinettes ce matin.

— Peux-tu être moins précise ? lui demande-t-elle d'un ton moqueur.

Florence finit par lui raconter ce qui s'est passé en faisant attention de ne pas embellir la vérité à son avantage. Sa mère est trop perspicace pour jouer à ce jeu avec elle.

— C'est tout ?

— Pas vraiment.

— Continue.

La fillette s'exécute en soupirant à intervalles réguliers. Diane sourit malgré elle. On jurerait qu'elle passe à la caisse à chaque mot qui sort de sa bouche. À moins qu'ils ne lui râpent la gorge au passage.

— J'avoue que ça fait beaucoup de choses pour une petite fille, confirme Diane.

Florence lui jette un regard noir, ce qui fait sourire Diane. Même si elle entrera au secondaire en septembre, elle restera toujours sa petite fille.

— Je t'interdis de t'en prendre à moi, lui dit sa mère d'un ton autoritaire. Je veux bien t'aider, mais je refuse de recevoir les coups qui ne me reviennent pas. Est-ce que je me suis bien fait comprendre ?

— Oui, maman.

Diane en a assez entendu. Elle se lève et sort de la chaufferie.

— J'ai quelque chose à te demander avant que tu retournes à ton atelier, lance Florence d'une voix assurée. J'aimerais avoir un chien, un gros.

Au lieu de revenir sur ses pas, Diane remonte au rez-de-chaussée. Décidément, cette journée ne risque pas d'être sa plus productive. Après le chat, le chien. Le pire, c'est qu'elle ne peut pas prétendre que Charles est allergique puisqu'il n'en est rien. Elle connaît déjà l'issue de la nouvelle lubie de sa fille et de FX, parce qu'il est forcément dans le coup lui aussi. Au bout du compte, elle sera la personne toute désignée pour s'occuper de la bête. Pourquoi se priver vu qu'elle est à la maison en quasi-permanence ? Ce n'est pas qu'elle déteste les toutous, elle les aime, à distance uniquement. Lorsqu'elle avait l'âge de Florence, elle avait recueilli un chien errant et Léo avait piqué une colère mémorable à la vue du cabot. La pauvre bête était restée dans la maison le temps que Carole lui donne un bain pour le rendre plus présentable. Malheureusement, son poil lustré n'avait servi à rien. Léo l'avait ensuite conduit au refuge pour animaux de compagnie. Diane avait versé toutes les larmes de son corps, mais rien n'avait ébranlé la décision de son père. Il ne voulait pas de bibittes dans sa maison, un point c'est tout. Si seulement elle était capable d'autant de fermeté que son paternel. Elle ferme la porte de son atelier un peu plus fort que nécessaire et se laisse tomber dans son fauteuil. Son envie de plaider la cause de Milkshake aux fraises vient de s'envoler d'un coup.

***

Réal est en grande discussion téléphonique avec Pierre Lebel, le directeur de la Chambre de commerce de Montréal. Son fils est dans un de ses cours d'été et il paraît qu'il n'arrête pas de vanter ses mérites. Il apprécie tellement son enseignement qu'il l'enregistre. Il a d'ailleurs fait écouter le dernier en lice à son père, qui est tombé sous le charme à son tour.

— Vous avez une façon très moderne de parler de religion et c'est exactement ce que les gens d'affaires ont besoin d'entendre pour sortir de son emprise. Vous possédez le don d'expliquer simplement les bons vieux principes inculqués par nos parents, principes démodés pour plusieurs, et je pèse mes mots. J'ai particulièrement aimé le passage où vous dites qu'il ne tient qu'à nous d'en laisser quelques-uns de côté s'ils ne nous conviennent plus. J'ajouterai qu'il est grand temps que les Québécois troquent leur croyance d'être nés pour un petit pain par une plus ambitieuse. Entre vous et moi, qu'est-ce qui les empêche d'être nés pour une boulangerie ? Je parierais sur l'éducation restrictive que nous avons reçue. Comprenez-moi bien, je n'ai rien contre les anglophones, mais pour moi les francophones valent au moins autant qu'eux et je vais tout faire pour leur rentrer ça dans la tête. J'ai besoin de vous, monsieur Beaumont.

— Vous n'avez jamais pensé à leur dire vous-même ? lui demande poliment Réal. Vous êtes très convaincant, vous savez !

— J'ai bien d'autres chats à fouetter et, sans vouloir vous flatter, un professeur d'université a beaucoup plus de poids que le directeur de la Chambre de commerce. Depuis quand enseignez-vous ?

— Ça fera bientôt deux ans.

— Que faisiez-vous avant ?

Réal réfléchit à la meilleure manière de lui révéler la vérité sur sa personne avant de répondre. Heureusement, quelques secondes lui suffisent, ce qui ralentit à peine le flux de leur discussion. Aussi bien lui dire la vérité.

— J'étais curé dans une petite paroisse sur l'île et, excusez le terme, j'ai défroqué. Pire, je suis parti avec ma bonne et nous allons avoir un enfant au début de la prochaine année.

Un silence de mort tombe sur la ligne, Réal n'est étonné qu'à moitié. Il n'a pas l'habitude d'être aussi direct. Il a choisi de l'être pour que son interlocuteur sache en quelques mots à qui il a affaire. De cette manière, il n'y aura aucun malentendu. Il est ce qu'il est et c'est à prendre ou à laisser.

— Votre honnêteté vous honore, monsieur Beaumont, ajoute Lebel au bout d'un temps qui a pris des proportions d'éternité pour Réal. Que diriez-vous de venir me rencontrer la semaine prochaine ou la suivante selon votre disponibilité ? D'ici là, je vous enverrai quelques pistes de réflexion pour votre première conférence. Je confierai ma missive à mon fils, à la condition que vous me promettiez de ne pas tirer sur le messager.

— Aucun danger ! Je suis disponible les jeudis et vendredis matin pour les deux prochaines semaines.

— Ma secrétaire vous rappellera pour confirmer le tout. J'ai hâte de vous serrer la main. Bonne fin de journée, monsieur Beaumont.

— À vous de même, monsieur Lebel.

Réal n'en revient pas. Il vient de se faire offrir une série de conférences sans même avoir levé le petit doigt. Colombe sera sous le choc quand il va lui raconter ce qui lui arrive. Si ça continue à ce rythme, il n'aura pas assez de vingt-quatre heures dans une journée pour s'acquitter de ses tâches. Il rit tout seul. Rien ne sera jamais aussi exigeant que d'être à la tête d'une paroisse dont plus de la moitié des résidents tire le diable par la queue. Il leur doit beaucoup. C'est à leur contact qu'il a acquis le peu de sagesse qu'il possède et son ouverture d'esprit. Ils lui ont appris à ne pas juger les gens au premier regard et à accepter que tout le monde est différent. De là la nécessité d'adapter son discours au besoin pour les rejoindre.

Il est tellement de belle humeur qu'il va chercher la lettre de sa mère et commence à la lire.

*Mon cher Réal,*

*J'espère que tu me liras jusqu'à la fin. Ton père m'a dit que Colombe et toi alliez déménager bientôt dans votre maison. Je m'en réjouis. Il m'a aussi dit qu'il vous avait interdit de transformer la cour arrière de la nôtre en potager. Du Léo tout craché! Elle aurait au moins eu une raison d'être. Et puis, ça aurait fait changement. Je ne croyais pas que tu supporterais de rester dans la maison familiale aussi longtemps. Elle ne renferme pas que de bons souvenirs et j'en suis en grande partie responsable. J'aimerais te dire que je regrette, mais ça sonnerait faux. Vivre ici m'a aidée à voir les choses en face. La vérité, c'est que j'ai quitté le navire en même temps que ma fille sans penser que quatre autres petits êtres dépendaient de moi. Les enfants doivent survivre à leurs parents, et non l'inverse. Je ne souhaiterais pas ça à mon pire ennemi.*

*Patience, tu es à la moitié de ta lecture.*

*Je te dois des excuses. Elles n'effaceront rien, mais j'aime croire qu'elles contribueront à rétablir les ponts entre nous. À toi de voir! J'ai réfléchi longuement à la raison qui t'a poussé à entrer dans les ordres et, là aussi, je pense avoir ma part de responsabilité. Remarque que tu as toujours été le meilleur d'entre nous. Il fallait que tu le sois pour me supporter dans mon délire annuel et je t'en remercie du fond du cœur. J'aime croire que tu ne m'en veux plus de t'avoir encouragé à retirer ton col romain. Il m'arrive d'imaginer la réaction de l'évêque et de rire toute seule. Le saint homme a dû voir rouge. Profite de ton nouveau bonheur au maximum. Ton père m'a dit que tu étais un excellent professeur et je n'en doute pas un instant. Tu étais petit et tu savais déjà comment captiver l'attention des gens. Personne n'est encore au courant, mais j'ai l'intention de revenir à Montréal avant la fin de l'année. C'est pourquoi j'ai une faveur à te demander: laisse-moi assister à un de tes cours.*

*Et pour finir, rien ne me ferait plus plaisir que de te lire.*

*Maman*

Ébranlé par ce qu'il vient de lire, Réal fixe la feuille de papier qu'il tient à la main sans vraiment la voir. Il ignore comment il doit réagir à tout ça. Il peut toujours faire le mort, voire prétendre qu'il n'a jamais reçu cette lettre. Il peut aussi choisir de passer l'éponge sur ce qui a été puisque de toute manière, quoi qu'il fasse, rien ni personne ne pourra y changer quoi que ce soit, même avec la meilleure volonté du monde. Un pâle sourire apparaît sur ses lèvres. C'est un bon début compte tenu de la distance qu'il a toujours gardée entre sa mère et lui. S'il déposait les armes maintenant? Il y a fort à parier que leur relation n'en sera jamais une d'exception, mais il risque peu à tenter le coup. Il consulte sa montre et en conclut qu'il n'a pas assez de temps pour lui répondre. Il le fera ce soir.

# 13

S'il pouvait disparaître jusqu'à ce que Florence et FX abandonnent leur projet de le convaincre d'acheter un chien, Charles le ferait. Comme il n'en a pas le pouvoir, c'est la tête haute qu'il subit leurs multiples attaques aussitôt qu'il apparaît dans leur champ de vision. Diane et lui se sont mis d'accord pour ne pas avoir de chien. Pas dans une niche et encore moins dans la maison. Malgré ça, s'il ne tenait qu'à lui, Charles aurait considéré leur demande différemment. Il n'a jamais pu en avoir un quand il était jeune et ça lui a toujours manqué. Ses parents prétendaient qu'il n'était pas assez responsable pour s'en occuper, ce qui, somme toute, n'était pas très loin de la vérité. Il aurait fait comme tous ses copains dont les parents avaient fini par céder et il n'aurait pris que le meilleur de l'animal, soit les longues promenades, le lancement de la balle, les grands coups de langue, les chatouilles… À l'inverse, il aurait vite fait d'oublier de ramasser ses besoins, de le brosser, de lui essuyer les pattes quand il revient de dehors et de lui apprendre à bien se tenir en société. Pour sa défense, Charles aurait dit qu'il est difficile de montrer ce qu'on ne sait pas. À l'âge de ses plus jeunes, il n'hésitait pas à promettre mer et monde en croyant dur comme fer qu'il livrerait la marchandise. Il a honte d'avouer que chaque fois qu'il croise un maître et son chien il se surprend à penser que sa vie serait encore plus belle s'il avait un labrador blond en laisse quand il va marcher ou jouer au baseball. D'aussi loin qu'il se souvienne, il a toujours envié Réjean d'avoir un chien. D'ailleurs, il faudrait qu'il prenne de ses nouvelles parce que ça fait un sacré bout de temps que son voisin et ami n'est pas venu accompagné de son fidèle compagnon. Il lui posera la question quand il passera le chercher tout à l'heure.

— Je t'en prie, papa, le supplie FX, dis oui. Tu es le premier à dire que je suis responsable pour mon âge, alors laisse-moi te le prouver.

Charles lui ébouriffe les cheveux en riant. Il tenait exactement le même discours à son propre père à l'âge de son fils.

— Ce n'est pas aussi simple que ça, prétend Charles pour gagner du temps.

— Je ne vois pas ce qu'il y a de si compliqué. Tu achètes le chien et Florence et moi nous occupons du reste. On est même prêts à payer la poche de moulée.

— On n'achète pas un chien pour le vendre via les petites annonces la semaine d'après. C'est une lourde responsabilité et je ne crois pas que vous soyez assez matures pour vous en acquitter. Et puis, ta mère n'a pas envie d'être enfermée à longueur de journée avec une bête. Remarque que je la comprends. Quant à moi, je refuse de poser le pied dans la merde ne serait-ce qu'une seule fois parce que vous n'avez pas ramassé ses besoins. Par contre, je te rappelle que je suis prêt à vous acheter un aquarium et à le remplir de poissons rouges.

— Oublie les poissons rouges, râle FX, ça ne sert absolument à rien. Il faut que j'y aille, Florence m'attend au parc.

FX croise Réjean sur le trottoir. Il le salue du bout des lèvres sans se donner la peine de s'arrêter. Surpris de son attitude à la limite de l'impolitesse, l'ami de Charles se contente de sourire. Il y a longtemps qu'il a cessé de s'offusquer du manque de savoir-vivre des jeunes, les siens compris. Il marche jusqu'à la porte d'entrée et sonne.

— Entre, lui dit Charles en le voyant. Laisse-moi le temps de me brosser les dents et je suis prêt.

Étant donné que la salle de bain est tout près de l'entrée, les deux amis poursuivent leur conversation.

— Je ne me rappelle pas avoir déjà attendu après toi.

— Il faut un commencement à tout ! J'ai encore eu droit à une petite discussion avec FX et, quand ce n'est pas avec lui, c'est avec Florence. Imagine-toi donc qu'ils souhaitent avoir un chien, et pas un chien de poche, un gros. Crois-moi, quand ces deux-là ont une idée dans la tête, ils ne l'ont pas dans les pieds.

— Et toi, en veux-tu un ?

— Mettons que je finirais par céder. Comme je ne suis pas tout seul là-dedans, je suis confiné dans le rôle du rabat-joie. Diane ne veut rien savoir de devoir s'occuper de leur cabot et je la comprends. Tu connais les enfants aussi bien que moi, ils vont finir par oublier jusqu'à son existence chaque fois que ça va leur servir.

Réjean en connaît long sur le sujet. En bon père de famille, il a offert un chien à David pour ses sept ans. Moins d'un mois plus tard, le toutou n'amusait déjà plus son fils. Conséquence : il a dû le prendre en charge. Un chiot a besoin de beaucoup d'encadrement et de discipline. Réjean a même suivi des cours de dressage avec lui pour qu'il devienne un bon compagnon pour ses enfants.

— Je pourrais t'en parler pendant des heures parce qu'en vérité c'est moi qui ai un chien chez nous et personne d'autre de la famille. Je ne l'ai jamais regretté.

— Sonia était d'accord ?

— Comme pour tout le reste, elle s'y est opposée de toutes ses forces jusqu'à ce que je la mette devant le fait accompli. Tu aurais dû la voir, elle en faisait plus de cas que les enfants. Encore aujourd'hui, d'ailleurs. David n'a même pas demandé à partir avec.

— Parce que tu aurais accepté ?

— Sûrement pas puisque c'est mon chien. Il vaudrait mieux qu'on y aille si on ne veut pas être en retard.

— Ça tombe bien, je suis prêt.

La partie traîne tellement en longueur que Charles a le temps de peser le pour et le contre dans le cas où il déciderait d'accéder à la demande de ses deux plus jeunes. Il a même eu le loisir de se rappeler sa dernière discussion avec Gabriel au sujet de ses rêves. Il se demande d'ailleurs pourquoi il ne lui a pas mentionné qu'il avait toujours voulu avoir un chien. Le moins qu'on puisse dire, c'est que l'exercice a porté ses fruits à plusieurs points de vue.

— Je t'annonce que c'est ma dernière saison de baseball, laisse-t-il tomber à leur sortie du parc.

— Tu n'es pas sérieux, j'espère ? s'inquiète Réjean.

— Encore plus que tu penses ! J'ai perdu assez de temps avec ce sport qui, visiblement, ne veut pas de moi. Tiens-toi bien, j'ai décidé d'accrocher mes patins aussi.

— Quand ?

— Maintenant !

Charles pousse un grand soupir. Il y a longtemps qu'il ne s'est pas senti aussi léger. Son examen de conscience lui a permis de réaliser que jouer au baseball et au hockey n'était pas son rêve, mais celui de son père. Dans son désir d'avoir des gars virils,

Paul les a obligés, Gabriel et lui, à faire du sport dès leur plus jeune âge. Or, Charles a toujours préféré arroser la patinoire que de chausser ses patins. Il pratique ces deux sports depuis si longtemps qu'il avait oublié de se questionner sur son réel intérêt. Aujourd'hui, il peut affirmer sans aucune chance de se tromper qu'il n'en tire plus aucun plaisir.

— À bien y penser, pourquoi souffrir plus longtemps ? C'était ma dernière partie de baseball.

— Fais-tu de la fièvre ? s'inquiète Réjean.

— À vrai dire, je ne me suis jamais senti aussi bien. Vois-tu, la dernière fois que je suis allé boire une bière avec mon frère, il m'a rappelé tous les rêves que j'avais quand j'étais gamin et que je n'ai pas réalisés. Pire, je les avais tous oubliés. Ça m'a fait réfléchir et, surtout, ça m'a donné le goût de sortir de ma routine. Penses-y un peu. Je suis comptable, c'est-à-dire que je fais toujours la même chose depuis ma sortie de l'université. Les chiffres n'ont plus de secrets pour moi et c'est là que le bât blesse. J'ai choisi ce métier pour que ma famille ne manque de rien, et ça marche, sauf que la vie passe pendant que je fais du surplace.

— Es-tu en train de me dire que tu vas lâcher ta *job* aussi ? Si c'est le cas, tu devrais y penser à deux fois.

— Au contraire, j'ai l'intention de la garder comme sécurité. C'est le reste qui va bouger. Depuis que je suis marié que je mène une vie rangée et ça commence à bien faire.

Réjean le regarde avec de grands yeux. Il était loin de se douter que Charles péterait les plombs un jour, surtout sans aucune raison apparente. Certes, ils ont encore perdu la partie, mais, depuis le temps, il devrait être habitué. À moins que ce ne soit cette histoire de chien qui le mette dans cet état.

— À ta place, j'oublierais le projet du chien.

— Pas question ! C'est avec lui que je vais commencer ma nouvelle vie. J'ai du mal à croire que je vais enfin avoir un chien parce qu'il sera à moi.

— Il me semblait que Diane était contre l'idée.

— Elle l'est sûrement encore, mais ça n'a plus d'importance. Je l'ai appuyée quand elle a voulu se remettre à la peinture, je la convaincrai d'en faire autant pour moi. Je ne te mens pas, j'ai l'impression d'avoir douze ans, comme FX et Florence. J'ai hâte de leur apprendre la nouvelle, ils n'en reviendront pas !

Réjean a beau réfléchir, il ne voit pas comment il pourrait ramener Charles à de meilleures intentions. Alors, il décide de jouer le jeu jusqu'à ce qu'ils arrivent chez lui. Il lui demande de préciser ses goûts en matière de chien. Sa question provoque un fou rire chez son ami.

— Je pourrais reconnaître un labrador blond, et encore. En fait, la seule chose que je sais faire, c'est de les classer par grosseur. Pour les races, j'ai tout à apprendre. Demain, j'irai m'acheter un livre qui les présente toutes et je l'étudierai.

— J'aime autant t'avertir que tu n'es pas sorti du bois.

— Ho ! Ho ! Je n'ai pas dit que j'allais le lire d'un couvert à l'autre. Je vais commencer par regarder les images. J'imagine que c'est comme avec les humains. Il doit y avoir une certaine chimie entre la bête et son maître… et les enfants, bien sûr. Je déteste les petits chiens et les caniches. Mine de rien, je viens d'en éliminer plusieurs. Je ne me rappelle pas avoir été aussi heureux.

— Pas même le jour de ton mariage ou celui de la naissance de tes enfants ? s'étonne Réjean d'un ton découragé.

Charles arrête net de marcher. Il ne lui demande pas d'être d'accord avec lui, juste de partager sa joie. Pour une fois qu'il s'emporte pour quelque chose d'heureux, il aimerait que son ami soit content pour lui au lieu de s'en faire. Il ne vient pas de lui annoncer qu'il songe à se jeter du haut du pont Jacques-Cartier ou qu'on lui a découvert une maladie incurable, seulement qu'il veut s'acheter un chien. Réjean, remarquant sa déception, revient sur ses pas et se place en face de lui.

— Je suis désolé de réagir ainsi… j'ai du mal à te suivre. Première nouvelle que j'ai que mon ami Charles est capable de folie.

— Tu ne trouves pas que tu exagères ? Je suis toujours le même gars, c'est juste que j'ai décidé de mettre un peu de piquant dans ma vie. Est-ce qu'il y a une loi qui l'interdit ?

— Pas encore, mais je ne désespère pas que ça arrive un jour !

Devant le manque de réaction de Charles, Réjean lève les yeux au ciel et soupire un bon coup. La situation le dépasse et il ne s'en cache pas. Il le voudrait qu'il en serait incapable. Il ne reconnaît pas l'homme qui est devant lui et ça l'insécurise. Seul hic, il ne saurait dire pourquoi. À moins que ce ne soit parce que ça le ramène à ses propres rêves.

— Je ne comprends pas que ça t'atteigne autant, lance Charles pour briser le silence qui se prolonge indûment. Il s'agit de moi, pas de toi.

— Peut-être est-ce parce que le simple fait de t'écouter a réveillé quelques vieux rêves en moi et, pour tout te dire, je n'avais aucune envie de les voir refaire surface.

— Il ne tient qu'à toi de les enterrer encore plus profondément.

Sur ce, Charles parcourt en courant la courte distance qui le sépare de chez lui. Il entre, éteint la lumière extérieure et verrouille la porte.

***

Autant Julie n'accordait pas d'importance à ce qu'elle portait, autant elle passe un temps fou devant son miroir à changer de tenue jusqu'à ce qu'elle soit satisfaite de ce qu'elle voit. Curieusement, ce qu'elle trouvait parfait la veille lui lève le cœur le lendemain. Renouveler sa garde-robe n'était pas un luxe et, si elle s'écoutait, elle retournerait faire une autre petite virée dans les magasins pour avoir plus de choix. L'habit ne fait peut-être pas le moine, mais force lui est de reconnaître que chaque domaine a son propre costume. Respecter cette réalité ne fait pas de vous une meilleure personne, sauf que l'inverse vous fera forcément perdre des plumes. À titre d'exemple, elle ne se verrait pas entrer au bureau de son grand-père dans la paire de vieux jeans qu'elle porte pour aller au cégep. Ici, on doit se fondre dans le décor de l'endroit.

— C'est parfait ! lance Diane en s'appuyant sur le cadrage de la porte de chambre de sa fille.

— Merci, maman ! Voudrais-tu venir magasiner avec moi jeudi matin ? J'aimerais m'acheter quelques nouveaux vêtements.

— À la condition que tu me révèles le nom de celui pour qui tu fais autant d'efforts.

Julie rougit jusqu'à la racine des cheveux. Sa mère a le don de deviner ce qu'elle n'ose pas encore s'avouer.

— Il s'appelle Xavier, mais c'est juste un collègue de travail.

— Raconte ça à quelqu'un d'autre. Tu n'arrêtes pas de parler de lui. Conseil de mère : fonce.

— Des plans pour que grand-papa Léo m'arrache la tête. Il ne m'a pas embauchée pour *flirter* avec le premier venu, mais pour travailler.

Diane sourit. Si seulement Julie savait à quel point son patron l'apprécie !

— Mon père n'a de leçon à donner à personne, il a marié sa secrétaire. Rappelle-toi où tu as connu Jacob et Jérémy.

— Le premier sur un banc de parc et le deuxième dans le garage de nos voisins.

— L'amour frappe au moment où on s'y attend le moins. Tu ne perds rien à tâter le terrain avec Xavier.

— Je peux me tromper, mais j'ai l'impression que je lui plais. Crois-tu que c'est parce que je suis la petite-fille du grand patron qu'il ne m'a pas encore invitée à sortir ?

— Difficile à dire sans le connaître. Invite-le à aller boire une bière après le travail.

— On ne finit pas à la même heure.

Le dernier argument de Julie provoque un fou rire chez Diane. Elle a maintenant la preuve que sa fille est amoureuse du fameux Xavier. Espérons que c'est réciproque.

— Invite-le à dîner.

Julie fronce les sourcils. Ce n'est pas l'idéal, mais c'est le mieux qu'elle puisse faire pour l'instant. Dans le cas où il aurait des sentiments pour elle, ils n'auront qu'à se fixer un nouveau rendez-vous et, dans le cas contraire, ce sera bien assez long.

— Bonne idée, finit par confirmer Julie en faisant une dernière retouche à son maquillage. Il faut vraiment que j'y aille si je veux attraper le prochain autobus.

— Tu es ravissante.

Le plus difficile dans la métamorphose de son apparence a été et demeure de s'habituer aux talons hauts. Existe-t-il une seule femme au monde qui aime se déplacer sur les trottoirs de Montréal ainsi chaussée ? Chaque pas qu'on fait met les chevilles en danger et c'est encore pire lorsqu'on veut traverser la rue. Ici, les nids-de-poule foisonnent en été comme en hiver. Julie a songé plusieurs fois à faire comme les New-Yorkaises, c'est-à-dire porter des chaussures confortables de la porte de chez elle à celle du bureau, et vice versa. Elle a fait une tentative une fois et un seul coup d'œil dans les portes vitrées de l'édifice où se trouve le bureau de Léo l'a convaincue que rien ne donne d'aussi beaux mollets que des talons aiguilles. Depuis, elle préfère souffrir et se sentir belle. Souffrir avec le sourire, il va sans dire.

Julie court jusqu'à l'ascenseur dans l'espoir de pouvoir y monter.

— Bonjour, Julie, s'écrie joyeusement M. Lalonde qui est déjà dans la cabine. Approchez que j'essaie de vous convaincre de venir travailler pour moi.

— Vous perdez votre temps, j'adore le droit au point de vouloir m'y inscrire l'année prochaine.

— C'est uniquement parce que vous ne connaissez pas l'architecture, c'est un domaine passionnant. Je dois vous avouer que je n'avais encore jamais rencontré une jeune femme aussi insensible à l'argent que vous.

— Détrompez-vous, j'aime l'argent, mais pas au point de le laisser dicter ma vie. Je suis une fille de passion, pas de raison, et j'ai bien l'intention de continuer sur cette voie. Ceci étant dit, je suis certaine que vous et moi nous serions très bien entendus. Sur ce, je vous souhaite une très belle journée, monsieur Lalonde.

Julie sort de l'ascenseur la tête haute sous le regard amusé du vieil architecte. Il n'a pas encore dit son dernier mot.

***

Sa petite virée au chalet avec Léo et Florence lui a fait beaucoup de bien. Autant Monique aime vivre en ville, autant elle apprécie le calme de la campagne. Elle est revenue la tête remplie de beaux souvenirs. Jamais elle n'oubliera l'air de sa petite-fille au moment de monter à bord du bateau à moteur pour aller faire du ski nautique. Pas plus que le magnifique sourire qu'elle arborait lorsqu'elle est revenue. Monique a réalisé que ça prend parfois peu de choses pour rendre un enfant heureux. L'avenir ne dit pas si Florence remontera sur des skis cet été, mais au moins elle a pu l'essayer. Elle était tellement heureuse qu'elle n'a parlé pratiquement que de ça pendant tout leur séjour. En fait, le seul autre sujet dont elle les a entretenus faisait état de son désespoir face aux retrouvailles avec son chat et à son impuissance à le ramener près d'elle. Ses grands-parents se sont empressés de lui faire comprendre qu'ils n'ont pas le pouvoir de retirer son allergie à Charles. Ils l'ont ensuite écoutée rabâcher la même histoire jusqu'à ce qu'elle tombe de sommeil. Alors que Léo en est venu à la conclusion que le nouveau foyer de Milkshake aux fraises est ce qui pouvait lui arriver de mieux, Monique a émis tout bonnement l'idée qu'ils pourraient le prendre chez eux. La réaction de Léo a été instantanée. Il est hors de question qu'il laisse rentrer un chat chez lui. À force de le cuisiner comme elle seule sait le faire, Monique a fini par comprendre que ce n'est pas parce qu'il les déteste. Au contraire, il a toujours eu un faible pour les félins. Disons que c'est plus par obstination et par esprit de justice qu'il reste sur sa position. Il a toujours refusé que ses enfants aient un animal vivant sous son toit. C'est pourquoi il se sentirait mal d'accepter le chat de Florence.

Monique n'a pas dit son dernier mot. Selon elle, la belle Florence a déjà souffert plus que la plupart des adultes souffriront au cours de toute leur vie et ça l'attriste. Elle mentirait si elle disait qu'elle rêve d'avoir un chat depuis sa tendre enfance. Elle les aime, mais sans plus. Par contre, ce chat-là est différent. Il représente beaucoup pour sa jeune propriétaire et elle se dit que c'est un bien petit effort si ça peut la rendre heureuse. Et puis, en son for intérieur, Monique espère que Florence les honorera plus souvent de sa visite. Elle s'est attachée à cette fillette plus qu'à tous les autres enfants de la famille Beaumont. Si elle avait eu une fille, elle aurait voulu qu'elle lui ressemble.

— C'est moi ! s'écrie Léo de l'entrée.

Il s'approche de sa bien-aimée et la prend dans ses bras. Il pose les lèvres sur les siennes et laisse libre cours à toute la passion qu'elle lui inspire depuis leur premier dîner en tête à tête. Ce n'est que lorsqu'ils sont à bout de souffle que les deux amants mettent fin à leur baiser. Léo s'éloigne un peu et lui dit :

— Finalement, je suis d'accord pour qu'on prenne Milkshake aux fraises avec nous. Réal et Colombe s'occuperont de lui pendant notre voyage en Italie.

Monique lui saute dans les bras et le bécote partout dans le cou. Il rit.

— On ira l'annoncer à Florence après le souper, ajoute-t-il.

— Attendons plutôt à sa fête. Peux-tu me dire pourquoi tu as changé d'idée ?

— Le bon sens, j'imagine. En réalité, je me suis dit que j'avais la chance d'avoir des petits-enfants et qu'il m'incombait, en tant que grand-père, de faire tout ce que je peux pour les rendre heureux.

— Ils ont beaucoup de chance de t'avoir.

— Et moi encore plus ! Je n'ai pas été très présent pour mes enfants et le mieux que je puisse faire pour me rattraper un peu, c'est de m'occuper de mes petits-enfants.

La réflexion de Léo n'a duré en tout et pour tout que quelques minutes. Il passe ses journées à défendre des inconnus et il n'a jamais trouvé le temps d'être là pour les siens. Enfin, pas autant qu'il l'aurait souhaité. Chaque fois que le remords le prenait, il sortait l'excuse classique de celui qui a trop de travail alors qu'il aurait suffi d'en décider autrement. Être patron accorde quelques privilèges, dont celui de pouvoir organiser son horaire.

— Tu es un homme bon, Léo Beaumont, et je t'aime de tout mon cœur.

— Et moi donc ! Changement de sujet, Réal était en feu quand je lui ai parlé tout à l'heure. Imagine-toi donc qu'il s'est fait offrir d'animer une série de conférences devant les membres de la Chambre de commerce de Montréal.

— Il est grand temps qu'on reconnaisse son talent d'orateur et la justesse de son propos. Ton fils m'épate un peu plus à chacune de mes discussions avec lui. L'évêché a perdu un homme d'exception. Je ne sais pas pour toi, mais je me suis toujours demandé pourquoi les prêtres catholiques n'avaient pas le droit de se marier. Il me semble qu'ils comprendraient bien mieux ce qui arrive à leurs paroissiens s'ils goûtaient à la même médecine qu'eux.

— L'Église est bien trop contrôlante pour délier la corde qu'ils ont mise autour du cou de chacun de leurs porte-parole. Un jour pas si lointain, je te prédis que toutes nos églises seront complètement vides.

— Même si je ne suis pas la personne la plus croyante que la terre ait portée, j'espère que tu te trompes.

La dernière décennie a emporté dans son sillage de nombreux bouleversements et l'Église n'a pas été épargnée. Loin de là ! De tous les changements qui en ont résulté, la religion apparaît en tête. Non seulement les gens fréquentent de moins en moins les églises, mais nombreux sont ceux qui ont carrément perdu la foi. Devant un tel désastre, les prêtres ont redoublé d'efforts pour ramener leurs ouailles à la raison. Ils ont même imaginé les messes à gogo. Elles ont produit leur effet, mais pour un temps seulement. Les confessionnaux sont vides. Les quêtes dominicales se résument à quelques pièces que les rares croyants laissent tomber dans le panier au passage. Les jeunes « s'accotent » au lieu de se marier. L'existence d'un Dieu sauveur s'efface un peu plus chaque jour de la conscience collective.

— Pour ma part, je trouve que ça fait assez longtemps qu'on nous bourre le crâne avec du vent. Pour tout te dire, je conteste même la pertinence du pape. Tu seras à même de constater toi-même l'opulence de son royaume alors que des millions de personnes meurent de faim dans le monde tous les jours au nom de Dieu, à commencer par les Italiens qui vivent à proximité du Vatican. Tout ça me révolte.

— J'avais remarqué ! confirme Monique d'un ton légèrement ironique. Si on passait à table ?

***

Il s'en faudrait de peu pour que Josée regrette son élan de générosité lorsqu'elle a offert tout bonnement à Diane de s'occuper du gâteau d'anniversaire de Florence. Elle est tellement prise par les préparatifs de l'ouverture de sa pâtisserie qu'elle peine à trouver du temps pour s'acquitter de sa tâche. La fête de sa nièce est demain et elle hésite encore entre un gâteau blanc à deux étages orné d'un glaçage en rose et un autre représentant une fillette sur des skis nautiques. Diane lui a raconté à quel point sa fille avait apprécié l'expérience. Si Josée pense en termes de temps, elle s'en tiendra à la première option sans aucune hésitation. Le gâteau sera bon, mais sans panache. Par contre, si elle veut laisser sa marque dans sa propre famille, il vaudrait mieux choisir la deuxième. Certes, cela demandera plus de travail, mais, au bout du compte, elle en retirera un sentiment de fierté. Elle va chercher sa tablette à dessin et se met à tracer la forme du fameux gâteau d'anniversaire de Florence. Elle fera cuire deux plaques : une rose et l'autre bleu ciel. Il appert que ce sont les deux couleurs préférées de l'héroïne de la fête. Elle les montera en damier et étendra un glaçage blanc sur les côtés et un autre aux couleurs de l'eau sur le dessus. Elle peindra ensuite… Elle s'arrête brusquement et court appeler Diane.

— J'ai besoin de ton aide pour le gâteau de Florence, l'informe-t-elle dès qu'elle décroche. J'aimerais que tu peignes le dessus. Passe me voir dès que tu auras une minute et je t'expliquerai l'idée que j'ai en tête. Pendant ce temps, je vais m'attaquer au gâteau.

— Je serai chez toi à une heure.

À peine a-t-elle raccroché le combiné que Josée se met à l'œuvre en sortant tout ce qu'il lui faut pour préparer la pâte. Alors qu'elle s'apprête à casser les œufs, l'idée de minuter le temps que ça lui prendra lui vient en tête. Peut-être que ça l'aidera à décider si elle offre ce service ou non à sa pâtisserie. Peu importe la forme du moule, c'est du pareil au même. Par contre, le glaçage à la poche demande beaucoup plus de temps que celui à la spatule. Josée pousse un grand soupir. Plus elle avance dans son projet, plus elle craint de ne pas avoir le temps de tout faire pour remplir son étalage en trois jours, d'autant que sa fille sera avec elle. Bien sûr, elle compte cuisiner sur place, et elle doit le faire pour le spectacle et pour l'odeur. Rien de mieux qu'une pâtisserie fraîchement sortie du four pour attirer les clients. Seulement, comme elle devra le faire en même temps qu'elle servira, elle ne pourra pas se lancer dans des recettes très compliquées ou qui demandent trop d'attention. À moins qu'elle en profite pour glacer des gâteaux. Aucun risque d'oublier un ingrédient même si elle se fait interrompre à répétition. Seul danger : être moins régulière dans la forme de ses rosettes. Elle sourit. Elle n'aura qu'à en faire quelques-unes à côté pour reprendre le rythme approprié.

Béatrice est passée la voir hier matin après avoir pris rendez-vous avec elle au préalable. Son attitude lui a rappelé combien elle a mal traité cette mère si aimante qui lui manque cruellement par moments. Elles ont pris le thé en dégustant des biscuits à l'avoine cuisinés pour l'occasion. Un peu plus et Josée se serait crue en compagnie d'une bonne amie. Il lui arrive de se demander comment Béatrice arrive encore à lui parler après tout ce qu'elle lui a fait endurer. Elles n'en ont jamais discuté ouvertement, mais peut-être est-ce mieux ainsi. Elle a lu dans un magazine que ressasser le passé est contre-productif. Il vient un temps où il vaut mieux cesser de s'en vouloir pour ce qu'on a fait et passer à autre chose. Qui plus est, il est prouvé que les regrets nous empêchent d'avancer. Contre toute attente, Béatrice lui a offert de s'occuper de la petite Rosalie une journée par semaine. Elle lui a même donné le choix du jour. Comme elle a tenu à le préciser, elle la préviendra quand il y aura un changement, parce qu'il y en aura forcément. D'une part, Béatrice refuse de se mettre une chaîne autour du cou, pas même pour sa Rosalie adorée, et d'autre part, elle compte retourner à Haïti avant la fin de l'année. Aussi, elle l'a avisée qu'elle prendra sa petite-fille seulement après les vacances de la construction. Paul et elle ont prévu aller faire le tour de la Gaspésie et rien au monde ne l'empêchera de faire ce voyage auquel elle rêve depuis que sa vieille tante Eugénie lui a parlé des beautés de cette région, très éloignée pour une Montréalaise de souche. La mère et la fille ont jacassé comme de vraies pies jusqu'à ce qu'elles avalent leur dernière gorgée de thé. Béatrice s'est alors empressée de prendre congé, sa fille n'ayant plus de temps pour les mondanités.

# 14

Florence n'arrête pas de répéter que c'est sa plus belle fête à vie, et pour cause. Sa mère lui a préparé son repas préféré et sa tante, le plus beau gâteau du monde. De quoi rendre ses amies vertes de jalousie… À sa demande, le repas a été servi dans la cour arrière de la maison familiale. Tous les invités l'ont remerciée de son choix. Malgré qu'il fasse une chaleur étouffante à l'extérieur, ce n'est rien comparé à la température ambiante entre quatre murs. Les quelques ventilateurs disponibles chez les Maltais seront très recherchés ce soir, surtout de la part de Julie, dont la chambre se transforme en un réel fourneau dès les premières chaleurs.

Charles prend une dernière photo du gâteau de sa fille avant qu'elle plante le couteau dedans.

— Es-tu bien certaine que je peux transpercer ta toile, maman ?

— J'en connais un qui se fera un plaisir de te remplacer sur ce coup si tu attends trop longtemps ! répond Diane en tapant un clin d'œil à FX, qui se meurt d'impatience de piquer sa fourchette dans son morceau.

— Et c'est parti !

Elle en dépose une part plutôt généreuse dans chacune des assiettes que lui tend Marc. Toute sa famille est là et ça lui fait chaud au cœur. La maison est vide sans son grand frère et sa grande sœur. Elle s'était promis de les honorer de sa visite plus souvent, mais ça n'a pas été le cas. Les deux habitent trop loin pour que ses parents la laissent y aller seule. En tout, elle est allée dîner trois fois chez Martine et une fois chez Marc. Florence ne se fait pas d'illusions, bientôt ce sera au tour de Julie de partir. Est-ce que ce sera pour aller vivre avec le charmant Xavier qu'elle a invité à sa fête ? En tout cas, si sa sœur lui demandait son avis, elle lui donnerait sa bénédiction sans hésiter. Il est plus beau que Jacob et Jérémy réunis. Aussi, Florence trouve Julie beaucoup plus jolie depuis qu'elle travaille avec lui. Elle a l'air d'une fille, maintenant, ou plutôt d'une femme.

Florence regarde chaque personne présente à sa fête avec amour. Elle a beaucoup de chance d'être aimée par autant de gens. Personne n'est parfait, à commencer par elle, et c'est bien ainsi. Elle les aime tous autant qu'ils sont, même grand-papa Paul depuis qu'il a cessé de lui jouer dans les oreilles ou de l'empêcher de manger. Ses parents occuperont toujours une place dans son cœur, mais ce sont les Maltais qui embellissent chaque seconde de sa vie. Enfin, pas toujours puisqu'il lui arrive de penser que Charles et Diane se font un malin plaisir de lui tenir tête. À raison la plupart du temps, elle le reconnaît.

— Qui veut un autre morceau de gâteau ? demande-t-elle d'une voix forte pour être entendue de tous.

— Moi qui croyais que tu avais hâte d'ouvrir tes cadeaux, lance Béatrice d'un ton taquin. Mets-en un morceau de côté pour toi pour plus tard et laisse-les se servir.

— Bonne idée, grand-maman, confirme-t-elle en se coupant une énorme part qu'elle confie à sa mère. Je suis prête.

— J'ai une idée, avance FX, je t'apporte un cadeau à la fois et tu verras de qui il vient.

Florence ouvre celui de ses grands-parents maternels en premier. Quelle n'est pas sa surprise lorsqu'elle aperçoit un bac à litière et une pelle. Sa vue s'embrouille d'un coup.

— C'est gentil, mais je ne peux pas l'accepter, dit-elle en reniflant.

— Lis ta carte avant de prendre une décision, lui suggère gentiment Monique.

*Chère Florence,*

*À toi de nous dire si on a pris la bonne décision. On a pensé que tu serais contente si on adoptait Milkshake aux fraises. Comme ça, tu pourras venir le voir aussi souvent que tu le souhaites. Qu'en penses-tu ?*

*Monique et Léo*

Florence s'essuie les yeux et relit le court texte de sa carte d'anniversaire en se croisant les doigts pour ne pas avoir mal compris. Sitôt arrivée au bout de sa lecture, elle va se jeter au cou de Monique.

— Quand est-ce qu'on va le chercher ?

— C'est à ton grand-père que tu dois poser la question. Il est allé s'acheter des cigarettes au dépanneur.

— Mais il ne fume même pas !

— C'est exactement ce que je lui ai dit. Tu pourrais peut-être ouvrir un autre cadeau en attendant qu'il revienne.

— Je t'en donne un, l'informe FX en alliant le geste à la parole. Il est de Martine et David.

Déstabilisée par le cadeau de ses grands-parents, Florence voudrait faire bonne figure et ouvrir celui de sa sœur et de son beau-frère, sauf qu'elle en est incapable. L'apparition de Léo avec une cage à la main la sauve. Elle s'approche et, quand elle entend un miaulement bien senti, elle ouvre la porte et prend Milkshake aux fraises. Elle le colle sur elle pendant que les larmes inondent de nouveau ses joues. Ce sont des larmes de joie et aucune personne présente n'y est insensible. Léo s'approche de sa petite-fille et la serre contre lui.

— Tu pourras venir le voir autant que tu voudras.

— Il y a juste un problème : mon père ne pourra plus venir chez toi.

— Je mettrai des pilules dans son whisky pour qu'il arrive à respirer, la rassure Léo.

Elle embrasse sa boule de poils jusqu'à ce que la pauvre bête tente de se libérer et laisse échapper un éclat de rire si cristallin qu'il écorche les oreilles de tous ceux qui sont proches d'elle. Elle remet son chat dans la cage – pas question qu'elle le perde maintenant – et retourne chercher le cadeau que FX lui avait gentiment donné. Elle les déballe jusqu'au dernier. Elle n'a jamais été aussi gâtée de toute sa vie. Elle remercie tout le monde de nouveau et va chercher son deuxième morceau de gâteau. Alors qu'elle s'apprête à piquer sa fourchette dedans, son père lui demande d'attendre un peu.

— J'ai une moitié de cadeau pour toi, annonce-t-il. La deuxième est pour FX. Approchez ! J'ai ouï dire que vous vouliez avoir un chien.

Tous éclatent de rire. Les deux jeunes ne se sont pas gênés pour en parler à tout le monde.

— Eh bien, j'ai décidé de désobéir à votre mère et de m'en acheter un.

— Hein ? s'écrie FX. Elle est où, notre moitié de cadeau, si c'est toi qui t'achètes un chien ?

— Est-ce que ça veut dire qu'on ne pourra pas le choisir ? ajoute Florence.

— Écoutez bien la suite. J'ai fait ma petite enquête et tous les parents qui ont cédé à la demande de leurs enfants ont hérité de toutes les tâches ingrates, du genre ramasser les besoins, aller promener le chien, le brosser… Je sais très bien que vous êtes différents, mais une petite voix me dit qu'il vaut mieux que je le choisisse puisque de toute façon c'est moi qui ferai le plus gros du travail. Alors, je vous annonce que je suis en train d'étudier toutes les races de chiens et que vous serez les premiers informés de mon choix. Un petit *scoop* ? J'avoue être très tenté par un schnauzer.

La réaction de FX et de Florence est immédiate et brutale.

— Si c'est comme ça, j'aime mieux ne pas en avoir ! s'écrie FX d'un ton rempli de colère.

— Pareil pour moi, le seconde Florence. Ce n'est pas un chien, c'est une boîte à surprises. Ça passe son temps à sauter partout !

— Moi qui pensais vous faire plaisir ! ajoute leur père d'une voix mielleuse.

Il laisse ensuite passer quelques secondes avant de reprendre la parole alors que tous sont suspendus à ses lèvres :

— Il me semblait aussi que vous préfériez les gros chiens. Idem pour moi.

***

Trois jours plus tard, Réal n'a toujours pas écrit à sa mère. Il le veut, mais il ne sait pas par quel bout commencer. Et puis, il est loin d'être certain d'avoir envie de renouer avec elle. Il s'est confié à Colombe et elle lui a suggéré d'oublier le pardon et tout ce qui vient avec en insistant sur le fait qu'il y a des actes impardonnables et que le mieux à faire est d'essayer de passer par-dessus. Elle lui a aussi dit que, au lieu de se mettre martel en tête, il pourrait commencer par lui raconter toutes les belles choses qui lui arrivent dernièrement. Pour le reste, le temps fera son œuvre. Devant son hésitation, elle a ajouté:

— Brasser les mauvais souvenirs ne rime à rien, sinon à nous donner le vague à l'âme. Que suggérais-tu à tes paroissiens quand ils avaient des différends avec un proche?

— De se concentrer sur les choses qui vont bien dans leur vie et d'oublier le reste et, je dois l'avouer, la plupart d'entre eux avaient des problèmes beaucoup plus graves que les miens. Ma mère n'a peut-être jamais été présente comme elle l'aurait dû, mais nous n'étions pas laissés à nous-mêmes. Au contraire! On avait Carole et, comme je te l'ai déjà dit, on était bien mieux avec elle qu'avec celle qui nous avait mis au monde. Tu as raison, je vais lui parler de tout ce qui fait de moi un homme heureux, à commencer par toi. Et je dois reconnaître que c'est un peu grâce à elle si j'ai osé défroquer.

Réal regarde l'heure sur sa montre et en conclut qu'il a le temps de lui écrire. Il va s'asseoir à son bureau, sort une feuille de papier à lettres et hésite entre prendre un stylo ou sa plume. Après quelques secondes de réflexion, il sort son encrier et remplit le réservoir. Il ne s'en sert plus qu'en de rares occasions. Il s'agit justement d'une occasion du genre. Curieusement, les mots coulent aussi vite qu'il est capable de les coucher sur le papier. Au lieu de se relire, il plie sa lettre en trois et la glisse dans une enveloppe qu'il s'empresse d'adresser et d'affranchir. Il la déposera dans la boîte postale qui se trouve en face du pavillon où il enseigne. Fier de lui, il file à la cuisine. Il sort la boîte de *chips* au vinaigre et s'en sert un bol qu'il avale à la vitesse de l'éclair.

Il rit tout seul. Ça faisait des mois qu'il se prenait la tête avec une lettre de deux pages alors qu'il a mis une petite demi-heure à s'acquitter de sa tâche. Colombe lui dira que c'est comme pour les pommes, elles tombent seulement quand elles sont mûres. Sa femme a le don de simplifier les choses alors que lui a le don de les compliquer. En tout cas, pour tout ce qui est lié de près ou de loin à sa mère. Il n'ira pas jusqu'à dire qu'il a oublié le passé, mais plutôt qu'il a appris à vivre avec. L'évêque avait l'habitude de lui répéter à chacune de ses visites que s'entêter à vouloir changer les choses sur lesquelles on n'a aucun pouvoir est une pure perte de temps. Aujourd'hui, il sait qu'il avait raison. Il sourit de plus belle. S'il y a un homme qui ne lui manque pas, c'est bien monseigneur. Il n'avait jamais rencontré une personne aussi opulente, suffisante, déplaisante et narcissique que lui. Chaque pore de sa peau transpirait et transpire sûrement encore – c'est génétique dans son cas – la supériorité, le dédain, l'arrogance et le mépris. Lorsque Réal allait au diocèse et qu'il voyait comment son cher évêque traitait son secrétaire particulier, il avait envie de lui crier dessus, de lui dire ses quatre vérités et de sortir en claquant la porte. Il aurait été incapable de travailler sous ses ordres ne serait-ce qu'une minute. Supporter ses visites lui suffisait amplement. Le saint homme a tout essayé pour avoir de l'influence sur Colombe sans y parvenir. Elle lui faisait un petit sourire en coin qui ne manquait pas de le mettre en rogne alors qu'elle s'en foutait totalement. Elle servait si bien Réal parce qu'il ne la regardait pas de haut et qu'il la respectait.

Il a rendez-vous avec Sonia en fin d'après-midi. Il la rencontrera pour la deuxième fois. Il a vu énormément de gens marqués par leur passé pendant sa cure à la paroisse. Certains étaient si hypothéqués qu'ils ne parvenaient pas à tourner la page et ça s'expliquait très bien quand on connaissait leur histoire. Ce qui arrive à la voisine de sa sœur Diane est si subtil et si insidieux qu'il ne peut pas s'empêcher de douter de l'issue de sa démarche. Cette femme a réussi à vivre de manière normale aux yeux des autres pendant près de vingt ans alors qu'elle était enfermée dans un carcan familial d'une rare violence. Ses parents lui ont inculqué les principes les plus rigides qui soient avec une telle détermination que chacun d'entre eux s'est imprimé à son insu au plus profond de son être. Plus elle vieillissait, plus l'étau se resserrait sur elle. À force d'argumenter, elle a fini par convaincre ses parents de la laisser aller étudier en ville. D'une certaine manière, c'est ce qui l'a sauvée. Elle a très vite réalisé que le monde était différent de tout ce qu'on lui avait appris. Elle a observé les gens autour d'elle et s'est enfin donné le droit d'exister par elle-même. Puis elle s'est mise à espacer ses visites à sa famille. Jouer la comédie de la fille soumise lui était de plus en plus insupportable à mesure que le temps avançait. Elle avait besoin de se construire et c'est ce qu'elle a fait. L'arrivée de Réjean dans sa vie a fini le travail. Il lui a donné confiance en elle et lui a promis d'être toujours là pour elle. Leur amour était si fort qu'il lui donnait le courage de foncer. Mis à part quelques ratés au fil des années, on peut dire qu'elle a réussi. Elle rendait visite à ses parents de temps en temps et en revenait tout à l'envers chaque fois. C'est d'ailleurs après ces rencontres qu'elle rechutait et allait se réfugier chez sa sœur le temps de retrouver ses esprits. Autrement, elle paraissait on ne peut plus normale aux yeux de tous. Mais alors, pourquoi a-t-elle flanché quand elle a su que David et Martine allaient vivre ensemble ? Sa réponse résonne encore dans les oreilles de Réal.

— Parce que j'ai fait l'erreur d'appeler ma mère ce jour-là et qu'elle en a profité pour me jeter au visage tous ses beaux principes, et aussi parce qu'elle est débarquée chez moi dans l'heure qui a suivi pour être bien certaine d'avoir assez d'emprise sur moi afin que je me soulève contre un tel affront.

Certains crieront haut et fort qu'il ne tenait qu'à elle de ne pas se soumettre et ils auraient raison. D'autres prétendront qu'il n'y a rien de plus fort que l'emprise de parents endoctrinés pour nous conduire de l'autre côté du bon sens alors qu'on est en plein drame. C'est ainsi que Sonia a franchi le mur qu'elle avait érigé de peine et de misère pour se protéger de la mauvaise influence de ceux à qui elle doit d'être de ce monde. Retourner dans la vie où elle était une bonne mère pour ses enfants et une bonne épouse pour Réjean était son vœu le plus cher, sauf qu'elle était incapable de franchir la distance que sa mère avait réussi à créer entre elle et les siens.

Des histoires comme celle de Sonia font peur et, pourtant, elles sont bien réelles. La seule issue qu'elle a trouvée pour sortir la tête de l'eau a été d'écrire des pages et des pages sur ce qu'elle vivait. L'exercice a duré des mois. Elle a même fini par agrémenter ses écrits de photos ou de bouts de textes glanés dans les journaux ou dans les magazines. Au bout du compte, elle avait réuni le tout dans trois gros albums. C'est d'ailleurs ce qu'elle était venue montrer à Diane le jour où elle est allée chez elle et que sa voisine l'a refoulée à la porte.

***

Thomas n'est pas fier de lui. Ça fera bientôt deux ans qu'il fréquente sans aucune interruption la sœur de Réjean, le voisin de Diane. Une première pour lui et une dernière aussi. Il la voit une fois par semaine. Cette régularité a favorisé le développement de sentiments insidieux non souhaitables pour l'homme marié qu'il est et qui veut le demeurer. En termes plus clairs, il joue avec le feu et il le sait. S'il continue sur cette voie, il s'en va directement dans le mur. Alors que sa tête lui commande de mettre fin à cette relation qui occupe beaucoup trop de place dans sa vie, son cœur lui rappelle les nombreux avantages à fréquenter la même personne au lieu de passer son temps à changer. Elle lui apporte tout ce qu'il recherche chez une maîtresse, et plus encore. Il n'ira pas jusqu'à prétendre qu'il l'aime d'amour. Par contre, il lui serait impossible de nier qu'il y est très attaché. Grâce à elle, son mariage a repris son lustre du début. Sa femme est toujours de bonne humeur et n'hésite pas à mettre tout en œuvre pour le séduire. Sans compter que l'atmosphère à la maison est aussi légère qu'une plume, même avec les enfants. Enfin, il doit agir. Reste maintenant à découvrir la meilleure manière pour limiter les dégâts, parce qu'il y en aura forcément. Il serait tentant de croire qu'ils seront moins nombreux de son côté étant donné que c'est lui qui provoquera la rupture alors qu'il n'en sera rien. Il souffrira et s'en voudra d'avoir abandonné celle à qui il n'a rien à reprocher. Aussi, il devra endosser le costume de l'homme heureux avant d'entrer chez lui et se tenir à son rôle. Il doit agir et le plus tôt sera le mieux. Il soupire avant de replonger dans la lecture de son document. Ce n'est pas le moment de baisser la garde pour tout ce qui concerne le dossier de Renaud Lambert. Comme il l'a souligné à son père, il n'a pas encore dit son dernier mot. Xavier et Julie travaillent à temps plein sur l'affaire. Sa nièce a été la première surprise qu'il lui confie une telle responsabilité.

— J'ai besoin d'un regard complètement neuf sur toute l'affaire. Et j'ai confiance en toi, a-t-il pris soin d'ajouter. Tes portraits m'ont confirmé que tu possèdes un souci du détail digne de mention. Je veux que tu passes au peigne fin tout ce qu'on a sur cette affaire, que tu te questionnes, que tu analyses chaque détail sous tous les angles. Cet homme est innocent, j'en demeure convaincu, et j'ai bien l'intention de le sortir de prison. Quelque chose nous a forcément échappé et je veux que tu le découvres.

Thomas sourit lorsqu'il observe Julie à la dérobée. Peut-être l'ignore-t-elle encore, mais elle fera carrière dans le merveilleux monde de la justice. Elle possède tout ce qu'il faut pour réussir : la passion de ce qu'elle fait, la détermination, le sens de l'équité et une droiture peu commune. L'embaucher pour l'été a été un des meilleurs coups de son père. Thomas se doute bien que son geste est d'abord parti d'une bonne intention ; sa petite-fille avait besoin d'un emploi d'été. Tout comme lui, Léo a vite remarqué le potentiel de Julie.

De petits coups frappés à sa porte le font sursauter.

— Entrez !

— Bonjour, tonton ! lance Julie en lui faisant son plus beau sourire. Xavier m'a dit de te montrer ce que je viens de découvrir.

— Je t'écoute.

# 15

Katy ferme à clé et tourne la petite pancarte suspendue au milieu de la porte du côté où il est écrit «fermé». Si elle comptait sur son association avec Josée pour donner du souffle à son café, elle ignorait qu'elle en recevrait autant. En ce jour d'ouverture de sa pâtisserie, la place a été remplie du début à la fin de la journée, même que les clients faisaient la file pour entrer. Du jamais vu dans le quartier! Les gens goûtaient à une galette à l'avoine et ils ressortaient avec un plein sac et un café. Il n'était pas encore midi que Josée savait qu'elle manquerait de tout avant la fin de la journée. C'est alors que Diane lui a offert de prendre les commandes. La nouvelle propriétaire a accepté à la condition de les faire payer d'avance.

— Grâce à toi, s'écrie Katy en retournant derrière le comptoir, j'ai vendu plus de café en une seule journée qu'en un mois, et j'exagère à peine.

— Je pourrais te retourner le compliment, affirme Josée en riant. Mon comptoir est vide et j'ai bien peur de ne pas pouvoir fermer l'œil jusqu'à jeudi si je veux remplir toutes les commandes que Diane a prises. Je n'en reviens pas, c'était un vrai feu roulant ici et ça n'a pas lâché une seule minute. Je n'ai même pas eu le temps de manger tellement il y avait du monde. Je n'en reviens pas. J'ai l'impression d'avoir reçu un coup de baguette magique sur la tête. Tu vas rire de moi: j'ai passé la journée à me pincer pour être certaine que tout était bien réel.

— Tu as réussi haut la main à charmer tout le monde et l'aventure ne fait que commencer pour toi... ou plutôt pour nous deux parce que je n'ai pas l'intention de tenir le rôle du vilain petit canard. Nos commerces sont complémentaires et on a tout intérêt à les développer ensemble.

Josée lui sourit. Elle ne demande pas mieux que de former une équipe avec Katy. Elles en sortiront forcément gagnantes toutes les deux.

— J'espère que tu as de l'énergie à revendre parce que tu en auras besoin pour honorer toutes tes commandes, s'écrie Diane en sortant de l'arrière-boutique. D'après mes calculs, elles représentent environ trois fois ce que tu avais dans ton comptoir.

Au lieu de se laisser gagner par l'inquiétude, Josée s'approche de sa belle-sœur et lui saute au cou.

— Je ne te remercierai jamais assez de tout ce que tu as fait pour moi, lui dit-elle après avoir déposé un baiser sonore sur chacune de ses joues.

— Arrête un peu avec tes remerciements ! réplique Diane en riant. Au risque de me répéter, je serai toujours là pour toi.

À ces mots, les yeux de Josée s'embuent instantanément. Elle ravale une première fois, puis une deuxième dans l'espoir d'empêcher l'émotion de monter.

— Dépêche-toi d'essuyer tes yeux, lui suggère Diane en lui tendant une serviette de papier qu'elle a attrapée sur le comptoir, ce n'est pas le temps de pleurer, mais de célébrer. J'ai une proposition à vous faire. Je vous aide à ranger et je vous invite à manger au restaurant.

Son invitation ravit les deux nouvelles associées. Elles nettoient la place en deux temps trois mouvements. Pour une fois, les tasses sécheront toutes seules comme des grandes.

Elles montent toutes à bord de l'auto de Diane. Le choix de l'endroit a été un jeu d'enfant. Lors d'une de ses nombreuses visites au café, elle s'est informée du type de cuisine préféré de Katy. Elle a fait le même exercice avec Josée le jour de l'anniversaire de Florence.

— Préparez-vous, les filles, je vous emmène dans le quartier chinois. Mon père m'a fait découvrir un réel bijou et je pense qu'il possède tout ce qu'il faut pour ravir vos palais. En tout cas, d'après ce que j'ai compris.

— Merci, Diane, dit Katy, ton attention me touche beaucoup et j'en salive déjà.

— Et moi donc ! renchérit Josée. J'adore venir manger dans le quartier chinois. Cependant, j'aime autant t'avertir que ça va te coûter cher. Je suis tellement affamée que je mangerais un bœuf.

— Tu mangeras tout ce que tu veux, c'est moi qui régale. Vous avez vraiment assuré toutes les deux aujourd'hui. J'ai essayé de trouver quelque chose qui a cloché et je n'ai rien trouvé. Tout était parfait ! On aurait juré que vous aviez toujours travaillé ensemble.

Les compliments de Diane réchauffent leur cœur. Elles étaient persuadées que l'idée de réunir leurs deux commerces était bonne. Seulement, aucune ne pouvait prétendre que tout marcherait comme sur des roulettes. Josée aurait pu offrir les meilleures pâtisseries de la ville et personne ne se serait déplacé pour venir les goûter, pas même les clients habituels de Katy. Elles ont joué gros et elles ont gagné, ce qui est tout à leur honneur. L'odeur du café frais et celle des biscuits sortant du four ont fait le reste pour attirer les badauds qui profitaient uniquement du beau temps et qui n'ont pas pu résister à l'envie d'emporter un petit sac pour la route.

Les voilà attablées au restaurant. Elles se jettent toutes les trois sur le menu et choisissent avant que le serveur vienne remplir leur verre d'eau. À croire qu'elles n'ont pas mangé depuis deux jours. Il prend leur commande et leur apporte une petite carafe de saké chaud et un panier rempli de *chips* aux crevettes pour les faire patienter. Peu portée sur l'alcool, Diane se laisse parfois tenter par cet alcool. Comme elle se plaît à le dire, il ne faudrait pas qu'elle en ait chez elle parce qu'elle deviendrait très vite accro.

— À votre santé, clame-t-elle en levant son verre, et à votre succès ! Faites-moi penser de vous parler des idées que j'ai eues aujourd'hui pour vos commerces.

— À nous ! renchérissent en chœur les deux associées.

Allez savoir pourquoi, elles font cul sec sans s'être consultées alors qu'elles ont plutôt l'habitude de siroter l'alcool. Elles éclatent de rire en réalisant le sort qu'elles lui ont réservé. À croire qu'elles ne sont pas seulement affamées !

— Au risque de passer pour une emmerdeuse, annonce Josée après avoir avalé quelques *chips*, il y a une chose qui n'a pas fonctionné à mon goût, et j'ai bien l'intention d'y remédier dès demain. Ne le prends pas mal, Katy, mais en plus d'être trop petit, le four ne cuit pas uniformément. J'ai passé mon temps à tourner ma plaque pour m'assurer que mes biscuits cuisent au lieu de brûler. Germain va venir voir demain s'il peut le réparer en attendant que je le change.

— Jamais je ne te contredirai sur les écarts de température de cette antiquité, déclare Katy. La seule raison pour laquelle je ne l'ai pas remplacé, c'est parce que je m'en suis toujours servi uniquement pour réchauffer mon dîner.

— Tu m'enlèves une épine du pied, réagit Josée. Je me sentais un peu mal de vouloir le changer après ma première journée. Je l'avais pourtant essayé et il fonctionnait très bien.

— J'aurais dû te dire qu'il souffre parfois de pertes de mémoire, avoue Katy avant d'éclater de rire. Il fonctionne à merveille pendant des mois et il se met à déraper sans aucun avertissement.

— D'après ce que tu me dis, avance Josée, les sourcils froncés, il s'agit sûrement d'un court-circuit.

Katy et Diane pouffent de rire devant son assurance. Lorsqu'elle réalise ce qu'elle vient d'affirmer, alors qu'elle ne connaît rien à l'électricité, Josée se joint à elles.

— Il ne me reste plus qu'à croiser les doigts pour que mon diagnostic soit le bon, blague-t-elle, et que Germain puisse le guérir. Je ne refuserais pas d'obtenir un peu de temps avant de le remplacer.

— Est-ce que tu m'en veux ? lui demande Katy.

— Pourquoi je t'en voudrais ? Personne ne peut prévoir la fin de vie d'un four.

— Préparez-vous, les filles, lance Diane, nos plats arrivent.

***

Béatrice en est à sa troisième lecture de la lettre reçue ce matin. Dans sa dernière, Suzan lui annonçait qu'elle était amoureuse d'un médecin et voilà que cette fois elle l'invite à leur mariage en novembre. Un mariage en toute simplicité avec seulement quelques invités, vu la distance, puisqu'il aura lieu à Haïti. Bien sûr, sa fille aimerait qu'elle soit présente. D'un côté, ça ne peut pas mieux tomber, car elle caressait déjà l'idée d'y aller avant la fin de l'année. D'un autre côté, elle doute de pouvoir convaincre Paul de l'accompagner, surtout qu'ils partent dimanche prochain pour faire le tour de la Gaspésie. Sa tendre moitié n'est pas le plus grand voyageur que la terre ait porté. Il lui a clairement et très gentiment fait comprendre que c'est pour lui faire plaisir qu'il entreprend ce voyage. De là, il n'y a qu'un pas à faire pour en déduire qu'une visite à Haïti ne fait pas partie de ses rêves. Tout aurait été tellement plus simple si Suzan et son beau docteur étaient venus se marier à Montréal, mais bon. Béatrice meurt d'envie de rencontrer celui qui a fait perdre la tête à sa fille aînée.

Elle est contente pour elle… il était temps que la vie soit bonne avec elle côté amour, comme elle l'a été avec ses frères et sa sœur. Aux dernières nouvelles, Suzan sera en poste à Haïti jusqu'en avril prochain. Ensuite, elle suivra son mari en Nouvelle-Guinée. Sa mère compte garder son inquiétude pour elle. Elle lui en ferait part que ça ne changerait rien à la décision de Suzan. Après tout, qui prend mari prend pays ! Et puis, peut-être que sa perception est faussée par ce qu'elle entend aux nouvelles. Peut-être aussi que ce n'est que la pointe de l'iceberg. Béatrice se raisonne en se disant que les dangers sont partout, même ici, à Montréal. Elle se demande bien ce qui adviendra de son amie Hélène une fois que Suzan aura quitté la place. Restera-t-elle là-bas après son départ ou en profitera-t-elle pour revenir vivre au Québec ? Comment savoir ? Béatrice adorerait l'avoir à proximité comme dans le temps. Leurs discussions enflammées et leurs fous rires lui manquent beaucoup. À moins qu'elle tente de l'influencer en lui disant que les enfants malades la réclament chaque fois qu'elle va les voir… Elle connaît trop bien Hélène pour croire que ça suffirait à faire pencher la balance. On n'influence pas un esprit libre en essayant de le culpabiliser. Elle reviendra quand elle le décidera. D'ici là, Béatrice n'aura qu'à prendre son mal en patience.

Elle regarde sa valise d'un air découragé. Elle met un vêtement dedans pour en retirer deux l'instant d'après. Elle ne sait pas quoi apporter. Elle s'assoit sur le pied de son lit et réfléchit. Fera-t-il beau et chaud ou pleuvra-t-il la moitié du temps ? Aucune chance qu'ils fassent du camping, Paul a vendu le peu de matériel qu'il leur restait l'été dernier, et c'est tant mieux. Ça devrait l'aider à choisir le genre de tenues à prendre, sauf que ce n'est pas le cas. Elle ne s'attend pas à ce que son mari réserve uniquement dans les plus beaux motels. Elle le connaît, il lui fera valoir que c'est juste pour dormir et il trouvera même moyen de vanter la couleur du préfini sur les murs de la chambre miteuse qu'on viendra de leur assigner. Elle rit toute seule. Elle ne se plaint pas de la simplicité du logis quand elle va à Haïti, elle serait mal placée pour le faire puisqu'elle a déjà droit à beaucoup plus que les gens d'ici. Par contre, elle trouverait normal que Paul allonge quelques billets pour lui faire plaisir. N'a-t-il pas offert un voyage en Autriche, toutes dépenses payées, à Josée et Germain ? Béatrice aime croire qu'elle mérite au moins le même sort que leur fille. Elle n'a pas besoin de faire un gros effort pour se rappeler que Paul n'a pas toujours été de tout repos. S'il y a une chose, elle mérite qu'il la gâte un peu. Elle ressort une fois de plus le peu de vêtements qu'elle avait rangés dans sa valise et reprend l'exercice sous un autre angle. Elle veut faire un magnifique voyage, pas un voyage de pauvres. Voilà ce qu'elle va faire : elle n'apportera que ses plus beaux vêtements et elle le fera savoir à Paul quand il rentrera. Elle le lui répétera jusqu'à ce qu'elle soit certaine qu'il a bien compris. Cette fois, sa douce voyagera en première classe ou elle restera ici. Ce ne sont quand même pas quelques jours à délier les cordons de sa bourse qui le mettront sur la paille.

Pendant qu'elle s'affaire à remplir sa valise pour la énième fois, elle repense à l'inauguration de la pâtisserie de Josée et ses yeux s'embuent aussitôt. Elle ignorait qu'un jour elle serait aussi fière de sa petite dernière. Il fallait voir avec quelle aisance la nouvelle copropriétaire des lieux s'adressait aux gens et leur donnait envie de goûter à son pouding au pain alors que plusieurs d'entre eux l'avaient toujours boudé jusqu'à ce jour. La regarder travailler réjouissait tellement Béatrice qu'elle s'est placée à l'écart pour le faire à son aise. En fait, n'eût été l'insistance de Paul pour qu'ils aillent dîner, elle aurait probablement passé la journée assise sur le bord de la fenêtre à siroter café sur café. Le visage de Diane s'impose maintenant à elle. Josée lui doit une fière chandelle. Elle enfilait les commandes et faisait payer les clients comme si elle avait toujours fait ça. Sans vouloir enlever du crédit à Josée, sans elle, il n'y aurait jamais eu de pâtisserie. Diane ne lui a pas seulement offert son amitié, elle lui a donné la confiance en soi qu'il lui manquait pour réaliser son rêve et, aussi, pour se libérer de toute dépendance affective. Elle lui a appris à aimer les gens au lieu de les posséder. Un exploit en soi ! Béatrice lui doit presque autant que Josée. Sans l'intervention de sa belle-fille, qui sait où elle serait aujourd'hui ? Sûrement pas en train d'user les bancs de l'église. C'était rendu que leur seule vue lui donnait des haut-le-cœur, même à la messe du dimanche. Contrairement à ce que Paul prétend, ce n'est pas pour cette raison qu'elle a déserté l'église. En fait, elle s'est levée un bon matin avec la certitude d'avoir gagné son ciel depuis longtemps grâce à Josée et de détenir un portefeuille d'indulgences bien rempli. Après mûre réflexion, elle en a conclu qu'elle n'assisterait plus à la messe du dimanche ni à toute autre manifestation du genre. Il y aura bientôt un an qu'elle a adopté ce comportement et elle se sent toujours aussi solide dans sa décision. Le plus drôle, c'est que Paul revient à la charge tous les dimanches matin pour tenter de la convaincre de l'accompagner. Au début, elle prenait soin de débattre son point, mais elle a très vite changé de tactique. Maintenant, elle se contente de boire tranquillement son thé en lui faisant son mais pour ça il faudrait qu'ils soient certains d'avoir un peu de temps rien qu'à eux. Séjourner dans leur havre de paix est à la fois reposant et fatigant. Là-bas, les enfants les sollicitent continuellement, que ce soit pour aller pêcher, pour se baigner, pour faire un feu à la brunante, pour aller se balader dans le bois… En même temps, c'est le seul endroit où ils les voient autant parce qu'en ville ils ont leur routine, leurs amis, leurs activités et se foutent pas mal de leurs parents si tout va comme ils le souhaitent.

Bien que l'été ne soit pas sa saison préférée, Charles aime profiter des fins de journée sous la moustiquaire qu'il a installée autour et au-dessus de la balançoire l'année dernière. Il se faisait tellement dévorer par les maringouins qu'il s'est enfin décidé à prendre les grands moyens. Il ne se voyait pas faire des petits feux tous les soirs pour les garder à distance et encore moins attendre que ce dernier soit complètement éteint avant d'aller se coucher. Diane lui a fait le coup de la chaudière remplie d'eau plusieurs fois, mais ça ne le rassure pas beaucoup plus. Ajoutons à cela qu'il déteste par-dessus tout que ses vêtements sentent la fumée au point de devoir les mettre au lavage en rentrant. Depuis, les feux pour garder à distance les insectes indésirables sont réservés au chalet et il préfère de loin cette pratique.

Il était très content lorsque Diane lui a annoncé qu'ils sont invités à aller passer une semaine en banlieue de Paris, dans le château d'un des galeristes qui exposeront ses toiles le printemps prochain. Il se réjouit à l'avance de partir en amoureux, même qu'il aurait adoré que ce soit cet automne. Le lendemain, il demandait une semaine de congé à ses frais expressément pour leur petite virée en France. Ils passeront leurs vacances d'été entre le chalet et la maison, comme l'an dernier. Les enfants ont dressé une liste de sorties et d'activités qu'ils aimeraient faire.

Diane les a toutes notées sur des billets qu'elle a mis dans un chapeau en s'assurant que FX et Florence en avaient le même nombre. Ainsi, ils n'auront qu'à piger un billet la veille. Ça leur laissera amplement le temps de préparer tout ce qu'il faut pour leur sortie du lendemain. La règle est claire: un jour en vadrouille suivi d'un autre de repos, du début à la fin des deux semaines.

Diane et lui ont invité leurs trois plus vieux et leurs tendres moitiés à venir souper samedi prochain. Au menu, un barbecue dont seul Charles a le secret. Ils leur ont aussi proposé de rester à dormir. À moins d'un changement de dernière minute, tous ont confirmé leur présence. La famille au grand complet s'installera dans le dortoir pour la nuit. L'année dernière, il faisait tellement chaud qu'ils avaient fini la nuit dehors ou sur le divan du solarium. Chaque chaise longue portait un corps avec un sac de couchage par-dessus la tête pour se protéger des maringouins. Charles en garde un excellent souvenir.

Il soupire. Il devrait couper son gazon au lieu de rêvasser. Il regarde sa tondeuse et rit tout seul. Il ne s'est jamais senti aussi léger. Même son travail à la Ville lui semble plus joyeux alors qu'en réalité il n'y a rien de bien palpitant à passer ses journées à aligner des colonnes de chiffres. Il se sent libre comme l'air et il a du mal à croire que le simple fait d'avoir laissé tomber le baseball, le hockey et la glace a suffi à le mettre dans cet état de bien-être. Pour tout dire, même l'arrêt des travaux de construction du Village olympique coule sur son dos comme sur celui d'un canard. Les travailleurs sont toujours en grève et ce n'est pas demain la veille qu'ils vont y mettre fin. Les gageures se font de plus en plus nombreuses à la mairie concernant la tenue des Jeux. À moins d'un miracle, ils passeront sous le nez des Montréalais sans que personne lève le petit doigt pour essayer de sauver la mise. Hier, il a débattu du sujet pendant pratiquement toute son heure de dîner avec le directeur des travaux publics. Ce dernier n'a pas été tendre avec ceux qui dirigent les opérations, et encore moins avec leur patron. Pour une rare fois, Charles a pris plaisir à discuter du sujet de l'heure, sans ressentir aucune pression ni colère. Il regarde de nouveau sa tondeuse et se décide enfin à tirer la corde pour la démarrer.

# 16

Heureusement que Julie travaille à la galerie et non au bureau de son grand-père parce qu'elle aurait eu toute la misère du monde à se concentrer. Elle a reçu une lettre de Jérémy hier et elle l'a lue seulement avant de quitter la maison ce matin, car elle ne l'avait pas vue. Xavier l'a invitée à souper au restaurant la veille et elle est rentrée tard. Elle frissonne rien qu'à y penser. La lettre contient peu de mots, mais chacun d'eux s'est imprimé dans sa mémoire comme autant de blessures.

*Ma chère Julie,*

*Tu me manques tellement que je pense de plus en plus à écourter mon voyage pour aller te retrouver. Je resterai ici jusqu'à la fin juillet et, dans le cas où je n'aurais reçu aucune nouvelle de ta part, je sauterai dans le premier avion pour voler à tes côtés.*

*Jérémy*

Elle avait enfin réussi à tourner la page et voilà qu'il réapparaît sans crier gare, sans se soucier de tout ce qu'elle a enduré depuis son départ pour les vieux pays. Elle est tantôt furieuse, tantôt désespérée. Lorsque sa mère a vu dans quel état la missive l'avait mise, elle lui a promis de venir dîner avec elle. Julie lui a dit que ce n'était pas la peine et qu'elle finirait par s'en remettre, mais Diane a maintenu sa position.

Julie a pu réfléchir à son aise puisqu'une seule personne a franchi le seuil de la porte. À voir comment elle se comportait, elle devait en être à sa première visite dans une galerie d'art. Au lieu d'aller la voir et d'essayer de la mettre à l'aise comme elle a l'habitude de le faire, Julie l'a seulement saluée à son arrivée et à son départ. Elle était trop prise dans sa réflexion pour être totalement disponible pour quelqu'un d'autre. Elle s'est ensuite assise sur le banc haut derrière la caisse, a pris une feuille de papier dans le tiroir et a répondu à Jérémy sans s'arrêter avant de l'avoir signée. Elle l'a pliée en trois, l'a glissée dans une enveloppe de la galerie, a collé le rebord et y a inscrit l'adresse. Elle demandera à sa mère d'aller la poster. Avec un peu de chance, Jérémy la recevra quelques jours avant la fin du mois.

L'arrivée de sa collègue lui confirme qu'il est l'heure d'aller rejoindre sa mère au petit restaurant italien, à deux coins de rue de la galerie. Elle marche d'un bon pas, il lui tarde de lui confier sa lettre. Diane s'est installée sur la terrasse. Elle sourit malgré elle. Il fait chaud, très chaud même, mais l'été est si court qu'il vaut mieux profiter de chaque minute de chaleur qu'il veut bien leur donner. À peine Julie a-t-elle posé les fesses sur sa chaise qu'elle lui tend son enveloppe.

— Peux-tu aller la poster pour moi tout de suite après le dîner ? Il faut absolument qu'elle parte aujourd'hui.

Un seul coup d'œil au nom du destinataire suffit à Diane pour comprendre l'urgence. Elle pose la main sur le poignet de sa fille et lui demande de lui raconter pourquoi elle est si triste. Julie lui dépeint la situation en quelques phrases.

— De quel droit s'est-il permis d'écrire que je lui manquais alors que c'est lui qui m'a laissée ?

— Est-ce trop indiscret de te demander ce que tu lui as répondu ?

— Pas vraiment, répond-elle d'un ton neutre. Je me souviens mot pour mot de ce que je lui ai écrit.

*Jérémy,*

*Dois-je te rappeler que tu as rompu avec moi le jour de ton départ ? Dépêche-toi d'oublier le projet. Je sors avec un avocat depuis quelques semaines et, pour être franche, j'ai l'impression que c'est le bon, cette fois. Bonne fin de séjour en France ou ailleurs et avec qui tu voudras.*

*Julie*

— C'est tout ? lui demande sa mère.

— Je ne vois pas ce que je pourrais ajouter… Il me semble avoir été claire. Il récolte seulement ce qu'il a semé. Il a l'air de penser que j'ai passé mon temps à me morfondre pour lui. Maintenant que j'ai enfin réussi à passer à autre chose, il est hors de question que je revienne en arrière. Je suis bien avec Xavier et je ne laisserai personne nous séparer, surtout pas lui.

— Pourquoi ça t'affecte autant, alors ?

Julie commence par hausser les épaules. Elle s'est posé la même question et, quatre heures plus tard, elle n'a pas encore trouvé la réponse.

— Je suis furieuse parce que j'ai l'impression qu'il joue avec moi. Il ne voulait plus que je fasse partie de sa vie pendant son voyage et, maintenant que j'ai réussi à l'oublier, il me relance comme si de rien n'était. Je ne mérite pas qu'il se comporte ainsi avec moi et j'ai perdu toute confiance en lui. Tu sais aussi bien que moi qu'on ne fait pas du neuf avec du vieux.

La dernière phrase de Julie fait sourire Diane. C'était celle qu'elle servait à ses parents quand elle les suppliait de renouveler sa garde-robe pour la deuxième fois dans la même saison.

— Il y a des gens qui parviennent à recoller les morceaux, en amour comme en amitié.

Ce n'est qu'en prononçant son dernier mot que Diane réalise ce qu'elle vient de dire. Elle aura de la chance si Julie ne lui remet pas sur le nez son histoire avec Léa.

— Pas moi ! clame-t-elle haut et fort. J'ai connu quelques ratés avec Jacob et, malgré tous mes efforts, le résultat a été exactement le même. J'ai horreur de souffrir et je suis prête à tout pour l'éviter. Mon cœur a cessé de battre pour Jérémy et je ne lèverai pas le petit doigt pour le remettre en marche. Je le voudrais que je n'y arriverais pas !

Julie arrête de parler le temps de reprendre son souffle et ajoute, avant de se mettre à la lecture du menu que le serveur vient de déposer devant elle :

— Le seul sentiment que je nourris à son égard, c'est de la colère.

Au lieu de lui servir des phrases toutes faites sur la psychologie à cinq sous, Diane se plonge à son tour dans la lecture du menu.

— J'ai envie d'une lasagne, lance Julie d'un ton beaucoup plus joyeux.

— Et moi, d'un spaghetti ! Parle-moi encore de ta relation avec Xavier. En passant, j'aime beaucoup ce garçon. Je trouve qu'il te ressemble à plusieurs égards.

— On est bien ensemble. Pour le reste, on verra. Je ne suis pas pressée de lui déclarer mon amour éternel et lui non plus. D'une certaine façon, le fait de travailler ensemble nous force à calmer nos ardeurs et j'avoue que ça me plaît. Grand-papa ne tolérerait pas qu'on se fasse les yeux doux pendant le travail, il ne les fait même pas à Monique. Tu vas sûrement me trouver bizarre, mais j'essaie de me concentrer sur le présent au lieu de toujours me projeter dans le futur.

— Tu es bien sage pour ton âge.

— Je passe trois jours par semaine à chercher ce que personne n'a encore trouvé et je me suis promis d'y arriver. Pour ce faire, je dois me concentrer. Imagine un peu que les vingt-cinq prochaines années d'un ami de grand-papa dépendent de moi. Les passera-t-il en liberté ou en prison ?

— Il ne faut quand même pas exagérer ! S'il était ici, mon père te rappellerait que nul n'est tenu au miracle.

— Je sais tout ça. J'essaie juste de t'expliquer que je ne peux pas avoir la tête ailleurs quand je travaille à son bureau. Je dois être totalement concentrée… beaucoup plus que lorsque je suis à la galerie.

Diane adore ce qu'elle entend. Tous ne se sentent pas aussi concernés par les responsabilités qui leur incombent lorsque leur patron leur confie un mandat. Il existe bien sûr de nombreuses variantes selon le domaine, mais en fin de compte on paie les gens pour qu'ils s'acquittent de leur tâche avec brio, pas pour qu'ils aient la tête ailleurs la majorité du temps.

— J'aimerais revenir à Xavier. Il me semblait que tu avais eu le coup de foudre pour lui… et lui pour toi.

— Tu as raison, mais ça ne nous empêche pas pour autant de garder les pieds sur terre.

— Et la passion, dans tout ça ?

— Ne t'inquiète pas pour ça, répond Julie en devenant rouge comme une pivoine, on s'en occupe très bien. Je n'en reviens pas que je sois en train de parler de passion avec ma mère. Est-ce qu'on pourrait changer de sujet ?

— Ce n'est pas avec la mienne que j'aurais pu le faire. À tes amours ! clame Diane en levant son verre d'eau dans les airs.

Le serveur dépose leur commande au même moment. Elles le remercient et penchent la tête pour humer leur plat. Satisfaites, elles s'emparent de leur fourchette et attaquent. Aucun mot n'est prononcé jusqu'à ce qu'elles aient avalé leur première bouchée.

— Mon spaghetti est délicieux, déclare Diane.

— Et ma lasagne, exquise. Veux-tu que je t'en raconte une bonne à propos de Léa ?

Alors qu'elle meurt d'envie de la freiner dans son élan, Diane se contente de lever les yeux au ciel et de soupirer discrètement.

— Imagine-toi donc qu'elle a exposé tous tes tableaux qu'elle garde en otage dans la vitrine de la galerie où je travaille. Il paraît qu'elle n'arrête pas de vanter tes mérites chaque fois qu'un client lui pose des questions sur toi.

Diane est sans mot. Il n'y a que sa pseudo-amie pour agir ainsi.

***

Les gars ne sont pas près d'oublier leur rencontre avec la mère d'Yves. Elle était tellement heureuse de voir Marc qu'elle s'est assise à leur table et s'est commandé un café. Après avoir salué Anthony et pris de ses nouvelles, elle a demandé à Marc de but en blanc pourquoi il avait cessé de venir chez eux. Au lieu de tourner autour du pot, il lui a raconté la vérité sans l'embellir de quelque manière que ce soit. Elle l'a écouté sans le quitter des yeux et, à la fin, elle lui a tapoté le bras et lui a souri.

— Je te remercie de ta confiance et je m'excuse pour mon fils. Il n'avait pas le droit de te traiter comme il l'a fait et de nous priver de ta présence aussi longtemps. En tout cas, j'ai bien l'intention de lui parler. J'ai parfois l'impression qu'il a un pois à la place du cerveau et il a toujours eu le jugement facile. Il a beaucoup de chance que tu lui parles encore. À ta place, je l'aurais sûrement rayé de ma vie.

— Sans vouloir vous manquer de respect, a avancé Marc, il prétend que vous n'aimez pas les gais.

— Je t'avoue que j'ai du mal à comprendre, mais jamais je ne me permettrais de te rejeter parce que tu es différent. Je te connais depuis que tu es haut comme trois pommes et je t'aime comme un fils. Pour moi, tu es toujours le même et ce qui se passe dans ta chambre à coucher ne regarde personne d'autre que toi. Comment faisais-tu pour collectionner les filles ?

— Si seulement je le savais. Disons que c'est l'occasion qui a fait le larron. Je me cherchais après le secondaire et… elles m'ont trouvé avant que je sache qui j'étais réellement. D'ailleurs, je serais probablement encore en train de butiner de fleur en fleur si je n'avais pas rencontré Anthony.

Il lui a raconté sa première journée au restaurant et le combat qu'il a commencé à mener à compter de ce jour afin de découvrir sa vraie nature.

— Tu as toute mon admiration. Et toi aussi, Anthony ! Malgré les apparences, le monde n'est pas aussi moderne qu'il veut bien le laisser paraître. Je suis contente de vous avoir vus avant que vous veniez manger à la maison. Ça me donnera le temps d'apprendre la nouvelle à mon mari.

Marc lui a offert d'annuler le souper, mais elle a vivement répondu que c'était hors de question. Elle préparera le terrain auprès de son mari et tout se passera bien. Elle leur en a fait la promesse et ils ont envie de la croire. Elle les a embrassés sur les joues et a traversé la rue pour aller faire son épicerie.

Le fameux souper a eu lieu hier et il s'est avéré en tous points conforme à leurs attentes : une bonne table et une discussion animée et respectueuse sur les points de vue de chacun. S'ils n'avaient pas su que le père d'Yves avait l'esprit étroit en matière d'homosexualité, ils ne s'en seraient pas rendu compte. Il a même pris soin de leur serrer la main chaleureusement avant qu'ils partent et les a invités à revenir les voir. Même s'ils sont au courant de sa position sur le sujet, ils ne trouveront rien à redire tant et aussi longtemps qu'il les respectera tels qu'ils sont.

— Au risque de me répéter, avance Anthony, je commence à croire qu'Yves est celui qui a le plus de mal à accepter les gais. Il ne s'est pas gêné pour nous lancer quelques piques.

— Il a toujours fait ça. On dirait qu'il ne peut pas s'empêcher de montrer qu'il est plus fin que tout le monde. Il agit exactement de la même façon avec les filles et après il se demande pourquoi elles le fuient. Tu ne peux pas t'imaginer le nombre d'entre elles qui se plaignaient de lui.

— À bien y penser, je ne suis pas certain d'avoir envie de devenir son ami. Remarque que je ne t'empêcherai pas de le voir, ça te regarde, sauf que ça pourrait arriver que j'aie déjà quelque chose de prévu ou… carrément un imprévu.

— Je vais te faire une confidence. Autant c'était important pour moi de régler cette histoire avec lui, autant le souper d'hier m'a rappelé à quel point il peut être égoïste et je ne suis pas sûr d'avoir envie de revivre tout ça. Pour tout te dire, je ne risque pas de provoquer la prochaine rencontre. Changement de sujet, j'espère que tu n'as pas changé d'idée pour le barbecue au chalet.

— Aucune chance ! J'adore ta famille et j'espère que c'est réciproque.

— Tu le saurais si ce n'était pas le cas. FX et Florence n'ont aucun filtre. Quant à Julie et Martine, elles sont incapables de faire semblant d'aimer. Il est clair que mon père t'apprécie, il partage rarement son meilleur whisky, et ma mère te trouve beau, gentil et craquant.

Anthony est ému. Il se sent bien chez les Maltais. Est-ce le fait qu'il y ait trois artistes dans la famille qui la rend plus humaine ? Il ne saurait le dire. Ce qu'il sait, c'est qu'il prend plaisir à discuter avec chacun d'entre eux, même avec FX et Florence. Ces deux jeunes possèdent une telle répartie qu'il en oublie parfois leur âge.

— J'avoue que j'ai douté que le patron nous libère tous les deux, ajoute Marc.

— Pas moi ! Il nous en devait une. On est toujours là pour le dépanner et on ne refuse jamais de rester plus tard quand il nous le demande. Disons que c'est juste un retour d'ascenseur.

— En tout cas, je suis très content d'aller au chalet. Avant que j'oublie, Julie et Xavier ont offert de nous emmener. Est-ce que ça te convient ?

— Bien sûr ! Sais-tu si Martine et David seront du voyage ?

— Aux dernières nouvelles, David finit de travailler seulement à six heures. Ils vont prendre leur auto. Il paraît qu'ils ont fait promettre à maman de les attendre pour commencer à manger. Julie m'a dit que ça ne pouvait pas mieux tomber, c'est le seul samedi où le groupe n'a pas de contrat. Remarque que je soupçonne Martine et Julie d'avoir aidé un peu les choses. Es-tu prêt à partir ? Il nous reste exactement vingt-cinq minutes pour nous rendre au restaurant si on ne veut pas arriver en retard.

***

Monique est tombée amoureuse de Milkshake aux fraises à l'instant où Léo le lui a déposé dans les bras à leur retour de chez Charles et Diane. Depuis, le chat la suit partout, même lorsqu'elle va se coucher, sauf que l'accès à la chambre principale lui est refusé. Alors que Léo était sur le point de céder à ses miaulements en série le soir de son arrivée, Monique lui a interdit de le laisser entrer. Il peut aller partout dans la maison sauf ici.

— Tu seras le premier à rouspéter si tu trouves des poils sur tes complets. Quant à moi, je préfère le tenir loin de mes petites jupes noires et de mon manteau de drap. N'oublie jamais que c'est un animal et que c'est à nous de fixer les limites.

Sa fermeté a laissé Léo pantois. Il ignorait que sa tendre moitié pouvait être aussi ferme avec un être vivant, même si celui-ci a quatre pattes et est couvert de poils. Il a suffi qu'il s'imagine en train de brosser son veston pour se rallier à sa cause.

Monique sort le rôti de porc du four, il a cuit toute la journée à basse température. Il sent tellement bon qu'il lui tarde d'en piquer une bouchée avant d'ajouter les patates et les carottes. Il est délicieux ! Elle remet ensuite le tout au four, à haute température cette fois, pour cuire les légumes. Elle aura amplement le temps de préparer une salade verte. Florence et FX ont annoncé leur visite hier et, dans sa grande bonté, Monique les a invités à manger même si c'est un jour de semaine et que ce n'est pas le meilleur temps pour recevoir. Elle s'est levée une demi-heure plus tôt ce matin pour préparer sa viande. Elle a sorti une douzaine de petits choux à la crème du congélateur en arrivant du bureau pour faire plaisir aux enfants. Reste seulement à dresser la table. Elle vérifie l'heure et se dit qu'elle a le temps d'aller se changer avant que ses invités arrivent, d'autant que Léo a insisté pour aller les chercher. Il a commencé par prétendre que c'était trop loin pour que les jeunes viennent en vélo. Monique a calculé qu'il ne leur faudrait pas plus d'une demi-heure. C'est alors qu'il a argumenté qu'ils étaient trop jeunes pour retourner chez eux à la noirceur. Devant autant de détermination à faire le chauffeur privé de ses petits-enfants, Monique a abdiqué et a éclaté de rire. Et après, son homme ose dire qu'il n'était pas là pour ses enfants. Difficile à croire !

Elle se change en vitesse et va se servir deux doigts de Cinzano rouge. Elle ajoute deux glaçons et bouge son verre pour que le liquide refroidisse. Elle hésite entre aller s'asseoir sur la terrasse au gros soleil ou profiter de la fraîcheur de la maison. Il ne se passe pas une seule journée de canicule sans qu'elle se félicite d'avoir fait installer une unité de climatisation chez elle. Elle souffrait tellement de la chaleur humide qu'elle n'arrivait plus à dormir. En désespoir de cause, elle a même accepté de prendre des cachets censés l'aider à trouver le sommeil alors qu'ils n'avaient aucun effet sur elle sinon celui de la ralentir. Seul problème, depuis qu'elle est bien dans sa maison, elle y pense à deux fois avant de sortir lire dehors. Même à l'ombre du grand chêne, l'humidité fait son œuvre et elle a tôt fait de rentrer. Le seul endroit où elle tolère la chaleur demeure le chalet et c'est vite dit. Elle s'installe sur le bord du lac et dort la plupart du temps dans le solarium, au grand dam de Léo. Dormir au deuxième étage est impensable pour elle pendant la canicule. Un jour très prochain, quitte à la payer seule, elle fera installer une unité de climatisation. L'endroit perdra peut-être un peu de son charme, mais il gagnera littéralement en confort et ça le lui fera apprécier d'autant plus. Comme elle l'a dit à Léo, ils n'auront qu'à ne pas l'activer s'ils préfèrent suer. Finalement, elle opte pour aller préparer la salade.

— Salut, grand-maman, s'écrie FX en ouvrant la porte.

— Où est mon petit Milkshake adoré ? lance Florence, sur ses talons.

— Allô, mon amour, se croit obligé d'ajouter Léo pour ne pas être en reste.

— Bonjour, tout le monde ! répond-elle sur un ton taquin. Je suis dans la cuisine.

— Donnez-moi le temps d'aller me changer et j'arrive, les informe Léo.

Elle ajoute quelques morceaux de tomate sur sa salade et de petits cubes de concombre et va la porter sur la table. Elle y versera la vinaigrette au moment du repas.

— Ça sent drôlement bon ici ! confirme FX avant de venir se coller à elle.

Monique répond sans se faire prier à son élan d'amour. Elle le serre dans ses bras et lui passe la main dans les cheveux avant de le libérer.

— Est-ce que par hasard tu aurais fait un rôti de porc et des patates jaunes ? Si c'est le cas, tu auras droit à deux autres becs sur les joues.

Monique ne fait ni une ni deux et elle se penche à la hauteur de FX. Il l'embrasse comme il l'avait promis.

— J'avais cru comprendre que c'était un de tes repas préférés.

— Est-ce que je vais pouvoir partir avec le reste ?

— À ta place, répond-elle en se retenant de rire, j'attendrais d'y goûter avant de m'avancer. Peut-être qu'il sera dur comme de la roche et trop salé. Peut-être aussi qu'il n'en restera pas une seule bouchée.

Devant l'air découragé du garçon, Monique enfile ses mitaines de four, ouvre la porte et sort la grosse rôtissoire en fonte dans laquelle baigne son fameux rôti. Elle retire le couvercle, prend une fourchette dans le tiroir et pique un gros morceau de viande qu'elle lui tend.

— Est-ce que je t'ai déjà dit à quel point je t'aimais ? lui demande-t-il d'une voix doucereuse.

Il souffle sur la viande fumante et roule des yeux à la seconde où il la met dans sa bouche. Il la mâche doucement et ajoute aussitôt qu'il l'a avalée :

— Il ne me reste plus qu'à essayer de convaincre grand-papa et Florence de se faire cuire des toasts au lieu de manger du rôti.

— Pas question ! s'écrie Florence en faisant son entrée dans la cuisine avec son chat collé sur elle. Est-ce que je peux y goûter moi aussi ?

Comment résister à une si gentille demande ? Monique s'exécute et le verdict de Florence tombe, aussi positif que celui de son frère.

— Regardez comme Milkshake aux fraises est content de me voir ! Il n'essaie même pas de se sauver. Est-ce que je vais pouvoir venir dormir ici une bonne fois ? Je m'ennuie de l'entendre ronronner à mon oreille pendant que j'essaie de m'endormir.

— Tu seras toujours la bienvenue, ma belle fille, confirme Léo en faisant son entrée dans la cuisine. Est-ce que je peux y goûter moi aussi ?

— J'ai bien peur que tu doives attendre le souper, lui répond Monique d'un ton autoritaire. Les légumes ne cuiront jamais si je n'arrête pas d'ouvrir le four. Par contre, je te servirais volontiers un whisky.

Monique va chercher la bouteille sans attendre sa réponse. Elle lui en sert une bonne rasade et lui tend le verre. Il s'approche d'elle et l'embrasse sur les lèvres en guise de remerciement.

— Est-ce que vous saviez que grand-papa Paul n'embrassait jamais grand-maman Béatrice devant nous, avant ? demande tout bonnement Florence.

— Avant quoi ? s'inquiète aussitôt FX.

— Avant que…

Florence se gratte le front comme si ce geste allait l'aider à se souvenir du moment précis où ses grands-parents ont commencé à se bécoter devant tout le monde comme des jeunes.

— Avant que… Comment veux-tu que je le sache ? J'ai oublié, c'est tout.

— Tu devrais peut-être réfléchir un peu plus avant de parler, la réprimande FX.

— À ta place, je commencerais par me mêler de mes affaires. La prochaine fois, je viendrai toute seule.

— Hé, ho ! s'écrie Léo d'une voix forte. Pas de chicane dans ma cabane ou je vous ramène chez vous sur-le-champ.

Le ton utilisé par leur grand-père les a saisis tous les deux. Ils soupirent à tour de rôle et plaquent un sourire sur leur visage. Ils connaissent les règles de la maison et, s'ils souhaitent revenir sans leurs parents, ils devront les respecter.

— J'aime mieux ça. Voulez-vous une liqueur ? Il y a du Coke, de l'Orange Crush et du 7 Up. Les bouteilles sont sur la dernière tablette du frigidaire. Servez-vous et venez me trouver au salon.

# 17

Pour faire changement, Gabriel arrive le premier à La Shed. Chaque fois qu'il a rendez-vous avec Charles, il se fend en quatre pour être à l'heure alors que son frère, qui est salarié et termine à heure fixe, est systématiquement en retard. Apparemment, il tombe toujours sur quelqu'un qui l'apostrophe dans le couloir et qui ne finit plus de lui parler. Gabriel a cessé de s'en faire avec ça. Il adore être à l'heure et il s'organise pour l'être. Pour le reste, il en profite pour siroter sa bière en attendant la venue de celui qui a le don de se laisser désirer.

— Désolé, le frère, je me…

— Ménage ta salive, l'intime Gabriel en levant la main devant lui. Je connais la chanson.

— Pas cette fois ! s'oppose aussitôt Charles. J'ai eu droit au maire en personne. J'allais sortir de la mairie quand je suis tombé face à face avec lui. Je l'ai salué poliment, mais il m'a accroché par le bras et tiré à l'écart. Il voulait vérifier certaines choses avec moi. Je lui ai dit que je ne demanderais pas mieux que de répondre à ses questions demain matin à la première heure, mais il m'a fait comprendre qu'il avait besoin d'une réponse immédiate.

Plus Gabriel en entend, plus il a l'impression de se faire mener en bateau. Depuis quand M. Drapeau s'intéresse-t-il à l'avis de son directeur du service des taxes municipales ?

— Abrège que j'aille nous commander deux bières, dit-il pendant que Charles reprend son souffle.

— Parce que tu ne me crois pas ?

— Mets-toi à ma place une minute. Depuis le temps que tu travailles à la mairie, jamais le maire ne t'a accroché à ta sortie. Tu es toujours en retard quand tu as rendez-vous avec moi et je m'en accommode. Veux-tu une bière ?

— Je ne boirai certainement pas une limonade. Reste assis, c'est ma tournée. À la condition que tu m'écoutes jusqu'à la fin.

Gabriel observe son frère pendant qu'il commande au comptoir. Il admet avoir été un peu bête avec lui alors qu'il n'avait aucune raison de l'être. Au lieu de l'écouter comme il a l'habitude de le faire chaque fois qu'ils ont rendez-vous ici, il lui a clairement fait comprendre que son histoire ne l'intéressait pas alors que c'est loin de la vérité. Charles ne peut pas parler de la cliente plantureuse qui change d'idée aux trente secondes pour ses portes d'armoires ou pour ses poignées puisque le monde dans lequel il évolue est complètement différent. Par contre, il n'est pas moins intéressant ni moins drôle pour autant. Et puis que le maire en personne sollicite son avis marque un jour très spécial.

— Je m'excuse, le frère, confesse-t-il lorsque Charles revient avec les bières. Tu détestes tellement parler du maire et de ses folies que j'ai pensé que j'étais en train de m'en faire passer une.

— À ta santé ! lance-t-il en levant son verre. Vu que je ne pouvais pas lui répondre avec assurance sans papiers, je lui ai offert de monter à mon bureau. Il ne finissait plus de me poser des questions sur les taxes.

— Pourquoi ?

— D'après ce que j'ai compris, il est à la recherche d'argent pour financer les Jeux. Je priais pour qu'il ne me demande pas mon avis. J'en ai tellement à dire que j'aurais sûrement fini au chômage. Assez parlé de l'homme aux rêves plus grands que nature. Veux-tu que je te parle de mon rêve, maintenant ? Enfin, du premier d'une longue lignée !

Les yeux de Charles se mettent à pétiller et un large sourire se fige sur ses lèvres.

— J'ai choisi la race de mon chien : ce sera un labrador blond.

— Très bon choix. Les enfants vont l'adorer. Quand est-ce que tu vas l'avoir ?

— Woh ! Woh ! Tu vas trop vite pour moi. J'ai trouvé un éleveur à proximité de notre chalet et j'ai l'intention d'aller le voir la semaine prochaine. Pour le reste, ça va dépendre. Un de mes employés m'a offert d'adopter le sien, il n'a pas droit aux chiens là où il vient de déménager. Il l'a confié à ses beaux-parents en attendant de lui trouver un nouveau maître. Il paraît qu'il est gentil comme tout, mais j'ai envie de l'avoir bébé.

— Tu feras bien ce que tu voudras, mais j'y penserais à deux fois avant de prendre un chiot. Je te garantis que Diane va vouloir t'arracher la tête avant la fin de la première semaine. Il va mâchouiller tes pantoufles, les pattes du divan, tes beaux souliers de cuir. Il va s'échapper dans la maison…

— Arrête ! J'en ai assez entendu. Si ton intention était de me faire peur, tu as réussi. Je vais téléphoner à mon gars en arrivant chez moi. Une chose de réglée.

Gabriel regarde son frère avec de grands yeux. Décidément, il n'est plus le même homme. Avant, son employé aurait eu le temps de trouver dix familles d'accueil pour son chien sans qu'il pense seulement à manifester son intérêt. Il était loin de se douter que lui rappeler ses rêves de jeunesse le mettrait dans cet état. Il adore l'homme qui est devant lui. Il ressemble beaucoup plus au grand frère qui lui a montré une bonne partie de ce qu'il sait qu'au simple comptable dont il a endossé le costume à sa sortie de l'université.

— Tu devrais voir les armoires de Léo, annonce fièrement Gabriel, ou plutôt celles de Monique puisque c'est elle qui les a choisies. Ce n'est pas pour nous envoyer des fleurs, mais papa et moi avons vraiment assuré sur ce coup. Je ne te mens pas, elles sont dignes de celles qui figurent dans les revues de décoration.

— Ne sois pas si modeste ! Ça fait déjà deux ans que vous réalisez les cuisines des grosses maisons neuves près du futur Village olympique. Vous êtes des pros, pas des débutants. Tu devrais prendre des photos et les envoyer à tous les décorateurs de la ville.

— Le problème, c'est qu'on est *bookés* jusqu'à la fin de l'année prochaine. On a fait des prouesses pour réaliser le projet de Léo et de Monique et on n'a pas l'intention de répéter l'expérience. Le père vieillit et, pour ma part, je ne veux plus travailler en fou.

— Tu m'étonnes ! Je l'ai trouvé très en forme à la fête de Florence. Je lui ai même dit qu'il avait rajeuni.

— Peut-être, mais il est moins alerte au travail et il lui arrive d'oublier où il a laissé ses outils. Je ne dis pas ça pour t'inquiéter. Seulement, je vois bien qu'il est moins vif qu'avant. J'ai l'intention d'en glisser un mot à maman la prochaine fois que je la verrai.

Charles tente de donner du sens aux paroles de Gabriel. C'est la première fois qu'il prend conscience que ses parents ne seront pas là éternellement. Il n'est pas préparé à les voir partir. Paul n'a pas été le père le plus aimant que la terre ait porté, mais c'est le sien et le seul qu'il aura. Penser qu'il pourrait ne plus être là le rend mélancolique et fait naître un sentiment de culpabilité jusque-là inconnu. Depuis le jour où il a quitté la maison familiale pour se marier, jamais il n'a proposé la moindre activité en solo avec lui. Il s'est toujours contenté des rencontres de famille pour le voir et échanger quelques mots avec lui à la volée, sans plus. Il n'a jamais été proche de son père et les années n'ont rien fait pour améliorer les choses. Lui non plus, d'ailleurs.

— Hé ! s'écrie Gabriel en claquant des doigts à deux pouces du visage de son frère. Ce serait le *fun* si tu revenais avec moi.

— Je pensais à papa. Je ne t'apprendrai rien si je te dis que ma relation avec lui ne ressemble pas une miette à la tienne. J'ai toujours été plus proche de maman. Malgré cela, je ne peux pas m'empêcher d'appréhender le jour où il s'en ira, surtout qu'il commence seulement à avoir de l'allure. Ça te fait quoi de penser qu'il ne sera pas toujours là ?

— C'est une question que j'évite de me poser. J'ai toujours travaillé avec lui et on forme une équipe du tonnerre. On ressemble à un vieux couple, on n'a pas besoin de se parler pour se comprendre. Des fois, je me dis que le jour où il disparaîtra j'irai travailler pour quelqu'un d'autre plutôt que d'essayer de le remplacer. Je me connais, je ne pourrai pas faire de compromis. Le père est loin d'être parfait, crois-moi, il ne manque pas une occasion de me le rappeler, mais il n'a pas son pareil pour réaliser des cuisines. Il a ça dans le sang.

— Tu sais quoi ? Je suis jaloux de toi.

— Il ne tient qu'à toi de te rapprocher de lui pendant qu'il est encore en vie.

Les deux frères se réfugient chacun dans leurs pensées. C'est la première fois qu'ils abordent ce sujet. Ils ne sont pas aveugles, ils voient bien que leurs parents vieillissent. En prendre conscience les oblige à réfléchir à leur propre existence, à l'urgence de vivre et de poser les bons gestes s'ils veulent profiter d'eux avant qu'il soit trop tard.

— As-tu le temps pour une autre bière? demande Gabriel après s'être raclé la gorge.

— J'ai tout mon temps depuis que je ne joue plus au baseball. D'ailleurs, j'ai un défi à te lancer. Que dirais-tu de venir te faire tatouer avec moi?

— Il va pleuvoir des oiseaux avant que je me fasse transpercer le corps. Ça me donne des frissons rien que d'y penser.

Charles pouffe de rire. Première nouvelle qu'il a que son frérot a peur des aiguilles.

— Arrête de rire et ne compte pas sur moi, ajoute Gabriel d'un ton outré.

— Je n'arrive pas à croire qu'un grand gaillard comme toi…

— Hé! Au cas où tu l'ignorerais, la grandeur et la grosseur n'ont rien à voir là-dedans. Je déteste tellement les aiguilles que je ne t'offrirai même pas de t'accompagner. Des plans pour que je perde connaissance. As-tu choisi ce que tu veux te faire tatouer?

— Ah, répond-il avec sérieux, j'hésite encore entre le prénom de ma femme et celui de mes enfants…

— Tu me décourages! s'emporte Gabriel sans le laisser finir sa phrase. Traîne leur photo dans ton porte-monnaie si tu ne peux pas te passer d'eux, mais fais-les pas tatouer sur toi. Voyons donc! Un tatouage, c'est personnel et intime. C'est un coup de folie, une manière de graver ses rêves, une façon de s'affirmer.

— Wow ! J'ignorais que tu en connaissais autant sur le sujet. Tu sais bien que je blaguais, jamais je ne me ferais tatouer le nom de ma femme ni ceux de mes enfants. Pour le moment, tout ce que j'ai décidé, c'est de réaliser ce rêve.

Gabriel le regarde avec de grands yeux. Pour un peu, il croirait que son frère a reçu un coup sur la tête. En moins d'une semaine, il a décidé de s'acheter un chien, il a lâché le baseball et le hockey et il a décidé de se faire tatouer.

— Quand commences-tu tes cours de pilotage ? lui demande Gabriel d'un ton détaché.

Les yeux de Charles s'agrandissent à leur maximum et un grand sourire s'affiche sur ses lèvres.

— J'ai eu mon premier hier soir, répond-il en faisant son large possible pour garder son sérieux, et tu ne veux pas savoir combien ça va me coûter.

***

Diane n'a pas eu le temps d'appeler Sonia pour prendre de ses nouvelles cette semaine. C'est du moins ce qu'elle se répète pour soulager sa conscience. En réalité, elle craint de se retrouver en sa présence et de devoir subir de nouveau ses doléances. Elle a un tableau à finir avant de partir au chalet pour deux semaines et elle est très frileuse à l'idée de laisser polluer son inspiration. Elle rit toute seule. Si Raphaël l'entendait, il lui dirait que son discours ne tient pas la route. L'inspiration est là, il suffit de l'accueillir. Elle aimerait bien savoir pourquoi Sonia lui a demandé le numéro de Réal. Elle l'a appelé hier, mais il lui a très vite fait comprendre que ce n'était pas à lui de l'informer de quoi que ce soit concernant sa voisine. Évidemment, elle en a profité pour prendre de ses nouvelles. Elle n'en revient pas de tout ce qui lui arrive de beau depuis le jour où il a retiré son col romain. Elle savait qu'il était apprécié de ses paroissiens, mais jamais elle n'aurait pensé qu'il puisse acquérir une telle notoriété comme professeur en aussi peu de temps. Et encore moins qu'il accepte de donner des conférences. Pour elle, Réal a toujours été quelqu'un de fondamentalement réservé. Sans vouloir médire, il était d'un ennui mortel lorsqu'il célébrait la messe ou encore le fameux service anniversaire de Justine. Ses sermons étaient si monocordes qu'elle devait se pincer pour rester éveillée. Il n'est plus le même homme. Comme si ce n'était pas suffisant, il sera bientôt père. Est-ce l'amour qui l'a transformé à ce point? Diane l'ignore. Ce qu'elle sait, par contre, c'est qu'elle préfère de loin le nouveau Réal et qu'elle adore sa Colombe.

Elle remplit sa tasse de thé bouillant et soupire. Au lieu de retourner s'enfermer dans son atelier, elle décroche le combiné du téléphone et compose le numéro de Sonia. Celle-ci répond à la première sonnerie.

— Salut, c'est Diane. Comment vas-tu?

— De mieux en mieux grâce à ton frère. Je l'ai vu seulement deux fois, mais ça m'a fait un bien immense de parler avec lui. Je ne te cacherai pas que j'ai parfois un peu de mal à retrouver mes marques, mais dans l'ensemble je peux te confirmer que je suis sur la bonne voie. L'atmosphère s'est beaucoup allégée ici et personne ne s'en plaint. J'ai discuté avec David la semaine passée et j'espère qu'un jour il pourra me pardonner de l'avoir aussi mal traité. J'ai également fait des excuses à Martine... peut-être que tu le sais déjà. Que te dire de plus sinon que j'ai coupé les ponts avec mes parents, le temps de refaire mes forces?

— Et ton travail?

— De ce côté, tout va pour le mieux. Je viens d'accepter un gros contrat pour rajeunir le costume des réceptionnistes d'un grand hôtel de la ville. J'aurais été folle de le refuser, sauf que je n'y arriverai pas toute seule. J'ai pensé offrir à Béatrice de venir m'aider. Crois-tu que j'aie des chances qu'elle accepte?

— À ta place, je me dépêcherais de l'appeler parce qu'aux dernières nouvelles elle va faire le tour de la Gaspésie avec le beau-père pendant les vacances de la construction. Il me semble qu'elle partirait le cœur plus léger si elle savait qu'elle aura un emploi à son retour, d'autant qu'elle m'a dit vouloir aller à Haïti avant les fêtes. Suzan se marie là-bas.

— Merci de l'information. Et toi ?

Diane répond à sa question sans entrer dans les détails. Il lui tarde de reprendre les pinceaux avant que son thé soit froid.

— Avant de raccrocher, ajoute Diane, j'aimerais savoir ce que tu étais venue me montrer le jour où je t'ai accueillie durement.

— Ne le prends pas mal, mais ce n'est plus la peine. J'en ai parlé avec Réal et ça ne donnerait rien de plus de t'embêter avec ça.

— Au contraire, j'y tiens. Je me suis mal comportée avec toi et c'est la moindre des choses.

— Comme tu veux. As-tu un peu de temps pour qu'on se voie ?

— Ça tombe mal. On va passer les deux semaines de vacances de Charles au chalet. On l'aura juste pour nous. Gabriel emmène sa famille faire du camping sauvage dans le parc de la Mauricie, je le trouve très courageux. Quant à mon père et ma belle-mère, ils travaillent. Je te fais signe à mon retour. À bientôt, Sonia !

À peine a-t-elle raccroché que Diane attrape sa tasse de thé et file à son atelier. Elle dispose d'au plus une heure avant que ses deux tornades reviennent de la piscine. Il serait prématuré de crier victoire tout de suite, mais elle les trouve beaucoup plus calmes depuis leur petite visite chez leurs grands-parents maternels. Ils ne se sont pas crêpé le chignon une seule fois devant elle. Elle a pensé téléphoner à son père pour savoir s'il s'est passé quelque chose de particulier et a fini par se convaincre qu'elle n'a pas besoin de lancer une enquête pour si peu. Elle convient que son paternel a toujours eu le don de remettre les pendules à l'heure quand un de ses enfants dérapait. De ses quatre, elle a été celle à qui il en a laissé passer le plus. Peut-être est-ce parce que sa mère était continuellement sur son dos. En plus d'être absente, Hélène prenait parfois plaisir à régenter sa progéniture alors qu'à son grand dam elle n'avait de l'emprise sur personne. Diane se demande bien quand sa mère les honorera de sa visite. En même temps, elle mentirait si elle prétendait qu'Hélène lui manque. Elle la voyait rarement avant qu'elle se sauve à Haïti et elle s'en portait plutôt bien. Elle se souvient de quelques bons moments en sa compagnie, mais ils ne sont pas légion. On ne peut pas laisser une bonne impression lorsqu'on brille par son absence la plupart du temps.

Léa lui a téléphoné hier pour lui proposer de venir magasiner avec elle lundi prochain. Diane doit admettre que son ex-meilleure amie semblait déçue qu'elle ne soit pas disponible. Cette dernière lui a fait promettre de lui réserver une journée à son retour du chalet, ce que Diane a accepté. Passer un après-midi à faire les boutiques est l'activité idéale. Elle n'a pas besoin d'alimenter une discussion sérieuse et peut se servir de tout ce qu'elle voit pour changer de sujet si nécessaire. Il y a une chose qu'elle ne comprend pas dans toute cette histoire : comment une femme aussi intelligente que Léa peut-elle se contenter d'une amitié vide et sans but comme la leur ? Parce que c'est exactement le cas depuis le coup des tableaux. Décidément, le genre humain demeure toujours aussi complexe à ses yeux.

Elle repense à Sonia. Sans vouloir comparer leurs manques par rapport à leur mère, Diane préfère être née dans sa famille que dans la sienne. Au moins, son père s'est assuré de leur en donner une de rechange, si on peut s'exprimer ainsi, une femme aimante et généreuse qu'aucun membre de la famille n'a encore oubliée. De fil en aiguille, Diane réfléchit à son propre rôle en tant que mère. Probablement qu'elle ne raflerait pas le trophée de l'année, elle a des failles. Par contre, personne ne pourra lui reprocher d'être absente. Elle est là pour ses enfants et elle est toujours disponible pour les écouter. Elle n'a pas le pouvoir de les obliger à lui parler, seulement celui de revenir à la charge sur une base régulière pour qu'ils sachent qu'elle est là pour eux.

Elle pense à Martine. Connaissant sa fille, les excuses de Sonia ne suffiront pas à effacer à elles seules tout ce qu'elle a dû endurer à cause d'elle. Sa belle-mère a pris leur nouveau bonheur en otage avant même que David et elle emménagent ensemble. Sans prétendre qu'elle l'a bousillé, disons qu'elle l'a au moins perturbé. La dernière fois que Diane l'a eue au téléphone, sa fille lui a confié que l'insistance de sa belle-mère les a déstabilisés au point qu'ils ont pensé à se séparer. Pas une fois, deux. Si l'amour qui les unit n'avait pas été aussi fort, il n'aurait pas résisté aux secousses provoquées par les agissements de Sonia. Comme Martine l'a annoncé à David, ce n'est pas parce que sa mère revient à de meilleures intentions qu'elle va dérouler le tapis rouge pour autant. Il lui faudra du temps, peut-être beaucoup, pour effacer les cicatrices. Il est rare que Martine se confie ainsi, tellement que sa mère lui a fait promettre de lui réserver une soirée après les vacances. Elle l'emmènera souper dans le restaurant de son choix dans l'espoir que sa fille soit disposée à parler. L'expérience lui a appris que ce n'est qu'à la condition de se vider le cœur qu'on finit par trouver la force d'avancer.

Elle avale sa dernière gorgée de thé et pousse un grand soupir. Elle a cru pendant longtemps qu'elle retrouverait sa liberté le jour où ses enfants auraient tous quitté la maison. Aujourd'hui, elle sait hors de tout doute qu'elle continuera à s'inquiéter pour chacun d'eux. Pour Marc qui a emprunté le chemin le moins fréquenté. Pour Martine qui est tombée sur une belle-mère un peu désaxée. Pour Julie qui apprend à la dure la signification du mot « aimer ». N'est-ce pas là le propre des parents ? Du moins de ceux qui aiment réellement leurs enfants et qui ont à cœur leur bonheur ?

***

Colombe rit toute seule chaque fois qu'elle sort désherber son jardin. Le mot n'est pas très approprié, mais « potager » ne serait pas mieux. Elle enlève quelques mauvaises herbes et hop ! le tour est joué. Elle se félicite encore d'avoir pensé à demander la permission à son beau-père avant de transformer la cour de sa maison en culture maraîchère. Léo en a déjà tellement fait pour eux qu'elle s'en serait voulu de le contrarier. Elle connaît peu d'hommes d'une telle générosité. En tout cas, ce n'est pas son père qui leur aurait loué une maison complètement équipée et meublée pour une bouchée de pain. Il se serait plutôt dépêché de la vendre sans se soucier du bien-être de sa fille. La générosité n'a jamais été son fort. Colombe est bien placée pour le savoir. Il l'a nourrie et vêtue, très sobrement il faut le préciser, en échange de travaux domestiques jusqu'à ce qu'il l'offre au curé du village comme ménagère. Au lieu de lui laisser le peu qu'elle gagnait, il avait demandé à son nouveau bourreau de lui verser la moitié de son salaire. Il lui restait à peine assez d'argent pour s'habiller et s'acheter les produits de première nécessité. Il y a longtemps que Colombe a cessé de lui en vouloir. Elle serait la seule à en souffrir puisque son cher paternel ne s'intéresse plus à elle depuis qu'elle s'est enfuie en ville, ce qui ne l'étonne pas pour la simple et unique raison qu'il ne peut plus tirer un sou de sa personne. Il a été d'une telle froideur avec elle quand elle a téléphoné pour lui apprendre qu'elle était enceinte qu'elle a raccroché en se disant que c'était ici qu'elle arrêtait de s'accrocher à quelqu'un pour qui, manifestement, elle n'existe pas. Au lieu de demander à parler à sa mère, elle a préféré lui écrire. Jusqu'à ce jour, sa lettre est restée sans réponse. Ou son père l'a interceptée ou sa mère a décidé d'acheter la paix une fois de plus. Colombe ne vivra jamais assez vieille pour comprendre ses parents.

Elle récolte une poignée de haricots jaunes, en essuie un sur son jeans et la mange. Elle les croquerait tous avant de rentrer si elle ne se retenait pas. La seule raison qui la pousse à les tenir loin de sa bouche, c'est Réal. Il les adore lui aussi. Elle les fera cuire pour le souper et ils les savoureront en roulant des yeux comme s'il s'agissait d'un mets rare. Elle en achète à l'épicerie chaque semaine, sauf qu'ils n'ont pas le même goût. Ou ils n'ont pas été cueillis le jour même ou ils viennent d'ailleurs. Il faut dire que Réal et elle ont été gâtés pendant toutes leurs années au presbytère. À peine le vieux curé était-il parti qu'ils se sont mis à faire un immense jardin, qu'ils agrandissaient tous les printemps jusqu'à ce qu'il occupe toute la cour arrière. En bonne ménagère, Colombe mettait les surplus en conserve, c'est-à-dire qu'ils avaient assez de légumes jusqu'à la prochaine récolte. Elle mettait aussi du poulet et du porc en pots. Aux dires de Réal, il n'y a rien de meilleur avec une macédoine maison. Elle sourit en regardant ses dix plants de tomates. Ils sont si chétifs qu'elle commence sérieusement à douter qu'ils rendront le moindre fruit à terme. Difficile pour elle d'abandonner l'idée de croquer dans un fruit bien rouge et gorgé de soleil… à moins qu'elle fasse un saut chez un producteur. C'est ce qu'elle a fait l'année passée et tout porte à croire qu'elle fera la même chose cette année. Il n'est pas dit qu'elle se contentera des tomates de l'épicerie pendant la belle saison. Elle regarde autour d'elle et sourit. Ses beaux-parents n'ont pas donné beaucoup d'amour à leur cour. Mis à part quelques arbres matures et une haie de cèdres pour clôturer le terrain et entretenue à la perfection par un paysagiste de renom, il n'y avait aucune trace de fleurs vivaces ici. Colombe en a glissé un mot à Diane la dernière fois qu'elle est venue les visiter et sa belle-sœur lui a confirmé que ses parents n'accordaient aucune importance aux plantes de quelque nature que ce soit. D'ailleurs, il paraît qu'aucune ne résistait à Hélène, pas même à Carole. C'était là le seul point commun des deux femmes, mais toujours est-il que la cour arrière a continué à souffrir de manque d'amour. Colombe a remédié à la situation dès son arrivée. La neige venait à peine de fondre qu'elle s'activait à transplanter les quelques vivaces que lui avaient gentiment offertes des dames de leur ancienne paroisse en guise de cadeau d'adieu. Elle en a ajouté autant l'automne dernier et a acheté quelques boîtes d'annuelles pour enjoliver la cour. Même si elles n'apportent que quelques taches de couleur, elles contribuent à égayer la place et à montrer le potentiel de l'endroit. Peut-être même qu'elles faciliteront la vente de la maison. Heureusement, la cour de Monique est complètement aménagée. Certes, Colombe ne pourra pas faire son jardin en continu, il y a des plates-bandes partout. Par contre, il ne tiendra qu'à elle de les utiliser pour semer ses légumes. Qui a dit que leur espace était réservé exclusivement aux fleurs ? Elle est impatiente d'y être installée. Elle a hâte d'être chez elle. Elle a encore du mal à croire qu'ils auront leur maison bien à eux. Elle l'a aimée avant même de mettre un pied dans l'allée qui mène à la porte d'entrée de couleur rouge pompier. Elle adore le contraste avec la brique grise. Une fois à l'intérieur, elle n'a pas pu s'empêcher de dire que c'est dans une maison comme celle-là qu'elle aimerait habiter. Elle s'en souvient comme si c'était hier. Monique l'avait invitée à faire le tour du propriétaire et Colombe n'avait pas arrêté de s'extasier. Elle se sentait chez elle ici. Jamais elle n'aurait cru que cette maison serait la sienne un jour. Plus que deux mois avant le grand jour. Réal l'a emmenée choisir leur ameublement. Que demander de plus qu'une nouvelle maison et de nouveaux meubles ? Ah oui… et un nouveau bébé aussi. Si le docteur ne lui avait pas confirmé sa grossesse, Colombe ne se douterait pas qu'un petit être pousse dans son ventre. Elle a eu mal au cœur pendant une semaine tout au plus. Elle n'a pas pris une livre, même qu'elle a l'impression d'en avoir perdu quelques-unes. Il paraît que c'est normal quand on est enrobé. Il y a longtemps qu'elle en a fait son deuil. Elle pourrait faire tous les régimes du monde, elle n'habillera jamais du sept ans. Elle a de gros os et prend du poids facilement, comme sa mère et sa grand-mère maternelle. Ses deux sœurs avaient l'habitude de dire que les filles de la famille engraissent rien qu'à regarder la nourriture. Dommage qu'elles aient coupé les ponts le jour où elle s'est enfuie du presbytère de son village natal. Elles s'entendaient bien, pourtant. Les premières années, Colombe prenait soin de les appeler à leur anniversaire. Comme ses sœurs ne retournaient jamais l'ascenseur, elle a fini par oublier jusqu'à leurs dates de naissance.

Elle dispose de beaucoup de temps depuis que ses cours sont finis, ils reprendront en septembre. Elle voudrait prendre de l'avance pour leur déménagement, sauf que, mis à part leurs effets personnels et le contenu des armoires, il n'y a pas grand-chose à emballer; leurs meubles seront livrés directement à leur nouvelle maison. Elle a commencé à réfléchir à la couleur de la chambre du bébé. Léo leur a offert tout l'ameublement nécessaire comme cadeau de naissance, il ne reste plus qu'à aller le choisir. Réal pensait l'acheter en même temps que les autres meubles, mais Colombe lui a fait comprendre qu'il faut d'abord qu'ils choisissent la couleur des murs et la parure du lit d'enfant. Il est tellement débordé ces temps-ci qu'elle a pris les choses en mains et lui demandera son avis uniquement lorsqu'il faudra décider. Elle compte faire la peinture elle-même, elle en parlera à Réal le moment venu.

Elle se sent seule, et pour cause, elle n'a pas d'amie avec qui parler ou aller faire les magasins. Elle a parfois l'impression d'être confinée dans sa solitude. Elle ne demanderait pas mieux d'en sortir, sauf que les amis ne poussent pas dans les arbres. Elle apprécie beaucoup les sœurs de Réal, particulièrement Diane. Elle ne compte plus le nombre de fois qu'elle a composé son numéro de téléphone pour lui demander si elle accepterait de sortir avec elle un après-midi, ne serait-ce que pour aller boire une liqueur chez Woolworth's. Elle en rêve. Elle se trouve bête de ne pas attendre qu'elle décroche. Elle vient d'une famille ordinaire et, aussi bien dire les choses comme elles sont, elle aurait du mal à s'en remettre si sa belle-sœur l'envoyait paître. Elle rentre avec sa poignée de haricots et les met dans l'armoire pour ne pas être tentée de les manger. Elle regarde le téléphone et, allez savoir pourquoi, elle saisit le combiné et compose le numéro de Diane en se promettant cette fois de laisser à sa belle-sœur le temps de décrocher. Elle répond à la première sonnerie, ce qui laisse Colombe sans voix.

— Allô ? Allô ?

— Diane ? C'est Colombe, ta belle-sœur.

— Quelle belle surprise ! Comment vas-tu, future maman ?

Il s'en faudrait de peu pour qu'elle se mette à pleurer devant tant de gentillesse. Elle renifle discrètement et secoue la tête pour se remettre les idées en place.

— Je me porte comme un charme, merci. Et toi ?

— C'est la folie furieuse ici. On part pour le chalet demain matin et je ne sais plus où donner de la tête pour tout rapatrier.

— Je pourrais aller t'aider, si tu veux. Réal ne rentrera pas avant six heures.

Diane réfléchit pendant quelques secondes. Elle aime bien Colombe et son petit doigt lui dit qu'elle a besoin de voir du monde. Ce n'est pas le meilleur temps pour recevoir, mais elle serait bête de refuser un coup de main et de mettre un peu de piquant dans la vie de sa belle-sœur par la même occasion.

— J'en serais ravie. Que dirais-tu si je passais te prendre dans trente minutes ? Je t'emmènerais faire l'épicerie, on aurait le temps de jaser. Je te mettrais ensuite aux chaudrons pour le dîner et le souper si jamais tu as envie de cuisiner. J'en profiterais pour finir les bagages pendant ce temps-là.

— Je t'attends, répond Colombe sans l'ombre d'une hésitation.

Au lieu d'aller se préparer, elle se laisse descendre le long du mur et verse toutes les larmes de son corps. Pourquoi a-t-elle attendu aussi longtemps avant de l'appeler ? Alors qu'elle est débordée, Diane a quand même trouvé du temps pour elle. C'est sûrement parce qu'elle l'aime bien. Elles ne deviendront peut-être pas les meilleures amies du monde, mais sa gentillesse lui fait un bien immense et c'est le plus important. Elle a connu plusieurs filles intéressantes à l'école, mais elles sont ou trop jeunes ou trop occupées.

# 18

Josée se pince dix fois par jour pour être certaine de ne pas rêver. Même si elle travaille d'arrache-pied, elle n'arrête pas de répéter qu'elle n'a jamais été aussi heureuse de toute sa vie. Elle chante du matin au soir et, avec sa discipline de fer, elle parvient à tout faire. Évidemment, tout n'est pas encore rodé à son maximum, mais les choses se placent, comme on dit. Elle a parfois tendance à oublier qu'elle en est seulement à sa troisième semaine en affaires. Germain l'aide autant qu'il peut. Il a réussi à réparer sa cuisinière, ce qui lui a enlevé une épine du pied. Ouvrir son commerce a bouffé le peu d'argent qu'elle avait amassé au fil des années en faisant des ménages ainsi qu'une partie des économies de son mari. Alors qu'elle ne s'y attendait pas du tout, son père lui a remis un chèque de cinq cents dollars en douce le jour de l'ouverture en lui chuchotant à l'oreille de ne pas en parler. Il s'en est fallu de peu pour qu'elle le lave à grande eau : elle l'avait fourré dans la poche de son tablier pour servir un client et l'y avait oublié. Le geste de son père l'a beaucoup touchée. L'argent lui a permis de se constituer un petit coussin.

Elle travaille six jours par semaine. Il va sans dire que les trois à la maison sont beaucoup moins productifs que ceux qu'elle passe à sa pâtisserie. Rosalie a beau être un bon bébé, elle réclame sa mère plus souvent qu'à son tour depuis qu'elle se fait garder. C'est ainsi qu'en plus d'utiliser tout le temps qu'elle peut glaner ici et là dans la journée, Josée se remet au travail après l'avoir couchée pour ne s'arrêter que lorsque dix heures sonnent. Et le dimanche, c'est congé pour tout le monde. Si elle est parfois tentée de remettre la main à la pâte, elle résiste. Sa famille compte trop à ses yeux pour qu'elle la mette sur la voie d'évitement. Elle fera moins d'argent, mais elle pourra encore se regarder dans le miroir et ça lui importe plus que tout. Et puis, elle se sent déjà assez coupable de confier l'éducation de sa fille à une parfaite inconnue pour ne pas en ajouter sur le tas.

Travailler avec Katy est un cadeau du ciel. Les deux femmes s'entendent à merveille, elles ont à cœur de développer leurs commerces et sont prêtes à fournir les efforts pour y arriver. Le plus beau dans leur association demeure leur franchise mutuelle. Qu'elles aiment ou qu'elles détestent une idée, elles le disent sans détour et en discutent jusqu'au moment de trouver un compromis qui les servira toutes les deux. En acceptant d'unir son café à la pâtisserie de Josée, Katy a vu exploser ses ventes de manière magistrale. Leurs commerces sont complémentaires. Quoi de mieux qu'un bon café ou un thé pour accompagner une pâtisserie et vice versa ? La semaine dernière, Diane est venue les voir et leur a recommandé de mettre une boîte à suggestions à la disposition de leur clientèle. Elles l'ont regardée avec des points d'interrogation dans les yeux jusqu'à ce qu'elle précise sa pensée.

— Vos clients sont les mieux placés pour vous dire ce qui manque dans vos commerces. Bien sûr, vous n'êtes pas obligées de satisfaire à toutes leurs demandes, mais je pense que ça pourrait vous inspirer. Ça ne coûte rien d'essayer, vous avez déjà la boîte. Il suffirait de changer le message.

Leur réflexion n'a duré que le temps d'un regard entendu et d'un hochement de la tête de part et d'autre. Le lendemain, Diane venait leur porter le fameux message. À leur grande surprise, elles ont récolté une douzaine de suggestions en une seule journée. Lorsqu'elles en ont fait part à celle qu'elles appellent affectueusement la machine à idées, elle leur a suggéré de faire un événement avec chaque nouveau produit qu'elles ajouteront à leur liste.

— Je vous reviendrai pour la suite, leur a dit Diane.

Josée ne remerciera jamais assez tous ceux qui ont contribué à son projet de près ou de loin. Sans eux, elle n'y serait pas arrivée. Non seulement elle en est consciente, mais elle s'est promis de trouver une façon de souligner leur geste sans les mettre mal à l'aise. Elle est redevable à Julie pour son logo, à Gabriel pour son affiche extérieure, à Germain pour son soutien sans faille, à Charles pour ses bras et ses encouragements, à son père pour son chèque, à sa mère pour la manière dont elle la regarde maintenant, à Diane pour son amitié indéfectible, sa grande générosité et sa multitude d'idées. Le soir, avant de fermer les yeux, Josée a une pensée pour chacun d'eux.

L'ouverture de la porte la sort brusquement de ses rêveries. Elle relève la tête du gâteau qu'elle est en train de glacer, dépose son couteau et s'empresse d'aller servir le bel homme aux cheveux blancs venu se poster devant son comptoir. Elle le salue chaleureusement et lui demande de quoi il a envie aujourd'hui.

— Que diriez-vous si je vous répondais «tout»? lance-t-il d'un ton espiègle. J'ai la dent sucrée comme pas un et j'adore vos pâtisseries. C'est rendu que ma femme me demande d'acheter des parts dans votre commerce.

— Je vous suggère d'attendre encore un peu avant d'investir. Alors, avez-vous fait votre choix?

— Donnez-moi un mini-gâteau aux carottes avec le glaçage au fromage, un à la salade de fruits, deux carrés aux dattes, deux brownies. S'il vous reste des petits choux à la crème au congélateur, j'en voudrais bien une demi-douzaine. Avant que j'oublie, ce sera l'anniversaire de ma petite-fille vendredi prochain et ma femme m'a demandé de vérifier si vous pouviez lui faire un gâteau de Minnie la souris.

Josée répond par l'affirmative. Elle inscrit le prix au verso d'une carte et la lui remet.

— Dites-lui qu'elle m'appelle cette semaine pour confirmer sa commande. Ce sera tout?

— Pour aujourd'hui.

Elle dépose les pâtisseries dans une boîte et les choux à la crème dans un sac transparent qu'elle ferme avec un ruban rose. Elle le fait payer et le remercie de sa visite. Il passe ensuite au comptoir de Katy et commande deux grands cafés au lait, un pour sa femme et un pour lui. Au moment où il s'apprête à ouvrir la porte, il revient sur ses pas et prend deux tablettes de chocolat noir.

— On devrait engager Diane! s'écrie Katy, sitôt le client sorti.

— Pourquoi on ferait ça alors qu'elle travaille déjà pour nous gratuitement? lance Josée en riant.

— J'avoue que ça me met un peu mal à l'aise. Elle ne me doit rien.

— Tu vas finir par t'habituer. Ne t'avise surtout pas d'essayer de la payer, elle serait insultée. La seule fois où je me suis risquée sur ce terrain, elle m'a fait comprendre qu'elle m'aidait parce que ça lui fait plaisir et qu'elle se poussera à l'instant où je lui dirai que je n'ai plus besoin d'elle. Entre toi et moi, je ne suis pas pressée de la congédier. Offre-lui un café de temps en temps pour l'encourager et accepte son cadeau.

— Je n'ai pas l'habitude de recevoir, mais je veux bien essayer. Tu as beaucoup de chance de l'avoir comme belle-sœur.

— Si seulement tu savais tout ce que je lui ai fait endurer depuis son entrée dans la famille, tu écrirais au pape pour demander sa canonisation. Crois-moi, Diane est une sainte qui s'ignore. Aurais-tu un peu de temps pour qu'on regarde les suggestions des clients ?

— Profitons-en pendant qu'il n'y a personne. Thé ou café ?

Josée ferme les yeux le temps de faire son choix. Elle a parfois l'impression d'avoir été déportée dans un monde où le bonheur règne en maître.

— Un bon café au lait, répond-elle en roulant des yeux. Et toi, un brownie ou une barre Nanaïmo ?

— Mon bon sens te remercie du fond du cœur, il ne prendra rien.

Elle fait une pause de quelques secondes avant d'ajouter en plissant le nez :

— Vu que ma gourmandise est plus forte que lui, je choisis le brownie.

Elles partent d'un éclat de rire qu'on entend jusque sur le trottoir. C'est du moins ce que leur dit l'homme qui vient de pousser la porte de leur commerce. Surprises pendant un de leurs fréquents moments de joie, elles arrêtent net de rire et le saluent en chœur.

— Bonjour à vous, mesdames, lance-t-il. J'ai traversé toute la ville pour venir vérifier par moi-même si mon fils louange à tort ou à raison tout ce qui sort d'ici.

— À consommer sur place ou pour emporter ? lui demande Katy.

— Sur place pour commencer.

Il lit d'abord la liste des boissons du côté de Katy. Il va ensuite se poster devant le comptoir de Josée et prend le temps d'examiner tout ce qu'il contient.

— Auriez-vous des suggestions à me faire ? leur demande-t-il poliment.

Josée se tourne vers Katy et lui fait un signe de la tête pour l'aviser qu'elle s'en charge.

— Avant tout, il faudrait me dire ce que vous adorez, ce que vous aimez et ce que vous détestez.

Il la regarde et lui sourit en inclinant légèrement la tête de côté. Bien qu'il ait l'âge de son père, cet homme possède un charme fou, charme auquel elle n'est pas indifférente.

— J'adore le bon chocolat sous toutes ses formes. J'aime le sucré plus que le salé. Je déteste la noix de coco pour m'en confesser, ça me roule dans la bouche.

— Alors, je vous suggère de prendre une tranche de gâteau roulé nappée de sucre à la crème chaud et un grand café au lait.

— Votre choix me plaît.

— Prenez le temps de vous asseoir à une table et on vous apporte votre commande.

— En passant, j'ai adoré votre accueil. Il est de plus en plus rare de nos jours de se faire servir par des gens qui carburent au plaisir.

Elles le remercient d'un simple sourire et chacune s'affaire de son côté. Elles déposent leur part de la commande en même temps sur le comptoir. Il n'en faut pas plus pour les faire rire. Elles vont porter le tout à la table de leur nouveau client.

— N'hésitez pas à nous faire signe s'il vous manque quoi que ce soit, disent-elles en chœur avant de se mettre de nouveau à rire.

— Êtes-vous toujours d'aussi belle humeur? leur demande-t-il en humant les odeurs de café et de caramel chaud qui lui montent au nez.

— La plupart du temps! répond Josée. Ma grand-mère disait que la vie est trop courte pour se prendre au sérieux.

— J'ajouterais qu'on a la chance de faire ce qu'on aime et qu'on s'est trouvées… comme associées, je veux dire, précise Katy.

Elles tournent les talons dans la seconde qui suit sans se consulter. Si leur client souhaite poursuivre la discussion, il le leur fera savoir. Autrement, il a droit à sa tranquillité. Josée retourne au glaçage de son gâteau tandis que Katy profite de l'accalmie pour nettoyer une de ses cafetières. Jusqu'à maintenant, la journée n'a pas été aussi achalandée que celle d'hier. La chaleur est en partie responsable. Il fait tellement chaud aujourd'hui que tous ceux qui en ont la possibilité font sûrement trempette dans une piscine. D'ailleurs, Josée bénit Katy chaque jour d'avoir eu la bonne idée de faire installer l'air conditionné l'année d'avant, particulièrement quand le four chauffe. Et pour ses pâtisseries aussi, plusieurs ne supportent pas la chaleur.

— Tu devrais vendre de la crème glacée pendant toute la belle saison, lance Josée à brûle-pourpoint.

— M. Paul en vend dans son petit magasin au coin de la rue, lui rappelle Katy.

— Je te parle de la vraie crème glacée, comme celle qu'on trouve chez les Italiens.

Katy dépose sa guenille à côté de l'évier avant de se tourner vers Josée. À première vue, l'idée lui plaît.

— Je suis à peu près certaine que ton fournisseur de café en sait pas mal sur le sujet. Ça ne t'engage à rien de lui en glisser un mot la prochaine fois qu'il viendra. Comme il risque de te dire que c'est un peu tard pour cette année, ça te laissera le temps de mûrir ton projet si jamais tu décides de te lancer.

— On devrait aller y goûter avant. Que dirais-tu de faire un saut dans le quartier italien lundi après-midi ? Je pourrais aller vous chercher, la petite Rosalie, sa poussette et toi, disons vers une heure. Je me propose même pour la pousser et pour payer toute la crème glacée qu'on goûtera.

— Bonne idée !

Elles se remettent au travail sans rien ajouter. Concentrée sur les dernières retouches à faire sur son gâteau, Josée sursaute lorsque leur seul client lui adresse la parole.

— Mon fils avait raison… ça a valu le coup de traverser la ville. Voici la commande de mes employés, ajoute-t-il en lui tendant une feuille soigneusement écrite à la main.

Il n'y a pas moins d'une vingtaine de lignes noircies. Les yeux de Josée s'agrandissent à mesure qu'elle avance dans sa lecture.

*Jean-Pierre, brownie ou carré à la guimauve, café fort.*

*Chantale, gâteau à la salade de fruits avec double glaçage, thé glacé…*

— Wow ! s'écrie-t-elle dans un élan du cœur. Êtes-vous toujours aussi gentil avec eux ?

— Le plus souvent possible. J'ai l'air généreux à première vue, mais, entre vous et moi, c'est un investissement. Je leur fais plaisir et ils me le rendent au centuple. Chaque vendredi, on choisit un commerce parmi ceux qu'ils ont suggérés. Par vote. Seule condition : qu'il soit sur l'île. J'écris les choix au tableau de la cantine, ils votent et, une fois l'endroit connu, ils notent ce qu'ils veulent avoir sur la feuille que je fais circuler.

— Est-ce que le même commerce peut être choisi deux fois ? demande Katy.

— Bien sûr ! La chocolaterie sur Mont-Royal a été retenue huit fois de suite l'hiver dernier. Si je me fie à ce que j'ai goûté ici, vos chances de me revoir sont excellentes. Au travail, maintenant ! Je dois arriver à temps pour la pause.

La vie est remplie de surprises, et de bonnes personnes aussi. Les patrons tels que lui ne sont pas légion, mais ils embellissent le quotidien des gens qu'ils croisent par leur comportement à la fois original et rassurant. Rien ne leur garantit qu'elles le reverront et, à vrai dire, ce n'est pas ça le plus important. Sa brève incursion dans leur vie a laissé un souvenir qu'elles prendront plaisir à se rappeler chaque fois qu'un homme de sa prestance poussera la porte de leur commerce.

— Je n'en reviens pas, laisse tomber Josée après avoir déposé son couteau dans l'évier. Tu vas me trouver bête, j'ignorais que des hommes comme lui existaient. Remarque que je n'ai jamais eu de patron. En tout cas, Germain va tomber en bas de sa chaise quand je vais lui raconter ce que cet homme fait pour ses employés. J'aurais dû lui demander dans quel domaine il travaille.

— Tu n'auras qu'à le faire la prochaine fois qu'il viendra ! laisse tomber Katy en haussant les épaules.

***

Léo est très fier de Julie. Son acharnement dans le dossier de Renaud Lambert a permis de découvrir l'existence d'un deuxième suspect, en l'occurrence un ami proche de la famille.

— Je veux tout savoir sur lui, lui dit-il, absolument tout.

— Peux-tu être un peu plus précis? lui demande-t-elle en fronçant les sourcils.

— Désolé! J'ai parfois tendance à oublier que tu n'es pas avocate.

— Sans vouloir te décourager, ça risque de prendre encore quelques années.

Léo lui sourit. S'il espère de tout cœur que sa petite-fille suivra ses traces, il sait très bien qu'il est trop tôt pour crier victoire. Elle travaille pour lui depuis quelques semaines seulement et, à son âge, son intérêt pour le droit pourrait disparaître aussi vite qu'il est apparu. Il le sait d'expérience, il rêvait de faire carrière dans la finance jusqu'au jour où un avocat est venu parler de sa profession en classe.

— Je veux que tu le connaisses autant sinon mieux que s'il était ton meilleur ami. Je veux savoir où il habite, quelle auto il conduit, s'il est marié, s'il a des enfants, ses loisirs, ses habitudes, sa relation avec notre client et sa femme, son rythme de vie, comment il est perçu par ses collègues de travail. Je veux que tu fouilles sa vie de fond en comble et que tu ne négliges rien, même ce que tu crois sans importance.

— Aurais-tu oublié que je reprends mes cours en septembre?

— Au travail, jeune fille! lui lance-t-il d'un ton faussement autoritaire.

— Je ne demande pas mieux. Seulement, j'aurais quelques questions à te poser avant de me lancer.

— Xavier se fera un plaisir d'y répondre. Ferme la porte en sortant, j'ai un rendez-vous dans cinq minutes.

Au lieu de s'offusquer d'avoir été évincée de manière plutôt cavalière, Julie se met à rire. Le fait qu'elle connaisse Léo depuis toujours lui facilite les choses. Son air sérieux et son franc-parler ne l'impressionnent pas une miette. Il est le même homme en affaires qu'en famille.

— C'est un vrai sac à blagues ! s'écrie-t-elle à l'intention de Monique, une fois la porte refermée.

— Contente de savoir que toi aussi tu le trouves drôle ! Alors, tu te plais ici ?

— Beaucoup ! Sincèrement, j'ignorais que le droit me passionnerait autant. Qui sait, peut-être que l'année prochaine on suivra les mêmes cours.

— J'adorerais ça. Si tu es libre ce midi, j'aimerais t'inviter à dîner. Juste nous deux. J'ai une demande spéciale à te faire.

— À ce midi, alors !

De retour au bureau qu'elle partage avec Xavier, Julie se laisse tomber sur sa chaise et pousse un soupir.

— Tu ferais mieux de te préparer parce que le grand patron m'a dit que tu répondrais à toutes mes questions dans le dossier de Renaud Lambert.

— Je t'écoute, lui dit-il en se reculant sur sa chaise.

Julie le bombarde de questions pendant plus d'une heure. Il se croirait presque en plein interrogatoire. Elle revient à la charge tant et aussi longtemps qu'elle n'obtient pas satisfaction.

— Merci ! Grâce à toi, je peux commencer mes recherches.

— Et moi, j'espère ne jamais avoir à t'affronter à la cour.

Elle baisse la tête sur son dossier et ne la relève qu'au moment où Xavier l'informe qu'il est midi. Elle lui souffle furtivement un baiser en lui faisant son plus beau sourire, l'avise qu'elle dîne avec Monique, attrape son sac à main et sort du bureau en quatrième vitesse. Elle salue discrètement celle qu'elle aime appeler grand-maman et monte dans l'ascenseur derrière elle. Ce n'est qu'une fois dehors qu'elle va la rejoindre. Si le fait d'avoir un lien de parenté avec Léo, Thomas et Monique lui sert la plupart du temps, il arrive que ça la mette mal à l'aise. Personne ne lui a encore fait de remarque désobligeante et c'est tant mieux. Si elle était à leur place, elle ne verrait pas d'un bon œil que le patron embauche sa petite-fille alors qu'elle ne possède aucune connaissance en droit. En même temps, elle dirait pour sa défense qu'elle apprend très vite et qu'elle y met tout son cœur. Si elle osait, elle ajouterait que, s'ils connaissaient son grand-père autant qu'elle, ils sauraient qu'il ne fait pas de cadeau. Si Léo l'a engagée, c'est parce qu'il y trouvait son compte.

— Aimes-tu la pizza ? lui demande Monique aussitôt qu'elles mettent un pied sur le trottoir.

— Je dirais que c'est mon mets préféré après le ragoût de boulettes de grand-papa Léo.

— Je reconnais qu'il est très bon. Le restaurant est deux rues plus bas sur la gauche. Je propose qu'on traverse au prochain feu de circulation.

Elles marchent d'un bon pas malgré la chaleur étouffante. C'est tout l'un ou tout l'autre, au Québec. Ou on crève de froid ou on meurt de chaleur. Quand l'humidité se met de la partie, ça devient très vite insupportable.

— Je ne sais pas pour toi, dit Monique en s'essuyant le front pour la troisième fois, mais j'aimerais manger au frais.

— Moi aussi. J'ignore si c'est parce que je travaille à l'air conditionné, mais, je ne te mens pas, je supporte de moins en moins la chaleur humide. Comme si ce n'était pas assez, je dors dans un four. Chaud en hiver et chaud en été. Papa m'a acheté un deuxième ventilateur la semaine passée et, pour être honnête, ça n'a rien changé. Les deux brassent l'air, mais il est tellement chaud que je ne vois aucune différence. Maman l'a sommé de faire installer une unité de climatisation ou une piscine. Pour ma part, je préfère de loin la première option. Quand j'ai envie de piquer une tête, je traverse chez notre voisin de gauche. Il n'arrête pas de me répéter que ça ferait du bien à son eau de se faire brasser un peu. Il a offert à papa de la lui vendre, sans succès, bien sûr. Remarque que je le comprends, avec le chalet, on a toute l'eau qu'on veut à la condition d'y aller. Pour ma part, ce sera beau si j'y vais trois fois cet été. Conséquence : j'ai chaud.

Julie arrête de parler pendant quelques secondes sous l'œil amusé de Monique. Il suffit parfois d'un seul commentaire pour la lancer.

— Je suis désolée, confesse-t-elle, je suis un vrai moulin à paroles lorsqu'un sujet m'interpelle, comme la chaleur humide, par exemple. Si ça peut te rassurer, je sais aussi tenir ma langue. En tout cas, au bureau, je suis muette comme une carpe à moins qu'on sollicite mon avis ou que j'aie à débattre un point que je trouve important.

— Tu n'as pas besoin de te défendre, on est entre nous et j'adore t'écouter parler de climatisation avec la même fougue que tu as démontrée pour convaincre ton grand-père de l'importance de ta découverte. Promets-moi de ne rien changer à ce que tu es. Les gens intègres ne courent plus les rues de nos jours et, pourtant, sans eux le monde s'en va directement dans le mur. *All dressed* ou seulement sauce tomate et fromage ?

— *All dressed*, voyons, et avec des frites !

Monique fait signe au serveur et lui dicte leur commande.

— Avant qu'on reçoive notre pizza, j'aimerais te parler de ma demande spéciale. Je veux te commander un portrait de ton grand-père et de moi. Ça peut avoir l'air prétentieux, mais j'aimerais avoir autre chose que des photos. Pour tout te dire, j'ai déjà choisi le mur auquel je l'accrocherais dans notre nouvelle maison. Peut-être que tu pourrais aussi faire le portrait d'autres membres de la famille. Et pourquoi pas ceux des petits-enfants ? On a la chance d'avoir une excellente portraitiste dans nos rangs, alors aussi bien en profiter. Je te les paierais au prix que tu les vends en galerie. Je t'ai apporté une photo, au cas où tu accepterais…

Elle ouvre son sac à main et saisit le cliché qu'elle a choisi avec soin parmi tous ceux de son album photo de mariage. Elle le tend à Julie.

— Je serais ravie de faire votre portrait à une seule condition : que tu m'accordes jusqu'en décembre. Disons que j'ai un peu de broue dans le toupet ces temps-ci.

Un grand sourire s'affiche aussitôt sur les lèvres de Monique. Elle est soulagée. Acheter un cadeau à Léo fait partie des plus grands défis de sa vie. D'abord, il préfère en offrir que d'en recevoir et, ensuite, en plus de ne pas vouloir donner des suggestions, il n'est pas du genre à apprécier les babioles. Il aime les décors épurés. En résumé, le surprendre relève la plupart du temps du tour de force.

— Parfait ! Ça me laissera assez de temps pour le faire encadrer avant Noël. Ce sera le cadeau de ton grand-père. D'ailleurs, il faudrait que tu sois discrète parce que je veux lui faire une surprise.

— Aucun problème ! Pour le prix, laisse-moi vérifier avec la galerie où j'expose et je te reviens.

— Pas la peine, je l'ai déjà fait. Je doublerai le prix parce qu'il s'agit du portrait de deux personnes.

— Hors de question ! Ça demeure une seule œuvre pour moi.

— Je ne me battrai pas avec toi, Julie. Ou tu acceptes mon offre ou je m'adresserai à quelqu'un d'autre, ce que je trouverais dommage. Selon moi, tout travail mérite un salaire décent. Je te mets au défi de noter tes heures et on en reparlera. J'ai l'impression qu'en fin de compte tu gagnes des *peanuts*.

Julie lui sourit. Elle aimerait argumenter, sauf qu'elle ne voit pas ce qu'elle pourrait ajouter. Elle a pris soin de noter ses heures pour chacun de ses portraits et elle doit admettre que Monique a raison. Non seulement elle ne gagne pas le salaire minimum quand elle en vend un, mais elle n'empoche absolument rien quand ils restent exposés à la galerie. Au lieu de lui en parler – sa grand-mère serait capable d'augmenter la mise –, Julie décide de garder l'information pour elle.

— C'est d'accord, confirme-t-elle, j'accepte tes conditions.

— Prépare-toi à revoir ton prix à la hausse quand tu me le livreras.

# 19

Béatrice est aux anges depuis que Paul et elle ont quitté Montréal en direction de la Gaspésie. Il a finalement accepté de ne pas emprunter la transcanadienne ; ce n'est qu'à force d'insister qu'elle a fini par avoir gain de cause. C'est ainsi qu'ils traversent une foule de villages et qu'ils voient du pays au lieu de passer entre de grands champs et des forêts. Ils arrêtent plusieurs fois par jour tantôt pour visiter un jardin, tantôt pour échanger avec un sculpteur, tantôt pour admirer le fleuve. Ce dernier est présent à Montréal, sauf qu'à force de le regarder ils ont l'impression de ne plus le voir. Et puis, il est tellement beau par ici. Ils ont dormi à Rivière-du-Loup le premier soir, au motel Au vieux fanal, choisi par Béatrice pour sa vue imprenable sur le fleuve. Elle a fait fi du préfini sur les murs et du tapis usé à la corde sur le plancher. Content de ce choix plus qu'abordable, Paul s'est abstenu de tout commentaire. Il a accepté de desserrer les cordons de sa bourse pour lui faire plaisir, mais il n'est pas bête au point de lui reprocher de ne pas avoir choisi le plus bel hôtel de la ville, ni le plus cher par la même occasion.

Béatrice se félicite d'avoir pris avec elle uniquement ses plus beaux vêtements. Elle a l'impression de jouer à la riche par moments et ça lui plaît. Elle adore manger au restaurant, ça la change de cuisiner. Elle a passé sa vie à servir tout le monde. Bien sûr, elle le fait moins depuis que les enfants ont quitté la maison, mais elle le fait encore pour Paul. Le pauvre homme, il ne se fait même pas cuire un œuf. Comme elle dit à la blague, elle n'a rien fait pour l'aider à devenir autonome. Au contraire ! Elle l'a toujours servi sans se poser la moindre question. Ses parents l'ont tellement bien endoctrinée qu'elle a encore du mal à se défaire de cette mauvaise habitude. Elle comprend le principe de base. L'homme qui exige que sa femme reste à la maison pour élever ses enfants est en droit de s'attendre à ce que ses repas soient prêts, que son linge soit lavé, que sa demeure brille comme un sou neuf et, avec un peu de chance, que la cour et la galerie soient déneigées par jour de tempête afin qu'il n'ait pas à toucher à sa pelle. Du temps où elle était mère au foyer, Béatrice avait l'habitude de clamer haut et fort que chez elle le travail était féminin puisqu'elle faisait tout. Même la peinture et les menues corvées. Les jours qu'elle fait du bénévolat à l'hôpital Sainte-Justine ou qu'elle travaille pour Sonia, elle se lève plus tôt, fait le lunch de son homme, dépose une pièce de viande et des légumes dans la mijoteuse pour que le souper soit prêt comme d'habitude.

Paul et elle sont attablés dans un petit restaurant dont la vitrine donne sur le fleuve. Il est si large ici qu'il s'en faudrait de peu pour qu'on se croie sur le bord de la mer puisqu'on ne voit pas l'autre rive. Son seul défaut : son eau est aussi glaciale qu'à Montréal. Les enfants s'y baignent à cœur joie alors que leurs parents se contentent de les surveiller à distance.

— Tu devrais aller pêcher, lance Béatrice sans lever les yeux du gros bateau qui file en direction de Québec. Je suis certaine que ça te plairait.

— Je préfère passer mon tour, répond Paul, le cœur me tourne juste à en entendre parler. Vas-y, toi ! Tu as toujours aimé la pêche et, contrairement à moi, tu as le pied marin. J'en profiterai pour me reposer, je n'ai pas très bien dormi la nuit passée.

Les paroles de Gabriel concernant Paul reviennent d'un coup à la mémoire de Béatrice. « Sans vouloir t'alarmer, lui a-t-il dit la veille de leur départ, je trouve que papa en a perdu depuis quelques mois. Il travaille moins vite et il n'arrête pas de chercher ses outils. »

Elle pose la main sur le bras de son mari et lui sourit. Elle se demande si elle a bien fait de l'entraîner dans un tel voyage. Il a les traits tirés et il n'est pas aussi alerte que d'habitude.

— Même si je voulais, je n'ai rien apporté pour aller sur l'eau.

— Moi oui. Je me doutais bien que l'envie te prendrait une fois qu'on serait sur le bord de l'eau. J'ai tout prévu, c'est dans le coffre de l'auto.

Le geste de Paul la touche. Elle se lève et l'embrasse sur la joue.

— J'y pense, dit-elle en retournant s'asseoir à sa place, tu ne vas quand même pas t'étendre à même le sable.

— Aucun danger ! Commence par te trouver un pêcheur qui acceptera de t'emmener et, après, on n'aura qu'à choisir un nouveau motel, ou mieux, un hôtel. On mérite bien de se gâter un peu !

Cette fois, les larmes montent aux yeux de Béatrice. Elle s'efforce de sourire et secoue ensuite la tête de côté dans l'espoir de chasser les paroles de Gabriel. Elle n'est pas partie en vacances pour s'inquiéter de ce qui pourrait arriver, mais pour changer d'air, voir du pays et se rapprocher un peu plus de Paul. Elle ira pêcher, son mari travaille fort toute l'année et il a le droit de se reposer.

— Viendras-tu avec moi au quai après le déjeuner ? lui demande-t-elle d'un ton léger.

— Tu ne crois quand même pas que je vais te laisser partir avec n'importe qui ? On ira après mon deuxième café.

Béatrice monte à bord du bateau de pêche à dix heures. Il y a, en plus du capitaine, une femme et deux hommes. Ils se présentent à elle à tour de rôle. Ils ont tous l'air très gentils. Elle est tellement contente qu'elle rit pour rien. Ils seront de retour au quai vers quatre heures. Au bout du compte, ça laissera amplement le temps à Paul de se reposer. Elle lui envoie la main alors qu'il n'est plus qu'une minuscule silhouette. Lui a-t-il rendu sa salutation ou c'est quelqu'un d'autre qui l'a fait ? Elle ne saurait le dire. Dès lors, elle oublie tout et se concentre sur son escapade en mer. Quand elle était gamine, son grand-père paternel venait souvent la chercher pour aller pêcher. Il l'emmenait sur le bord de la rivière à la sortie du village. Ils revenaient bredouilles la plupart du temps, mais ça ne la dérangeait pas. Elle aimait lancer sa ligne à l'eau encore et encore et ne perdait jamais espoir que ça morde. Lorsque c'était le cas, elle dansait sur place sous le regard amusé de son aïeul. Sa carrière de pêcheuse avertie a brusquement pris fin le jour de son mariage. Elle tente sa chance quand elle va au chalet de ses fils et de Léo. Disons qu'elle en est encore à se demander si le lac n'a pas été vidé de tous ses poissons. Aux dires de Charles, leur voisin de droite prend son quota chaque fois qu'il met sa ligne à l'eau. Il faudra qu'elle en soit témoin pour le croire. Il ne serait pas le premier pêcheur à prendre ses rêves pour des réalités.

Béatrice a tout aimé de sa journée, absolument tout. Même le sandwich au jambon qu'elle a acheté à l'épicerie avant de partir alors qu'elle l'aurait jeté à la poubelle dès la première bouchée si elle n'avait pas été au beau milieu du fleuve. Tous s'entendent pour dire que la pêche a été miraculeuse. Vu que tous les passagers sont hébergés à l'hôtel, le capitaine offre de leur échanger leurs prises contre un morceau d'esturgeon fumé et un pot de bourgots dans la saumure. Devant l'air dépité de ses clients, il accepte finalement de leur faire cuire un filet du poisson de leur choix. Il leur donne rendez-vous dans une heure. Ça lui laissera le temps de préparer des frites pour accompagner leur poisson. Alors que les trois autres demandent s'ils peuvent emmener leur conjoint ou conjointe, Béatrice annonce qu'elle viendra seule. En plus de détester la pêche, Paul a horreur de tous les produits qui en découlent. Elle n'a pas envie de l'obliger à l'accompagner. Le connaissant, il la priera d'y aller seule. Elle part en direction de l'hôtel avec son trésor sous le bras et se met à fredonner une vieille chanson que lui chantait son grand-père.

*Partons, la mer est belle ;*
*Embarquons-nous, pêcheurs.*
*Guidons notre nacelle,*
*Ramons avec ardeur.*
*Aux mâts hissons les voiles,*
*Le ciel est pur et beau ;*
*Je vois briller l'étoile*
*Qui guide les matelots !*

Elle ouvre doucement la porte de leur chambre. Il fait noir comme en pleine nuit, Paul a tiré les rideaux. Il dort à poings fermés, même qu'il ronfle, elle l'entendait du couloir. Elle marche sur la pointe des pieds comme si ses pas sur le tapis à poil long pouvaient le tirer des bras de Morphée. Son cher mari n'a pas son pareil pour troubler son sommeil. Bien que tentée de le réveiller comme elle le fait lorsqu'il l'empêche de dormir, elle décide de le laisser filer pour une fois, d'autant qu'elle ne fait que passer. Elle fouille dans sa valise, en sort des vêtements propres et va prendre une douche. Elle en a bien besoin : pour se rafraîchir et pour changer d'odeur. Elle a l'impression de s'être parfumée à l'huile de poisson. Elle laisse couler l'eau sur son dos pendant de longues minutes en fredonnant la même chanson. Elle l'a tellement chantée à ses enfants pour les endormir, et à ses petits-enfants aussi. Perdue dans ses pensées, elle sursaute lorsque le rideau de la douche s'ouvre sur Paul.

— Maudit fou ! s'écrie-t-elle. Des plans pour que je fasse une crise cardiaque !

— Est-ce que je peux me joindre à toi ? lui demande-t-il d'une voix mielleuse.

— Viens avant que je change d'idée.

C'est sûrement la plus longue douche qu'ils ont prise depuis le jour de leur mariage, et la plus chaude aussi, dans tous les sens du mot. Il y a tellement de buée dans la salle de bain que Béatrice attrape ses vêtements avant qu'ils soient complètement détrempés. Elle les dépose sur le dossier d'une chaise, elle ferait mieux de se sécher avant de les enfiler. C'est alors que l'heure indiquée sur le réveille-matin lui saute aux yeux. Elle a juste le temps de s'habiller si elle ne veut pas être en retard à son rendez-vous. Elle retourne dans la salle de bain et annonce le plan de match à Paul. Comme elle l'avait prévu, il décline son offre de partager sa pitance et lui dit de partir en paix. Il la rejoindra à la poissonnerie. Elle l'embrasse sur la bouche avant de refermer la porte. Elle s'habille en vitesse et se lèche les babines à l'idée de manger un filet de morue fraîche grillé par un pêcheur d'expérience.

***

Charles a dit à son employé qu'il irait chercher son chien en revenant du chalet. Il l'a aussi dit à Diane, sauf qu'elle voit bien que ça le fatigue. Alors qu'ils sont en train de déjeuner tranquilles – FX et Florence sont partis se promener en pédalo après avoir avalé un bol de céréales en quatrième vitesse –, elle le regarde avec de grands yeux et lui déclare :

— À bien y penser, ce ne serait peut-être pas une mauvaise idée si tu allais chercher ton chien aujourd'hui.

— Le penses-tu vraiment ? lui demande-t-il en fronçant les sourcils.

— Oui ! Vous auriez le temps de faire connaissance.

L'idée emballe Charles. Il est sur le point d'adopter un chien et ça le rend aussi nerveux que si c'était un enfant.

— Je te rappelle qu'on a prévu encore trois sorties avec les jeunes, lui dit-il. Je ne suis pas certain qu'on va pouvoir l'emmener partout. N'oublie pas non plus que FX et Florence ne m'ont pas encore pardonné de m'acheter un chien, « usagé » en plus.

— C'est leur problème, pas le tien. Je refuse de me laisser mener par le bout du nez par deux petits morveux.

— Tant qu'à ça, tu as bien raison. On ferait peut-être mieux de ne pas le laisser seul les premiers jours sans savoir comment il va se comporter.

— Il me semblait que tu m'avais dit que ton employé le mettait dans sa cage quand il sortait.

— Tu me fais penser qu'il m'a offert de me la donner. Je vais aller l'appeler au village et s'il est disponible j'irai aujourd'hui. Merci, Diane ! Tu ne peux pas savoir à quel point j'ai hâte de l'avoir. Je suis tellement énervé que j'ai l'impression d'être retombé en enfance. Penses-tu que les enfants vont…

— Arrête de t'en faire pour eux ! Je te gage un vingt que tu vas perdre ton chien à la seconde où tu vas le faire descendre de l'auto. Ça ne m'étonnerait même pas qu'ils décident d'annuler l'activité qu'ils ont choisie parce qu'ils ne peuvent pas l'emmener. Tu sauras me le dire !

— J'y vais.

Charles va chercher ses clés. Il embrasse Diane en passant et court jusqu'à son auto. Plus vite il appellera son employé, plus vite il sera fixé.

— Je reviens dans quelques minutes pour te dire ce qu'il en est.

Diane regarde la table et, au lieu de ramasser la vaisselle sale du déjeuner, elle va se faire un autre café et se rassoit. Ça lui fait du bien de se poser un peu, surtout qu'elle a réussi à terminer son tableau avant de partir. Il lui restera seulement à le signer, à moins bien sûr qu'elle ne soit pas satisfaite du résultat. Elle sourit. Elle doute toujours quand elle vient d'en finir un. Elle en a parlé à Raphaël l'autre jour et il lui a dit que c'était normal.

— Se remettre en question est la clé pour s'améliorer. En revanche, il ne faut pas tomber dans le piège de l'éternelle insatisfaction. Puisque la perfection n'est pas de ce monde, il faut savoir s'arrêter. Un tableau n'est jamais vraiment terminé, mais il vient un moment où il faut le laisser aller. La question à se poser est celle-ci : « Est-ce que je souhaite passer le reste de mes jours à le peaufiner et crever de faim ou je veux donner la chance à quelqu'un de l'acheter ou de le regarder dans une galerie ? »

La poser, c'est y répondre. Elle savoure son café à petites gorgées. Il lui reste seulement un tableau à peindre pour terminer sa collection en cours, livrable à la fin octobre. Elle n'a pas encore trouvé le titre, ce qui est plutôt normal dans son cas puisqu'elle a horreur de se projeter dans le futur. Comme chaque fois qu'elle termine une série, elle vit une période de flottement dont la durée varie. Il s'est écoulé pas moins de trois mois entre la précédente et celle en cours. Disons qu'elle commençait à désespérer de trouver l'idée du siècle. En même temps, l'insécurité fait partie de son art au même titre que le doute. Il y a des moments où tout coule de source alors qu'à d'autres elle a l'impression de tirer sur tout ce qui s'apparente de près ou de loin à ce que plusieurs appellent l'inspiration. La dernière fois, même les remèdes miracles de Josée ne sont pas venus à bout de son absence de vision.

— Salut, maman ! s'écrie Florence. Est-ce que je pourrais me faire des œufs ?

— Il me semblait que tu avais déjeuné.

— Oui, mais j'ai encore faim.

— Moi aussi, renchérit FX. Je m'occupe des *toasts* et toi des œufs. Où est papa ?

— Il est allé au village.

Léo a insisté pour faire installer le téléphone, mais les deux frères ont tenu leur bout. Ils ne veulent pas se faire achaler quand ils sont ici. Ils ne veulent pas non plus que les gens s'invitent. Le jour où ils ont signé le contrat chez le notaire, ils ont convenu de choisir les personnes à qui ils confieront le nom du village où se trouve leur chalet. Léo a fait valoir que c'est imprudent de ne pas être joignables, ce à quoi Charles et Gabriel ont riposté qu'avant les gens vivaient très bien sans le téléphone. Ils ont aussi ajouté qu'ils pouvaient racheter sa part s'il le souhaitait. Ils n'ont pas acquis un chalet pour reproduire la vie qu'ils mènent en ville, ça non. Secoué, Léo a fini par se rallier à leur avis. Il aime bien trop la place pour l'abandonner.

— Vous pouvez vous faire à manger à une condition : vous laverez toute la vaisselle que vous salirez et celle qui est sur la table aussi.

— Ce n'est pas juste, s'indigne Florence. Il y a seulement deux bols, deux cuillères et deux verres qui nous appartiennent.

— Si tu veux jouer à ce jeu-là, ma belle, j'aime autant te dire que tu vas perdre. Moi aussi, je suis en vacances.

— Ne t'inquiète pas, maman, avance FX en foudroyant sa sœur du regard, je vais m'en occuper.

Il va ensuite se placer à deux pouces du nez de Florence et lui demande d'un ton autoritaire en la fixant dans les yeux :

— Tu laves ou tu essuies ?

La question de son frère ne lui fait ni chaud ni froid. Histoire de le narguer, elle incline la tête de côté et lui fait un petit sourire en coin.

— Eh bien, tu essuieras !

Il ramasse la vaisselle sur la table et la met dans l'évier. Il retire la nappe, va la secouer dehors et se met ensuite au travail. Les *toasts* attendront. Il n'y a pas à dire, FX est de bien meilleure humeur que Florence ce matin. Au lieu de se demander quelle mouche l'a encore piquée, Diane lève les yeux au ciel. Au fond, elle n'a pas envie de le savoir. Elle l'évitera, c'est tout. Elle va chercher son roman et, au moment où elle allait l'ouvrir à la page marquée par un signet, Charles fait son entrée dans le chalet.

— Il m'attend après sa journée de travail, lance-t-il avant que la porte moustiquaire n'ait eu le temps de se fermer. Il a trouvé que c'était une bonne idée de le prendre pendant que je suis en vacances.

— Ne compte pas sur moi pour aller le faire marcher, l'avise Florence d'un ton sec.

— La prochaine fois que tu me parles sur ce ton, s'écrie Charles, je te mets en punition dans ta chambre pour le reste de la journée ! Et ne lève pas les yeux au ciel.

Il inspire à fond. Cette enfant a le don de le faire grimper dans les rideaux.

— Pour le chien, tu viens de me confirmer que j'ai pris la bonne décision. Va aider ton frère.

Florence soupire un bon coup et se traîne les pieds jusqu'à l'évier. Elle prend une tasse et commence à l'essuyer sans se presser. À cette vitesse, elle en aura jusqu'au souper.

— Est-ce que je pourrais aller chercher le chien avec toi ? lui demande FX.

— Traître ! lui crie Florence.

— Dans ta chambre, et ça presse. Et ne t'avise surtout pas d'en sortir avant que je sois revenu de Montréal. Quant à toi, FX, je serais très content que tu viennes avec moi. On partira vers trois heures.

— Merci, papa !

Contre toute attente, Charles attrape le linge à vaisselle et commence à essuyer ce qui trône sur l'égouttoir.

— Peux-tu m'expliquer pourquoi ta sœur est aussi poison ? demande-t-il à FX.

— Facile à comprendre. On est allés rendre une petite visite à M. Chartrand, elle voulait savoir si elle pouvait faire du ski nautique cette semaine. Il lui a répondu gentiment qu'il aurait beaucoup aimé, mais qu'il doit retourner en ville cet après-midi et qu'il ne compte pas revenir avant une dizaine de jours. Tu la connais, elle n'a pas apprécié sa réponse et c'est pour ça qu'elle est aussi chiante.

— Je ne te le fais pas dire.

— Ne soyez pas aussi méchants avec ma petite fille, plaide Diane en venant porter sa tasse à FX, quoique… J'aurais plutôt utilisé des mots comme « pénible », « suante », « gonflante » et peut-être même « emmerdante » pour qualifier son caractère de cochon. Elle ferait mieux de filer doux pendant que vous serez partis parce qu'elle va avoir affaire à moi. À plus tard, je vais lire dans la balançoire.

Le père et le fils finissent la vaisselle en silence. Charles réalise à peine qu'il est en train de vivre une journée très spéciale, tous n'ont pas la chance de concrétiser ne serait-ce qu'un de leurs rêves. Dans quelques heures, il sera l'heureux propriétaire d'un grand blond au pelage aussi doux que de la soie. Il l'a aimé en le voyant et, sans vouloir paraître prétentieux, la bête est venue naturellement vers lui, ce qui a fait dire à son employé qu'ils sont faits l'un pour l'autre. S'il pouvait faire avancer les aiguilles de l'horloge, il le ferait sans hésiter. Il lui tarde de le revoir. De son côté, FX apprécie ce moment en tête à tête avec son père. Ils sont si rares depuis que Florence est là.

— Pourquoi as-tu changé d'idée pour mon chien ? lui demande Charles.

— Parce que j'ai fini par comprendre que tu as raison de l'avoir acheté pour toi. En fait, c'est Florence qui m'a convaincu malgré elle. Tu te rappelles à quel point elle nous cassait les oreilles avec son chat et combien elle était contente que les grands-parents l'adoptent ? Sais-tu combien de fois elle est allée le voir depuis ?

— Aucune idée.

— Une seule fois. Ce matin, je lui ai demandé si elle s'ennuyait de lui. « Pas depuis qu'il est chez les grands-parents », qu'elle m'a répondu sans hésiter. Un plus un, ça fait deux. J'imagine qu'elle se serait comportée exactement de la même façon avec un chien. Tu as bien fait, papa, on n'est pas assez responsables pour s'occuper d'un animal.

Charles lui ébouriffe les cheveux. Il est une des rares personnes qui peuvent poser ce geste sans que FX rouspète, même que ça le fait rire.

— Que dirais-tu si on partait tout de suite ? J'en profiterais pour aller magasiner des bâtons de golf et un sac… Est-ce que cela te dérangerait ?

— Au contraire ! Accorde-moi cinq minutes pour aller me changer de short et je suis prêt à partir.

Les occasions de passer du temps seul avec son père se font rares lorsqu'ils sont en ville… FX se croise les doigts pour que ça change maintenant que son père a laissé tomber le baseball, le hockey et la glace. Il espère qu'ils garderont au moins l'habitude d'aller se lancer la balle en famille. Il a été très surpris d'apprendre la nouvelle, d'autant plus qu'il pensait que Charles était vraiment passionné par les sports. Et par le froid. On ne prend pas la glace du quartier en charge si on n'en retire aucun plaisir.

— À bien y penser, lance FX en revenant sur ses pas, je n'ai pas envie de donner l'occasion à Florence de me tomber dessus parce que je ne fais pas ce qu'elle veut. Je suis prêt… à moins que tu ne me trouves pas assez chic.

— Aucun problème pour moi.

Ils vont avertir Diane du changement de programme.

— Pensais-tu vraiment que je n'allais pas remarquer que tu portes ton plus vieux short ? Tu as l'air d'un sans-abri. Va te changer !

— Je t'en supplie, maman, je ne veux pas que Florence s'en prenne à moi.

— Tu n'as qu'à me dire quel short tu veux et je vais aller te le chercher.

— Le bleu foncé avec mon t-shirt blanc ?

— Suis-moi !

— Promets-moi de ne pas partir sans moi, papa !

Charles lève son pouce droit dans les airs et lui sourit.

# 20

Martine a tenu promesse, elle l'a invitée à souper chez elle malgré un horaire encore plus chargé que le sien. Julie l'a avertie de ne pas l'attendre avant cinq heures et demie. Elle a quitté le bureau à cinq heures, même si elle est censée finir à quatre heures. Le premier jour qu'elle a fait ça, Léo lui a rappelé que son heure supplémentaire ne lui serait pas payée, ce à quoi elle a répondu qu'elle le fait uniquement parce qu'elle en a envie, et non pour l'argent. Alors qu'elle allait prendre congé, il s'est levé, a fait le tour de son bureau, l'a embrassée sur la joue et lui a tapé un clin d'œil. Elle adore son grand-père.

La voilà enfin chez Martine. Elle sonne et prie pour que sa sœur ait au moins un ventilateur parce que sinon elles vont mourir de chaleur. Déjà que de grosses gouttes de sueur perlent sur son front rien qu'à grimper l'escalier pour se rendre au troisième étage. Elle n'ose pas imaginer ce que c'est quand Martine arrive de l'épicerie et qu'elle doit monter ses sacs en deux fois. Elle se promet de regarder seulement les rez-de-chaussée le jour où elle voudra s'en aller en appartement. Elle n'est pas pressée pour le moment. Xavier en a déjà un et elle dispose d'une grande chambre à la maison de ses parents, ce qui lui convient très bien. Elle commence à trouver le temps drôlement long. Elle sonne de nouveau et tape du pied. Toujours pas de réponse. En désespoir de cause, elle s'assoit sur la première marche et, surprise, elle aperçoit Martine sur le trottoir d'en face. Au lieu de descendre l'aider – elle porte deux gros sacs –, Julie se contente de lui envoyer la main. Pas question qu'elle remonte cet escalier une deuxième fois.

— Salut, ma sœur ! s'écrie Martine une fois sur le palier. Excuse-moi, j'étais en train de préparer le souper quand je me suis aperçu que je n'avais plus de tomate ni de concombre. Il fait tellement chaud dans l'appartement que j'ai décidé de ne pas cuisiner. Tu sais ce que c'est, je suis rentrée à l'épicerie pour deux choses et je suis ressortie avec deux gros sacs. J'ai même acheté ta crème glacée préférée. Entre !

— Oh ! mon Dieu ! s'écrie Julie dès qu'elle met un pied dans l'appartement. C'est encore plus chaud que dans mon grenier.

— Au moins deux fois plus, si ce n'est pas trois, confirme Martine, et le ventilateur a rendu l'âme ce matin. On ira s'asseoir sur la galerie d'en arrière pour manger notre salade, elle est à l'ombre à cette heure. Une chance que je travaille à l'air conditionné, ça me repose. Prendrais-tu une bière froide ?

— Merci ! Je vais plutôt boire un grand verre d'eau avec des glaçons. En as-tu ?

— Deux bacs pleins. Sers-toi pendant que je range mes achats. Tu as l'air en forme !

— Je n'ai aucune raison de ne pas l'être. J'ai un amoureux en or et deux emplois que j'adore. Je ne vois pas ce que je pourrais demander de mieux. Et toi ? Es-tu enceinte ?

Martine se sent blêmir. Julie a toujours eu un sixième sens. Vu qu'elle n'est sûre de rien, elle lui répond d'une voix qu'elle veut neutre :

— Est-ce que j'ai l'air d'avoir le temps de faire un bébé ?

— À ta place, j'irais m'acheter un test de grossesse. Tu n'es pas comme d'habitude.

Pour une fois, Julie ne s'attarde pas sur la question.

— Veux-tu que je te sorte une bière ? lui offre Julie après avoir calé la moitié de son verre d'eau d'une traite.

— Je vais plutôt prendre la même chose que toi.

— J'attends toujours que tu me dises comment tu vas.

— Très bien. Je cours après mon souffle ces temps-ci, mais je n'ai aucune raison de me plaindre. Je photocopie des notes de cours à longueur de journée pour la prochaine année. Ce n'est pas très palpitant, mais ça paie bien. J'ai deux répétitions par semaine avec les gars et je cherche désespérément une chanson pour le prochain concours. Ah oui, j'oubliais ! Je croise David de temps en temps, il travaille de dix à dix. Il paraît que ça fait durer les unions.

Martine lui fait signe de la suivre. Il fera chaud, mais au moins elles n'auront pas le soleil en pleine face comme sur la galerie d'en avant. Elles prennent place sur les chaises de parterre qui sont là en permanence.

— Blague à part, poursuit Martine, je suis tellement occupée que je ne vois pas le temps passer.

— Et ta belle-mère ?

— Moins je la vois, mieux je me porte. David a enfin compris qu'elle n'est pas la bienvenue ici. Depuis un bout de temps, il va dîner avec elle une fois par semaine. Quand elle appelle, je me contente du plus court. Tu devrais me voir, j'ai toujours une excuse dans ma manche pour raccrocher au plus sacrant.

— Il me semblait qu'elle s'était excusée.

— Elle l'a fait, mais rien ne pourra effacer son comportement.

— Je te plains, ma sœur. Imagine-toi le jour où vous aurez des enfants. Pourquoi tu ne vas pas t'asseoir avec elle ?

— Pourquoi je le ferais ? Pour lui dire que je ne lui pardonnerai jamais d'avoir saboté mon plaisir d'aller habiter avec mon *chum* ? C'est trop grave pour que je passe l'éponge.

Julie secoue la tête de côté. Martine a changé et ce n'est pas pour le mieux. Elle est aigrie. N'importe qui le serait à moins, elle en convient. Seulement, sa belle-mère ne risque pas de disparaître. Rien ne l'oblige à l'aimer, mais elle devrait au moins la respecter, parce que c'est la mère de son amoureux et que jamais il n'arrêtera de la voir.

— Il vaudrait mieux qu'on change de sujet, annonce Martine. J'aimerais faire plus, mais j'en suis incapable. Sa seule vue me donne des boutons. À ta santé, ma sœur !

Julie lui sourit en levant son verre. Elle n'a jamais été capable d'être en brouille avec Martine plus d'une minute à la fois. Elles étaient comme les deux doigts de la main, et ce, malgré leurs divergences d'opinions, parce qu'elles en avaient à la tonne. Le temps où elles s'amusaient à se faire passer pour des jumelles lui manque parfois et, par-dessus tout, elle s'ennuie de sa grande sœur. Elles ont chacune leur vie maintenant et il devient de plus en plus difficile d'accorder leurs agendas. Elles ont commencé à se perdre le jour où Martine est entrée au cégep et ça n'a jamais cessé. Elle en sait de moins en moins sur sa vie.

— Quand je t'ai appelée pour t'inviter à souper, tu m'as dit que tu voulais me parler de quelque chose.

— Jérémy m'a écrit au début du mois. Tu n'en reviendras pas.

Julie lui fait un résumé de ce qui s'est passé entre le moment où elle a lu la lettre de son ex-petit ami et son dîner au restaurant avec leur mère.

— Tu m'étonnes ! lance Martine. J'aurais juré que tu reprendrais avec lui s'il te le demandait.

— C'était avant que je rencontre Xavier. Pour être franche, même si j'étais encore célibataire, je ne retournerais pas avec lui. Le coup de l'aéroport lui a fait perdre beaucoup trop de points. Je reconnais que j'en ai trop fait et je reconnais aussi qu'il aurait pu agir différemment. Il s'est mal conduit avec moi et je suis passée à autre chose.

— Es-tu encore fâchée contre lui ?

— Mettons que sa lettre m'a plongée dans une colère magistrale. Heureusement, ma rage est partie aussi vite qu'elle est venue, ce qui m'a fait dire que j'ai pris la bonne décision. Même seule, je n'ai plus d'avenir avec lui. En résumé, j'ai perdu toute confiance en lui.

— Toi, au moins, tu peux couper les ponts, ajoute Martine du bout des lèvres.

Les filles gardent le silence pendant quelques minutes. L'une comme l'autre, il leur tardait d'entrer dans le monde des adultes et, maintenant qu'elles y sont, elles paieraient cher pour pouvoir en sortir de temps en temps. Particulièrement lorsque quelque chose ou quelqu'un s'attaque à leur vie sentimentale.

— Je ne sais pas pour toi, s'exclame Martine, mais moi, je suis affamée. J'ai tout ce qu'il faut pour nous préparer chacune une grosse salade. Poulet, jambon ou thon ? Le poulet est cuit d'hier. Le jambon a été tranché il y a moins d'une heure. Le thon baigne dans son huile et ne demande pas mieux que de sortir de sa boîte de conserve. Alors ?

— Jambon, et toi?

— Je vais me laisser tenter par le thon. Suis-moi. Plus vite on travaillera, plus vite on pourra ressortir.

* * *

Thomas a la mort dans l'âme depuis qu'il a fait ses adieux à sa maîtresse. Il lui avait donné rendez-vous à l'endroit habituel. Aussitôt qu'il est entré dans la chambre, elle a tout de suite remarqué que quelque chose avait changé et elle l'a prié de parler. Elle n'a pas fait d'esclandre, elle savait que ça arriverait un jour. Ils n'ont pas fait l'amour, elle ne l'aurait pas supporté. Elle lui a confié qu'il lui manquerait. Il l'a embrassée sur la joue et il est parti. Il y aura bientôt deux semaines qu'il a fait ce qu'il croyait être le mieux et il l'a encore en travers de la gorge. Le plus difficile demeure de n'avoir personne à qui se confier. Il n'est pas assez proche de ses sœurs pour se livrer et encore moins de son frère, même s'il lui arrive de penser qu'il serait à même de le comprendre maintenant qu'il a défroqué. Jamais Thomas n'aurait cru que Réal aurait le courage non seulement de quitter la prêtrise et de partir avec la bonne, mais de lui faire un enfant. En même temps, il l'admire d'avoir osé changer de vie. Difficile à battre comme revirement. Il passe près d'en glisser un mot à son père lorsqu'il se retrouve dans son bureau. Chaque fois, quelque chose l'empêche de parler. Léo est au courant de ses aventures, sans plus, et c'est bien ainsi. Il regarde l'heure et attrape le dossier qui est sur le coin de son bureau. Il devra accélérer le pas s'il ne veut pas être en retard. Il salue Monique au passage et lui demande si son père est seul.

— Il t'attend.

Il frappe doucement et tourne la poignée avant que Léo l'autorise à entrer.

— J'ai apporté tout ce que j'ai sur le cas.

Léo lève la tête et lui sourit. Thomas s'efforce d'en faire autant, mais quelque chose lui dit que son père n'est pas dupe.

— Qu'est-ce qui ne va pas, mon garçon ?

Thomas se gratte la tête et soupire. Il n'est pas venu ici pour se plaindre, mais pour travailler. Il hausse les épaules comme il a l'habitude de le faire dès qu'il aborde un sujet important et personnel.

— J'ai… j'ai mis fin à une vieille relation avant de ne plus être capable de le faire et j'ai du mal à reprendre mes marques.

— Est-ce que tu l'aimais ?

— J'étais bien avec elle, répond-il en soupirant.

Difficile de nommer ce qu'on ressent lorsqu'on s'est toujours interdit d'avoir des sentiments pour quelqu'un d'autre que la mère de nos enfants. Léo le fixe avec une telle intensité qu'il n'a pas besoin de parler pour que Thomas comprenne que sa réponse ne le satisfait pas. Que pourrait-il ajouter ? Il l'ignore.

— Que comptes-tu faire, maintenant ? Te chercher une nouvelle maîtresse ou récupérer la place laissée vacante par ton frère ?

La dernière phrase de Léo lui tire un sourire malgré lui. Ils savent tous les deux que l'abstinence n'est pas faite pour lui.

— J'imagine que je vais finir par me remettre à chasser un jour ou l'autre.

— Lui as-tu demandé son avis ?

Thomas met quelques secondes avant de saisir le sens de la question de son père. Depuis quand réclame-t-on la permission d'une femme pour la laisser ?

— Je ne te dis pas le nombre de fois que j'ai tenté de mettre fin à ma relation avec Carole. Je culpabilisais de l'emprisonner dans le rôle de maîtresse. Chaque fois que je débarquais avec mes gros sabots, elle me servait un whisky et me demandait de l'écouter attentivement. Elle commençait toujours de la même manière : elle me rappelait ses sentiments à mon égard. Sentiments que je partageais. Ensuite, elle me demandait pourquoi je m'en faisais autant quand ce que je qualifiais de trop peu faisait son bonheur. Elle avait l'habitude de dire qu'elle recevait le meilleur des deux mondes. J'ai mis un temps fou à comprendre son point de vue. Alors que j'avais l'impression de ne rien lui offrir, elle se sentait comblée. Peut-être devrais-tu aller t'asseoir avec elle et lui parler franchement.

— Plus facile à dire qu'à faire. J'ai du mal à m'imaginer en train de lui demander si elle est à l'aise dans le rôle de maîtresse.

— À toi de voir si tu préfères partir à la recherche d'une nouvelle conquête ou continuer avec celle pour qui, visiblement, tu as des sentiments.

Un grand frisson court sur toute la colonne vertébrale de Thomas. C'est bien le dernier sujet dont il aurait discuté avec son père. En même temps, Léo est probablement le mieux placé pour le conseiller. Il est clair que la relation de Léo avec Hélène n'a rien de commun avec celle qu'il entretient avec sa femme. Mis à part peut-être le fait que les deux tolèrent les pas de côté de leur mari parce qu'elles en tirent profit.

— Je vais réfléchir à tout ça, promet Thomas au bout d'un moment. Maintenant, j'aimerais qu'on parle du fameux ami proche de la famille de Renaud. Julie n'a pas encore fait le tour de sa vie, mais je pense qu'on possède assez d'éléments pour croire qu'il a peut-être quelque chose à cacher.

— Je t'écoute.

***

*Chère Béatrice,*

*Il me tarde de te revoir. Suzan m'a dit que tu comptais venir à son mariage avec le beau docteur. Entre toi et moi, si j'avais vingt ans de moins, j'aurais tout fait pour attirer son attention. Comme ce n'est pas le cas, j'ai vite fait de chasser mes mauvaises pensées. Qui aurait cru que j'en aurais un jour? Certainement pas moi! Ça fait plus de quarante ans que je les refoule dès qu'elles osent se pointer le bout du nez. Ce que j'ai pu être bête de refuser l'amour alors que je l'avais sous mon toit! Rassure-toi, je ne te rebattrai pas les oreilles avec mes sentiments pour Léo. Je le voudrais que j'en serais incapable pour la bonne et unique raison que je lui ai retiré son statut de mari au moment où ma petite fille a quitté ce monde. Comme si j'avais besoin d'un coupable! Il y a des jours où le mot «monstre» est le seul que je trouve adéquat pour me qualifier.*

*Je suis triste que Suzan quitte Haïti. Ça peut paraître égoïste et ce l'est sûrement un peu parce que sans elle je ne vois pas pourquoi je resterais. C'est ainsi que je rentrerai à Montréal après le mariage. Tu sais quoi? J'adorerais revenir sur le même vol que toi. Tiens-moi au courant. Je me sens bizarre à la seule pensée de retourner au Québec. D'ailleurs, je suis incapable de te dire combien de temps j'y resterai. Suzan et son futur mari m'ont dit qu'ils m'accueilleraient à bras ouverts au Burkina Faso si jamais je décidais d'aller les rejoindre. Pour le moment, j'ignore si j'en ai envie. D'un autre côté, il vaudrait mieux que j'y réfléchisse avant de m'installer trop confortablement. Une chose est certaine, je ne recommencerai pas à faire du bénévolat à Sainte-Justine. C'est du passé. Remarque que je pourrais retourner m'installer à Haïti. Seul problème, ce ne sera plus pareil sans Suzan. Sa présence à elle seule m'a toujours donné envie de me dépasser. Je…*

Et ça continue sur deux pages encore. Si elle osait, Béatrice lui offrirait de l'héberger le temps qu'Hélène décide ce qu'elle va faire de sa vie. Elle est loin d'être certaine qu'elle accepterait.

Elles ont beau être amies, elles ne sont pas du même milieu. Béatrice aime la simplicité alors qu'Hélène a toujours vécu dans l'abondance. Avant et après son mariage. Même si elle a aplani ses exigences depuis qu'elle vit à Haïti, Béatrice craint qu'elle retombe dans ses pantoufles à la seconde où elle descendra de l'avion. Elle pourrait élire domicile chez un de ses enfants, sauf que ça semble peu probable, vu sa relation avec eux. À moins que Thomas tombe sous le charme de la femme qu'elle est devenue lorsqu'il la visitera en septembre. À suivre ! Par contre, connaissant Hélène, il y a fort à parier qu'elle va préférer être autonome et avoir son confort. Il faut la comprendre.

Elle trouve normal que son amie se questionne à savoir si elle se présentera ou pas au Burkina Faso. En ce qui la concerne, Béatrice relève déjà quelques contraintes qui risquent d'influencer sa propre décision. La première : le nombre d'heures d'avion pour s'y rendre. La deuxième : le prix du billet. Si elle prolongeait sa réflexion, elle en relèverait sûrement plusieurs autres. Elle est prête à épargner tout ce qu'elle gagnera en travaillant pour Sonia. Seul hic, elle doute d'avoir le temps d'économiser suffisamment. Déjà qu'elle a du mal à assumer le coût de son billet d'avion pour Haïti, aussi bien dire qu'elle ferait mieux de faire une croix là-dessus. Un autre mari lui offrirait de contribuer, mais pas Paul. Ils ont parlé de Suzan pendant leur voyage en Gaspésie et il lui a fait comprendre qu'il est prêt à la faire vivre, à payer leurs vacances et même à lui acheter un nouveau manteau de fourrure l'hiver prochain. Pour le reste, elle devra se débrouiller toute seule. Si elle s'était écoutée, Béatrice lui en aurait débité tout un chapitre sur le sujet. Étant donné ses nombreuses largesses pendant leurs vacances, elle a ravalé et s'est contentée de le remercier pour tout ce qu'il fait déjà pour elle. Si on lui avait dit qu'un jour elle devrait être redevable à son mari sous prétexte qu'il la fait vivre, elle aurait passé son tour pour le mariage. Fallait-il qu'elle soit bête pour croire que Paul et elle formaient une équipe ! La dernière fois qu'elle a vu Jeannine, elles se sont amusées à calculer combien un mari épargne d'argent quand il oblige sa femme à rester à la maison pour élever ses enfants. Elles n'en revenaient pas, tellement qu'elles ont vérifié leurs calculs par deux fois.

— Et après, s'est écriée Jeannine, il y a des gens qui osent dire qu'on ne travaille pas puisqu'on ne rapporte pas d'argent. Ils mériteraient qu'on envoie une lettre au *Journal de Montréal* pour leur montrer à quel point leurs femmes sont payantes.

— Ce sera probablement un coup d'épée dans l'eau, mais j'ai envie de le faire. Je propose qu'on dresse les grandes lignes chacune de notre côté et qu'on l'écrive la prochaine fois qu'on se verra.

— Bonne idée ! On se donne rendez-vous à ton retour de Gaspésie ?

— Marché conclu !

Béatrice n'en a soufflé mot à personne, elle s'est contentée de noter tout ce qu'elle croit important de mentionner dans leur lettre. Elle aurait lancé les chiffres au visage de Paul qu'il aurait trouvé le moyen de les contester. Il est de la vieille école et c'est pour la vie. Ou elle se débrouille pour trouver l'argent ou elle reste ici. À moins qu'elle se cherche un deuxième emploi… Comme elle s'est engagée à travailler quatre jours par semaine pour Sonia jusqu'aux fêtes et qu'elle garde la petite Rosalie tous les lundis, ça lui laisse peu de temps pour trouver un emploi intéressant et payant. Elle fronce les sourcils. Ce serait sûrement plus facile si elle avait des diplômes. Sans scolarité, elle a vite fait le tour de la question. En gros, elle peut travailler dans les magasins au salaire minimum. Elle le ferait si elle y était obligée, mais alors là vraiment obligée. Aussi bien se l'avouer, elle déteste servir les gens. Elle a envisagé de se remettre à faire des retouches sur les vêtements et les bas de pantalons. Si ce n'était pas du mal de dos qui vient avec, il y a longtemps qu'elle aurait repris du service. Il lui arrive parfois de se demander de quoi aurait l'air sa vie si elle était à la place de ses enfants. Elle voulait devenir hôtesse de l'air. Elle y rêve encore dès qu'elle voit un avion dans le ciel avant qu'il disparaisse derrière les nuages. Ses voyages à Haïti lui ont permis de vérifier de visu ce qu'elle manque. Si elle pouvait recommencer sa vie, elle se consacrerait corps et âme à la tâche jusqu'à l'obtention de son diplôme. Elle aurait adoré découvrir le monde, rencontrer les gens d'ailleurs, visiter les plus beaux endroits. Quitte à passer pour une égoïste de la pire espèce, elle aurait très bien pu vivre sans enfants. Elle ne l'a jamais crié sur les toits, elle se serait fait arracher la tête. Être mère lui a demandé beaucoup, parfois plus qu'elle était capable de donner. Elle peut dire sans chance de se tromper qu'elle est une bien meilleure grand-mère. Pourquoi ? Parce qu'à la seconde où ses petits-enfants s'en vont, elle retrouve sa liberté. Parce qu'elle les voit quand elle en a envie, point final.

Elle a adoré la Gaspésie, ses paysages grandioses, ses gens. Ils avaient prévu passer un seul jour à Percé. Il y avait tellement de brume à leur arrivée qu'ils ne voyaient pas à dix pieds. Ou ils restaient jusqu'au retour du soleil ou ils faisaient une croix sur le fameux rocher Percé. Alors que Paul était prêt à le sacrifier – il le voyait sur un dépliant touristique et ça lui suffisait –, Béatrice lui a dit qu'elle désirait non seulement le voir de ses yeux, mais aussi s'y rendre à pied à marée basse. Qui plus est, elle voulait voir les fous de Bassan et les oiseaux chanteurs sur l'île Bonaventure. Devant son entêtement, elle a haussé le ton d'un cran et lui a dit à deux pouces du nez qu'elle le ferait avec ou sans lui. Elle prendrait l'autobus pour retourner à Montréal s'il le fallait, à ses frais, il va sans dire. Devant tant de détermination, il a fini par abdiquer. Il a tellement apprécié tout ce qu'ils ont fait et vu quand la brume s'est levée qu'il l'a remerciée de lui avoir tenu tête. Il y a des jours où Béatrice en a assez de devoir se débattre comme un diable dans l'eau bénite pour tout et pour rien. Elle soupire le plus fort qu'elle peut. Dans ce temps-là, elle changerait volontiers de place avec Hélène. Existe-t-il des gens totalement heureux de leur sort ? Elle a toujours pensé qu'elle avait le bonheur facile, mais en vieillissant elle se rend compte qu'elle a forcé la note la plupart du temps. Ce n'est pas parce qu'on sourit que tout va bien. Qu'on se le dise, la vie ne fait pas de cadeau !

# 21

La seule qui n'a pas encore succombé au charme de Nougat, c'est Florence. Elle ne lui porte aucune attention. Charles a tout essayé pour l'amadouer lorsqu'ils étaient au chalet sans susciter le moindre intérêt de sa part. Mademoiselle boude. Chaque fois que la pauvre bête s'en approche, la fillette l'ignore totalement. Son attitude lui a valu et lui vaut encore des remontrances musclées de la part de FX.

— Et après, tu oses dire que tu voulais un chien. Tu ne le mérites pas ! Pas plus que ton chat, d'ailleurs. Si mes parents s'occupaient aussi peu de toi, tu serais la première à te plaindre et tu aurais raison. Faites ce que je dis, mais ne faites pas ce que je fais ! ajoute-t-il d'une voix haut perchée se rapprochant étrangement de celle de sa sœur. Il va falloir que tu en reviennes un jour. Tu n'es pas la reine d'Angleterre et on n'est pas tes sujets non plus. Tu ne peux pas toujours gagner.

— Laisse-moi tranquille ! réagit-elle sans lever les yeux.

— Pas avant que tu retrouves la raison. En attendant, tu vas me trouver sur ton chemin chaque fois que tu vas faire un pas de travers. Tu n'as pas le droit de bouder Nougat. Il est très gentil. Viens prendre l'air avec nous, ça va te faire du bien.

— Pour que tu me cries après ? Non merci ! Je vais plutôt aller voir grand-maman Béatrice.

— Tu tombes bien, c'est justement là qu'on va.

— Ah ! Pourquoi es-tu aussi méchant avec moi ?

Bien que la porte de son atelier soit fermée, Diane n'a pas perdu un mot de leur échange, et pour cause. Ils parlent avec tellement de conviction que leur ton monte continuellement d'un cran. Elle dépose son pinceau et fait sortir tout l'air de ses poumons. Une petite voix lui suggère de faire la morte alors qu'une autre lui souffle à l'oreille qu'une bonne mère irait mettre un peu d'ordre dans tout ça. Elle réfléchit pendant quelques secondes, lève les yeux au ciel et décide de se remettre au travail. Pourquoi aller manger des coups qu'elle ne mérite pas ? Florence est têtue comme une mule et FX ne lâche jamais le morceau. La seule chose qu'elle sait pour le moment, c'est qu'il est trop tôt pour présumer du gagnant. Elle croyait sincèrement que Florence changerait d'humeur quand ses grands-parents lui ont annoncé qu'ils avaient adopté Milkshake aux fraises. L'effet n'a pas duré. Elle désespère parfois de la comprendre un jour.

Elle fixe sa toile jusqu'au moment de rattraper le fil de son inspiration. Elle regarde les couleurs sur sa palette et trempe son pinceau dans l'orange pétant. Son tableau manque de vie. Elle en met ici et là et recule d'un pas pour admirer le résultat. Ce qu'elle voit lui plaît. Elle va ensuite s'asseoir dans son fauteuil et boit sa dernière gorgée de thé. Si elle ne craignait pas de tomber sur Florence, elle irait se préparer un grand pichet de thé glacé auquel elle ajouterait un bac complet de glaçons. Elle irait aussi chercher un ventilateur dans la chambre de Julie. À force de revenir à la charge auprès de Charles, Diane a fini par le convaincre de faire installer une unité de climatisation. Pas l'année prochaine, cette année. Il y aura bientôt une semaine qu'ils sont revenus du chalet et elle n'a encore entendu parler de rien. Elle s'essuie le front avec la débarbouillette humide qu'elle a déposée sur une soucoupe et lève les yeux au ciel. Elle voudrait bien le voir à sa place. Elle est là à souffrir le martyre pendant que monsieur passe ses journées au frais. Elle attrape sa tasse et sort de son atelier. On n'est jamais si bien servi que par soi-même. Elle va appeler les deux spécialistes que Léo et Monique lui ont suggérés et va prendre rendez-vous avec eux pour obtenir une soumission. Aucun doute, Charles lui laisse plus de responsabilités depuis qu'elle travaille à partir de la maison. Il faut dire qu'il est le premier à profiter de son nouveau statut. Les repas sont toujours prêts et la maison brille comme un sou neuf, mais ça n'a rien de nouveau puisque c'était déjà ainsi avant qu'elle se remette à la peinture. Elle se demande parfois comment il a fait pour supporter son désordre aussi longtemps. À bien y penser, ce n'est que le juste retour des choses. C'est pourquoi elle n'en fait pas tout un plat.

— Hé ! s'écrie Florence. Fais attention, tu as failli me piler sur le pied.

— Veux-tu bien me dire ce que tu fais par terre ? lui demande Diane d'un ton impatient. Qu'est-ce qui arrive avec toi, encore ?

Au lieu de lui répondre, Florence hausse les épaules et, comme le dit si bien FX, prend son air de bœuf.

— Je commence à en avoir assez de ta mauvaise humeur. Tu disposes d'exactement cinq minutes, le temps que je me prépare un grand pichet de thé glacé, pour t'accrocher un sourire dans la face. Dans le cas contraire, je t'envoie dans ta chambre jusqu'au retour de ton père.

— Tu sais bien qu'il fait trop chaud.

— Il t'en reste quatre.

Florence lui jette un regard meurtrier. Malheureusement pour elle, cela n'a aucun effet sur Diane. C'est maintenant que sa fille revient à de meilleures intentions ou alors elle passera le reste de ses vacances enfermée dans sa chambre. Son numéro de petit bourreau a assez duré.

— Trois, l'informe-t-elle en remplissant son pichet d'eau froide. Si c'est la guerre que tu veux, tu l'auras et j'aime autant t'avertir que j'ai l'intention de la gagner.

Diane sort sa grande cuillère de bois et brasse avec énergie pour faire fondre la poudre. Alors qu'elle donne l'impression d'être d'un calme olympien, elle bout par en dedans.

— Deux ! Tu commences sérieusement à jouer avec mes nerfs, jeune fille.

Florence se lève et court se jeter dans ses bras avant d'éclater en sanglots. Surprise, Diane met quelques secondes avant de la serrer contre elle. Si seulement son élan annonçait une trêve… Elle s'en veut de ne plus avoir foi en sa fille. Pour sa défense, elle dira que Florence a couru après. Pourvu bien sûr qu'une enfant de douze ans puisse être totalement responsable de ses actes. Sérieusement, la fillette n'est pas à prendre avec des pincettes cet été. Diane admet que le passage au secondaire doublé de l'entrée dans l'adolescence perturbe tous les jeunes, mais il y a quand même des limites. Ses trois plus vieux ont été des anges à côté d'elle.

Diane lui caresse le dos jusqu'à ce que sa fille arrête de pleurer. Elle prend une petite distance et la regarde dans les yeux.

— Et maintenant ? lui demande-t-elle.

— Ne m'oblige pas à aimer Nougat, c'est peine perdue.

— Hors de ma vue ! s'écrie Diane en pointant l'escalier de son index. File à ta chambre et que je ne te revoie pas avant le retour de ton père.

— Mais maman, il a dit qu'il irait frapper des balles après son travail.

— C'était à toi d'y penser avant. Allez, et plus vite que ça !

Le ton employé par sa mère est si sec que Florence obéit sans argumenter. Une fois seule, Diane se sert un grand verre de thé glacé et le boit d'une traite. Elle s'en verse ensuite un deuxième et met le pot au froid. Alors qu'elle s'apprête à sortir de la cuisine, la porte s'ouvre sur FX et Nougat.

— Salut, gros toutou, s'exclame-t-elle en voyant le labrador.

— Salut, maman ! As-tu remarqué que, depuis qu'on a un chien, c'est toujours lui qu'on salue en premier ?

La boutade de FX la fait sourire. Il est loin d'être parfait, mais il a bien meilleur caractère que sa sœur. D'ailleurs, Diane se demande comment il fait pour l'endurer ces temps-ci. Quand elle lui a posé la question, l'autre jour, il lui a dit qu'il ne fait rien de plus que son possible.

— Avant que j'oublie, grand-maman Béatrice aimerait que tu l'appelles ce soir.

— Comment va-t-elle ?

— Très bien. Elle m'a raconté son voyage en Gaspésie. Est-ce qu'on va pouvoir y aller un jour, nous aussi ?

— J'imagine que oui.

— Sais-tu où est Florence ?

— Dans sa chambre et je t'interdis d'aller la voir. Elle est en punition jusqu'au retour de ton père. Elle n'est pas du monde depuis l'arrivée de Nougat et c'est aujourd'hui que ça arrête.

Ce n'est pas FX qui va contester sa décision. S'il y en a un qui est bien placé pour savoir que Florence se comporte mal ces temps-ci, c'est bien lui. Elle n'en fait toujours qu'à sa tête. Il est content que sa mère ait enfin pris les choses en mains. Reste à savoir si la punition aura un effet sur sa sœur. La connaissant, ça prendra plus que ça pour la faire changer d'attitude.

— Je viens d'avoir une idée. Tu devrais l'envoyer une semaine dans un camp de vacances, et pas n'importe lequel. La seule fois qu'on est allés voir Milkshake aux fraises, disons qu'on s'est un peu tiré les cheveux devant les grands-parents. Si ça peut te rassurer, ça n'a pas duré. Grand-papa a pris sa grosse voix et il nous a dit qu'on avait intérêt à s'entendre si on ne voulait pas qu'ils nous paient une semaine dans un camp de vacances pour les enfants difficiles. Il nous a même dit où il était situé, mais j'ai oublié le nom du village. Tu pourrais l'appeler ! Ça lui mettrait peut-être un peu de plomb dans la tête.

Diane opine du bonnet sans même s'en rendre compte. Quitte à passer pour une mère sans cœur, elle ne demanderait pas mieux qu'une semaine de paix.

— Bonne idée ! dit-elle à voix basse.

Elle va chercher une gâterie pour Nougat dans l'armoire au-dessus du réfrigérateur et l'appelle en se tapant sur la cuisse. Elle lui demande la patte, ça ne prend pas de temps avant que le chien la lui tende. Elle lui flatte la tête et lui donne sa récompense.

— Ça paraît que tu l'aimes, maman, et lui aussi.

— C'est une bonne bête et, pour être franche, ça me plaît beaucoup d'avoir de la compagnie. J'ai passé la grande majorité de ma vie entourée de gens alors que maintenant je suis seule à longueur de journée. Remarque que c'est l'idéal pour peindre, sauf que là je peux parler à Nougat sans passer pour une vieille timbrée.

— Parce que tu te parles toute seule comme grand-papa Paul ? la questionne FX en se retenant de rire.

— J'ai bien peur que oui, mais promets-moi de ne le dire à personne. Je ne le fais presque jamais.

Ils pouffent de rire en même temps et leur bonne humeur a vite fait de venir aux oreilles de Florence. Elle est tellement curieuse de savoir ce que ses proches pensent d'elle qu'elle a laissé sa porte ouverte. Disons qu'elle vient d'en prendre pour son rhume. Elle qui croyait que FX était son ami alors qu'il est prêt à tout pour se débarrasser d'elle. Plutôt mourir que d'aller moisir au fond des bois avec une bande de durs à cuire. Elle n'a rien de commun avec eux. Elle est juste un peu… un peu difficile à vivre depuis que son père leur a appris sa grande nouvelle le jour de sa fête. Non seulement il lui a volé la vedette, ce qu'elle risque de mettre beaucoup de temps à lui pardonner, mais il a aussi brisé son rêve d'avoir un chien. Et puis, elle l'avait demandé la première, avec FX bien sûr. Il ne perd rien pour attendre, celui-là. Au lieu d'être solidaire, il s'est dépêché de changer de camp. Espèce de traître ! On jurerait que le maudit chien de leur père est devenu son meilleur ami. Il le laisse même dormir sur son lit. Elle ferme la porte de sa chambre à la volée, rien de mieux pour leur faire savoir qu'elle a tout entendu. Elle se jette sur son lit et fixe le plafond. Grand-papa Léo blaguait sûrement quand il a parlé du fameux camp. Il voulait sans doute leur faire peur et ça a marché. Leurs petites crises existentielles ne durent jamais très longtemps avec lui.

Si seulement elle savait pourquoi elle se comporte aussi mal par moments. Elle n'empoisonne pas uniquement la vie des siens, elle pourrit la sienne. Au lieu d'apprécier ce qu'elle a et de simplement en profiter, elle saisit toutes les occasions de la bousiller. FX a raison lorsqu'il dit qu'elle se prend pour la reine d'Angleterre. Seul petit hic : contrairement à elle, Florence n'a pas les moyens de ses ambitions. Elle a seulement douze ans et elle n'a pas fini de dépendre des adultes, en l'occurrence de ses parents. Plus vite elle rentrera dans le rang, comme dit grand-papa Paul, mieux ça vaudra pour tout le monde.

— Ah ! s'écrie-t-elle le plus fort qu'elle peut.

Les Maltais ne l'ont jamais obligée à être quelqu'un d'autre. Tout ce qu'ils lui demandent, c'est de trouver sa place dans la famille au lieu de vouloir à tout prix et par tous les moyens être continuellement le point de mire. Ce n'est pourtant pas si difficile à comprendre. Elle ferme les yeux et se tourne sur le côté. Elle a besoin de réfléchir à ce qu'elle va faire. Ça tombe bien puisqu'elle a plusieurs heures devant elle. Elle va s'asseoir à son bureau, sort une feuille de papier et un crayon mine et commence à noter les motifs de ses dernières sautes d'humeur.

- *Le retour de Milkshake aux fraises*
- *Le refus de ses parents de lui acheter un chien*
- *L'arrivée de Nougat*
- *La trahison de FX*
- *Le ski nautique*

Elle relève la tête et râle. S'il y avait un concours pour couronner la fillette la plus bête, elle le remporterait sûrement. L'instant d'après, elle repasse un à un les éléments qu'elle vient de noter. Sa méthode n'a rien de scientifique, mais elle l'aidera sûrement à faire le point. En tout cas, ça ne coûte pas cher d'essayer. Elle doit sortir de cette impasse au plus vite et montrer aux Maltais à quel point elle tient à eux.

***

Savoir que Florence a entendu leur conversation n'a pas eu beaucoup d'effet sur Diane et FX. Outre les avoir fait sursauter, son geste a suscité un haussement d'épaules et un demi-sourire de part et d'autre.

— Étais-tu au courant que papa a toujours voulu jouer au golf ? lui demande FX.

— Oui et non. Je me souviens qu'il allait frapper des balles quand je l'ai connu et qu'il a arrêté dès qu'on s'est mariés. Il rêvait de s'acheter une moto aussi. Chaque fois qu'il en parlait devant son père, il en prenait pour son rhume. Tu peux me croire, ton grand-père le traitait de tous les noms. Son frère aîné s'était tué en moto et il ne laisserait jamais un de ses enfants monter sur un de ces engins. Aux dernières nouvelles, son règne de terreur a très bien fonctionné.

— À la place de papa, je m'en achèterais une.

— On y pense. Contrairement à lui, j'ai passé ma jeunesse à l'arrière des motos de mes amis. Rien ne me faisait plus plaisir que de rouler sur les routes de campagne et de découvrir des endroits magiques. Je ne te dis pas le nombre de pique-niques que j'ai faits sur le bord d'une petite rivière dont on ignorait le nom la plupart du temps.

— Grand-papa Léo te laissait faire ?

— Chaque fois qu'il voulait parler, Carole lui disait qu'il ne pouvait pas nous garder dans la ouate. Je l'entends encore lui rappeler que le danger est partout, qu'on peut se faire frapper en traversant la rue ou recevoir une balle de baseball ou une rondelle sur la tête alors qu'on regarde tranquillement la partie de la dernière rangée des estrades.

— Et grand-maman Hélène ?

Diane lève les yeux au ciel. Si seulement sa mère s'en était mêlée, elle aurait au moins pu développer un semblant de relation avec elle.

— Il aurait fallu qu'elle soit là pour pouvoir prendre parti. Pour revenir à la moto, ton père voudrait qu'on ait chacun la nôtre.

— Ça veut dire que je pourrais monter derrière toi ?

— Ne te réjouis pas trop vite ! Je préfère être assise derrière. Ça me donne tout le loisir d'admirer les paysages et de laisser vagabonder mon esprit.

Elle se souvient qu'il n'était pas rare qu'elle s'inspire d'une de ses escapades en moto pour peindre un tableau. Elle n'avait pas les yeux assez grands pour tout voir.

— Je m'achèterai une moto quand je serai plus vieux et tu pourras t'asseoir derrière moi.

Il lui suffit de quelques secondes pour imaginer la scène, ce qui déclenche un fou rire incontrôlable chez elle.

— À une condition : que tu sois capable de supporter les commentaires des gens parce qu'ils ne manqueront pas d'en faire. Et pour le golf ?

— Je ne sais pas trop, répond-il en haussant les épaules. Disons que, pour l'instant, je ne suis pas emballé par l'idée de passer mes journées à courir après une petite balle. Encore moins à porter le sac de papa. Je préfère de loin le baseball et le hockey.

— Je te comprends tellement. De tous les sports qui existent, le golf est celui que je trouve le plus ennuyant.

Diane regarde l'heure et se met en mode réflexion. Que pourrait-elle servir pour le dîner qui ne lui boufferait pas trop de temps ?

— Es-tu partant pour des croque-monsieur ?

— Si tu me laisses t'aider à les préparer.

— C'est une offre qui ne se refuse pas. Sors tout ce qu'il faut. Je m'occupe du four et de la plaque. Je me charge aussi de râper le fromage. N'oublie pas d'en prévoir un pour Florence.

— Et deux pour moi.

C'est le cœur léger que Diane retourne dans son atelier après le dîner. FX est parti se baigner et Florence est enfermée dans sa chambre. Avec un peu de chance, elle pourra peindre en paix, pour une fois. Les vacances scolaires font du bien aux enfants autant qu'elles embêtent les parents par moments, particulièrement ceux qui, comme elle, travaillent à la maison. Au lieu de fermer sa porte pour ne pas être dérangée par le bruit ambiant, elle la laisse ouverte à sa pleine grandeur. De cette manière, elle pourra suivre les déplacements de sa fille. Si elle n'a aucune raison de croire que Florence va transgresser les règles, elle n'en a aucune non plus de penser qu'elle ne se risquera pas à descendre se chercher des ravitaillements du genre thé glacé ou soda. Ce n'est pas tout de donner une punition à une enfant, il faut ensuite s'assurer qu'elle est appliquée. Elle laisse échapper un rire. À sa place, elle tenterait sûrement d'adoucir sa captivité.

Alors qu'elle allait prendre sa palette de couleurs, elle saisit plutôt une feuille de papier et un crayon et va s'asseoir dans son fauteuil. Elle a une idée pour sa prochaine collection. Elle pourrait carrément s'inspirer de ses deux plus jeunes, peut-être même de ses trois plus vieux aussi. Ils représentent à eux seuls une source intarissable d'inspiration. Reste à trouver le meilleur angle pour l'exploiter à son maximum. Un titre lui vient en tête : *Éclairs de génie*. Pour le reste, elle verra. Elle sourit devant l'image qui vient de s'imposer à elle. Chacun de ses tableaux pourrait être la conséquence de ce qu'il serait possible d'appeler une consigne. Par exemple, *J'ai dit non* pourrait donner naissance à une toile représentant une violente explosion, *Couvre-feu à dix heures*, à une forme de prison, et ainsi de suite. Plus elle y pense, plus elle voit le potentiel infini offert sur un plateau d'or par ses enfants. Si elle ne se retenait pas, elle courrait appeler Raphaël pour lui exposer l'objet de sa prochaine collection. Perdue dans ses pensées, elle réalise seulement après trois marches qui craquent que l'oiseau a quitté sa cage. Elle sort de son bureau sur la pointe des pieds, va se poster au pied de l'escalier et croise les bras. Concentrée sur sa tâche de ne pas faire de bruit, Florence ne soupçonne pas la présence de sa mère jusqu'au moment de poser son pied sur la dernière marche. Elle sursaute en la voyant et retourne d'où elle vient sans demander son reste. Elle avait tenu pour acquis que sa mère serait enfermée dans son atelier.

— À ta place, lui crie Diane, je resterais bien sagement dans ma chambre !

***

Julie n'en revient pas. Léa vient de la remercier sous prétexte qu'elle n'est plus assez disponible. Voyons donc ! Elle l'a consultée avant de commencer ses recherches pour se trouver un deuxième emploi. Elle a même pris soin de revenir à la charge auprès d'elle avant d'accepter l'offre de Léo. Elle a tenté d'argumenter pour très vite s'apercevoir qu'elle n'y gagnerait rien. Sa patronne est demeurée sur sa position initiale : elle devra se passer de ses services puisqu'elle n'est pas disponible les lundis, mardis et mercredis. Alors qu'elle était sur le pas de la porte, Julie lui a rappelé qu'elle était aux études et que trois jours au salaire minimum ne lui suffisaient pas. Léa l'a regardée d'un air hautain comme elle seule sait le faire. Elle paraissait tellement condescendante qu'il s'en est fallu de peu pour que Julie lui lance au visage qu'elle est au courant de ses magouilles entourant les tableaux de sa mère.

Au lieu de rentrer directement chez elle, Julie s'arrête à la première cabine téléphonique sur son chemin et appelle sa mère pour lui dire de ne pas l'attendre pour souper.

— Pourquoi j'ai l'impression que tu me caches quelque chose ? lui demande Diane.

— Léa vient de me mettre à la porte, finit-elle par répondre.

Elle lui raconte son bref échange avec sa patronne. Diane n'en revient pas. Ce serait arrivé à quelqu'un d'autre qu'elle aurait la même réaction. Léa dérape et, cette fois, c'est Julie qui en fait les frais.

— Je ne la laisserai pas s'en sortir aussi facilement. Il est plus que temps de lui montrer de quel bois je me chauffe.

— Ne t'en mêle pas, maman, ça ne donnera rien. Et puis, tu me connais assez pour savoir que je ne retournerai pas travailler pour elle. J'irai m'asseoir avec grand-papa lundi matin et, s'il n'a pas besoin de moi les jeudis et vendredis, eh bien, j'appellerai M. Lalonde. Tu te souviens sûrement de lui, il veut absolument m'avoir à son bureau. Ça me permettra de vérifier s'il était sérieux et si j'aime l'architecture. Dans le cas contraire, j'en profiterai pour me reposer, pour une fois. Je te laisse, maman. J'ai décidé de m'inviter à manger au restaurant pour fêter ma fin d'emploi.

— J'irais te rejoindre si je n'étais pas collée à demeure. Florence a encore fait des siennes et je l'ai mise en punition jusqu'au retour de ton père.

— Si tu veux tout savoir, j'ai prévu inviter Xavier. À plus tard, maman.

Julie raccroche, dépose une nouvelle pièce dans l'appareil et téléphone à son amoureux. Ils n'avaient pas prévu se voir ce soir, elle devait finir à neuf heures. Elle raccroche avant que sa boîte vocale se mette en marche et appelle au cabinet. Avec un peu de chance, il sera encore là. Elle compose le numéro de son poste et se croise les doigts pour qu'il lui réponde. Au bout de la cinquième sonnerie, elle se résigne à raccrocher et c'est alors qu'elle entend sa voix.

— Xavier, c'est Julie. Ça te dirait de venir me rejoindre dans le Vieux ? Je t'invite au restaurant.

— Tu ne finissais pas à neuf heures ?

— C'était avant que ma patronne me remercie. Comme tu peux voir, je suis libre comme l'air. Alors ?

— Je te rejoins à la place Jacques-Cartier dans une vingtaine de minutes.

Julie regarde l'heure sur sa montre et marche tranquillement en direction de leur point de rencontre. Elle aura le temps d'arrêter s'acheter une revue de mode. Allez savoir pourquoi, elle ressent un besoin viscéral de se faire plaisir, comme si elle venait d'obtenir une promotion alors que c'est tout le contraire. Si elle avait quelque chose à se reprocher, elle se serait empressée de rentrer chez elle et se serait roulée en petite boule sur son lit. Étant donné que ce n'est pas le cas, elle a choisi de se récompenser d'être enfin sortie de ce bourbier. De toute façon, elle supportait de moins en moins la mascarade entourant les tableaux de sa mère. Léa projette une image de sa personne qui n'a pas grand-chose à voir avec sa vraie nature. C'est du moins ce que Julie en a conclu à force de la côtoyer.

Xavier est déjà là quand elle arrive à la place Jacques-Cartier. Il vient à sa rencontre et l'embrasse avec passion.

— Je suis désolée pour toi, lui dit-il.

— Comme tu peux voir, je ne suis pas triste. En réalité, je suis contente de ne plus avoir à jouer la comédie. Ça me tuait à petit feu. Que dirais-tu de manger… chinois ?

— À la place, on devrait attraper un petit quelque chose en passant et aller traîner au Vieux-Port.

— Pas avant que tu m'aies juré que ce n'est pas parce que tu veux épargner mon porte-monnaie.

— Aucune chance ! Sérieusement, j'ai envie de bouger un peu.

— Je suis partante si tu te charges du souper parce que, vois-tu, j'étais prête à te payer le restaurant, pas le petit boui-boui du coin.

— Arrive, espèce de profiteuse !

Quoi de mieux que de traîner dans le Vieux-Port au bras de son amoureux après s'être bourrée de hamburgers et de frites ? Julie n'en demande pas plus à la vie.

— Tu devrais aviser le patron que tu es disponible les jeudis et les vendredis, lui suggère Xavier.

Julie sourit. Chaque fois qu'il veut parler de Léo, il évite d'utiliser les mots faisant référence au lien de parenté entre lui et sa douce.

# 22

Colombe n'a pas reçu de nouvelles de Diane depuis qu'elle est revenue du chalet. Sa belle-sœur lui avait dit qu'elle l'encourageait à prendre les devants si l'envie de passer lui prenait, ou encore celle de papoter un peu. Elle a pris soin de l'informer qu'entre son travail et la famille, il lui arrive parfois de perdre la notion du temps. Malgré tout ça, Colombe hésite encore à se lancer. Elle a vu l'autre jour que sa belle-sœur en a plein les bras et elle s'en voudrait d'en ajouter davantage. D'un autre côté, Diane est assez à l'aise avec elle pour lui faire savoir qu'elle tombe mal ou qu'elle va la rappeler un peu plus tard. Colombe s'en veut de laisser la gêne lui dicter ses actions, mais c'est plus fort qu'elle. Elle a travaillé tellement longtemps dans l'ombre des autres qu'elle a du mal à prendre sa place, à foncer. Réal n'arrête pas de lui répéter qu'elle vaut mieux que tous ceux qui l'ont gardée sous leur joug, à commencer par ses parents qui ont disposé de sa personne comme d'un bien meuble alors qu'on n'est plus au temps de la Nouvelle-France.

Elle fait les cent pas dans sa cuisine et sourit. Elle se trouve ridicule et le mot est faible. Quelle sorte de mère sera-t-elle quand il lui faudra réprimander son enfant si elle a toutes les misères du monde à composer le numéro de sa belle-sœur alors que cette dernière lui a donné sa bénédiction ? Elle parcourt la courte distance qui la sépare du téléphone, attrape le combiné et l'appelle.

— Salut, FX, lance-t-elle aussitôt qu'elle le reconnaît.

— Salut, tante Colombe ! Quand est-ce que tu vas venir nous voir ?

— Je ne voudrais pas déranger ta mère…

— Ne bouge pas, je vais la chercher.

Colombe est tout sourire lorsqu'elle entend la voix de Diane. Celle-ci est contente de lui parler et ça paraît.

— Je te l'avais dit que je n'étais pas fiable. Depuis qu'on est revenus du chalet que je veux t'appeler et, comme tu peux voir, je ne l'avais pas encore fait. Je commence mes journées remplie de bonnes intentions et la première chose que je sais, c'est que le temps est venu d'aller me coucher. Quand est-ce qu'on se voit ? Veux-tu venir souper avec nous ?

Colombe s'entend déjà lui répondre d'une toute petite voix qu'elle ne voudrait pas la déranger et encore moins s'imposer. Alors que les mots sont sur le point de franchir ses lèvres, elle se redresse et dit d'un ton assuré :

— À la condition que tu me laisses apporter le souper. Est-ce que tout le monde aime la lasagne ?

— Tu sais bien que oui. Veux-tu que j'aille te chercher ?

— Non, j'ai l'auto. Je serai là dans une demi-heure.

Elle raccroche sur-le-champ, le sourire aux lèvres. Sans vouloir se vanter, elle a fait bien meilleure figure que la dernière fois, et ce n'est qu'un début ! Nul doute, elle va forcément s'améliorer à force de s'exercer. Elle sort une grande lasagne du congélateur, va chercher son sac à main dans sa chambre, se repoudre le nez vite fait et quitte la maison en fredonnant un air à la mode. Voir du monde lui donne des ailes.

Si quelqu'un lui avait dit qu'elle perdrait du poids pendant sa grossesse, elle lui aurait ri au nez. Elle vient d'entamer son cinquième mois de grossesse et rien n'y paraît. À croire qu'elle va faire mentir ses lectures. Elle n'a pas de nausées non plus. En fait, elle n'a jamais été en aussi bonne forme. Il faut dire qu'elle ne se tue pas à l'ouvrage non plus. Tenir la maison de son beau-père exige très peu de temps. D'abord parce qu'ils sont seulement deux et, ensuite, parce qu'elle ne va jamais se coucher avant d'avoir tout rangé. Pas plus tard qu'hier, elle a fait rire Réal quand elle lui a annoncé qu'elle passe l'aspirateur une fois par semaine, que ce soit sale ou non. Épousseter dans une maison moderne n'est rien comparé au même exercice dans leur ancien presbytère. Elle avait l'habitude de dire que, même après avoir nettoyé la place de fond en comble, rien n'y paraissait. En réalité, deux heures plus tard, elle pouvait de nouveau écrire son prénom sur les meubles tous plus foncés les uns que les autres. Il est vrai qu'il y avait beaucoup de va-et-vient. Certains jours, Réal recevait jusqu'à vingt paroissiens dans son bureau.

Colombe sourit. Elle vient de passer devant un petit restaurant où on fait les meilleures frites. Si elle s'écoutait, elle irait s'en acheter un gros sac. Elle fait son possible pour ne pas répondre aux nombreuses envies qui se succèdent à la queue leu leu dans sa tête depuis qu'elle est enceinte. Sa mère lui racontait qu'elle se réveillait la nuit pour manger des cornichons. Colombe riait à l'époque, mais elle ne rit plus aujourd'hui. Si elle a le malheur d'ouvrir un sac de *chips*, elle le dévore jusqu'à la dernière miette. Idem pour une tablette de chocolat. À vrai dire, elle n'a jamais mangé autant entre les repas et pas seulement de bonnes choses. À peine a-t-elle ouvert les yeux le matin qu'elle se demande ce qu'elle pourrait bien avaler avant de se préparer à déjeuner. Et elle maigrit. Avoir su que s'empiffrer aurait cet effet sur elle, il y a longtemps qu'elle se serait mise au travail.

Elle adore le quartier où Diane et Charles habitent, il est beaucoup plus sympathique que celui où trône la maison de Léo. Elle connaît ses voisins de vue seulement. Aucun n'a jamais daigné venir se présenter. Réal l'avait avertie le jour de leur déménagement, mais elle ne l'avait pas cru. Elle ne pouvait pas concevoir que des gens qui partagent un espace commun s'ignorent de la sorte. La semaine dernière, la voisine de droite est sortie en même temps qu'elle. Au lieu de la saluer – ça ne l'aurait quand même pas tuée –, la trop charmante vieille dame s'est empressée de tourner la tête. Dire que Colombe croyait que les gens riches étaient bien élevés. Heureusement, le quartier où vit Monique est beaucoup plus sympathique. Ça se voit au premier coup d'œil et ça s'entend aussi. Il paraît que chaque saison un comité organise une grande fête où tout le monde est convié. Il paraît aussi que les gens sont gentils et toujours prêts à aider. Elle tourne à gauche et sourit lorsqu'elle aperçoit la maison de Diane. Elle l'envie un peu d'avoir une aussi belle famille. Son docteur lui a dit qu'elle devait s'estimer chanceuse d'être enceinte à son âge. Il l'aurait frappée en plein visage que ça ne lui aurait pas fait plus mal. Elle convient qu'il en sait plus qu'elle sur la question, mais elle garde espoir d'en avoir au moins un autre.

Alors qu'elle s'apprête à agripper la poignée de sa portière, celle-ci s'ouvre comme par magie.

— Salut, beau garçon ! s'écrie-t-elle en voyant FX.

— Salut, tante Colombe ! Est-ce que je peux t'aider ? Maman m'a dit que tu apportais une lasagne. J'espère qu'elle est grosse parce que je suis mort de faim.

— À toi de juger, elle est sur le siège arrière.

FX ne se le fait pas dire deux fois. Il s'empare du grand plat qui lui glace les doigts et s'écrie :

— On devrait en avoir assez !

Colombe pouffe de rire. Elle adore ce garçon. Le jour où elle a fait sa connaissance, elle lui a demandé quels prénoms se cachent derrière FX. Il l'a prise par la main et l'a entraînée un peu en retrait pour lui raconter son histoire. Il était tellement touchant qu'elle en avait les larmes aux yeux.

— Je vais passer un accord avec toi, lui dit-elle en lui emboîtant le pas. Si jamais il n'y a pas assez de lasagne pour ta dent creuse, je t'en ferai une juste pour toi.

— Marché conclu ! Est-ce que ton bébé a commencé à te donner des coups de pied ?

— Juste des petits.

— Vas-tu pouvoir m'avertir s'il t'en donne ?

— Avec plaisir.

Si elle donne naissance à un fils, elle aimerait qu'il ressemble à FX. Il est brillant comme un singe, gentil et attentionné. Sans vouloir être méchante, Colombe se demande comment il fait pour supporter Florence. Elle est toujours en train de l'asticoter dès que les réflecteurs se posent sur lui. Certes, cette fillette a souffert avant que les Maltais l'adoptent à la mort de sa mère. Seulement, ça ne l'autorise pas à s'en prendre à son frère de la sorte. Pas plus qu'à ses parents, d'ailleurs. À la voir agir, Colombe serait tentée de dire que cette enfant a maille à partir avec le bonheur. Une chose est certaine, elle ne voudrait pas avoir à la supporter.

Elle suit FX jusqu'à la porte de la cuisine. Il l'ouvre et se tasse pour la laisser entrer.

— Et tu es galant, en plus ! s'écrie-t-elle joyeusement.

— Mon frère est loin d'être parfait ! lance Florence d'un ton cassant.

— Personne n'est parfait, ma belle fille, riposte Colombe, pas même toi. Bonjour, Florence.

Blessée dans son orgueil, la fillette sort de la pièce sans demander son reste.

— C'est bien envoyé ! la félicite FX. Je vais chercher maman.

Colombe n'est pas fière d'elle. On peut dire qu'elle a manqué de jugement sur ce coup. Rien ne l'autorisait à être aussi méchante, même si Florence lui a ouvert la porte toute grande. C'est elle, l'adulte. L'arrivée de Diane la tire brusquement de ses pensées.

— Approche que je t'examine, lance sa belle-sœur en guise de salutations. Est-ce que je me trompe ou tu as encore maigri ?

— Je dirais plutôt que ma graisse se déplace.

Ses paroles amusent Diane. Au lieu de faire tout un plat de son excès de poids, Colombe est capable d'en rire. C'est du moins l'impression qu'elle donne.

Aussitôt son examen terminé, Diane l'embrasse sur les joues et lui dit :

— Je suis contente de te voir.

— Moi aussi ! M'autorises-tu à mettre la lasagne au four ? Elle aura besoin d'une bonne heure au chaud avant d'être prête.

— Laisse, je m'en occupe. Tu as déjà fait plus que ta part.

Pendant que Diane s'affaire, Colombe lui raconte sa petite sortie avec Florence.

— Je t'interdis de te morfondre avec ça, tu as bien fait. Ma fille supporte mal de ne pas être le point de mire ne serait-ce qu'une minute. Ces temps-ci, je l'échangerais contre une vieille mâchée de gomme. Je ne te mens pas, c'est rendu que je compte en secondes ses instants d'extrême gentillesse. C'est dire à quel point ils sont rares. J'étais quelqu'un de fondamentalement patient alors qu'aujourd'hui cette qualité s'est transformée en défaut. Ma belle Florence n'a qu'à se montrer le bout du nez pour que je sente instantanément une bouffée d'impatience me gagner. Pour être honnête, je prie pour qu'arrive au plus vite le jour où elle se transformera en un joli papillon. J'en rêve !

Diane laisse s'écouler quelques secondes avant d'ajouter :

— Merci beaucoup pour la lasagne, c'est très apprécié. Avant que j'oublie, j'ai un service à te demander. Charles et moi aimerions aller passer une fin de semaine en amoureux dans le Vieux-Québec au début septembre. Je pensais confier la garde de son frère et de sa sœur à Julie, mais le comportement de Florence ces dernières semaines m'a démontré que ce serait une trop grande responsabilité pour elle, surtout qu'elle n'est presque jamais à la maison. Alors, je me suis dit que tu accepterais peut-être de me dépanner… seulement si tu veux, bien sûr. Disons que je partirais l'esprit plus tranquille si je savais mes deux plus jeunes en bonnes mains. Réal pourrait venir s'installer ici, s'il le souhaite.

— Tu peux compter sur moi, répond Colombe sans l'ombre d'une hésitation. Quant à ton frère, je suis certaine qu'il sera content de passer un peu de temps avec son neveu et ses nièces.

— Je ne sais pas comment te remercier ! s'écrie Diane avant de la serrer dans ses bras et de l'embrasser sur les joues à répétition. Tu me sauves la vie !

Colombe trouve qu'elle en fait un peu trop. Ce n'est pas comme si elle venait de lui demander un de ses reins, elle a juste accepté de s'occuper de ses enfants pendant une fin de semaine. Ce n'est quand même pas la mer à boire !

— Je le fais parce que je t'apprécie beaucoup et que, selon moi, les membres d'une famille doivent s'entraider. Ce n'est peut-être pas toi qui me secourras le jour où j'aurai besoin d'assistance, mais je sais que je pourrai compter sur chacun de vous. Vous êtes ma seule famille.

Ses mots touchent Diane au plus profond de son âme. Dans les yeux de Colombe, sa famille semble presque parfaite alors qu'elle a toujours trouvé à redire sur ses frères et sa sœur. Il serait peut-être temps de changer de lunettes pour jeter un nouveau regard sur eux.

Un silence de plomb s'est installé dans la pièce. Pas un de ceux qui mettent mal à l'aise, un de ceux qui poussent à réfléchir. Il suffit parfois de l'arrivée d'une nouvelle personne au sein d'un groupe pour que ce dernier se métamorphose.

— Youhou ! s'écrie FX après les avoir observées pendant quelques secondes. Allô, allô, ici la Terre. Je vous prierais de revenir, j'ai besoin de vous.

Les deux femmes secouent la tête, elles étaient vraiment loin, chacune perdue dans ses pensées.

— J'ai faim ! lance-t-il. Est-ce que la lasagne sera bientôt prête ?

— Ta mère vient juste de la mettre au four, lui répond Colombe en regardant l'heure sur l'horloge murale. Dans un peu moins d'une heure.

— Vous ne comprenez pas, ajoute-t-il d'une voix larmoyante, il faut absolument que je mange.

— Fais-toi un sandwich au beurre d'arachide, lui suggère sa mère.

— Pour que je n'aie plus faim au souper ? Non merci. As-tu quelque chose de plus léger à me suggérer ?

— Je pourrais te préparer une assiette de légumes crus, annonce Colombe.

La réaction de FX ne se fait pas attendre. Il grimace et frissonne.

— Des légumes ? Tout, mais pas ça !

— Je te promets que ça ne te tuera pas, ajoute-t-elle en se retenant de rire. Si tu commençais par me nommer tes légumes préférés…

— J'aime juste les patates.

— Il ne te reste plus qu'à te préparer mentalement à manger des sandwiches au beurre d'arachide pour souper, l'avise-t-elle. Vois-tu, ma sauce à lasagne est remplie de légumes : oignons, céleri, carottes, ail, tomates, poivrons verts et champignons.

— Beurk ! Tu aurais mieux fait de ne rien me dire.

— Je déteste mentir. Fais-moi confiance, tu vas l'adorer. Et pour les légumes crus, as-tu envie de tenter ta chance ?

— Moi, je veux bien, s'exclame Florence en faisant son plus beau sourire à Colombe.

— Aimerais-tu m'aider à les couper ?

— Moi aussi, s'écrie FX, mais c'est bien parce que c'est toi !

***

Béatrice et Jeannine ont passé la journée à peaufiner leur lettre.

— On a probablement fait tout ça pour rien ! lance Jeannine.

— On ne sait jamais ! plaide Béatrice. Peut-être qu'ils vont l'aimer assez pour la publier. Je t'en prie, ne m'enlève pas mes illusions. Ce n'est pas une lettre ordinaire, on a pris le temps de réfléchir à chaque mot. Ça fait quinze ans qu'on nous casse les oreilles avec la Révolution tranquille, mais j'ai l'impression, et la certitude, que les femmes à la maison sont encore laissées pour compte. Je crois dur comme fer qu'il est temps qu'on se fasse entendre et qu'on dise comment se traduisent les effets des changements majeurs provoqués par la sainte Révolution tranquille dans nos maisons.

Jeannine la regarde avec de grands yeux. Son amie a changé depuis qu'elle va à Haïti et c'est pour le mieux. Elle est plus sûre d'elle et fonce tête baissée lorsqu'une cause lui tient à cœur.

— Tu as raison. Qui y croira si une de nous deux pense qu'on a fait tout ça pour rien ? Je dois avouer que ça m'a fait beaucoup de bien. Quand est-ce qu'on va la porter ?

— Maintenant ! J'ai noté l'adresse sur un bout de papier. Allons-y !

Elles roulent en silence jusqu'à destination. Malgré son assurance assumée, Béatrice ressent un inconfort qui lui broie le cœur. C'est la première fois qu'elle exprime ce qu'elle pense vraiment de la situation des femmes au foyer et c'est aussi la première fois qu'elle ose partager ses convictions avec le grand public. Reste seulement à savoir comment sera accueilli ce qu'elle et Jeannine ont écrit. Leur lettre tombera-t-elle entre les mains d'un vieux croûton qui se fiche éperdument de ce que les femmes vivent derrière les portes closes ? Peut-être qu'il les regardera de haut. Peut-être aussi qu'il rira. L'idéal serait que celui qui les lira y voie une occasion d'innover. Jeannine se stationne en face de l'édifice et regarde Jeannine. Ça prend un sacré courage pour aller jusqu'au bout de leur démarche. Elle inspire à fond et sourit.

— Prête ? lui demande Béatrice d'une voix assurée.

— Plus que jamais.

Au lieu de se contenter de laisser leur lettre à la réceptionniste, Béatrice demande à rencontrer l'éditeur.

— Il est déjà avec quelqu'un, mais ça ne devrait pas être très long. Allez vous asseoir dans la salle d'attente juste en face, je vous avertirai quand il sera prêt à vous recevoir.

Les deux amies prennent place côte à côte de manière à avoir une vue d'ensemble. Elles n'avaient encore jamais mis les pieds ici, pas même pour venir porter une petite annonce. Dix minutes plus tard, elles font leur entrée dans le bureau de l'éditeur, un certain Steve Lapierre. Contrairement à ce qu'elles craignaient, il n'est ni prétentieux ni vieux jeu. Il lit leur lettre devant elles et leur annonce sans détour qu'elle correspond en tous points à ce qu'il veut publier dans sa nouvelle chronique *Des nouvelles de nos femmes*. Il leur dit qu'il apprécie leur style, ni accusateur ni moralisateur. Leur texte présente un état des faits vu par celles qui le vivent de l'intérieur. Il leur annonce ensuite combien il est prêt à payer pour leur lettre. Leurs visages perdent toutes leurs couleurs d'un seul coup. Elles n'en reviennent tout simplement pas.

— Est-ce que ça va, mesdames ? leur demande-t-il d'une voix douce. Vous êtes toutes pâles !

— Très bien, s'empresse de répondre Béatrice. C'est juste qu'on ne s'attendait pas à être publiées. Enfin, on l'espérait puisqu'on est ici, mais, vous savez ce que c'est, on a fini par se convaincre que ce n'était pas assez bien et…

— Ce que mon amie essaie de vous dire, c'est qu'on est folles de joie à l'idée que notre premier texte soit publié dans votre nouvelle chronique et on vous en remercie du fond du cœur.

— Je pense que je ne me suis pas bien fait comprendre. Je veux que vous m'en écriviez d'autres. J'aimerais vous confier cette chronique, à la condition bien sûr que ça vous intéresse. On signerait un contrat en bonne et due forme pour la prochaine année avec des délais et des sujets. Qu'en dites-vous ?

Cette fois, ce sont des gouttes de sueur qui couvrent leur front en moins de temps qu'il n'en faut pour crier ciseau.

— Pour le salaire, je suis prêt à doubler la mise de votre premier papier pour tous les suivants.

— Où doit-on signer ? lui demande Béatrice.

— Laissez vos coordonnées à la réceptionniste avant de partir. Elle vous appellera pour fixer un rendez-vous dès que le contrat sera prêt.

Il se lève et vient les rejoindre de l'autre côté de son bureau. Il leur serre la main à tour de rôle et les raccompagne à la réception.

Tout s'est passé si vite que les deux amies sont étonnées d'avoir pensé demander à la charmante et gentille jeune fille de leur remettre une copie de leur lettre. Ce n'est qu'une fois assises dans l'auto qu'elles respirent mieux. Non seulement elles ont osé le faire, mais elles viennent d'être engagées au *Journal de Montréal* comme pigistes. Qui aurait cru que deux parfaites inconnues ayant passé la majorité de leur vie dans leur cuisine avec un tablier autour du cou allaient un jour instruire le grand public sur leur réalité ?

— Paul ne me croira pas, lance Béatrice. Il va penser que je déraille.

— J'espère que cette fois tu ne lui remettras pas un sou de ce que tu gagnes, s'inquiète aussitôt Jeannine.

— Jamais de la vie. Je suis naïve, mais j'ai fini par comprendre que, si je veux quelque chose, il vaut mieux que je le gagne moi-même.

— Sauf ton manteau de fourrure.

— Tu me fais penser que, tant qu'à être en ville, on pourrait en profiter pour faire le tour des fourreurs. Connaissant Paul, le jour où il va décider de m'emmener l'acheter, il va falloir que l'affaire soit bouclée en quelques minutes alors que moi, je veux prendre mon temps afin d'être certaine de choisir le bon. Ce n'est quand même pas comme s'acheter une paire de bas de nylon ! Il faut en essayer plusieurs jusqu'à ce qu'on ait un réel coup de cœur. Es-tu partante ?

— Bien sûr ! Ne fais pas le saut, j'en essaierai autant que toi. Depuis que je ne contribue plus au paiement de l'hypothèque de mon fils, je me sens riche et j'ai toujours rêvé de m'en offrir un. Tu vas devoir me guider parce que je connais un seul fourreur en ville et c'est parce qu'il fait des annonces à la télévision.

— On devrait commencer par celui qui est sur Notre-Dame. Tourne à droite, roule jusqu'au bout de la rue, prends à gauche et…

Sitôt qu'elles mettent un pied dans le magasin, elles se sentent transportées dans un autre monde. L'employé qui les reçoit est aux petits soins avec elles. Il leur offre même un café et les invite à s'asseoir. Il prend ensuite le temps de discuter avec elles de leurs préférences, insistant sur l'importance de bien choisir le manteau qu'elles achèteront parce qu'elles risquent de le porter plus d'un an. Enfin, il leur demande combien elles sont prêtes à payer pour le manteau de leurs rêves.

— C'est à mon mari que vous devriez poser la question ! lance Béatrice. Je viens en éclaireuse, je me suis dit que je serai beaucoup plus convaincante si je sais ce que je veux avant d'entrer ici avec lui.

— Pour ma part, dit Jeannine, je viens acheter un coup de cœur, pas un prix. Faites-m'en essayer plusieurs et je verrai.

— Suivez-moi, mesdames !

Le vendeur en a appris assez sur ses clientes pour faire une première sélection parmi tous les manteaux qui attendent de trouver preneuses. Il les leur présente un à la fois et leur laisse le temps de parader avec chacun d'eux et de s'examiner sous toutes leurs coutures. Il est si avenant avec elles que Béatrice se demande si c'est bien ici qu'elle a pris son premier. Elle secoue la tête sans s'en rendre compte. Depuis le temps, le vendeur a sûrement arrêté de travailler. Et puis, magasiner avec Jeannine et le faire avec Paul est bien différent. Elle se félicite d'être venue en éclaireuse, elle n'aura pas l'air d'une demeurée lorsqu'elle reviendra et elle repartira avec celui qui lui sied le mieux au lieu de celui que son mari choisira au hasard sans lui demander son avis. C'est tout de même elle qui va le porter.

La séance d'essayage dure une heure et demie en tout et pour tout. Finalement, Béatrice hésite entre un manteau de vison et un de castor rasé. Elle sait déjà que Paul penchera pour le vison. Offrir cette fourrure à sa femme aura beaucoup plus d'effet sur les gens qu'ils croiseront. Quant à Jeannine, elle a jeté son dévolu sur un manteau de renard. Elle l'a aimé à la seconde où elle l'a enfilé et y est revenue après chaque nouvel essayage. Pour elle, son choix est fait. Qui plus est, le prix est juste. Elle a confirmé son intérêt au vendeur avant de quitter la place et lui a suggéré de ne pas le mettre trop loin. Si elle avait été seule, elle l'aurait pris sur-le-champ.

Elles mettent quelques secondes à s'habituer à la chaleur humide qui leur saute au visage quand elles sortent du magasin.

— Prête à rendre visite à son concurrent ? s'informe Béatrice.

— Tant qu'il a l'air conditionné, répond Jeannine, je veux bien me prêter au jeu, même si j'ai déjà trouvé le mien.

— On peut y aller à pied, c'est juste un peu plus haut dans la rue.

— Marche si tu veux, je vais rapprocher l'auto.

# 23

Josée sourit lorsque la porte s'ouvre sur le gentil patron pour la troisième fois en trois semaines.

— Encore moi ! s'écrie-t-il en guise de salutations.

— Bonjour, monsieur Gélinas ! lance-t-elle joyeusement. Vous venez quand vous voulez.

— Étant donné l'odeur qui embaume la place, je suis prêt à passer ma commande. Il me faudrait trois tartes aux pommes et deux au sucre.

— Avez-vous agrandi la famille, au travail ?

— Non ! Je compte apporter le reste chez moi. Il me faudrait aussi des cafés.

— Katy sera de retour dans une minute. Sinon, je vous les préparerai. S'il ne faisait pas aussi chaud, je vous suggérerais d'ajouter deux petits contenants de crème glacée italienne à la vanille pour la tarte aux pommes.

— Pas de problème, j'ai toujours une glacière dans ma valise l'été. Ajoutez-les.

M. Gélinas est parti depuis un moment lorsque Katy fait son entrée.

— C'était la dernière fois que j'allais à la banque à cette heure, il y avait un monde fou.

— Moi, j'y vais toujours à l'ouverture. Tu as manqué la visite de M. Gélinas.

— Il suffit que je parte pour que les commandes se multiplient. Je suis désolée. À compter de maintenant, j'irai à la banque le lundi. C'est ce que je faisais avant que tu arrives. Je te remercie pour tout.

— Pas la peine ! On forme une équipe, ce qui revient à dire que je suis là quand tu as besoin et vice versa. En passant, je lui ai vendu deux contenants de crème glacée à la vanille pour accompagner ses tartes aux pommes.

Katy lui sourit franchement. Une autre preuve que leurs commerces se complètent bien. N'eût été l'insistance de Josée, elle aurait attendu à l'année prochaine avant d'offrir de la crème glacée. Et pourtant, celle-ci se vend comme des petits pains chauds depuis le jour où elle a mis la photo d'un cornet bien garni sur la porte. Elle connaît peu de personnes possédant un sens aussi aiguisé des affaires. Alors qu'elle avait peine à faire ses frais avant de s'associer, voilà que ses ventes augmentent à une vitesse fulgurante.

— T'ai-je déjà dit que tu m'as sauvée de la faillite ? lui demande Katy dans un cri du cœur.

— Je dirais plutôt qu'on avait besoin l'une de l'autre. Penses-y une minute : sans toi, je serais encore enfermée dans ma cuisine de bungalow et je me morfondrais à chercher quoi faire pour en sortir. La grande responsable de notre succès demeure Diane. Elle a su unir nos deux solitudes et elle continue à veiller sur nous pour qu'on aille encore plus loin. Voudrais-tu goûter à mon renversé aux ananas ?

— Avec plaisir ! Est-ce que Rosalie va mieux ?

— Elle ne faisait plus de fièvre ce matin. Chaque fois qu'elle est malade, je me sens coupable de la faire garder. J'espère que ça va me passer un jour.

Katy se contente de hausser les épaules, elle vient de prendre une grosse bouchée de renversé aux ananas. Dans les secondes qui suivent, voilà qu'elle se met à rouler des yeux sous le regard amusé de Josée. Son associée est gourmande comme dix. Gourmande et d'une franchise désarmante. À ce jour, elle n'a levé le nez que sur ses macarons. Elle l'avait avisée que la noix de coco et elle n'ont jamais fait bon ménage. Disons qu'il y en avait un peu trop à son goût.

— J'adore ton renversé ! s'écrie-t-elle. Pour ce qui est de ta culpabilité, de grâce, dépêche-toi de t'en débarrasser. Ma mère avait l'habitude de dire que les mères s'en font beaucoup trop pour leurs enfants et je suis plutôt d'accord avec elle. Mes sœurs n'ont rien fait d'autre qu'être mère jusqu'à ce que leurs enfants quittent la maison sans même se retourner. Résultat : elles se sont senties complètement abandonnées par eux.

Ses paroles lui font du bien. Béatrice a été si présente dans sa vie, pas seulement par choix, il faut le préciser, qu'elle s'imagine devoir l'être tout autant pour sa fille. Encore hier soir, son mari lui a rappelé qu'il ne la laisserait pas gâcher l'existence de leur fille. Rosalie doit apprendre à vivre sans être collée tout le temps sur sa mère. En plus d'être sain pour elle, ce l'est pour ses parents. Pour Josée parce qu'elle commence à peine sa vie d'adulte et pour Germain parce qu'il n'a plus à s'inquiéter pour sa femme. Josée partage son avis. Elle est bien placée pour savoir à quoi mène un trop-plein de mère. C'est juste difficile par moments de faire la part des choses.

— Tu n'as jamais pensé à avoir des enfants ? lui demande Josée.

— Si seulement tu savais combien de temps j'ai passé à analyser le pourquoi du comment ! J'étais incapable de me décider. Je me suis réveillée un beau jour avec la dure réalité : j'étais trop vieille pour enfanter. Et seule aussi. Sans vouloir me vanter, j'ai eu toutes les occasions du monde pour devenir mère et je les ai toutes rejetées du revers de la main sous prétexte que ce n'était pas le bon moment. C'est à mourir de rire parce que, vois-tu, j'ai fini par comprendre, trop tard, qu'il n'y a pas de bon moment pour tomber enceinte et pas de mauvais non plus.

— Est-ce qu'il t'arrive de le regretter ?

— Jamais ! À chaque moment de ma vie, j'ai fait les choix que je croyais être les meilleurs pour moi. Je vais sans doute te paraître égoïste, mais, contrairement à bien des femmes, je ne rêvais pas d'une maison remplie d'enfants. Je les aime en passant et, la plupart du temps, à distance.

Les deux femmes se réfugient chacune dans leurs pensées et elles y restent jusqu'à ce que la porte s'ouvre sur Julie.

— Bonjour, Katy ! Salut, tante Josée ! J'ai fait un petit détour pour venir te saluer avant de rentrer. En passant, ton affiche extérieure est vraiment très belle.

— Grâce à toi et à Gabriel ! Comment vas-tu ?

— On ne peut mieux ! J'ai perdu mon emploi à la galerie et grand-papa vient de me confirmer qu'il veut que je travaille pour lui aussi les jeudis et vendredis. Je ne pouvais pas espérer une telle réponse.

Diane lui en a glissé un mot la dernière fois qu'elle l'a vue. Sa belle-sœur et amie était furieuse contre son ex-meilleure amie.

— T'occupes-tu toujours de boucler les spectacles du groupe de David et de Martine ?

— Bien sûr ! Entre toi et moi, c'est de plus en plus facile. Ils sont bons et les gens qui les ont engagés les recommandent à leurs amis. Tu devrais assister à un de leurs spectacles. Aimerais-tu que je t'invite ?

Il en faut peu pour émouvoir Josée. Elle n'avait pour ainsi dire jamais eu de réelle relation avec Julie avant que Diane la supplie de créer le logo de sa pâtisserie, parce que c'est ce qu'elle a fait. Évidemment, Josée n'est pas au courant de la démarche de sa mère. À la seconde où sa nièce lui a montré le fruit de son travail, Josée a craqué pour cette jeune artiste bourrée de talent et ne s'est pas gênée pour l'encenser et lui traduire sa reconnaissance. Depuis, la tante et la nièce ont toujours du plaisir à se voir.

— J'adorerais ça, à la condition que tu sois là.

— Laisse-moi le temps de regarder leur agenda de plus près et je te reviens. En attendant, je mangerais bien quelque chose de bon. Est-ce que par hasard tu aurais ça pour moi ?

— Que dirais-tu d'un brownie avec une boule de crème glacée à la vanille et un grand café au lait ?

— N'en dis pas plus… Oui, je le veux.

— C'est comme si c'était fait, lance joyeusement Josée. As-tu hâte de reprendre le cégep ?

— Je suis bien trop occupée pour y penser. Ça va sûrement te paraître bizarre, mais j'aime tellement mon travail au bureau de mon grand-père que j'envisage sérieusement de m'inscrire en droit à l'université.

Josée fronce les sourcils sans s'en rendre compte. Sa nièce est si talentueuse qu'elle trouverait dommage qu'elle ne dessine plus. En même temps, elle peut comprendre que le portrait ne soit pas sa seule passion. Du moins, pas au même titre que la peinture l'est pour Diane.

— Si seulement j'avais eu ton aplomb à ton âge, ajoute Josée en déposant une assiette sur le comptoir.

— Mon professeur de philosophie te dirait que personne n'emprunte la même route parce que nous avons tous une destination différente.

— Et voici votre café, mademoiselle Maltais ! lance Katy.

Julie la remercie et va s'asseoir à la table du fond. Elle a besoin de se poser un peu, de passer sa journée en revue. Elle a commencé par demander un rendez-vous avec le patron. Léo l'a vue avant de recevoir son premier client. Cinq minutes plus tard, il lui a confirmé sans hésiter qu'elle travaillerait à son bureau du lundi au vendredi. Il a même ajouté à la blague qu'il devrait appeler Léa pour la remercier de l'avoir libérée. Un peu avant midi, Thomas a demandé à la voir avec Xavier. Leur dernière trouvaille a permis de confirmer un nouveau suspect dans le meurtre de la femme de Renaud Lambert. Il n'en fallait pas plus pour les motiver à revoir tout ce qu'ils ont en main afin de repérer un autre élément qui aurait échappé à tout le monde jusqu'à maintenant. Alors que Xavier allait partir, Julie lui a montré ce qu'elle venait de découvrir. Ils ont couru en informer Thomas qui, à son tour, a débarqué dans le bureau de Léo. D'après ce dernier, ils possèdent tout ce qu'il faut pour faire innocenter leur client. Jusqu'à ce jour, Julie ne s'était jamais interrogée sur le réel pouvoir détenu par les avocats pour défendre leurs clients. Elle reconnaît sans difficulté qu'il vient forcément un moment où ils sont obligés de passer à un autre dossier. Et puis, tous les accusés n'ont pas la chance que leur avocat croie à leur innocence hors de tout doute, comme c'est le cas de M. Lambert.

Lorsque Julie baisse les yeux sur son assiette et qu'elle n'y voit que des miettes, elle sourit et se rabat sur son café. La prochaine fois qu'elle s'offrira une petite gâterie, elle prendra le temps de la déguster. Promis !

***

Postée devant le miroir de sa salle de bain depuis plusieurs minutes, Martine ne sait plus quoi inventer pour se composer un « visage de monde », comme dirait sa grand-mère Béatrice. Elle est pâle à faire peur depuis deux semaines et plus personne ne la croit lorsqu'elle prétend que c'est à cause de la chaleur. Pas même David ! Il rit quand elle lui sert sa réponse toute faite. Oh, surprise ! Elle a trouvé un test de grossesse au beau milieu de la table de cuisine ce matin. Doit-elle s'en réjouir – elle n'aura pas besoin d'aller en acheter un –, ou s'en offusquer ? En attendant de savoir quoi en faire, elle l'a rangé dans son sac à main. Elle refuse d'être seule lorsque quelques malheureuses gouttes d'urine suffiront à lui annoncer la naissance d'un petit être dont elle n'a souhaité la venue à aucun moment… pas même dans ses rêves les plus fous. Elle n'a aucune envie d'être l'exception qui confirme la règle, à savoir que la pilule anticonceptionnelle n'empêche pas toutes les grossesses. Elle ne se voit pas en train de pousser le landau familial en peinant pour monter un faux plat. Elle ne se voit pas non plus cumuler le manque de sommeil parce que son petit trésor confond le jour et la nuit. Bref, la dernière chose qu'elle souhaite demeure de près et de loin d'être mère. En tout cas, pas maintenant ! *Primo,* elle n'a pas terminé ses études. *Secundo,* elle n'a pas le temps ni l'argent pour prendre un congé de maternité. *Tertio,* qui s'occupera du petit quand il sera là ? Elle secoue la tête de gauche à droite en soupirant. Elle n'a qu'une envie : rester couchée et tirer le couvre-lit jusqu'à ses oreilles.

Devant l'étendue des dégâts – elle a l'air de porter la terre entière sur ses frêles épaules –, elle renonce à reconstruire son visage. Il vaudrait mieux qu'elle arrête son choix sur la personne avec qui elle veut découvrir la mauvaise nouvelle parce que son petit doigt lui souffle à l'oreille qu'elle connaît déjà la réponse. Elle a mal au cœur du matin au soir, elle mange tout ce qui lui tombe sous la main pour essayer de l'enrayer, elle dormirait adossée sur un arbre, elle a des goûts bizarres. Qui ? Certainement pas David… il sera fou de joie. Ni Julie, elle est trop occupée et trop jeune pour la comprendre. Encore moins Sonia. Plutôt mourir que de devoir endurer les remontrances de son bourreau. Grand-maman Béatrice ? Non plus ! Elle la plaindrait. Martine poursuit sa recherche de la personne idéale jusqu'à ce qu'elle arrive rapidement au bout de sa liste improvisée. C'est avec sa mère qu'elle veut vivre cet instant. Avec un peu de chance, elles auront la maison pour elles seules et, dans le cas contraire, elles s'enfermeront dans son atelier. Elle s'empresse d'aller l'appeler. C'est trop important pour qu'elle débarque comme un cheveu sur la soupe. Elle se connaît, elle aura besoin de toute son attention, pas seulement qu'elle l'écoute d'une oreille distraite sous prétexte qu'elle comptait profiter de l'absence momentanée de FX et de Florence pour avancer son tableau. Diane l'attend à l'heure qui lui plaira. Les tornades, comme elle s'amuse à les appeler, sont allées au zoo de Granby avec Sonia, Réjean et leurs deux derniers.

Sa mère lui a offert de venir dîner avec elle, mais Martine préfère régler la question au plus vite. Elle attrape son sac à main au passage et sort de son logement d'un pas décidé. Elle descend les escaliers en tenant la main courante. À moins d'avoir les bras chargés, elle le fait depuis le jour où David et elle ont emménagé ici. Elle les appelle les meurtriers. Peu importe la température qu'il fait, ils demeurent dangereux pour quiconque les prend à la légère. Plus jamais elle ne choisira un logement au troisième étage. Inutile d'imaginer vivre ici avec un bébé. C'est à la fois trop haut et trop petit. Elle soupire. Si seulement elle croyait avoir une chance d'être exaucée, elle arrêterait allumer un lampion à l'église où elle a fait sa première communion et sa profession de foi. Dans le doute, elle s'abstient et n'éteint son moteur qu'une fois son auto stationnée dans la cour de ses parents. Elle descend et marche d'un bon pas jusqu'à la porte d'en avant. Au lieu d'entrer sans crier gare comme elle a l'habitude de le faire, elle appuie sur le bouton de la sonnette et attend que sa mère vienne lui ouvrir.

— Depuis quand sonnes-tu, toi ?

Il n'en faut pas plus pour que Martine se jette dans ses bras et se mette à verser toutes les larmes de son corps sur l'épaule droite de sa mère. Surprise, Diane l'attire à elle, referme la porte et lui tapote le dos. Elle vient de se rendre compte que sa grande fille a des problèmes. Il est vrai qu'elle ne l'a pas vue depuis plus d'une semaine.

— Suis-moi à la cuisine, suggère Diane au bout d'un moment qui lui a semblé une éternité. Je vais nous servir à boire.

— Tu n'as rien d'assez fort pour moi, maman.

— Suis-moi quand même, je veux pouvoir te regarder.

— Ce n'est pas moi qu'il faudra fixer, mais le petit bidule sur lequel je vais aller faire pipi avant d'aller te trouver. Je reviens tout de suite.

Diane ne comprend rien à ce que Martine vient de lui dire. Pourquoi passerait-elle un test de grossesse alors qu'elle n'a jamais voulu avoir d'enfant et qu'elle prend la pilule depuis qu'elle a seize ans ? À moins que… Non ! Si sa fille a cru bon d'en passer un, c'est qu'elle croit être enceinte. Pitié ! Pas Martine ! Sa vie est réglée comme une horloge depuis qu'elle est toute petite. Aussi bien aller mettre de l'eau à bouillir plutôt que de se morfondre à pleurer sur son sort alors qu'elle ne connaît pas encore l'issue de ce fameux test. Il s'en faudrait de peu pour que Diane autorise ses larmes à couler. Elle doit faire un réel effort pour les retenir.

Concentrée sur le bruit que fait la bouilloire à mesure que l'eau se réchauffe, elle n'entend pas arriver Martine.

— Maman, dit-elle doucement en lui mettant le test sous les yeux.

L'espace d'une seconde, Diane préférerait être aveugle. Comme ce n'est pas le cas, elle se ressaisit et s'efforce de décoder ce qu'elle voit. Elle sent ses jambes ramollir et s'agrippe au comptoir pour ne rien laisser paraître.

— Je suis enceinte, entend-elle dans son oreille droite dans un murmure.

Elle se retourne et serre sa fille le plus fort qu'elle peut. Il n'existe aucun mot assez fort pour la consoler. Savoir qu'un petit être se développe dans son ventre peut changer une vie en mieux et en bien pire aussi.

— Maman… je ne veux pas de ce bébé.

Diane lui flatte le dos dans l'espoir de trouver quoi dire dans une telle situation. Elle élimine d'emblée les félicitations, elles ne sont pas de mise. Elle passe outre les mots d'encouragement du genre « le meilleur est à venir, donne-toi le temps de te faire à l'idée ». Il ne lui reste plus que la phrase que toute mère digne de ce nom devrait refuser de prononcer : « Tu pourras toujours compter sur moi, même si tu décides de ne pas le garder. » Tant pis pour ceux qui croient détenir la vérité. Elle a désiré chacune de ses grossesses et elle a trouvé la tâche tellement prenante et ardue que si c'était à refaire elle passerait peut-être son tour. Elle n'a jamais crié sur les toits qu'elle était pour ou contre l'avortement. Elle a toujours cru que la décision appartient d'abord et uniquement à la mère. Elle ose espérer que la Révolution tranquille a abattu quelques barrières au passage pour faciliter les choix des femmes, mais est-ce réellement le cas ? Elle ne saurait le dire. Le jugement a la vie dure. Elle n'a qu'à penser à l'attitude d'Yves face à l'homosexualité de Marc. La partie n'est jamais gagnée lorsqu'on ose mettre un pied hors des sentiers battus. Il y a toujours quelqu'un pour vous enfarger.

— Je comprends, ma grande.

— Moi, je ne comprends pas. Je n'ai rien fait pour que ça arrive. Il faut que tu m'aides à m'en débarrasser avant qu'il soit trop tard. Jure-le-moi, maman.

Diane lui caresse doucement la joue. Elle ne s'attendait pas à devoir gérer une crise de cette envergure aujourd'hui. Si elle s'écoutait, elle se laisserait glisser le long du mur et pleurerait toutes les larmes de son corps. Pas sur elle, parce que peu importe ce qu'elle fera, elle demeurera toujours une simple spectatrice, mais sur le malheur qui frappe Martine de plein fouet. Si elle décide de le garder, elle souffrira le martyre toute sa vie puisqu'elle ne l'aura pas désiré. Si elle s'en débarrasse, elle y pensera tous les jours. Si elle le donne en adoption, elle le cherchera parmi les enfants qui croiseront sa route.

— Je serai toujours là pour toi, lui dit sa mère. En as-tu parlé avec David ?

— Non et je n'ai pas l'intention de le faire non plus. Il va vouloir que je le garde et c'est au-dessus de mes forces. Je suis piégée de tous bords tous côtés et tu es la seule personne en qui j'ai confiance. Je t'en prie, maman, aide-moi à voir clair dans tout ça.

— Assieds-toi, je vais t'apporter un grand verre de thé glacé.

— Un verre d'eau fera l'affaire et je vais me servir. J'ai mal au cœur du matin au soir et c'est encore pire quand j'avale du sucré. Prends le temps de te préparer un thé, j'ai toute ma journée.

Vu la complexité du sujet, Diane se dit que ce ne sera pas de trop. Elle s'affaire à ébouillanter le sachet qu'elle vient de mettre dans sa tasse et s'assoit devant sa fille. Elle préfère la regarder en face.

— J'aimerais que tu m'expliques pourquoi tu ne veux pas de cet enfant.

Martine se prend le visage à deux mains et ferme les yeux, histoire de réfléchir à la réponse qu'elle donnera à sa mère. Non seulement elle sait qu'elle n'en veut pas, mais elle en est convaincue. Reste à mettre des mots sur ce qu'elle ressent au plus profond de son être.

— Parce que je n'ai jamais eu envie de jouer à la mère. J'ai toujours voulu faire carrière comme chanteuse et je n'y arriverai pas si je dois m'occuper d'un bébé. Aussi parce que je commence à peine à vivre et que je ne laisserai personne se mettre en travers de mon chemin, surtout pas un enfant.

— Penses-tu vraiment tout ce que tu viens de me dire ?

— Chaque mot ! Je sais que David ne me le pardonnera pas. Je suis prête à le perdre si c'est le prix à payer pour sauver ma peau.

Les paroles de Martine sont dures à entendre. Elles peuvent même paraître égoïstes à première vue, sauf pour Diane. Elle la connaît assez pour savoir qu'il n'en est rien. C'est une question de survie et elle n'a pas d'autre choix que celui de l'accompagner dans cette étape cruciale de sa vie.

— Est-ce que je vais pouvoir revenir vivre à la maison le temps de me revirer de bord ?

— C'est à Julie que tu devrais poser la question. Si jamais elle refuse, remarque que ça m'étonnerait, tu n'auras qu'à t'installer au sous-sol. Tu auras toujours une place ici.

***

Thomas se félicite d'avoir écouté son père, pour une fois. Il a contacté sa maîtresse et elle a accepté de le voir à l'endroit habituel. Même s'il mourait d'envie de la prendre dans ses bras, il lui a dit qu'il voulait d'abord discuter de leur avenir. Il n'oubliera jamais le sourire qu'elle lui a fait. Il a pris le temps de lui expliquer sa position par rapport à sa famille et son attachement pour elle. Il a insisté sur le fait qu'il tenait à elle et que, malheureusement, il n'avait rien de nouveau à lui offrir si ce n'est quelques rares moments de plaisir. Elle s'est approchée de lui et lui a donné sa position. Elle ne veut pas d'un homme à plein temps dans sa vie, elle veut seulement le meilleur et c'est ce qu'il lui donne. Elle se fiche éperdument de devoir aller fêter Noël seule dans sa famille. Ou le jour de l'An. Ou Pâques. Ou même la Saint-Valentin. Elle ne veut surtout pas imposer les siens à qui que ce soit. Et leurs petits rendez-vous lui plaisent beaucoup. Elle lui a ensuite sauté au cou et ils se sont aimés jusqu'à ce que l'heure du départ sonne pour Thomas.

C'est ainsi que le bonheur est revenu dans sa vie, au bureau et à la maison. Même sa femme lui a fait remarquer qu'elle était contente que son mari soit de retour. Il y a longtemps qu'il a renoncé à comprendre pourquoi elle se comporte d'aussi curieuse manière. Enfin, les enfants grandissent pendant ce temps-là et ils vivent au sein d'une famille unie, ce qui n'est pas rien à une période où plusieurs couples se défont autour d'eux. Hier, au souper, son fils de treize ans a souligné la chance qu'ils ont que leurs parents soient toujours ensemble. Sa sœur l'a regardé avec des points d'interrogation dans les yeux. Il lui a dit qu'il n'y avait rien de drôle à avoir deux maisons, deux chambres et à vivre dans ses valises. À la grande surprise de Thomas, elle a fini par acquiescer. Comme quoi les enfants sont moins bêtes qu'ils n'y paraissent.

Il a reçu une lettre de sa mère hier. Elle l'attend à Haïti à la date prévue. Elle a même pris soin d'ajouter qu'elle a hâte de le voir. Il a relu le passage trois fois. Il est si rare que la grande Hélène s'abaisse à avouer ses sentiments. Au départ, il avait l'intention de rester deux semaines là-bas. C'est d'ailleurs ce qu'il lui avait annoncé. Une fois à l'agence de voyages, son agent lui a conseillé de raccourcir son séjour.

— Le paysage est à couper le souffle, mais j'aime autant vous avertir que les hébergements cinq étoiles n'arrivent pas à la cheville de nos grandes chaînes hôtelières classiques. À votre place, je jouerais la carte de la sécurité… quitte à y retourner un jour. Je vous recommande une seule semaine.

Thomas a accepté. Il n'a jamais eu l'âme d'un missionnaire et il doute fort de la développer en quelques jours. Il passera les deux premiers jours de son voyage ainsi que le dernier dans la capitale et les quatre autres avec Hélène. Il a offert de nouveau à sa femme de l'accompagner, mais elle s'est empressée de refuser. De toutes les personnes qu'il connaît, elle est probablement celle qui déteste le plus la misère. À bien y penser, partir seul lui fera sûrement du bien.

Réal l'a invité à dîner hier, une première à vie. Son frère n'est plus le même depuis qu'il a retiré son col romain et c'est tout en son honneur. Il lui a parlé de sa nouvelle vie et Thomas lui a témoigné plus d'attention en un seul dîner qu'au cours des vingt dernières années, sans aucun effort, il faut le souligner. Il lui a même dit qu'il irait volontiers assister à une de ses conférences, ce qui a ému Réal aux larmes. Pour finir, il lui a offert son aide le jour du déménagement dans sa nouvelle maison. Thomas est encore sous le choc d'avoir rencontré un homme complètement différent et fascinant dans la peau de ce frère qu'il trouvait plus ennuyant que trois jours de pluie d'affilée. Il reconnaît n'avoir jamais fait d'efforts pour s'intéresser au prêtre qu'il était devenu, il n'a jamais été porté sur la religion. Aux dires de Colombe, Réal était parmi les meilleurs de sa profession. Il veut bien la croire sur parole. Les yeux de son frère pétillent lorsqu'il parle de sa douce. Thomas a été le premier surpris quand il lui a appris que c'était en partie à cause d'Hélène qu'il était entré en religion et grâce à elle qu'il en était sorti. À croire que leur mère n'a pas toujours été à côté de la plaque. Tant mieux !

Les deux frères se sont promis de se revoir bientôt. Cette fois, ce sera Thomas qui invitera. Comme il l'a dit à Réal, ils feraient mieux d'aller souper. Ça leur laissera ainsi plus de temps pour discuter. Jamais Thomas n'aurait cru tenir ce genre de propos en parlant de son frère. Ils n'ont pas fixé de date, mais tout porte à croire qu'ils se reverront à son retour d'Haïti.

# 24

Charles cherche la meilleure manière de se rapprocher de son père. Il savait que ce ne serait pas simple, sauf que même après des jours de réflexion il en est encore au point mort. À vrai dire, le seul élément qui suscite un certain intérêt chez Paul lorsque les deux hommes sont ensemble, c'est Nougat. Le chien n'a qu'à branler la queue pour que son paternel se fende en quatre pour lui faire plaisir. Il lui a même acheté un gros sac de gâteries et il lui en donne sans compter chaque fois qu'il le voit. Charles a compris le message : ne jamais venir visiter son père sans son chien.

— Papa, annonce-t-il gentiment, est-ce qu'il y a quelque chose que tu aimerais qu'on fasse ensemble ?

— Je rêve de te battre au golf.

— Hein ? Depuis quand t'intéresses-tu à ce sport ?

— Depuis toujours, c'est juste que je n'en ai jamais parlé. Veux-tu savoir pourquoi ? Parce que je n'avais ni le temps ni l'argent pour y jouer. Je me suis même acheté un sac et des bâtons la semaine passée. Aimerais-tu les voir ? Suis-moi, ils sont dans le garage. Garde ça pour toi, ton frère n'est pas encore au courant.

— Sais-tu jouer, au moins ? lui demande Charles d'un ton taquin.

— Réserve-nous un départ et tu verras par toi-même.

Il y a quelque chose que Charles ne saisit pas. Pourquoi son père l'a-t-il obligé à jouer au baseball et au hockey alors qu'il était lui-même mordu de golf ? Il aime croire que ça partait d'une bonne intention, du genre que ces deux sports sont à la portée de la majorité des gens, contrairement au golf. Il adorerait connaître le fin fond de l'histoire, mais son petit doigt lui dit que Paul ne risque pas de se perdre dans les explications et encore moins dans les excuses.

— Gabriel m'a dit que tu t'étais acheté un sac de golf, lance Paul en ouvrant la porte de son garage. Tu as bien fait, mon garçon.

— Ne me dis pas que le tien est encore dans son emballage…

— Quand même pas ! Je l'ai rangé avec mes outils dans la garde-robe du fond.

On peut reprocher une foule de choses à Paul, mais certainement pas celle d'être en désordre. Comme se plaît à le dire Béatrice, aucune femme ne lui arrive à la cheville lorsqu'il s'agit de ranger. Il ouvre la porte et sourit en voyant son sac de golf.

— Wow ! s'écrie Charles en posant les yeux dessus. Tu as mis le paquet !

— C'est sûrement le seul que je vais m'acheter avant de mourir, alors j'ai décidé de ne pas regarder à la dépense.

— L'as-tu essayé, au moins ?

— Je suis allé jouer deux fois avec mon voisin. J'aime autant te dire que ça ne suffit pas d'avoir de beaux bâtons. Je frappe comme un pied, je perds au moins une balle à chaque trou et je ne me donne pas la peine de compter mes coups tellement j'en fais. Malgré tous ces petits inconvénients, j'adore ça.

— On pourrait suivre des cours ensemble, suggère Charles d'une voix mal assurée.

— Bonne idée ! Je suis libre tous les soirs.

Un large sourire s'affiche sur les lèvres de Charles. Il pourra enfin faire une activité avec son père et même pratiquer un sport. Il prend le temps d'essayer les bâtons. Il est clair qu'ils sont de meilleure qualité que les siens. Il aurait pu s'en offrir des semblables, mais il a choisi le *kit* qui lui semblait approprié à ses besoins de débutant. Si jamais il excelle comme il l'espère, il le vendra et s'en achètera un autre.

— Je m'occupe de nous inscrire et je te reviens. C'est pour aller jouer que ça risque d'être plus difficile. À moins que tu viennes me rejoindre au chalet samedi prochain. Tu comprends, la saison est courte et je ne me vois pas laisser partir Diane seule avec les enfants une fois de plus. Déjà qu'elle les a sur les bras tout l'été et qu'ils sont loin d'être reposants.

— Ta mère va être contente d'aller passer la journée sur le bord de l'eau, elle n'arrête pas de m'achaler pour qu'on aille vous voir. Encore plus depuis qu'on est revenus de la Gaspésie.

— Au risque de me répéter, vous êtes toujours les bienvenus.

— Est-ce que Léo va venir jouer avec nous ?

— Ça m'étonnerait, il déteste le golf pour s'en confesser.

— Tant mieux, je serai moins gêné si on est entre nous.

— Remarque que ça n'exclut pas qu'on nous affecte un joueur et peut-être deux dans le cas où Gabriel ne voudrait pas venir avec nous. Arrête de t'en faire, on ne peut pas être bon dès le premier essai.

— J'ai quand même ma fierté.

Sa boutade fait rire Charles. Personne n'aime avoir l'air fou quand il tient un bâton de golf dans ses mains. Quant à la fierté de son père, il dirait sans aucune chance de se tromper qu'elle dépasse l'entendement. Paul ne se donne pas droit à l'erreur.

— Eh bien, raille Charles, tu n'auras qu'à la mettre dans ta poche, pour une fois. Je te confirme que le ridicule ne tue pas. Tu n'as qu'à me regarder, j'en suis la preuve vivante. Si tu veux savoir, je joue comme un pied et je m'en fous éperdument. Je passe mes journées à tout donner et ça me suffit. Je joue au golf parce que ça m'amuse, pas pour épater la galerie.

— Maintenant, dis-moi comment vont tes deux petits monstres.

— Ça dépend des heures et parfois des minutes. Florence m'en veut toujours autant de m'être acheté un chien et elle ne rate pas une occasion de s'en prendre à FX quand il va le faire marcher. Idem quand il vient frapper des balles avec moi. Je n'ai jamais vu une fillette aussi poison. Je plains Diane de tout mon cœur d'avoir à la supporter tout l'été.

— Vous ne devriez pas la laisser vous mener par le bout du nez. À votre place, je l'inscrirais dans un camp de vacances pour les enfants difficiles. Mon voisin y a envoyé le sien l'année passée et, d'après ce qu'il m'a dit, il est revenu transformé.

— C'est drôle que tu me dises ça, FX m'a raconté que Léo leur a tenu le même discours la dernière fois qu'ils sont allés chez lui. Peux-tu t'informer auprès de ton voisin ?

— Avec plaisir ! En même temps, remarque que je suis mal placé pour parler. J'ai laissé ta sœur faire la pluie et le beau temps chez nous au lieu d'essayer de la raisonner.

Des phrases toutes faites viennent à l'esprit de Charles : « On fait ce qu'on peut avec des enfants, pas ce qu'on veut », « C'était perdu d'avance avec Josée», «On ne casse pas une fillette comme on casse une tasse de porcelaine, surtout quand elle s'appelle Florence». Plutôt que de les verbaliser, il soulève les épaules et dit:

— Regarde où elle est rendue aujourd'hui!

Les yeux de son père s'illuminent aussitôt. Charles est content de voir que derrière son air sévère se cache un cœur sur deux pattes. Difficile à toucher, il en convient, mais quand même bien présent.

***

Béatrice est folle de joie quand son jour de gardiennage arrive et, elle doit l'avouer, aussi contente lorsque Josée vient la chercher. La petite Rosalie lui saute dans les bras dès qu'elle la voit, sa réaction l'émeut aux larmes chaque fois. Elle a beaucoup vu ses autres petits-enfants, mais, elle doit l'avouer, c'est différent avec la fille de Josée. Pourquoi? Elle ne saurait le dire. Cette petite poupée la fait craquer. Jeannine a promis de venir dîner avec elles. Après la sieste de Rosalie, elles l'emmèneront jouer au parc.

La petite fille ne se plaint pas d'avoir deux grands-mères à son service, au contraire. Elle leur fait les yeux doux et profite de leur présence autant qu'elle peut, ce qui fait dire une fois de plus à Béatrice qu'on sous-estime les enfants et leur pouvoir de séduction. Elle n'a pas encore un an et elle sait déjà comment s'y prendre pour obtenir ce qu'elle veut. Sa moyenne au bâton ferait rougir plusieurs joueurs de baseball, même ceux qui se vantent d'être les meilleurs.

— Est-ce qu'il t'arrive d'avoir peur qu'elle soit comme sa mère? lui demande Jeannine.

— Jamais. J'ai beaucoup réfléchi ces derniers temps et j'en suis venue à la conclusion que j'ai créé le monstre. Dès l'instant où je me suis rendu compte que Josée n'était pas aussi vive d'esprit que ses frères et sa sœur, j'ai pris sur moi de l'aider alors qu'en réalité tout ce que j'ai fait, c'est de lui nuire. Pendant que j'en faisais trop, Paul s'est complètement retiré. Inutile d'ajouter que son attitude ne m'aidait pas. Il a toujours eu le don d'éviter les dossiers chauds. J'ai essayé de lui en parler pendant notre voyage en Gaspésie, mais il m'a fait comprendre qu'il est trop tard pour avoir des regrets maintenant que notre fille a pris son envol.

— Pour une fois, je suis d'accord avec lui. Tu ne sauras jamais ce que Josée serait devenue si tu l'avais laissée faire ses propres expériences sans la mettre dans la ouate. En même temps, tu as fait ce que tu croyais être le mieux pour elle.

— Tu m'en diras tant! J'ai érigé ma propre prison et, après, j'ai tout fait pour m'en évader. Je n'ai pas de quoi me vanter, sauf que je n'ai pas envie de gâcher les quelques années qui me restent à me morfondre. Je suis fière de la femme qu'elle est devenue et je le dois en grande partie à ma belle-fille Diane. J'ai encore du mal à comprendre comment elle a pu oublier tout ce que Josée lui a fait endurer parce que, crois-moi, elle ne l'a pas ménagée. Excuse-moi, tu dois trouver que je radote.

— Pas du tout! Tu devrais lui poser la question si ça te fatigue autant.

— Je l'ai déjà fait et elle m'a dit qu'elle s'entend très bien avec la nouvelle Josée et que c'est le plus important.

— Tu devrais suivre son exemple et arrêter de te torturer.

— Des fois, je me dis que je devrais aller m'asseoir avec Josée et m'expliquer.

Jeannine la regarde avec tendresse. Elle n'ose pas se rappeler le nombre de fois qu'elle a voulu parler avec Henri du temps où il venait lui quêter de l'argent sous prétexte qu'il avait besoin d'aide pour payer son hypothèque. Toutes ses tentatives sans exception ont échoué. Il est vrai que la situation n'a pas grand-chose de commun avec celle de Béatrice et de Josée. En même temps, il s'agit d'une forme d'exploitation à la fois différente et semblable de la part de deux enfants qui avaient pour but ultime de profiter de la trop grande bonté de leur mère. Il faut bien l'avouer, ni l'un ni l'autre n'aurait mis fin à son petit manège si un événement indépendant de leur volonté ne les y avait pas obligés.

— Pourquoi ressusciter les morts quand on sait que rien ni personne ne peut changer le passé ? Pour ma part, j'ai compris qu'Henri serait toujours Henri. Je ne vivrai probablement pas assez vieille pour savoir pourquoi il venait me soutirer de l'argent tous les mois. Est-ce que ça m'empêche de dormir ? Plus maintenant ! Tu vas me trouver bête : il m'arrive de me faire accroire que, s'il continue à venir me voir le premier de chaque mois, c'est uniquement pour prendre de mes nouvelles. Je te serais reconnaissante de ne rien ajouter et de me laisser mes illusions.

Béatrice lui sourit. Elle se verrait mal lui faire la leçon après tout ce qu'elle a fait pour soi-disant protéger Josée. Des deux, c'est elle qui s'en sort le mieux. Sa fille a pris sa vie en mains et pas rien qu'un peu. Il faut voir son grand talent de pâtissière et son service à la clientèle hors du commun. Elle a le commerce dans le sang, comme son grand-père maternel, avec le sourire en plus. Béatrice est convaincue qu'elle ira loin.

— Changement de sujet, lance Béatrice, as-tu réfléchi au prochain texte qu'on doit livrer ?

— Oui et non. J'ai pensé qu'on pourrait parler du danger qui guette les mères quand elles ne vivent que pour leurs enfants. À nous deux, on en sait assez long sur le sujet pour écrire un roman.

— Je vois déjà le titre en rouge sur la couverture: *Je veux divorcer de ma fille!* Sérieusement, j'adore ta proposition. Pas du roman, du sujet. Je suggère qu'on profite de la sieste de Rosalie pour noter nos idées.

— C'est parfait pour moi. As-tu averti les tiens que l'article allait passer dans le journal ce jeudi?

— Personne n'est au courant! Je préfère leur réserver la surprise. Mes deux gars et Paul se vantent de lire le *Journal de Montréal* de la première à la dernière page. Je me suis dit que c'est l'occasion rêvée de vérifier si c'est vrai. Si jamais aucun ne m'en parle, je verrai. Pour les filles, je posterai la page du journal à Suzan et j'en remettrai une à Josée après la parution. Et toi?

— Je n'ai pas pu résister à l'envie d'avertir mes enfants. Ils étaient tous très contents pour moi… sauf Henri. Il n'a pas réagi. Je ne sais pas pour toi, mais j'ai l'impression que notre prochain texte sera meilleur que le premier.

— J'ai bien envie de te croire.

L'effondrement de la tour de cubes érigée par Rosalie les fait sursauter pendant que la petite applaudit son exploit en riant. Quelques secondes plus tard, les deux amies lui emboîtent le pas. Les enfants ont le don de trouver le bonheur dans les petites choses.

— Comment ça se passe avec Sònia?

— On ne peut mieux! On travaille chacune dans notre coin et je ne peux pas dire qu'on dépense beaucoup de salive. Tu me fais penser que je la trouve bien silencieuse, en tout cas pas mal plus que la dernière fois que j'ai travaillé pour elle. Comme on dit, moins j'en sais et mieux je me porte. Diane m'a raconté qu'elle était enfin revenue à de meilleures intentions avec Martine et David. Les pauvres, il paraît qu'elle leur a fait la vie dure dès le moment où elle a su qu'ils allaient rester ensemble sans être mariés. Qu'est-ce que ça peut bien faire ? C'est juste un bout de papier !

— Tout dépend pour qui. La religion a perdu beaucoup de plumes ces dernières années, mais il reste encore des fanatiques. Pauvres enfants !

— Tu m'en diras tant ! Ma petite-fille n'est plus la même depuis qu'elle a emménagé avec son amoureux. Même Paul trouve qu'elle a perdu de son entrain. L'autre jour, il m'a dit qu'elle s'était jetée dans ses bras et qu'elle avait pleuré toutes les larmes de son corps avant de réussir à prendre sur elle. Il ne la reconnaît plus.

— Mets-toi à sa place une minute. Tu te fais saboter ton bonheur par une personne qui devrait être la première à te féliciter. Ma marraine avait l'habitude de dire que le bon Dieu a le dos large. C'est méchant de s'en prendre à ses enfants de la sorte. Tellement méchant !

— Je boirais bien un thé, moi, lance Béatrice à brûle-pourpoint.

***

Marc et Anthony ont de plus en plus de mal à supporter la présence d'Yves. Ils le trouvent faux et ça commence à bien faire. Depuis le fameux souper chez ses parents, il passe régulièrement devant leur appartement et qu'il arrête boire une bière un peu trop souvent à leur goût. Résultat : les amoureux commencent à être à court d'excuses pour abréger sa visite. Et leurs souffrances ! En vérité, ils n'en peuvent plus de l'écouter vomir les mêmes propos sur les femmes, les gais, les concubins… À croire qu'il est le seul à détenir la vérité ! Ils veulent bien être polis et courtois, sauf qu'il y a des limites à leur bonté. Ils doivent trouver un moyen de se débarrasser de lui sans faire de vagues et le plus tôt sera le mieux.

— On n'a qu'à s'inventer une fausse vie en parallèle de notre vraie ! lance Anthony. Ça nous donnera de nouveaux arguments pour le retourner d'où il vient.

— Je vais te dire ce qu'on va faire, lance Marc d'un ton décidé. Je vais l'inviter à aller boire une bière dans un bar et je vais lui faire comprendre qu'il ne peut plus débarquer chez nous sans s'annoncer.

— À sa place, je te rappellerais que tout le monde fait ça.

— Je te ferai remarquer que la plupart des gens ont au moins la décence d'attendre qu'on aille leur ouvrir. J'en ai marre de barrer la porte derrière moi, de rentrer la tête dans les épaules chaque fois que j'entends sonner et de me sentir obligé de l'inviter à manger parce qu'il a le don d'arriver à l'heure des repas. On est chez nous ici et Yves n'est pas notre coloc, à ce que je sache. Quitte à ce qu'il m'envoie balader, c'est aujourd'hui que son petit manège s'arrête.

— Veux-tu que j'y aille avec toi ?

— Ne le prends pas mal, mais c'est entre lui et moi.

Marc a pris beaucoup d'assurance cet été, et pour cause. Anthony et lui profitent de l'été au maximum. Quand ils ne sont pas à la plage, ils traînent sur une terrasse sur Sainte-Catherine, Saint-Denis ou dans le Vieux-Montréal. Ils ont élargi leur cercle d'amis par la force des choses et se sont promis de les recevoir dès que la température sera plus fraîche. Tous ne sont pas gais, mais tous possèdent une grande tolérance aux différences. Ces nouvelles rencontres ont obligé Marc à se présenter tel qu'il est. C'est ainsi qu'il en est venu à la conclusion que le petit numéro d'Yves a assez duré.

— La seule chose qui me fait de la peine dans le cas où il m'enverrait paître, et c'est sûrement ce qu'il fera, ajoute Marc au bout d'un moment, c'est de ne plus voir sa mère. Je suis attachée à elle presque autant qu'à la mienne.

— Tu n'auras qu'à lui donner rendez-vous pour un café le jour où elle va faire son épicerie.

Marc opine du bonnet et lui sourit. Il a beaucoup de chance d'être tombé sur un gars comme Anthony. Il a beau lui chercher des défauts, il ne lui en trouve pas. En réalité, son amoureux est bourré de qualités, ce qui a pour effet de lui faire oublier qu'il est traîneux comme dix.

— J'ai une question à te poser, dit Anthony en lui faisant les yeux doux.

— Prends ton mal en patience, répond Marc sans hésiter, il fait bien trop chaud pour se coller.

— Tu n'y es pas du tout, ajoute-t-il avant de se pincer la lèvre inférieure. Si c'était possible, est-ce que… est-ce que tu accepterais de te marier avec moi ?

La question d'Anthony l'atteint en plein cœur. Il était loin de s'attendre à ça. Il rit, mais son rire traduit sa nervosité. Il ne connaît personne d'autre qui oserait faire une telle demande alors que la majorité des gens peinent encore à prononcer le mot « gai ».

— Avec plaisir ! Ça te dirait d'aller prendre une douche ? Une seconde, je vais aller vérifier si la porte est barrée.

Pour une fois, ils n'ont pas vidé le réservoir à eau chaude. Quant à l'effet de fraîcheur, il ne dure pas; la chaleur est suffocante dans leur appartement.

— Si j'osais, lance Marc, je dirais qu'il fait plus chaud ici que dans la cuisine du restaurant.

— Ne m'en parle pas! le supplie Anthony. Je sue à grosses gouttes et je ne fais rien. J'aime autant ne pas penser à ce que ce sera quand je m'activerai devant les plaques.

— Pour ma part, je finis par oublier qu'il fait chaud quand je suis dans l'action.

— Tant mieux pour toi! As-tu réfléchi à ton choix de cours pour la prochaine session?

— La seule chose que je sais pour l'instant, c'est que je vais poursuivre mon programme en comptabilité. J'adore ça. Ce sont les cours optionnels qui m'embêtent. J'aimerais savoir faire autre chose que des bilans. Si seulement j'avais hérité du talent artistique de ma mère, je pourrais m'inscrire à des cours de dessin. Hum! Il y a longtemps que j'ai abandonné le projet, je ne suis même pas capable de dessiner un oiseau. J'ai pensé me tourner vers le chant, mais je fausse.

Sa tirade fait rire Anthony. Il voudrait l'encourager à développer ses talents artistiques que ce serait peine perdue. Marc a raison de dire qu'il est nul en dessin et en chant.

— J'ai une question pour toi, lui demande Anthony. Serais-tu à l'aise de remplacer ton père à la Ville?

— Tu veux ma mort ou quoi? J'adore la comptabilité autant que je détesterais la routine qui vient avec son emploi. J'ai envie de bouger. Si tu veux tout savoir, j'aimerais m'occuper des finances de plusieurs petites entreprises en même temps. Tu sais, du genre de celles qui n'ont ni les moyens ni le besoin de se payer un comptable à plein temps.

— Il me semblait, aussi ! Tu devrais appeler au secrétariat de la faculté et demander conseil. À moins qu'on passe à l'université avant d'aller travailler…

— Bonne idée ! Il ne peut pas faire plus chaud qu'ici.

***

Charles ignorait que se faire tatouer pouvait être aussi douloureux. Dès les premières attaques de l'aiguille sur son épaule droite, il s'est félicité d'avoir choisi le modèle réduit plutôt que le grand qui avait d'abord attiré son attention. Le plus difficile a été de trouver le concept. Après avoir passé des jours à réfléchir et à éplucher une montagne de catalogues de la première à la dernière page, il a fini par choisir une moto. Au début, il avait décidé d'y aller avec une en noir et blanc. Une seule bière avec Gabriel a suffi pour qu'il la troque pour une rutilante et colorée.

— Content de savoir que tu as survécu ! s'écrie-t-il en lui donnant une petite tape sur l'épaule.

— Change de bras ! lance Charles d'un ton autoritaire. Je souffre le martyre.

S'il croyait émouvoir Gabriel en se plaignant, il s'est trompé. Son frère rit à gorge déployée. Il savait qu'il était douillet, mais là il trouve qu'il exagère.

— Qu'est-ce que tu attends pour me le montrer ?

— Il est hors de question que je me déshabille ici, s'oppose Charles.

— Depuis quand es-tu aussi prude ? Je veux juste voir ton tatouage, pas tes pectoraux.

Charles soupire. Gabriel a la tête tellement dure qu'il ne le laissera pas s'en tirer aussi facilement. Ou il lui montre la bécane qu'il s'est fait tatouer ou il s'en va. Il fixe son frère, soupire de nouveau et remonte sa manche de chemise.

— Wow ! s'exclame Gabriel. Ça me donne presque envie d'en faire autant.

— Ça tombe bien, j'ai pris une carte professionnelle spécialement pour toi. Tiens.

— Ho ! Ho ! Je n'ai pas dit que je courrais pour me rendre dans un salon de tatouage !

— Et après, tu me traites de peureux. Je vais chercher deux autres bières.

Charles peut l'affubler de tous les noms, Gabriel sait qu'il ne se fera jamais tatouer. Il ne le supporterait pas. Il boit sa dernière gorgée de bière et pense aux nombreux changements que son frère a osé faire récemment. Il ne s'emporte même plus quand il lui parle du non-avancement des travaux pour les Jeux olympiques de 1976.

— Papa m'a dit que vous alliez jouer au golf ensemble samedi, lance Gabriel avant que Charles ait le temps de déposer les bières sur la table. Il était très content.

— Aimerais-tu venir avec nous ?

— Non merci ! Je ne serai jamais assez vieux pour courir après une petite balle au gros soleil pendant des heures. Je n'aurais jamais pensé que le père s'intéressait à autre chose qu'au baseball et au hockey.

— Et moi donc ! Tu devrais voir le sac qu'il s'est acheté. Il a dû lui coûter plus cher que ses vacances en Gaspésie et, d'après ce que maman m'a dit, il n'a lésiné sur rien.

— Ce n'est certainement pas moi qui vais lui reprocher de trop dépenser. Tant mieux si le golf le passionne. Ça lui donnera peut-être une bonne raison pour moins travailler. Les vacances lui ont fait du bien. Il n'a pas perdu son tournevis une seule fois depuis son retour.

— Je ne demande pas mieux que d'aller jouer avec lui. Réalises-tu que ce sera la première fois depuis que je suis adulte que je ferai une activité seul avec lui ? Je suis comme un enfant, je compte les dodos qui restent.

— Sacré grand frère ! s'exclame Gabriel. Toujours aussi romantique.

Cette fois, c'est Charles qui lui donne une tape sur l'épaule du revers de la main.

— Toi et tes maudits grands doigts secs ! Tu m'as fait mal !

— Tant mieux… c'était le but.

Ils lèvent leur verre en même temps et pouffent de rire. Les adolescents qu'ils ont été ne sont jamais très loin des adultes qu'ils sont devenus.

— As-tu hâte de t'envoler pour Paris ? lui demande Gabriel.

— Certain, mais j'ai le temps d'y penser. Faute de piloter un hélicoptère, je vais au moins pouvoir m'envoyer en l'air. C'est l'année des premières pour moi et je t'avoue que je commence à aimer ça. Diane n'arrête pas de me répéter que je vais adorer prendre l'avion. Tu sais quoi ? Je ne l'ai jamais vue aussi contente de partir en vacances avec moi. Enfin, je serai en vacances et elle fera le tour des galeries où seront exposées ses toiles. Seul hic : c'est dans plusieurs mois. Garde ça pour toi, mais j'ai très hâte qu'elle soit invitée à New York. J'ai toujours rêvé d'aller me perdre dans cette ville, de passer mes soirées dans de petits bars où on joue du jazz, de goûter aux hot-dogs qu'on vend dans la rue, d'aller voir la statue de la Liberté, de traîner dans Times Square, d'aller marcher dans Central Park, de…

— Woh, le frère ! J'ai le tournis à force de t'écouter énumérer tout ce qu'il y a à faire à New York. J'ai une idée : ça vous dirait que Suzy et moi vous accompagnions ?

— Avec plaisir ! Et si aucun galeriste ne l'invite d'ici un an, on ira quand même.

# 25

Monique est incapable de détacher les yeux de ses nouvelles armoires de cuisine, ce qui fait sourire Léo. Elle leur accorde autant d'attention qu'à la tour Eiffel la première fois qu'elle s'est assise à ses pieds pour prendre un verre de vin. Il va se placer près d'elle et met un bras autour de ses épaules. Peut-être qu'en les regardant sous le même angle que sa douce, il tombera en pâmoison devant un tel chef-d'œuvre lui aussi. Il éclate de rire.

— Je t'interdis de te moquer de moi ! s'écrie Monique d'un ton faussement autoritaire. C'est de ta faute si je ne peux pas m'empêcher d'admirer le travail de Gabriel et de Paul. Je n'ai jamais vu une aussi belle cuisine et c'est la mienne. Je te remercie, mon amour.

Elle se jette dans ses bras et laisse libre cours à l'émotion qui lui brûle les yeux. Léo rit malgré lui. Il se souvient du jour où Hélène et lui ont visité leur maison. Ça leur avait pris cinq minutes pour en faire le tour. Il venait de dépenser une petite fortune et tout ce qu'elle avait trouvé à dire se résumait à ces mots : « Ce n'est pas le grand luxe, mais ça fera l'affaire. »

— Promets-moi une chose, lui demande-t-il pour faire diversion.

— Tout ce que tu veux, mon amour.

— Promets-moi que tu vas t'en servir.

Monique met quelques secondes à saisir le sens de sa demande.

— Bien sûr ! répond-elle en lui faisant son plus beau sourire. Elle est parfaite. Tout est à ma portée et, en plus, elle est magnifique. Tellement que j'ai envie d'engager un photographe professionnel et d'envoyer des photos à tous les magazines de décoration. Qu'en penses-tu ?

Léo hausse les épaules. À vrai dire, ça l'indiffère totalement que la terre entière voie leur cuisine. Tout ce qu'il veut, c'est déménager au plus vite parce qu'il en a marre de vivre entouré de boîtes de carton. Il a essayé de convaincre sa femme de payer quelqu'un pour emballer et déballer leurs effets personnels, mais il n'a pas obtenu gain de cause. Contrairement à la plupart des gens, Monique aime faire des boîtes. Elle en profite pour se débarrasser des choses inutiles et superflues. Sa règle est simple : elle se départit de tout ce qui n'a pas servi au cours de la dernière année. Étant donné qu'elle consacre peu de temps au magasinage, elle peut dire sans se vanter qu'elle possède uniquement le nécessaire. Même Léo lui a fait remarquer que de toutes les femmes qu'il connaît, elle est la moins attachée aux biens de la terre. En fait, elle possède moins de choses que lui et c'est peu dire.

— Tu es bien meilleure juge que moi en matière de décoration, finit-il par dire. Fais-le si tu crois que ça peut ouvrir des portes à Gabriel et à Paul. Par contre, il faudrait vérifier le prix qu'ils demanderaient à un pur étranger parce que, même s'ils prétendent ne pas nous avoir fait de faveur, je pense que ça vaut bien plus que ce qu'on a payé.

— J'appellerai Gabriel. Je suis impatiente de faire cuire un lapin à la moutarde dans mon nouveau four et un Paris-Brest pour te sucrer le bec. J'ai vraiment hâte d'emménager.

Quel plaisir de voir la femme qu'on aime s'extasier devant des armoires et avoir hâte d'être installée dans sa nouvelle maison ! Quel plaisir de la voir mettre la main à la pâte sans se faire prier !

— Vas-tu laisser Milkshake aux fraises monter sur le comptoir ?

— Même si je refusais, il le ferait quand même. Il faut se lever de bonne heure pour changer les habitudes d'un chat. Je te parie qu'il va adopter la place comme il l'a fait chez moi.

— Et ça ne te dérange pas ?

— Non ! J'aime les belles choses, mais par-dessus tout j'aime m'en servir. Sinon, elles n'ont pas leur raison d'être. Parlant du chat, je trouve que la belle Florence l'a vite oublié.

— C'est drôle que tu en parles, je me suis fait le même commentaire quand j'ai nettoyé sa litière hier soir. Elle n'est pas facile ces derniers temps. Je plains FX.

Léo et Monique ont été témoins de plusieurs accrochages entre les deux jeunes en un seul et même après-midi. Son frère n'avait pas le temps d'ouvrir la bouche qu'elle lui sautait dessus. Elle était tellement insupportable que Charles l'a attrapée par un bras et l'a traînée jusque dans sa chambre avec interdiction d'en sortir avant le lendemain matin.

— Moi, c'est Diane que je plains. Contrairement à elle, FX peut se pousser quand il en a assez. J'ai toujours pensé que peindre demandait un minimum de concentration et de calme. Je ne sais pas comment elle fait pour supporter leurs éternelles chicanes.

— Donne-lui un peu de temps… elle va vieillir.

— Trop facile ! Des fois, je me dis que le bon Dieu sait ce qu'il fait, il était préférable que je n'aie pas d'enfant. Je n'aurais pas supporté de toujours être en train de faire de la discipline. On était six chez nous et on marchait au doigt et à l'œil.

— C'était pareil dans ma famille, mais je peux te dire que mes enfants n'ont pas suivi mon exemple. Diane et Thomas se faisaient un malin plaisir de contester mon autorité. Je n'avais qu'à dire blanc pour qu'ils disent noir. Regrettes-tu d'avoir pris le chat de Florence ?

— Pas une miette ! Il est beau et il a bon caractère. D'ailleurs, il va falloir trouver quelqu'un d'autre que Réal et Colombe pour venir s'occuper de lui pendant notre voyage. Il est hors de question qu'on leur fasse manquer leur séjour à Ottawa. Pensais-tu qu'un jour ton fils serait invité hors du Québec pour prononcer des conférences ?

Léo réfléchit pendant quelques secondes.

— Non ! Je suis très fier de lui. Pour revenir au chat de Florence, j'avoue être un peu hésitant à le laisser sans surveillance toute la journée, surtout dans notre maison neuve.

— Tu t'inquiètes pour rien. Il suffira de réduire son territoire en fermant les portes.

— J'ai une idée, lance Léo. On pourrait demander à Julie de venir s'installer ici.

— Et Xavier ? s'inquiète Monique.

Léo fronce les sourcils. Qu'est-ce que le jeune homme vient faire dans l'histoire ?

— Je ne voudrais pas que Diane et Charles nous taxent de les encourager à coucher ensemble, se croit obligée d'ajouter Monique.

— Aucune chance ! Ils savent que Xavier est en appartement. Pour le reste, tu sais aussi bien que moi qu'ils n'ont aucun contrôle sur ce que leur fille fait une fois qu'elle est sortie de la maison.

— Je suis d'accord pour confier notre nouvelle cuisine à Julie, ajoute-t-elle d'un ton décidé.

***

Le voisin est venu demander à FX et à Florence de lui rendre un petit service du genre «pouvez-vous venir remuer l'eau de ma piscine avant qu'elle tourne de l'œil?». Leur réponse ne s'est pas fait attendre. Ils ont couru chercher une serviette de plage – ils portent leur maillot en permanence depuis le début de l'été –, et lui ont dit qu'ils étaient prêts à travailler. En bonne mère poule, Diane s'est assurée que ses deux rejetons seraient sous haute surveillance et elle les a avisés qu'elle ferait un saut chez Josée.

— Promets-moi qu'on ne sera plus aussi longtemps sans se voir, lance sa belle-sœur dans un cri du cœur avant de se jeter dans ses bras et de la serrer jusqu'à l'étouffer.

— On peut même fixer notre prochain rendez-vous tout de suite, si tu veux. Remarque que ce serait probablement la meilleure chose à faire.

— J'ai tellement d'histoires à te raconter que j'ai peur d'en oublier. Tu n'es même pas venue à la pâtisserie.

— Ce n'est pas faute d'avoir essayé! Disons que mon horaire est surchargé ces dernières semaines. Les jeunes sont pires que pires et je préfère ne pas les laisser seuls trop longtemps. J'ai pensé t'appeler plusieurs fois, mais je n'ai pas osé. Je me suis dit que tu en avais plein les bras toi aussi.

Josée recule d'un pas et lui sourit.

— Je ne serai jamais trop occupée pour ne pas te voir ou te parler. Tu m'as manqué, mon amie.

Ses mots touchent Diane plus qu'elle ne l'aurait imaginé. Une solide amitié s'est développée entre elles et elle lui est très précieuse. Sans vouloir comparer, ce qu'elle a vécu avec Léa n'a jamais été aussi fort.

— Toi aussi. Sors ton agenda qu'on choisisse la date de notre prochain rendez-vous.

Josée décroche le calendrier mural et va chercher un crayon. Elle détache un carré de papier de son bloc et le tend à Diane.

— Mardi prochain à la même heure, lance-t-elle.

— Passe-moi ton crayon que je le note. Maintenant, j'aimerais que tu me dises ce que je pourrais grignoter pendant que tu vas me raconter tout ce qui t'arrive de beau et de moins beau.

Josée ouvre la huche à pain, en sort une assiette remplie de pâtisseries et la dépose sur la table de cuisine.

— À toi de choisir ! lui dit-elle. N'oublie pas de me donner tes commentaires. Si je peux me permettre une suggestion, je commencerais par un carré au caramel. J'avoue avoir un faible pour lui. Je ne te mens pas, dès que j'en prends une bouchée, je suis incapable de m'arrêter.

— Oh ! Ne me dis pas que tu cours moins de risque avec moi !

La boutade de Diane fait rire Josée. Si elle aime le sucré, ce n'est rien comparativement à son amie. Elle enfile les pâtisseries l'une après l'autre sans boire une gorgée de lait pour couper le sucre. On dirait qu'elle n'a pas de fond aussitôt que ce qu'on lui présente ressemble de près ou de loin à un dessert. Elle mord à pleines dents dans le fameux carré au caramel.

— J'adore et je veux que tu m'en réserves une recette complète.

— Elle donne douze petits carrés.

— Fais-m'en deux et avertis-moi quand ils sortiront du four. Je viendrai les chercher ici ou à ta pâtisserie. Charles va les adorer.

— Si les enfants ne les engloutissent pas tous avant qu'il rentre du travail.

— Compte sur moi, je vais m'organiser pour qu'ils ne les voient pas.

— Ils vont les sentir.

Diane plisse le nez. Qui a dit qu'une mère était obligée de tout partager avec ses enfants ? Elle trouvera le moyen de les ranger hors de leur portée.

— Fais-m'en trois recettes : une pour les deux tornades, une pour Charles et une pour moi.

— Et Julie ?

— Elle est trop occupée pour s'intéresser aux carrés au caramel. Je t'écoute, maintenant.

Josée lui parle de ses produits vedettes à la pâtisserie, de l'augmentation des ventes, des clients qu'elle affectionne particulièrement, de la visite de Julie, des idées qu'elle et Katy ont eues pour développer la complémentarité de leurs commerces, de la boîte à suggestions qui déborde…

— Wow ! s'exclame Diane. Si vous continuez à ce rythme-là, vous allez finir par vous trouver à l'étroit.

— C'est drôle que tu me dises ça. Le propriétaire de la petite librairie d'à côté est venu nous voir hier et il nous a dit qu'il pensait sérieusement à fermer boutique en janvier. Katy et moi en avons discuté pour en venir à la conclusion que c'est trop tôt pour nous. On doit solidifier nos acquis avant de penser à doubler le nombre de pieds carrés. Après tout, rien ne nous garantit qu'on vendra deux fois plus si on paie deux fois plus cher de loyer.

— Je pense que c'est sage… vous êtes associées depuis quelques semaines seulement. Comme tout nouveau commerce, tout est encore à faire. On peut dire que vous vous débrouillez très bien. Entre toi et moi, Katy te doit une fière chandelle.

— Elle n'arrête pas de me remercier alors qu'en réalité elle a fait au moins autant pour moi, sinon plus. À ton tour, maintenant, je t'écoute.

— Prépare-toi, lance-t-elle d'un ton taquin, ça va chauffer.

Diane revient sur la dernière frasque de Léa, elle ne peut pas s'en empêcher. Elle lui parle ensuite de son amour pour Nougat et de tout le branle-bas de combat provoqué par la réaction de Florence. Elle lui confie le nouvel intérêt de Charles pour le golf et lui apprend qu'il s'est fait tatouer sur le bras.

— Mon frère s'est fait faire un tatouage ? s'exclame Josée. Je le croirai quand je le verrai. Le Charles que je connais est bien trop *straight* pour avoir fait ça. À ta place, je prendrais sa température. Il est sûrement malade.

— Tout ce que je peux te dire, c'est que ce n'est plus le même homme. Il est beaucoup plus zen depuis qu'il a arrêté de jouer au baseball. Le plus drôle, c'est que Réjean vient le chercher avant chaque partie dans l'espoir qu'il ait changé d'idée. Tout ça parce que Gabriel lui a rappelé ses rêves de jeunesse. Il pense même à s'acheter une moto et il ne se fâche plus quand on lui pose des questions sur l'avancement des travaux pour la tenue des Jeux olympiques.

— Tant mieux ! De toute façon, il n'y a pas grand-chose à dire sur le sujet ces temps-ci puisque les ouvriers sont toujours en grève. Est-ce qu'il t'arrive d'avoir peur qu'on nous retire les Jeux ?

— Peur ? Non parce que je ne fais pas partie de ceux qui seront rivés à leur écran de télévision du début à la fin et encore moins qui iront s'asseoir au gros soleil pour y assister. Par contre, j'aimerais bien posséder le carnet de contacts du maire Drapeau. J'en vendrais, des toiles ! Des fois, j'ai l'impression qu'il est intouchable. En tout cas, à la place du premier ministre, il y a longtemps que je lui aurais demandé de me rendre des comptes. Ni toi ni moi ne serons de ce monde le jour où la dette laissée par ces Jeux sera remboursée, même s'ils n'ont pas lieu. Les idées de grandeur, ça coûte cher.

— On l'a vu avec l'Expo. Tu as raison, notre maire est pesant. À moins que notre premier ministre soit en admiration devant lui. Remarque que ça ne m'étonnerait pas. En tout cas, pour ma part, il y a longtemps que j'aurais mis de l'ordre dans tout ça. Je déteste la politique sous toutes ses formes.

— Alors, on est deux.

Diane jette un coup d'œil à Josée avant de tendre la main vers un troisième carré au caramel, comme si elle avait besoin de sa bénédiction pour succomber à la tentation.

— Ne te gêne surtout pas pour moi ! lance Josée en riant. En ta qualité de goûteuse officielle, tu peux en manger autant que tu veux. Et les enfants ?

— Marc file le parfait bonheur avec Anthony. J'adore ce garçon. Pour tout te dire, je ne lui ai pas encore trouvé de défaut. Martine n'est pas au meilleur de sa forme ces temps-ci. Elle a toujours en travers de la gorge la guerre que lui a livrée Sonia parce qu'elle a débauché son fils. Même ton père s'inquiète pour elle. Il m'a appelée hier soir et il m'a fait promettre de veiller sur elle. Si seulement je pouvais…

Elle a le cœur si gros qu'elle est incapable de continuer à parler. Josée pose sa main sur le bras de son amie et lui dit:

— Si tu me racontais ce qui lui arrive?

Diane la regarde à travers ses larmes. La dernière chose qu'elle souhaite, c'est que le secret de Martine soit connu de toute la famille. En même temps, elle a besoin d'en parler et il appert que Josée est la personne en qui elle a le plus confiance. Elle ne l'a jamais trahie et, pourtant, elle lui a raconté bien des choses. Elle prend une grande inspiration et se vide le cœur.

— Pauvre chouette! laisse tomber Josée quand Diane arrive au bout de son histoire. C'est ce qu'on appelle ne pas avoir de chance. Je comprends qu'elle souhaite se faire avorter. Je ne sais pas si Sonia est consciente du mal qu'elle lui a causé avec toutes ses histoires de bondieuseries.

— Sans vouloir prendre sa défense, elle n'a rien à voir dans la grossesse de Martine.

— Imagine un instant que David et elle n'auraient pas subi ses foudres. Peut-être qu'elle resterait sur sa position. Peut-être aussi qu'elle serait contente d'attendre un bébé.

— Malheureusement, on ne le saura jamais. Si seulement je pouvais prendre une partie de sa peine. Elle fait pitié à voir, ma grande.

En parler à Josée n'a pas réglé le problème de Martine, elle seule peut le faire. Par contre, ça a enlevé un énorme poids de sur les épaules de Diane. Elle lui a promis de ne pas en parler à Charles et ça la ronge. Elle n'a pas l'habitude de lui cacher des choses qui concernent les enfants.

— Je dois en discuter avec Charles, ajoute-t-elle dans un souffle.

— Bonne idée ! Et Julie ?

— Elle roule à cent à l'heure comme d'habitude. Il n'y a pas grand-chose de plus à ajouter sinon qu'elle nage en plein bonheur depuis qu'elle travaille avec mon père. J'ai encore du mal à l'imaginer passer ses journées enfermée dans un bureau d'avocats, mais bon… Est-ce que je t'ai dit que Jérémy voulait écourter son voyage sous prétexte qu'elle lui manquait trop ? Je vais te faire sourire. Elle m'avait demandé de poster la lettre qu'elle avait écrite pour lui confirmer que c'était fini entre eux et je l'ai oubliée dans ma sacoche. À vrai dire, ça a pris pratiquement une semaine avant que je remette la main dessus. Inutile d'ajouter que j'ai couru au bureau de poste et j'ai prié pour qu'il la reçoive à temps. Je m'en serais tellement voulu s'il était débarqué avant la fin de son voyage.

— Ça ne m'étonne pas ! Ta sacoche est plus grande que le sac à couches de ma fille. Tout est bien qui finit bien et c'est tant mieux. Aimerais-tu que je fasse d'autre thé ?

— Mettons que ce ne serait pas de refus. Tes carrés sont délicieux, mais je commence à avoir mal au cœur.

Des pleurs mettent abruptement fin à leur discussion. Josée va chercher Rosalie. Celle-ci n'a pas dormi longtemps, mais ça n'a rien de nouveau. Ce n'est pas une grande dormeuse. Sa sieste de l'après-midi ne dépasse jamais une heure et, au grand dam de sa mère, elle ne la fait qu'un jour sur deux.

— Salut, ma toute belle, s'écrie Diane en tendant les bras à sa filleule. Viens me voir que je te dévore tout rond.

La petite ne se fait pas prier. Elle se colle sur sa tante et ferme les yeux.

— Hé, poulette ! s'écrie Josée, je te signale que ce n'est plus le temps de dormir.

— Veux-tu bien la laisser tranquille ! Il n'y a rien de plus agréable qu'un enfant qui dort sur toi. Mets l'eau à bouillir pour notre thé, je m'occupe de ta fille.

Diane lui caresse les cheveux et lui chante une berceuse que seule Rosalie peut entendre. La petite ne bouge pas d'un poil. Elle a mis ses bras autour du cou de sa marraine et elle s'est rendormie.

— Le thé de madame est servi, clame Josée en remplissant les tasses. Je ne me fatigue pas de la regarder. Des fois, avant d'aller me coucher, je vais m'asseoir à côté de sa bassinette et je lui flatte les cheveux. Si Germain ne venait pas me chercher, je pourrais y passer la nuit. Qui aurait dit que j'aurais une fille un jour et qu'elle me rendrait aussi gaga ?

Les paroles de Josée résonnent dans la tête de Diane. À la différence de Martine, elle rêvait d'être mère. C'est pourquoi elle a accueilli la nouvelle de sa grossesse avec autant de bonheur.

— Elle est craquante, ta petite Rosalie.

— Entre toi et moi, je lui aurais bien fait un petit frère ou une petite sœur.

— On ne sait jamais, peut-être que tu auras droit à un autre miracle !

# 26

Il n'est pas encore sept heures quand Charles compose le numéro de téléphone de ses parents. Il vient de lire deux fois plutôt qu'une l'article écrit par sa mère et son amie Jeannine.

— Allô ! répond Paul d'une voix bourrue.

— Salut, papa ! Peux-tu me passer maman ?

— Elle est sous la douche, je vais lui demander de te rappeler.

— Pas question ! Va chercher ton *Journal de Montréal* et ouvre-le à la page 88.

— Ne me dis pas que tu t'es lancé dans l'écriture toi aussi !

— Pas moi, maman.

Charles entend son père tourner les pages de son journal. Il n'est étonné qu'à moitié qu'il ait passé par-dessus l'article en question. Même lui a failli le rater. Ajoutons qu'il n'est pas le plus friand de ce genre d'écrits. En fait, c'est la photo de sa mère qui a attiré son attention. Il ignore totalement comment elle et Jeannine se sont retrouvées dans le journal quoique, à bien y penser, aucune des deux n'a froid aux yeux. Les connaissant, elles ont eu envie d'écrire sur leur réalité et, de fil en aiguille, elles se sont dit qu'elles devraient proposer leur texte au journal. Il les imagine très bien faire des pieds et des mains pour essayer de convaincre l'éditeur du bien-fondé de leurs propos.

— Es-tu toujours là ? lui demande Charles.

— Arrête de me parler, je lis.

Paul n'a pas son pareil pour avoir l'air bête lorsqu'il est contrarié. Il est sous le choc. Sa femme a écrit pour le *Journal de Montréal* et il n'était même pas au courant. Lui qui croyait que Béatrice et lui s'étaient rapprochés ces derniers mois. À croire qu'il était le seul à le penser ! Au lieu de revenir à Charles quand il arrive à la fin de l'article, il reprend la lecture du début. Il est encore trop tôt pour affirmer qu'il aime ce qu'il vient de lire. Par contre, il se sent rempli de fierté. Tous les hommes n'ont pas la chance de voir la photo de leur femme publiée dans le journal, surtout pour lancer une nouvelle chronique. Le moins qu'il puisse dire à ce stade, c'est que c'est bien écrit. Quelques passages lui ont semblé exagérés, mais ça demeure sa version des faits, d'un point de vue extérieur. En tout cas, Béatrice ne court aucun risque qu'il veuille changer de place avec elle. Le travail de maison et le rôle d'éducatrice à plein temps, très peu pour lui. Il serait mort déprimé s'il avait dû supporter Josée à longueur de journée pendant toutes ces années.

Charles commence à s'impatienter drôlement à l'autre bout du fil. S'il ne se retenait pas, il sauterait dans son auto et débarquerait chez ses parents avant d'aller travailler. Il ne compte plus le nombre de fois qu'il a essayé d'attirer l'attention de son père. Il regarde l'heure sur sa montre et, finalement, décide d'aller féliciter sa mère en personne. Tant pis s'il arrive en retard au bureau pour une fois. Il griffonne une note pour Diane et la colle sur l'article de Béatrice et de Jeannine. Il enfile son veston et sort en vitesse de la maison.

— Ce n'est que moi ! s'écrie-t-il en entrant chez ses parents sans se donner la peine de sonner.

— Il me semblait que tu étais au téléphone ! s'exclame Paul en le voyant.

— Ma patience a des limites. Où est maman ?

— Encore sous sa douche !

— Ne me dis pas que tu la laisses vider ton réservoir sans rouspéter !

— Très drôle ! Étais-tu au courant ?

— Non ! Toi non plus, à ce que je voie ! Sacrée maman ! Je vais la chercher.

Charles marche jusqu'à la salle de bain et cogne trois petits coups sur la porte.

— Maman, c'est Charles. Est-ce que tu as bientôt fini ?

— J'allais justement sortir. Qu'est-ce que tu fais ici à cette heure ?

— Je suis venu te féliciter en personne pour ton article.

— J'arrive !

Béatrice s'enroule vite fait dans sa serviette. Elle se passe ensuite la main dans les cheveux et décide d'attendre pour les coiffer. Elle a trop hâte de voir ce que ça donne.

— Où est le journal ? demande-t-elle d'une voix remplie d'émotion.

— Dans mes mains, espèce de cachottière, répond Paul. Approche que je te félicite.

— Attends ton tour, rétorque Charles en prenant sa mère dans ses bras au passage. Bravo, maman, je suis fier de toi.

Béatrice est tout sourire. Elle n'est pas habituée à être sous les feux de la rampe.

— Tasse-toi, le jeune, laisse tomber Paul en poussant son fils pour prendre sa place. Je l'ai lu deux fois et, je suis bien obligé de l'admettre, c'est du beau travail. Combien as-tu payé pour être publiée ?

— Espèce d'effronté ! C'est eux qui nous ont payées. Je vais même te le prouver.

Elle va chercher la lettre qui accompagnait le chèque que Jeannine et elle ont reçu pour leur article. Elle la tend à Paul et surveille sa réaction.

— Ils vous ont vraiment payées ? s'étonne-t-il en voyant le montant.

— Et ils vont nous donner deux fois plus pour chacun de nos six prochains articles, annonce Béatrice en riant. Avoue que ça t'en bouche un coin.

Charles observe ses parents. Il les aime beaucoup. Nul besoin d'être devin pour s'apercevoir que la dynamique a changé entre eux. Son père ne bougonne pratiquement plus et Béatrice ne le regarde plus de la même manière. Aussi bizarre que cela puisse paraître, il s'en faudrait de peu pour qu'il croie qu'ils ont retrouvé la fougue de leur jeunesse. Tant mieux pour eux ! Et pour le reste de la famille aussi puisque leurs rencontres n'en seront que plus agréables.

— Dépêche-toi d'aller t'habiller pendant que je te prépare un café, annonce Paul.

Au lieu de courir à sa chambre, Béatrice s'approche de son mari et met la main sur son front pour vérifier s'il fait de la fièvre. Il la retire aussitôt et rit. Quitte à passer pour un mari sans cœur, il ne s'est jamais donné la peine de la dorloter.

— En veux-tu un, Charles ?

— Si c'est toi qui régales, oui. Je tracerai même un X en rouge dans mon agenda en arrivant au bureau. Trois sucres et beaucoup de lait.

— Oh ! Oh ! Je ne t'ai pas offert un service cinq étoiles, à ce que je sache. Juste un café ! Et toi, ma douce ?

— Et tu penses vraiment que je vais te répondre ? Je te conseille de t'en rappeler, et vite à part ça.

Béatrice va s'habiller. Elle se dépêche tellement que le café n'a pas fini de couler quand elle revient dans la cuisine.

— Un sucre et un nuage de lait, avance Paul.

— Le café n'en sera que meilleur, ajoute-t-elle, tout sourire.

Paul ne s'étend pas sur le sujet. Probablement que Béatrice lui arracherait la tête si elle apprenait que c'est seulement depuis leurs vacances en Gaspésie qu'il sait ce qu'elle met dans son café. Il n'a pas de quoi être fier. En réalité, il en connaît très peu sur ses préférences, et ce, quel qu'en soit le domaine.

— Tu disposes d'exactement dix minutes pour m'expliquer comment Jeannine et toi vous êtes retrouvées à publier des articles dans le *Journal de Montréal.*

Un grand sourire s'affiche sur les lèvres de sa Béatrice. Elle leur raconte comment elles en sont arrivées là. Les deux hommes l'écoutent avec grande attention. Ce n'est pas tous les jours qu'un membre de la famille se démarque d'aussi belle façon. Elle leur fait ensuite part du sujet de leurs deux prochains articles.

— Vous savez tout, maintenant. J'ai encore du mal à croire que c'est vrai !

***

Diane trouve de plus en plus difficile de se soustraire aux invitations de Léa. Comme elle l'a souligné à Raphaël encore ce matin, il viendra un jour où elle ne saura plus quoi inventer. À moins qu'elle ne s'échappe avant et qu'elle lui dévoile les nombreux éléments qui vont à l'encontre de sa définition de l'amitié. Sa tête comprend qu'elle doit sauver sa relation d'affaires avec Léa, du moins en partie, alors que son cœur se compresse un peu plus à chacune de ses tentatives pour passer du temps avec elle. C'est ainsi que Diane s'efforce de coller un sourire sur ses lèvres après avoir pris une grande inspiration à la seconde où elle se glisse dans la peau de l'amie totalement débordée. Ce serait tellement plus simple de la rayer de sa vie.

La voici devant la porte de Doris. Ses petites visites à son ancienne professeure de peinture lui font grand bien. Étant donné que les deux femmes n'ont aucun lien sur le plan professionnel, Diane peut tout lui dire. Ses états d'âme, ses rêves, ses inquiétudes, ses objectifs.

Doris se tasse pour la laisser entrer et la serre dans ses bras. Une réelle amitié les unit depuis le jour de leurs retrouvailles.

— Ne me dis pas que tu as marché jusqu'ici par cette chaleur !

— Certainement ! N'oubliez pas que je passe mes journées enfermée dans mon atelier. Pour tout vous dire, il fait moins chaud dehors que chez nous.

— Tu as toute mon admiration de pouvoir créer dans de telles conditions.

— Je finis par oublier qu'il fait chaud. Si ça peut vous rassurer, il ne me reste plus qu'une semaine à souffrir. En désespoir de cause, j'ai fini par prendre les choses en mains.

Doris éclate de rire. La Diane qu'elle a retrouvée est exactement la même que celle qui suivait son cours de peinture à sa première session d'université.

— Suis-moi à la cuisine, j'ai fait du thé glacé. As-tu reçu des nouvelles des galeristes de New York?

— Pas encore, mais Raphaël m'a dit de ne pas désespérer. Il travaille sur le coup et, selon lui, c'est une question de semaines avant que l'un d'entre eux m'invite sur place. Vous ne trouvez pas ça bizarre que j'aie été conviée à Paris avant?

— Ne perds pas ton temps à essayer de comprendre! Il y a tellement de facteurs qui viennent influencer les décisions des galeristes qu'il devient impossible de savoir où ça achoppe. Concentre-toi plutôt sur le fait que ta carrière va mieux que celle de la plupart des artistes que je connais. Rares sont ceux qui peuvent se vanter de vivre de leur art et encore plus de manière décente comme c'est ton cas.

Diane a parfois tendance à oublier la chance qu'elle a d'être rendue là où elle est.

— Je devrais peut-être réduire mes attentes…

— Au contraire! Sans elles, tu n'iras nulle part. Avoir de l'ambition est primordial. Dans ton cas, il faudrait juste la saupoudrer d'un nuage de patience parce que tu fais déjà tout ce qu'il faut pour t'élever.

— J'aime autant vous dire que ce n'est pas gagné d'avance.

— Tu m'aurais dit le contraire que je ne t'aurais pas crue, ajoute Doris en lui donnant une petite tape amicale sur le bras. Je te rappelle que tous n'ont pas la chance d'avoir un agent comme Raphaël. Il t'a déjà prouvé ce qu'il peut faire pour toi et ça ne fait que commencer. Donne ton maximum quand tu peins et laisse tes toiles faire le reste. Ton style est unique et il plaît. Il touche les gens et les attire comme des aimants. Tes ventes en témoignent. Maintenant, j'aimerais que tu m'en dises un peu plus sur ta prochaine série.

Diane lui raconte tout ce qu'elle a imaginé à ce jour. Plus elle parle, plus Doris sourit et opine du bonnet.

— J'adore ton idée, confirme-t-elle sans aucune hésitation. As-tu commencé ?

— Non ! J'ai signé mon dernier tableau il y a une semaine et, depuis, je me retiens à deux mains pour ne pas sauter à pieds joints dans ma nouvelle série. Pour tout vous dire, je m'efforce de tenir la promesse faite à Raphaël. Il tient mordicus à ce que je prenne un temps d'arrêt avant de me remettre au travail.

— Je suis d'accord avec lui. Il faut se donner le temps de faire son deuil d'une série avant d'en commencer une autre. Surtout lorsque celle-ci est à des années-lumière de ce qu'on a toujours peint. Raphaël est de très bon conseil, tu devrais l'écouter.

Diane ne peut s'empêcher de lever les yeux au ciel et de soupirer. Sa réaction fait sourire Doris.

# 27

Diane a eu envie de réunir ses enfants, sa famille et sa belle-famille pour souligner la fin de l'été. Seule Martine manque à l'appel. Elle est passée la veille et s'est excusée de ne pouvoir être des leurs. Sa mère l'a regardée droit dans les yeux. Elle a fait tout ce qui était en son pouvoir pour l'épauler. Malheureusement, Martine est la seule à pouvoir décider de son avenir et de celui du bébé qui pousse dans son ventre. Diane l'a accompagnée jusqu'à son auto et lui a avoué avoir mis Josée au courant. Elle lui a aussi confirmé qu'elle peut compter sur la discrétion de sa tante. D'abord surprise que sa mère ait partagé son secret, elle a fini par lui dire qu'elle comprenait. Elle n'a jamais été très proche de sa tante, mais si elle se fie aux dires de Julie, elle mérite qu'on s'y attarde. Connaissant sa sœur, jamais elle n'aurait parlé d'elle en termes aussi élogieux si ce n'était pas la vérité.

Josée, Colombe et Béatrice ont aidé Diane à préparer le souper. Heureusement, parce qu'elle ignore comment elle aurait fait pour se tirer d'affaire. Elles l'avaient chargée des accompagnements et ça lui a pris un temps fou. Au lieu de se contenter d'acheter tout ce qu'il y avait sur sa liste et d'ouvrir simplement les sachets et les pots, elle a choisi d'y mettre sa signature. À titre d'exemple, elle s'est fait un point d'honneur de préparer les betteraves dans le vinaigre et le ketchup aux fruits. Elle a fait une vinaigrette maison pour la salade et ainsi de suite. Elle n'avait aucune envie de se faire taquiner sur son incompétence en cuisine, et pour cause, puisque préparer de bons repas pour sa famille n'a plus de secrets pour elle. Enfin… presque plus. Ou plutôt beaucoup moins qu'avant.

— Hé ! s'époumone Florence. Va jouer ailleurs !

— À sa place, réagit aussitôt FX, il y a longtemps que je t'aurais mordue. Viens me voir, Nougat, elle est trop bête.

Témoin de la scène, Charles s'approche de sa fille. Il la prend par le bras et lui demande gentiment de le suivre. Loin de lui l'envie de s'en prendre à elle alors que la maison est pleine. D'un autre côté, il fera son devoir de père si nécessaire. Florence est toujours aussi poison, ce qui ne l'encourage pas à lui laisser passer quoi que ce soit. Il l'entraîne jusqu'au pied de l'escalier.

— Regarde-moi, Florence.

La fillette hausse les épaules et soupire le plus fort qu'elle peut avant de lever les yeux. Au lieu de commenter son attitude, Charles lui sourit. Sa gentillesse a pour effet de la déstabiliser légèrement.

— J'ai une faveur à te demander. J'aimerais que tu retrouves la gentille petite fille que j'ai adoptée et que tu lui dises qu'elle me manque beaucoup.

Les paroles de Charles ébranlent sa forteresse au point que deux petites larmes glissent sur ses joues.

— Dans le cas contraire, je vais te demander de te retirer dans ta chambre jusqu'à ce que tout le monde soit parti. Je serai dans la cuisine si jamais tu mets la main sur ma belle Florence.

Alors qu'il allait tourner les talons, elle court se pendre à son cou et le serre de toutes ses forces.

— Je suis désolée, papa.

— Suis-moi, il est temps que je te présente mon chien.

Témoin des présentations, FX reste à distance jusqu'à ce que sa sœur s'accroupisse pour honorer Nougat d'une caresse.

— Ça te dirait qu'on aille jouer au parc avec lui ? lui demande-t-il tout bonnement.

— À la condition que tu m'autorises à tenir sa laisse. Viens-tu ?

Charles regarde partir ses deux plus jeunes et il sourit. Il ne se fait pas d'illusions. Il a gagné la partie cette fois, mais pas la guerre. Son petit doigt lui dit qu'il n'est pas au bout de ses peines avec Florence. Elle est aussi têtue qu'une mule. Elle a un caractère de cochon et elle ne pense qu'à sa petite personne la plupart du temps.

— Est-ce qu'il t'arrive de regretter de…

— Non, maman ! répond-il sans la laisser finir sa phrase. Elle peut aussi être adorable et tu le sais.

— Tu as raison, mais avoue que ça ne dure jamais aussi longtemps que ses sautes d'humeur. Je l'adore, mais j'ai parfois du mal à la supporter quand elle s'en prend à FX.

— Il est capable de se défendre tout seul.

S'il osait, Charles ajouterait que le rôle d'une grand-mère n'est pas de s'en prendre à ses petits-enfants, mais plutôt de voler à leur secours. En même temps, il comprend que sa mère ait la mèche courte en vieillissant. Josée ne l'a pas ménagée.

— Qu'est-ce que tu attends pour venir nous rejoindre dehors ? lui demande joyeusement Gabriel. Il nous manque un joueur dans notre équipe de Frisbee.

— Commence par me dire qui en fait partie, lance Charles.

— Réal et Thomas. On joue contre Marc, Réal, Léo et papa.

— J'arrive.

Les hommes s'amusent comme des fous pendant que les femmes papotent à l'ombre.

— Jure-moi que tu n'as pas changé d'idée ! s'écrie Diane.

— Je n'ai qu'une parole, lui confirme illico Colombe. Arrête de t'inquiéter, vous ne partez que deux jours. Je suis certaine qu'on va avoir beaucoup de plaisir. Dans le cas contraire, je survivrai. Sérieusement, je ne serais pas étonnée que Florence soit sage comme une image.

— Je te le souhaite de tout cœur. Réal m'a dit qu'il s'installerait ici avec toi. Je t'avoue que ça me rassure… Tu es quand même enceinte.

Colombe lève les yeux au ciel et secoue la tête de manière quasi imperceptible. Elle ne s'est jamais sentie aussi bien de toute sa vie.

— Je veillerai sur elle, annonce Josée.

— Voulez-vous bien arrêter de me materner ! s'exclame Colombe. Je ne suis pas malade, je suis juste enceinte.

— Tu as raison ! confirme Diane. Je suis là à te couver comme si j'étais ta mère.

— Contente que tu t'en sois enfin rendu compte ! ajoute la future maman d'un ton légèrement sarcastique. Pars en paix.

Histoire de la rassurer, Colombe s'approche et l'embrasse sur la joue. Elle ignorait qu'on pouvait être aussi heureux. Elle vit avec un homme merveilleux. Elle sera bientôt mère. Elle a une amie en or et son petit doigt lui dit qu'elle en aura une deuxième en la personne de Josée. C'est plus qu'elle n'avait osé espérer. Ajoutons à cela qu'elle a des beaux-parents hors pair, des beaux-frères et des belles-sœurs sympathiques et, pour finir, des neveux et des nièces attachants. Elle a enfin une famille !

Il est près de minuit lorsque Charles et Diane finissent de ranger la cuisine. Ils ont passé une très belle soirée.

— On devrait faire ça plus souvent, dit Charles.

— Je suis d'accord. On monte ?

— Oh oui !

# Épilogue

Le travail acharné de Julie et de Xavier pour blanchir Renaud Lambert a fini par payer : il a recouvré sa liberté dès les premiers jours de l'automne. Il n'en fallait pas plus pour convaincre Julie de s'inscrire en droit.

Alors que Marc et Anthony nagent en plein bonheur, le couple que formaient Martine et David n'a pas survécu aux blessures qui ont précédé et suivi l'avortement. Julie et Xavier ont emménagé ensemble le lendemain du jour de l'An et ils projettent de se marier avant de s'envoler pour l'Europe pour y passer l'été. Fidèles à eux-mêmes, Florence et FX ne ratent pas une seule occasion de se crêper le chignon. Malheureusement pour eux, les spectateurs se font de plus en plus rares.

En 1976, les toiles de Diane seront vues à Paris, à New York, à San Francisco, en Écosse et même en Espagne. Chaque fois que sa femme reçoit une invitation, Charles s'empresse de lui confirmer qu'il va être du voyage. Il adore prendre l'avion et découvrir le monde. Hélène a loué un appartement meublé à son retour d'Haïti, elle pense sérieusement à aller rejoindre Suzan et son beau docteur. Les Jeux olympiques, quant à eux, se tiendront comme prévu, mais ce sera sans le toit, le mât et Charles. Alors qu'ils devaient s'autofinancer, ils laisseront une dette énorme aux Montréalais.

Gabriel et Paul font des malheurs depuis que des revues de décoration ont présenté leurs armoires. Au lieu de travailler comme des fous, ils trient leurs clients sur le volet. Gabriel tient mordicus à se garder du temps pour écrire et son père, pour profiter de la vie avec sa douce Béatrice. Léo et Monique nagent toujours en plein bonheur. Seule ombre au tableau : Milkshake aux fraises est parti en vadrouille sans laisser de trace.

# DE LA MÊME AUTEURE

TOME 1
**Été 1966**

TOME 2
**Hiver 1967**

TOME 3
**Printemps 1968**

*Le portrait d'une famille attachante portée par le souffle irrésistible des saisons.*

Visitez lesediteursreunis.com pour plus de détails.

MARQUIS
Québec, Canada